LE LIVRE D'HANNA

DU MÊME AUTEUR

1666, Calmann-Lévy, 2003 ; 10/18, 2004

Vous pouvez consulter le site de l'auteur à l'adresse suivante :
www.geraldinebrooks.com

GERALDINE BROOKS

LE LIVRE D'HANNA

*Traduit de l'américain
par Anne Rabinovitch*

belfond
12, avenue d'Italie
75013 Paris

Titre original :
PEOPLE OF THE BOOK
publié par Viking Penguin, a member of Penguin Group
(USA) Inc.

Ce livre est une œuvre de fiction inspirée par des événements
réels. Bien que certains des faits soient conformes à l'histoire
d'un manuscrit hébreu connu sous le nom de haggada de
Sarajevo, la majeure partie de l'intrigue et tous les personnages sont imaginaires. Les faits connus se rapportant à
l'haggada sont exposés dans la postface.

Si vous souhaitez recevoir notre catalogue
et être tenu au courant de nos publications,
vous pouvez consulter notre site internet :
www.belfond.fr
ou envoyer vos nom et adresse, en citant ce livre,
aux Éditions Belfond,
12, avenue d'Italie, 75013 Paris.
Et, pour le Canada,
à Interforum Canada Inc.,
1055, bd René-Lévesque-Est,
Bureau 1100,
Montréal, Québec, H2L 4S5.

ISBN 978-2-7144-4468-4

Pour les bibliothécaires

Là où on brûle les livres,
on finit par brûler les hommes.

Heinrich HEINE

Hanna

Sarajevo, printemps 1996

1

A UTANT LE DIRE D'EMBLÉE : je n'étais pas coutumière de ce genre de mission.

J'aime opérer seule, dans mon laboratoire silencieux, propre, bien éclairé, climatisé, où tout ce dont j'ai besoin est à portée de main. Il est vrai que j'ai acquis la réputation de quelqu'un qui peut se montrer efficace hors du labo s'il le faut, quand les musées ne veulent pas payer l'assurance transport d'une pièce, ou que des collectionneurs privés souhaitent que personne ne sache exactement ce qu'ils possèdent. Il est vrai aussi qu'il m'est arrivé de survoler la moitié du globe pour exécuter un travail intéressant. Mais jamais dans un endroit comme celui-ci : la salle de conférences d'une banque, au cœur d'une ville où les échanges de coups de feu ont cessé il y a cinq minutes à peine.

D'abord, dans mon labo de Sydney, je ne suis pas encerclée de gardes. Bien sûr, le musée emploie quelques discrets agents de sécurité qui font des rondes, mais il ne viendrait à l'idée d'aucun d'entre eux de pénétrer dans mon espace de travail. Rien à voir avec cette bande. Ils étaient six. Deux vigiles, deux policiers bosniaques, assurant la protection de la banque, et deux casques bleus de l'ONU, chargés de les surveiller. Tous munis d'un radiotéléphone qui grésillait, tenant de bruyantes conversations en bosniaque ou en danois. Comme s'il n'y avait pas eu déjà assez de monde, l'observateur officiel de l'ONU, Hamish Sajjan, était aussi présent. Mon premier sikh écossais, très sémillant avec son tweed Harris et son turban indigo. Typique de l'ONU. J'avais dû lui demander de préciser aux Bosniaques qu'il n'était pas question de fumer dans une pièce qui ne tarderait pas à accueillir un manuscrit du XVe siècle. Ça les avait rendus encore plus nerveux.

Moi aussi, je commençais à m'énerver. Nous attendions depuis près de deux heures. J'avais occupé ce temps de mon mieux. Les gardes m'avaient aidée à rapprocher la grande table de conférence de la fenêtre, pour profiter de la lumière. J'avais assemblé ma loupe binoculaire et sorti mes outils : caméras de documentation, sondes, et scalpels. Le vase à bec rempli de gélatine ramollissait sur son coussin chauffant ; la colle d'amidon, les fils de lin, la feuille d'or étaient posés à côté, avec des enveloppes en papier glassine pour le cas où j'aurais la chance de trouver des débris dans la reliure : c'est incroyable ce qu'on peut apprendre en étudiant la composition chimique d'une miette de pain. Il y avait des échantillons de plusieurs vachettes, des rouleaux de papier fait main de différents tons et textures, et des formes en mousse disposées en berceau, prêtes à recevoir l'ouvrage. S'ils l'apportaient enfin.

« À votre avis, il va falloir attendre encore longtemps ? » demandai-je à Sajjan. Il haussa les épaules.

« Je pense que le représentant du Musée national est en retard. Comme le livre appartient au musée, la banque ne peut pas le retirer du coffre hors de sa présence. »

Ne tenant plus en place, je m'approchai des fenêtres. Nous étions au dernier étage de la banque, un genre de pièce montée austro-hongroise dont la façade en stuc était constellée de traces de tirs de mortier, comme tous les autres immeubles de la ville. Quand je posai ma main sur la vitre, le froid filtra à travers le verre. Théoriquement, c'était le printemps ; dans le petit jardin à côté de l'entrée de la banque, les crocus étaient en fleur. Mais il avait neigé au début de la matinée, et chaque petite corolle débordait de flocons mousseux, telle une minuscule tasse de cappuccino. Une clarté vive, constante, baignait la pièce. Une lumière parfaite pour travailler, si seulement je pouvais commencer.

Pour patienter, je défis quelques-uns de mes rouleaux – du papier toilé. Je passai une règle métallique sur chaque feuille pour l'aplatir. Le son du métal m'évoqua le bruit des vagues que j'entends depuis mon appartement de Sydney. Je remarquai que mes mains tremblaient. Dans mon métier, c'est un handicap.

Mes mains ne sont pas ce que j'ai de plus remarquable, on peut le dire. Gercées, avec un dos fripé, elles ne semblent pas appartenir à mes poignets qui, je suis heureuse de le préciser, sont minces et lisses comme le reste de ma personne. Des mains de femme de ménage, avait dit ma mère, lors de notre dernière dispute. La fois suivante, quand je la retrouvai au Cosmopolitan pour un café – une rencontre brève, polie, où nous étions l'une et l'autre aussi cassantes que des glaçons – je m'affublai d'une paire de gants de l'Armée du Salut pour la mettre en boîte. Bien sûr, le Cosmopolitan est sans doute le seul endroit de Sydney où l'ironie d'un pareil geste passe inaperçue. Ma mère n'avait rien remarqué. Elle avait proposé de me trouver un chapeau assorti.

Sous cette lumière éblouissante de blancheur, mes mains étaient pires que d'habitude, rougeâtres et écaillées pour avoir gratté la graisse d'un boyau de vache avec une pierre ponce. Quand on vit à Sydney, obtenir un mètre d'intestin de veau n'est pas chose aisée. Depuis qu'on a déplacé l'abattoir qui se trouvait à Homebush, et qu'on a commencé à retaper l'endroit pour les jeux Olympiques de 2000, il faut pratiquement rouler jusqu'au fin fond de la brousse, et quand on y arrive enfin, le dispositif de sécurité est si important, à cause des militants du Mouvement de libération des animaux, que les grilles sont presque inaccessibles. Je ne leur reproche pas de penser que je suis un peu bizarre. Il n'est pas facile de saisir de but en blanc pourquoi quelqu'un peut avoir besoin d'un mètre d'appendice de veau. Mais si on s'apprête à travailler avec des matériaux vieux de cinq siècles, il faut savoir comment ils ont été fabriqués. C'est ce que pensait mon professeur, Werner Heinrich. Il disait que vous pouviez lire tout ce que vous vouliez sur la façon de broyer des pigments et de mélanger du plâtre, mais que le meilleur moyen de comprendre c'était de le faire vraiment. Si je souhaitais savoir ce que signifiaient dans la pratique des mots tels que tanin ou peau de battage de l'or, je devais fabriquer moi-même de la feuille d'or : la battre, la plier et la battre de nouveau, sur un support auquel elle ne collait pas, comme la matière souple d'un intestin de veau poncé. Au bout du compte, vous obteniez une petite liasse de feuilles d'une épaisseur de moins d'un millième de millimètre. Et vos mains étaient devenues horribles à voir.

Je serrai le poing, essayant de lisser ma peau fripée de vieille dame. Pour voir aussi si je parvenais à arrêter ce tremblement. J'étais nerveuse depuis que j'avais changé d'avion à Vienne la veille. Je voyage beaucoup ; on n'a pas d'autre choix, si on vit en Australie et qu'on veuille être impliqué dans les projets les plus intéressants de mon domaine, c'est-à-dire la conservation de manuscrits médiévaux. Mais je n'ai pas l'habitude de me rendre dans les endroits qui figurent en tête des dépêches des correspondants de guerre. Je sais que certaines personnes apprécient ce genre de mission et écrivent ensuite des livres formidables, et je suppose qu'elles possèdent un optimisme du style « ça ne peut pas m'arriver » qui le leur permet. Mais moi, je suis une pessimiste invétérée. S'il y a un sniper planqué quelque part dans le pays où j'arrive, je suis sûre de me retrouver dans sa ligne de mire.

Avant même d'atterrir, on voyait la guerre. Quand l'avion traversa la nappe de nuages gris qui semble être une constante du ciel européen, les petites maisons au toit de tuiles rouille enserrant l'Adriatique me parurent familières, m'évoquant les pignons rouges de Sydney contre l'arc bleu sombre de Bondi Beach, une vue à laquelle je suis habituée. Mais ici, la moitié des maisons avaient disparu. Il ne restait d'elles que des fragments hérissés de maçonnerie, alignés en rangées irrégulières comme des dents pourries.

Au-dessus des montagnes, il y eut des turbulences. Je ne pus me résoudre à regarder dehors quand nous pénétrâmes en Bosnie, et je baissai le store du hublot. Le jeune type assis à côté de moi – son foulard cambodgien et ses traits émaciés de paludéen me firent supposer qu'il travaillait pour une organisation humanitaire – souhaitait manifestement voir le paysage, mais j'ignorai ses gestes et j'essayai de le distraire par une question.

« Alors, qu'est-ce qui vous amène ici ?

— Le déminage. »

Je fus tentée de prononcer une phrase vraiment limite du genre « Une affaire en plein boum ? » mais je parvins à me contrôler, ce qui ne me ressemblait guère. Puis nous atterrîmes, il se leva, ainsi que tous les autres passagers, jouant des coudes dans l'allée, fouillant dans les casiers au-dessus des sièges. Il chargea un énorme sac à dos sur ses épaules et manqua briser le nez d'un homme qui se pressait derrière lui. Le virage mortel à quatre-vingt-dix degrés du routard. On voit ça tout le temps dans le bus, à Bondi.

La porte de la cabine s'ouvrit enfin, et les passagers se déversèrent au-dehors comme s'ils étaient collés les uns aux autres. J'étais la seule encore assise. J'avais l'impression d'avoir avalé une pierre qui me clouait sur place.

« Docteur Heath ? » L'hôtesse de l'air avait surgi dans l'allée déserte.

Je m'apprêtais à répondre : « Non, c'est ma mère », quand je me rendis compte qu'il s'agissait de moi. En Australie, seuls les imbéciles affichent leurs doctorats. Bien entendu, j'avais simplement inscrit « Mme » quand je m'étais enregistrée.

« Votre escorte de l'ONU attend sur la piste. » C'était ça l'explication. J'avais déjà remarqué, pendant la course des derniers jours qui m'avait conduite à accepter cet engagement, que les Nations unies aimaient donner à tout le monde les titres les plus ronflants possible.

« Une escorte ? répétai-je stupidement. Sur la piste ? » Ils avaient dit qu'on viendrait me chercher, mais je m'étais attendue à trouver un chauffeur de taxi bougon, brandissant une pancarte avec mon nom mal orthographié. L'hôtesse de l'air m'adressa un sourire impeccable, très germanique. Elle se pencha au-dessus de moi et releva le store. Je regardai dehors. Trois énormes camionnettes blindées aux vitres teintées, semblables à celles où circule le président américain, tournaient au ralenti près de l'extrémité de l'aile. Ce spectacle qui aurait dû me rassurer ne fit qu'alourdir d'une tonne la pierre qui pesait dans mon estomac. Derrière, au milieu des hautes herbes où se dressaient des panneaux indicateurs de danger de mines en plusieurs langues, je vis l'épave rouillée d'un énorme avion-cargo qui avait dû rater la piste d'atterrissage lors d'un incident précédent. Je me retournai vers Fräulein Sourire Éternel.

« Je croyais que le cessez-le-feu était respecté, dis-je.

— Il l'est, répondit-elle vivement. Le plus souvent. Vous avez besoin d'aide pour vos bagages à main ? »

Je secouai la tête et me courbai pour tirer de dessous le siège la lourde mallette que j'y avais casée. De façon générale, la présence à bord de collections d'objets métalliques pointus ne plaît guère aux compagnies aériennes, mais les Allemands sont très respectueux des métiers manuels, et l'employé de l'aéroport avait compris quand je lui avais expliqué à quel point je répugnais à enregistrer mes outils, au risque qu'ils se retrouvent à l'autre bout de l'Europe, pendant que j'étais là à me tourner les pouces.

J'adore mon travail. C'est ça le problème. C'est pourquoi j'ai accepté cette mission, bien que je sois une trouillarde de première. Pour être honnête, il ne m'est jamais venu à l'esprit de ne pas l'accepter. On ne refuse pas la chance de travailler sur l'un des volumes les plus rares et les plus mystérieux qui existent au monde.

Le téléphone avait retenti à deux heures du matin, ce qui se produit fréquemment quand on vit à Sydney. Quelquefois ça me rend dingue de constater que les gens les plus intelligents – des directeurs de musée qui gèrent des institutions de renommée internationale ou des directeurs généraux qui peuvent vous dire au cent près l'indice Hang Seng d'un jour donné – sont incapables de se souvenir du simple fait qu'il est généralement dix heures plus tard à Sydney qu'à Londres, et quinze heures plus tard qu'à New York. Amitai Yomtov est un homme brillant. Sans doute le plus brillant dans son domaine. Mais était-il capable de calculer le décalage horaire entre Jérusalem et Sydney ?

« Shalom, Channa », dit-il, son fort accent sabra ajoutant

un *ch* guttural à mon nom, comme d'habitude. « Tu dormais ?

— Non, Amitaï, répondis-je. Je suis toujours debout à deux heures du matin ; c'est le meilleur moment de la journée.

— Ah, euh, désolé, mais je pense que ça t'intéressera d'apprendre que la haggada de Sarajevo a réapparu.

— Non ! m'écriai-je, brusquement très réveillée. C'est, euh, une grande nouvelle. » C'était la vérité, mais j'aurais pu aisément la découvrir dans un courriel à une heure civilisée. Je ne comprenais pas pourquoi Amitaï avait jugé nécessaire de m'appeler.

Comme la plupart des sabras, il était plutôt réservé de nature, mais cet événement le rendait exubérant. « J'ai toujours su que cet ouvrage était un survivant. Je savais qu'il réchapperait aux bombes. »

La haggada de Sarajevo, créée dans l'Espagne médiévale, était une rareté illustre, un manuscrit hébreu orné de magnifiques enluminures, fabriqué à une époque où la croyance juive était fermement opposée à toute iconographie. Le commandement de l'Exode, « Ne fais pour toi ni statue, ni image[1] », avait, pensait-on, fait disparaître l'art figuratif des Juifs du Moyen Âge. Quand l'ouvrage fut découvert en Bosnie en 1894, ses pages de miniatures peintes mirent cette théorie à bas, et les textes d'histoire de l'art durent être réécrits.

Au début du siège de Sarajevo, en 1992, quand les musées et les bibliothèques devinrent des cibles dans les combats, le manuscrit disparut. Selon une rumeur, le gouvernement musulman bosniaque l'avait vendu pour acheter des armes. Non, des agents du Mossad l'avaient passé en contrebande par un tunnel sous l'aéroport de Sarajevo. Je n'avais cru à aucun de ces scénarios. Je pensais que ce beau livre avait sans doute fait partie de l'avalanche neigeuse de pages brûlées – actes de propriété ottomans, corans anciens, manuscrits slaves – qui était retombée sur la ville après les flammes des bombes au phosphore.

---

1. Traduction d'André Chouraqui, Éd. Desclée de Brouwer, 1974. (*N.d.T.*)

« Mais, Amitai, où la haggada se trouvait-elle ces quatre dernières années ? Comment a-t-elle refait surface ?

— Tu sais que c'est Pessah en ce moment, n'est-ce pas ? »

En fait, je le savais ; je cuvais encore les séquelles de l'orgie au vin rouge du pique-nique d'une Pâque tapageuse et fort peu orthodoxe organisée sur la plage par un de mes copains. En hébreu, ce repas rituel porte le nom de *seder*, qui veut dire ordre ; cette soirée avait été l'une des plus désordonnées de mon passé récent.

« Eh bien, hier soir, la communauté juive de Sarajevo a célébré son seder, et au milieu de la cérémonie, d'un geste très spectaculaire, ils ont sorti la haggada. Le président de la communauté a prononcé un discours, disant que la survie du livre était un symbole de la survie de l'idéal multiethnique de Sarajevo. Et devine qui l'a sauvée ? Il s'appelle Ozren Karaman, c'est le directeur de la bibliothèque du musée. Il s'y est précipité sous une pluie d'obus. » La voix d'Amitai parut soudain s'enrouer. « Tu imagines, Channa ? Un musulman risquant sa peau pour sauver un livre juif. »

Ça ne lui ressemblait pas de se laisser impressionner par des récits de hauts faits. Un collègue indiscret avait une fois laissé entendre qu'il avait fait son service militaire dans un commando ultra-secret au point que les Israéliens le désignaient uniquement comme « l'unité ». Cela datait de bien avant ma première rencontre avec lui, mais j'avais été frappée par son physique, et par son attitude. Il avait les muscles compacts d'un haltérophile, et une vigilance à fleur de peau. Il vous regardait bien en face quand il vous parlait, mais le reste du temps ses yeux semblaient scruter les environs, enregistrant chaque détail. Il avait paru sincèrement excédé quand je l'avais questionné à propos de l'unité. « Je ne te l'ai jamais confirmé », avait-il répliqué sèchement. Mais j'avais trouvé ça stupéfiant. On ne côtoie pas beaucoup d'ex-membres de commandos dans le milieu de la conservation des livres.

« Alors, demandai-je, qu'a fait ce vieux avec le manuscrit, une fois qu'il l'a eu récupéré ?

— Il l'a déposé dans un coffre de la banque centrale. Tu

peux imaginer le résultat sur le parchemin... À Sarajevo, ça fait au moins deux hivers que personne n'a de chauffage... et un coffre en métal... il n'y a pas pire que le métal... c'est là qu'elle est maintenant... je ne supporte pas même d'y penser. En tout cas, l'ONU a besoin de quelqu'un pour l'examiner. Ils paieront tous les travaux de stabilisation nécessaires – ils veulent l'exposer aussi vite que possible, pour remonter le moral de la ville, tu vois. Alors, quand j'ai vu ton nom sur le programme du colloque à la Tate, le mois prochain, je me suis dit que puisque tu venais dans cette région du monde, tu pourrais peut-être caser ça dans ton planning ?

— Moi ?» Je sentis ma voix dérailler. La fausse modestie n'est pas mon truc : ce que je fais, je le réussis à merveille. Mais pour une mission de cette sorte, une chance qui n'arrive qu'une fois dans votre carrière, il existait au moins une douzaine de personnes avec davantage d'expérience et de meilleurs contacts en Europe. « Pourquoi pas toi ? » demandai-je.

Amitai en savait plus que n'importe qui sur la haggada de Sarajevo ; il avait écrit des monographies sur ce sujet. Je savais qu'il aurait été ravi d'avoir la chance de toucher au manuscrit original. Il poussa un profond soupir. « Les Serbes ont passé les trois dernières années à soutenir que les Bosniaques étaient des musulmans fanatiques, et il se peut qu'au bout du compte quelques Bosniaques aient commencé à les croire. Il semble qu'à présent les Saoudiens soient d'importants donateurs là-bas, et qu'on refuse de confier ce travail à un Israélien.

— Oh, Amitai, je suis désolée...

— Ça ne fait rien, Channa, je suis en bonne compagnie. Ils n'ont pas voulu non plus d'un Allemand. Bien sûr, j'ai d'abord proposé Werner, soit dit sans t'offenser. » Étant donné que Herr Doktor Werner Maria Heinrich était non seulement mon professeur, mais aussi, après Amitai, le spécialiste mondial des manuscrits hébreux, je n'allais certainement pas en prendre ombrage. Mais Amitai expliqua que les Bosniaques gardaient encore rancune à l'Allemagne pour avoir déclenché la guerre en reconnaissant la Slovénie et la Croatie. « Et les Nations unies ne veulent pas d'un Américain parce que le Congrès passe son temps à dénigrer l'Unesco. J'ai donc pensé que tu serais parfaite, car personne ne pense de mal des Australiens. Je leur ai aussi dit que tes talents de conservatrice ne sont pas mauvais.

— Merci pour cette vibrante recommandation », répliquai-je. Puis, d'un ton plus sincère : « Amitai, je ne l'oublierai jamais. merci, vraiment.

— Tu peux me remercier en faisant un bon travail de documentation sur le livre, comme ça nous pourrons au moins imprimer un beau fac-similé. Tu m'enverras les photos que tu prendras et une ébauche de ton rapport dès que tu pourras, d'accord ? »

Sa voix avait un écho si mélancolique que je me sentis coupable de mon propre enthousiasme. Mais j'avais encore une question.

« Est-ce qu'on est sûr de son authenticité ? Tu sais les bruits qui couraient, pendant la guerre…

— Non, nous n'avons aucun souci à ce sujet. Karaman, le bibliothécaire, et le directeur du musée l'ont authentifié sans le moindre doute. À ce stade, ton travail est purement technique. »

Technique. On verra ça, me dis-je. Une bonne partie de mon travail est technique ; c'est une science et un métier que toute personne dotée d'une intelligence convenable et d'une bonne motricité peut apprendre. Mais il y a autre chose. Une intuition du passé, en quelque sorte. En liant l'imagination à la recherche, je peux quelquefois me mettre dans la tête des gens qui ont fabriqué le livre. Je peux arriver à comprendre qui ils étaient, ou comment ils travaillaient. C'est ainsi que j'ajoute mes quelques grains à la sablière du savoir humain. C'est ce que je préfère dans mon travail. Et il y avait tant de questions à propos de la haggada de Sarajevo. Si je pouvais seulement répondre à l'une d'entre elles…

Je ne parvins pas à me rendormir, aussi je passai mon jogging et je sortis dans la nuit, descendant les rues où flottait encore un relent âcre de bière vomie et de graisse de friteuse, jusqu'à la plage où l'air souffle, pur et saumâtre, sur l'océan qui s'étend ininterrompu sur une moitié de la planète. C'était l'automne, et le milieu de la semaine, aussi l'endroit était-il pratiquement désert. Juste quelques ivrognes, affalés près du mur du club de surf, et un couple d'amoureux, enlacés sur une serviette de bain. Personne pour me prêter attention. Je commençai à longer l'écume lumineuse comme le sable foncé, poli comme le marbre. D'instinct, je me mis à courir et à gambader, esquivant les brisants comme une petite fille.

Une semaine s'était écoulée. Le sentiment d'exaltation s'était peu à peu dissipé, englouti par les demandes de visa, les changements de billets d'avion, la paperasserie de l'ONU, et une bonne dose d'énervement. Lorsque, chancelant sous le poids de ma mallette, je descendis l'escalier pour gagner la piste, je dus me répéter que j'avais toujours rêvé de ce genre de mission.

J'eus à peine une seconde pour découvrir les montagnes qui s'élevaient autour de nous comme le bord d'une gigantesque cuvette, puis un casque bleu – grand, de type scandinave – bondit hors du véhicule du milieu et s'empara de mon bagage, le balançant à l'arrière de la camionnette.

« Doucement ! m'exclamai-je. Il y a du matériel fragile à l'intérieur. » L'unique réponse du soldat fut de m'attraper par le bras et de me projeter sur la banquette, claquant la portière et sautant à l'avant, à côté du chauffeur. Le verrouillage central s'enclencha avec un déclic sans appel, et le conducteur démarra en trombe.

« Eh bien, c'est une première pour moi, dis-je, en une pâle tentative pour rester légère. D'habitude, les conservateurs de livres n'ont guère de raison de voyager dans une voiture blindée. » Aucune réponse ne vint du soldat, ni du civil efflanqué aux traits tirés courbé au-dessus du volant de l'immense véhicule, la tête rentrée dans les épaules comme une tortue. Derrière les vitres teintées défilait la ville dévastée, en une masse confuse d'immeubles constellés d'éclats d'obus. Les camionnettes roulaient vite, décrivant des embardées pour éviter les énormes nids-de-poule créés par des obus de mortier et bringuebalant sur le bitume entaillé par les chenilles des blindés. Il n'y avait pas beaucoup de circulation. La plupart des gens allaient à pied ; l'air épuisé, serrant le col de leur manteau à cause de l'air glacial d'un printemps qui tardait à venir. Nous passâmes devant un immeuble qui ressemblait à la maison de poupée que j'avais eue enfant, dont la façade tout entière se soulevait pour révéler l'intérieur des pièces. Dans ce bâtiment, le mur avait été arraché par une explosion. Mais là aussi, les chambres exposées étaient meublées. Tandis que nous accélérions, je me rendis compte que des gens y habitaient encore, avec pour seule protection quelques bâches en plastique gonflées par le vent. Ils avaient fait leur lessive. Elle claquait sur des fils tendus entre les piquets tordus de l'armature métallique qui sortait du béton fracassé.

J'avais cru qu'ils m'emmèneraient tout de suite voir le livre. Au lieu de cela, le temps fut englouti par des réunions interminables et fastidieuses. D'abord avec tous les représentants de l'ONU qui éprouvaient un vague intérêt pour la culture, puis avec le directeur du musée bosniaque, et enfin avec un groupe de fonctionnaires du gouvernement. Je n'aurais sans doute pas beaucoup dormi de toute manière, à cause de mon impatience à me mettre au travail, mais la dizaine de tasses de café turc très fort qu'on me servit au cours de cette journée n'avaient pas arrangé les choses. Cela expliquait peut-être pourquoi mes mains tremblaient encore.

Un bouquet de parasites jaillit des radios de police. Brusquement tout le monde se leva : les policiers, les gardes, Sajjan. Le responsable de la banque poussa les verrous de la porte et une foule d'autres gardes s'engouffra à l'intérieur, formant un épi. Au centre, il y avait un jeune homme mince en blue-jean délavé. Le tire-au-flanc du musée, sans doute, qui nous avait tous fait attendre. Mais je n'eus pas le temps de m'énerver contre lui, car il tenait délicatement un coffret en métal. Quand il le posa sur un banc je vis qu'il était scellé en plusieurs endroits avec de la cire cachetée et du ruban adhésif. Je lui passai mon scalpel. Il brisa les sceaux et ouvrit le couvercle. Il déplia plusieurs feuilles de papier de soie. Et me tendit le livre.

2

CHAQUE FOIS QUE J'AI TRAVAILLÉ SUR DES OBJETS BEAUX ET RARES, ce premier contact a été une sensation étrange et puissante. Comme celle de frôler un fil sous tension et en même temps de caresser la nuque d'un nouveau-né. Aucun conservateur n'avait manipulé ce manuscrit depuis un siècle. J'avais disposé les mousses à l'avance. J'hésitai juste une seconde – un livre hébreu, donc le dos est à droite – et je le plaçai dans son nid.

Avant d'être ouvert, l'ouvrage ne comportait rien qui eût retenu l'attention d'un œil inexercé. D'abord, il était petit, pratique pour la table du seder. Sa reliure, souillée et éraflée, était d'un style XIXᵉ ordinaire. Un manuscrit aussi splendidement enluminé avait dû à l'origine posséder une reliure travaillée. On ne mitonne pas un filet mignon pour le servir ensuite dans une assiette en carton. Le relieur s'était sans doute servi de feuille d'or ou d'argent repoussé, peut-être d'incrustations d'ivoire ou de nacre. Mais le livre avait probablement été relié de nombreuses fois durant sa longue existence. La seule reliure dont nous ayons eu connaissance, car elle avait fait l'objet d'une documentation, était la dernière, et avait été réalisée à Vienne dans les années 1890. Par malheur, à cette occasion, l'ouvrage avait été manié sans précaution aucune. Le relieur autrichien avait largement retaillé le parchemin et jeté l'ancienne reliure – ce que personne ne ferait aujourd'hui, et encore moins un professionnel travaillant pour un grand musée. Il était donc impossible de savoir quelle information avait pu être perdue alors. Il avait recouvert les parchemins d'une simple couverture cartonnée garnie d'un papier turc à fleurs inapproprié, aujourd'hui passé et décoloré. Seuls le dos et les coins étaient en vachette marron foncé, et ils s'écaillaient, dénudant les plats de la couverture en carton gris.

Je glissai légèrement mon majeur le long des coins fendillés. Je les consoliderais au cours des jours prochains. Tandis que mon doigt suivait le contour des plats, je remarquai un détail inattendu. L'artisan avait fait deux encoches et une série de petits trous dans les plats pour y fixer deux fermoirs. Il était courant d'utiliser des fermoirs pour maintenir les pages en parchemin. Pourtant il n'y en avait aucun sur ce volume. Je me promis d'enquêter à ce sujet.

Déplaçant les mousses pour maintenir le dos, j'ouvris le livre et me penchai pour examiner de près les pages de garde déchirées. Je les réparerais avec de la colle à base de farine et des parcelles de papier de lin assorti. Je vis tout de suite que les nerfs en lin utilisés par le relieur viennois étaient effilochés et tenaient à peine. Cela signifiait que je devrais séparer les cahiers et les recoudre. Ensuite, j'inspirai profondément et je tournai la page pour arriver au parchemin même. C'était ce qui comptait ; cela révélerait ce que quatre dures années avaient fait à un manuscrit qui avait survécu à cinq siècles.

La clarté de la neige augmentait la luminosité. Le bleu : intense comme un ciel de plein été, obtenu en broyant le précieux lapis-lazuli transporté par caravane de chameaux depuis les montagnes d'Afghanistan. Le blanc : pur, crémeux, opaque. Moins somptueux, plus compliqué que le bleu. À cette époque, il était sans doute encore fabriqué selon la méthode découverte par les anciens Égyptiens. On recouvre de lie de vin des barres de plomb et on les enferme hermétiquement dans une grange pleine de crottin. Je l'avais expérimenté une fois dans la serre de ma mère, à Bellevue Hill. Elle avait fait livrer un tas de fumier, et je n'avais pas pu résister. L'acide du vin vinaigré transforme le plomb en acétate de plomb, qui a son tour se mélange au dioxyde de carbone émanant du purin pour fabriquer du blanc de plomb, $PbCO_3$. Bien entendu, ma mère avait piqué une crise. Elle avait dit qu'elle n'avait pas réussi à s'approcher de ses foutues orchidées primées pendant des semaines.

Je tournai une page. Un émerveillement. Les enluminures étaient superbes, mais je ne m'autorisai pas à les examiner comme des œuvres d'art. Pas encore. Je devais d'abord les analyser d'un point de vue chimique. Il y avait du jaune, fabriqué avec du safran. Cette magnifique plante d'automne, le *Crocus sativus Linnaeus*, dont chaque fleur possède trois minuscules et précieux stigmates, avait été alors un luxe très recherché, et l'était resté. Même si nous savons aujourd'hui que cette riche couleur vient d'un carotène, la crocine, avec une structure moléculaire de 44 carbone, 64 hydrogène et 24 oxygène, nous n'avons pas encore synthétisé un substitut aussi complexe et aussi beau. Il y avait du vert malachite et du rouge ; le rouge intense connu sous le nom de vermillon – *tola'at shani* en hébreu –, extrait d'insectes vivant sur les arbres, écrasés et bouillis dans de la lessive. Par la suite, quand les alchimistes ont appris à obtenir un rouge similaire avec du soufre et du mercure, ils ont conservé le nom de « petit ver » – *vermiculum*. Certaines choses ne changent pas : aujourd'hui encore, nous appelons cette couleur vermillon.

Le changement. Voilà l'ennemi. Les livres résistent mieux quand la température, l'humidité, l'environnement tout entier restent les mêmes. Il était difficile de cumuler plus de changements que ceux endurés par ce livre transporté avec d'extrêmes difficultés, sans précaution ni préparation, et exposé à de violentes variations de température. J'avais craint que le parchemin n'eût rétréci, que les pigments ne fussent fendillés et décollés. Mais les couleurs avaient tenu, aussi pures et éclatantes que le jour où la peinture avait été appliquée. Au contraire de la feuille d'or du dos, qui s'était écaillée, l'or poli des enluminures était intact, flamboyant. Le doreur du XIVe siècle avait sans aucun doute eu une meilleure maîtrise de son métier que le relieur viennois d'une époque plus récente. Il y avait aussi de la feuille d'argent. Elle s'était oxydée et avait viré au gris foncé, comme il fallait s'y attendre.

« Vous allez remplacer ça ? » C'était le jeune homme mince du musée. Il indiquait un endroit nettement terni. Il se tenait trop près. Le parchemin est fait de chair, et les bactéries humaines peuvent le dégrader. Je bougeai l'épaule pour l'obliger à retirer sa main et à reculer d'un pas.

« Non, dis-je. Absolument pas. » Je ne levai pas les yeux.

« Mais vous êtes restauratrice. Je croyais…

— Conservatrice », rectifiai-je. La dernière chose que je voulais à ce moment-là, c'était bien de me lancer dans une longue discussion sur la philosophie de la conservation des livres. « Écoutez, dis-je, vous êtes là, on m'a informée que vous deviez être présent, mais je vous serais reconnaissante de ne pas interrompre mon travail.

— Je comprends, répondit-il d'une voix douce, malgré mon ton acerbe. Mais vous aussi, vous devez comprendre : je suis le *kustos*, le livre est sous ma responsabilité. »

Kustos. Je mis un instant à saisir. Puis je me tournai pour le dévisager. « C'est *vous*, Ozren Karaman ? Celui qui a sauvé le livre ? »

Sajjan, le représentant de l'ONU, se leva précipitamment, se confondant en excuses. « Je suis désolé, j'aurais dû faire les présentations. Mais vous étiez si impatiente de vous mettre au travail. Je... Docteur Hanna Heath, puis-je vous présenter le Dr Ozren Karaman, bibliothécaire en chef du Musée national et professeur de bibliothéconomie à l'Université nationale de Bosnie.

— Je... je regrette de m'être montrée impolie, dis-je. Je pensais que vous seriez beaucoup plus âgé, pour être le conservateur principal d'une collection aussi importante. » Je ne m'attendais pas non plus à ce qu'une personne occupant ce poste soit aussi débraillée. Il portait une veste de cuir éraflée sur un tee-shirt blanc fripé. Son jean était râpé. Ses cheveux – ébouriffés, frisés, ni peignés ni coupés – retombaient sur une paire de lunettes rafistolées au milieu avec un morceau de ruban adhésif.

Il haussa un sourcil. « Bien sûr, étant donné votre âge avancé, vous aviez toutes les raisons de le penser. » Il garda un visage impassible en prononçant ces mots. Je supposai qu'il avait une trentaine d'années, comme moi. « Mais je serais très heureux, docteur Heath, si vous m'accordiez un instant pour me dire ce que vous comptez faire. » Il lança alors à Sajjan un coup d'œil qui en disait long. L'ONU croyait faire une faveur à la Bosnie en finançant le travail qui permettrait d'exposer convenablement la haggada. Mais quand il s'agit de trésors nationaux, personne n'a envie que des étrangers commandent. Ozren Karaman avait nettement l'impression d'avoir été mis sur la touche. Je n'avais pas la moindre envie d'être impliquée dans ces histoires. J'étais là pour m'occuper d'un livre, non pour me soucier de l'ego meurtri d'un bibliothécaire. Pourtant, il avait le droit de savoir pourquoi l'ONU avait choisi quelqu'un comme moi.

« Je ne peux pas décrire précisément l'étendue de mon travail avant d'avoir inspecté à fond le manuscrit, mais laissez-moi vous dire une chose : on ne fait pas appel à mes services pour procéder à un nettoyage chimique ni à une restauration lourde. J'ai écrit trop d'articles critiquant cette approche. Restaurer un livre pour lui rendre son apparence d'origine, c'est manquer de respect pour son histoire. Je pense qu'il faut accepter un ouvrage tel qu'on le reçoit des générations passées, et que dans une certaine mesure l'usure et la détérioration reflètent cette histoire. Mon travail, c'est ainsi que je le conçois, consiste à rendre le livre suffisamment stable pour permettre de le manipuler et de l'étudier sans risque, et à ne procéder à des réparations que là où c'est indispensable. Ici, dis-je, indiquant une page où une tache roussâtre s'étalait sur la fougueuse calligraphie hébraïque, je peux prélever un échantillon microscopique de ces fibres pour les analyser, et nous apprendrons peut-être ce qui a provoqué cette tache... Du vin, à première vue. Mais une analyse approfondie peut fournir des indices sur l'endroit où se trouvait le livre quand cet incident s'est produit. Et si nous ne découvrons pas la réponse maintenant, dans cinquante ou cent ans, quand les techniques de labo auront progressé, mon futur homologue sera en mesure de le faire. Mais si j'effaçais cette tache, cette prétendue détérioration, avec un produit chimique, nous perdrions tout espoir d'en connaître un jour l'origine. » J'inspirai profondément.

Ozren Karaman me fixait, l'air perplexe. Je me sentis soudain très gênée. « Désolée, vous savez tout cela, bien sûr. Mais c'est un peu une obsession chez moi, et une fois que je suis lancée... » Je ne faisais que m'enfoncer encore, aussi je préférai en rester là. « Le problème, c'est qu'on m'a seulement accordé une semaine d'accès au livre, et que j'ai vraiment besoin de chaque minute. J'aimerais m'y mettre... J'ai jusqu'à six heures du soir, c'est ça ?

— Non, pas tout à fait. Je devrai le prendre environ dix

29

minutes avant pour le mettre en sécurité avant la relève des gardiens de la banque.

— Très bien », répondis-je, rapprochant ma chaise. J'inclinai la tête en direction de l'autre extrémité de la longue table, où étaient assis les hommes du détachement de sécurité. « On ne pourrait pas en congédier quelques-uns ? »

Il secoua sa tête hirsute. « Nous allons tous rester, je le crains. »

Je ne pus retenir le soupir qui m'échappa. Mon travail concerne les objets, pas les gens. J'aime la matière, les fibres, la nature des différents éléments qui servent à fabriquer un livre. Je connais la chair et le tissu des pages, les terres brillantes et les toxines mortelles des pigments anciens. La colle à base de farine, je peux en rebattre les oreilles de n'importe qui. J'ai passé six mois au Japon pour apprendre comment la mélanger de façon à obtenir juste le degré d'élasticité nécessaire.

J'aime particulièrement le parchemin. Si durable qu'il traverse les siècles, si fragile qu'il peut être détruit l'espace d'une seconde d'inattention. Je suis sûre que l'une des raisons pour lesquelles j'ai été choisie vient du fait que j'ai écrit tant d'articles à son sujet. Il me suffisait de voir la grosseur et l'espacement des pores d'un parchemin pour dire qu'il avait été fabriqué avec la peau d'une race disparue de moutons montagnards d'Espagne à l'épaisse toison. On peut dater des manuscrits de l'époque des royaumes d'Aragon et de Castille, à un siècle près, si on sait quand cette race particulière faisait fureur chez les fabricants locaux de parchemin.

Le parchemin est en cuir, principalement, mais son contact et son apparence sont différents parce que les fibres dermiques ont été réorganisées par l'étirement. Mouillez-le, et les fibres retrouvent leur lacis en trois dimensions. Je m'étais inquiétée au sujet de la condensation à l'intérieur de la boîte métallique, ou de l'exposition aux éléments pendant le transport. Mais je n'en vis pratiquement aucune trace. Quelques pages laissaient paraître des taches d'eau plus anciennes, mais sous le microscope je vis une pellicule de cristaux en forme de cubes que j'identifiai : le NaCl, communément appelé sel fin. L'eau qui avait abîmé le livre était sans doute l'eau salée dont on se sert à la table du seder pour représenter les larmes des esclaves en Égypte. Bien sûr, un livre ne se résume pas à la somme de ses matériaux. C'est une création issue de l'esprit et des mains de l'homme. Les batteurs d'or, les broyeurs de pierre, les scribes, les relieurs sont les gens avec lesquels je me sens le plus à l'aise. Parfois, dans le silence, ils me parlent. Ils me dévoilent leurs objectifs, et cela m'aide à accomplir mon travail. Je craignais que le regard insistant du *kustos* pétri de bonnes intentions, ou les flics, avec le caquetage inaudible de leurs radios, n'éloignent mes hôtes bienveillants. Et j'avais besoin de leur aide. Il y avait tant de questions.

Pour commencer, la plupart des livres enrichis de pigments aussi coûteux que celui-ci étaient destinés à un palais ou une cathédrale. Mais une haggada n'est utilisée qu'à la maison. Le mot est issu de la racine hébraïque *ngd*[1] « dire » et s'inspire du commandement biblique qui charge les parents de raconter à leurs enfants l'histoire de l'Exode. Ce « récit » diverge énormément d'une version à l'autre et au cours des siècles chaque communauté juive a élaboré ses propres variantes de cette célébration familiale.

Personne ne savait pourquoi cette haggada était ornée de nombreuses enluminures, à une époque où la plupart des Juifs considéraient l'art figuratif comme une violation des commandements. Il était peu probable qu'un Juif eût été en position d'apprendre les techniques de peinture raffinées appliquées ici. Le style n'était pas différent du travail des miniaturistes chrétiens. Et pourtant, la plupart des peintures illustraient des scènes de la Bible telles qu'elles étaient interprétées dans le Midrash – l'exégèse et le commentaire bibliques dans la tradition juive.

Je tournai une page et me retrouvai face à une image qui avait provoqué chez les érudits plus de spéculations que toutes les autres. C'était une scène de la vie domestique.

---

1. *Nun, gimel, daleth,* lettres de l'alpabet hébreux. *(N.d.T.)*

Une famille de Juifs – espagnols, à en juger par leurs costumes – assiste au repas de Pessah. Nous voyons la nourriture rituelle, la *matsa*, pour commémorer le pain sans levain que les Hébreux avaient fait cuire à la hâte la veille de leur fuite d'Égypte, un os garni de viande pour rappeler le sang de l'agneau sur les montants de portes qui avait conduit l'ange de la mort à épargner les maisons juives. Le père, accoudé selon la coutume, pour montrer qu'il est un homme libre et non un esclave, sirote du vin dans une coupe d'argent tandis que son petit garçon, assis auprès de lui, lève un verre. La mère resplendit, sereine, dans sa magnifique robe de fête, avec sa coiffure ornée de pierreries. La scène représente sans doute le portrait de la famille qui a commandé cette haggada. Mais il y a une autre convive, une femme à la peau d'ébène, vêtue de safran, tenant un morceau de matsa. L'identité de cette Africaine, trop joliment habillée pour être une servante, et participant au rite juif, plonge depuis un siècle les spécialistes du livre dans la perplexité.

Lentement, délibérément, j'examinai l'état de chaque page, en prenant des notes. Chaque fois que je tournais un parchemin, je vérifiais et ajustais la position des mousses de soutien. Ne jamais stresser le livre : premier commandement du conservateur. Mais les gens qui avaient possédé cet ouvrage avaient connu un stress insupportable : les pogroms, l'Inquisition, l'exil, le génocide, la guerre.

Quand j'atteignis la fin du texte hébreu, je découvris une ligne écrite dans une autre langue, par une autre main. *Revisto per mi. Gio. Domenico Vistorini, 1609.* La phrase en latin était rédigée dans le style vénitien : « Revu par mes soins. » Sans ces trois mots, inscrits à cet endroit par un censeur officiel de l'Inquisition du pape, le livre aurait probablement été détruit cette année-là à Venise, et n'aurait jamais traversé l'Adriatique pour gagner les Balkans.

« Pourquoi l'as-tu sauvé, Giovanni ? »

Je levai les yeux, fronçant les sourcils. C'était le Dr Karaman, le bibliothécaire. Il haussa très légèrement les épaules, en guise d'excuse. Il crut sans doute que j'étais irritée par son interruption, mais en réalité j'avais été surprise qu'il formulât la question que je me posais mentalement. Personne ne connaissait la réponse ; on ne savait pas plus comment ni pourquoi, ni même quand le livre était arrivé dans cette ville. Un acte de vente de 1894 spécifiait qu'une personne du nom de Kohen l'avait vendu à la bibliothèque. Mais personne n'avait pensé à interroger le vendeur. Et depuis la Seconde Guerre mondiale, pendant laquelle les deux tiers des Juifs de Sarajevo avaient été massacrés et le quartier juif de la ville mis à sac, il ne restait plus un seul Kohen à qui le demander. Cette fois-là aussi, un bibliothécaire musulman avait sauvé le livre des mains des nazis, mais les détails sur la façon dont il s'y était pris étaient rares et contradictoires.

Quand j'eus terminé les notes sur mon examen initial, j'installai une chambre folding et passai de nouveau tout le livre en revue depuis le début, photographiant chaque page afin de faire un rapport précis sur l'état du livre avant d'entreprendre le travail de conservation. Quand j'en aurais terminé, et avant de relier les pages, je photographierais une nouvelle fois chacune d'entre elles. J'enverrais les négatifs à Amitai, à Jérusalem. Il ferait faire une série de tirages de qualité supérieure pour les musées du monde, et imprimer une édition en fac-similé que les gens ordinaires pourraient admirer partout. Normalement, ces photos auraient dû être prises par un spécialiste, mais l'ONU ne voulait pas faire l'effort de chercher un autre expert acceptable aux yeux de toutes les circonscriptions de la ville, aussi j'avais donné mon accord.

Je courbai les épaules et saisis mon scalpel. Puis je m'assis, une main sous le menton, l'autre sur la reliure, immobile. Juste avant de commencer, il y a toujours un instant où on doute de soi. La lumière scintillait sur l'acier, et cela me fit penser à ma mère. Si elle hésitait, le patient se viderait de son sang sur la table d'opération. Mais ma mère, première femme à diriger un service de neurochirurgie dans l'histoire de l'Australie, ignorait le doute. Elle n'avait pas douté de son droit à passer outre à toutes les conventions de son époque, à porter un enfant sans se donner la peine de prendre un mari ni même de désigner un père. Jusqu'à ce jour, je n'ai pas la moindre idée de qui il était. Un homme qu'elle aimait ? Quelqu'un dont elle s'était servie ? La seconde hypothèse est sans doute la bonne. Elle a cru qu'elle allait m'élever à son image. Absurde. Elle est blonde et perpétuellement hâlée par le tennis. Je suis brune, et aussi pâle qu'un Goth. Elle a des goûts de luxe. Je préfère boire ma bière à même la canette.

Je me suis rendu compte il y a longtemps qu'elle ne me respecterait jamais pour avoir choisi de réparer des livres et non des corps. Pour elle, mes diplômes avec mention en chimie et langues anciennes du Proche-Orient ne valaient pas tripette. Un mastère en chimie et un doctorat en conservation des beaux-arts n'ont pas fait le poids non plus. « Du bricolage de maternelle », dit-elle, parlant de mes papiers, de mes pigments et de mes pâtes. « Tu aurais fini ton internat à présent », a-t-elle déclaré quand je suis rentrée du Japon. « À ton âge j'étais chef de clinique », fut son seul commentaire à mon retour de Harvard.

Quelquefois, j'ai l'impression d'être un personnage de l'une des miniatures persanes que je préserve, un être minuscule observé à jamais par des visages immobiles qui le considèrent du haut de galeries ou l'épient derrière des paravents à claire-voie. Mais dans mon cas, les visages n'en forment qu'un, celui de ma mère, avec sa moue et son œil critique.

J'ai aujourd'hui trente ans, et voilà qu'elle réussit encore à s'interposer entre moi et mon travail. L'insistance de son regard impatient et réprobateur finit par me stimuler. Je glissai le scalpel sous le nerf et le manuscrit déploya ses précieux feuillets. Je saisis le premier. Une toute petite paillette se détacha de la reliure. Soigneusement, avec un pinceau en poil de martre, je la déposai sur une lame et la passai sous le microscope. Eurêka. C'était un minuscule fragment d'aile d'insecte, translucide, nervuré. Nous vivons dans un monde d'arthropodes et l'aile venait peut-être d'un insecte ordinaire et ne nous apprendrait rien. Mais ce pouvait être une rareté, vivant dans une sphère géographique limitée. Ou bien une espèce aujourd'hui disparue. L'un comme l'autre étofferait nos connaissances sur l'histoire du livre. Je le mis dans une enveloppe en papier glassine sur laquelle je collai une étiquette indiquant son emplacement.

Quelques années plus tôt, un tout petit éclat de penne que j'avais trouvé dans une reliure avait déclenché un énorme tumulte. L'ouvrage se composait d'une très belle série de suffrages, courtes prières à des saints individuels, censés faire partie d'un livre d'heures perdu. Il appartenait à un collectionneur français influent qui avait convaincu le Getty Center, à Los Angeles, d'offrir une somme considérable pour son acquisition. L'homme possédait des documents très anciens sur l'origine du livre, l'attribuant au Maître de Bedford qui avait peint à Paris vers 1425. Mais pour moi, quelque chose ne collait pas dans cette histoire.

De façon générale, un éclat de penne ne vous dit pas grand-chose. Pour fabriquer une bonne plume, nul besoin d'un volatile exotique. Une penne solide choisie chez un oiseau robuste fait parfaitement l'affaire. Cela m'amuse toujours de voir les acteurs de films d'époque s'échiner à écrire avec de flamboyantes plumes d'autruche. D'abord, l'Europe médiévale ne comptait guère d'autruches sur son territoire. Ensuite, les scribes ont toujours taillé la penne de façon à obtenir une pointe et à n'être pas gênés par les duvets floconneux. Je tins absolument à montrer l'éclat à un ornithologue, et vous savez quoi ? Il venait d'une plume de canard musqué. De nos jours il y en a partout, mais au XVe siècle ils étaient encore confinés au Mexique et au Brésil. Ils n'ont été introduits en Europe qu'au début du XVIIe siècle. Il apparut que le collectionneur français falsifiait les documents depuis des années.

Quand je saisis délicatement le deuxième feuillet de la haggada, je tirai le nerf usé qui le retenait et remarquai qu'un fin poil blanc de un centimètre de long était pris dans la fibre. L'examinant au microscope, je vis que le poil avait laissé une très légère empreinte près de la reliure, sur la page qui dépeignait le seder de la famille espagnole. Doucement, avec des pinces chirurgicales, je parvins à l'extraire et le glissai dans sa propre enveloppe.

J'avais eu tort de craindre d'être distraite par les gardiens qui se trouvaient dans la pièce. Je ne remarquais pas même leur présence. Les gens allaient et venaient, et je ne levais même pas la tête. Lorsque la lumière commença à décliner, et seulement alors, je me rendis compte que j'avais travaillé depuis le matin sans interruption. Je me sentis brusquement engourdie par la tension, et tenaillée par la faim. Je me levai, et Karaman arriva aussitôt, son horrible boîte métallique toute prête. J'y déposai soigneusement le livre avec ses feuillets détachés.

« Nous devons absolument changer ça tout de suite, dis-je. Le métal est ce qu'il y a de pire pour transmettre les variations de température. » Je posai une plaque de verre dessus et l'équilibrai avec de petits sachets de sable en velours pour maintenir les parchemins à plat. Ozren s'activa avec sa cire, ses tampons et ses ficelles pendant que je nettoyais et rangeais mes outils.

« Que pensez-vous de notre trésor ? demanda-t-il, inclinant la tête vers le livre.

— Il est remarquable pour son âge. Il n'y a aucun dégât apparent dû à une manipulation inappropriée. Je vais pratiquer quelques tests sur des échantillons microscopiques pour voir ce qu'ils nous apprennent. Sinon, il faut stabiliser et réparer la reliure. Comme vous le savez, elle date de la fin du XIXe, et elle est aussi usée qu'on peut s'y attendre, autant sur le plan physique que mécanique. »

Karaman s'appuya sur la boîte, appliquant le cachet de la bibliothèque dans la cire. Puis il s'écarta tandis qu'un employé faisait de même avec le tampon de la banque. Le réseau compliqué de ficelles et de sceaux signifiait que tout accès non autorisé au contenu sauterait aux yeux.

« J'ai appris que vous étiez australienne », dit Karaman. Je réprimai un soupir. J'étais encore transportée par mon travail de la journée et n'étais pas d'humeur à faire la conversation. « Veiller sur les trésors anciens des autres peuples semble être une étrange occupation pour quelqu'un qui est né dans un pays aussi jeune. » Je ne répondis rien. Alors il ajouta : « Je suppose que vous étiez avide de culture, ayant grandi là-bas ? »

Je m'étais montrée grossière auparavant, aussi fis-je un effort. Très léger. Ce thème du désert culturel régnant dans un pays jeune commence à dater. En réalité, l'Australie a la tradition artistique continue la plus longue du monde : les Aborigènes réalisaient des peintures sophistiquées sur les murs de leurs demeures trente mille ans avant que les gens de Lascaux aient mâchonné le bout de leur premier pinceau. Mais je décidai de lui épargner la leçon entière. « Eh bien, dis-je, vous devriez considérer que l'immigration a fait de nous le pays le plus diversifié au monde sur le plan ethnique. Les racines des Australiens sont très profondes et très étendues. C'est pour cela que nous nous intéressons à l'héritage culturel mondial. Même au vôtre. » Je n'ajoutai pas que, lorsque j'étais enfant, les Yougoslaves avaient la réputation d'être le seul groupe d'immigrés qui avait réussi à importer ses conflits. Tous les autres succombaient à une sorte d'apathie due au soleil, mais les Serbes et les Croates se bagarraient constamment, lançant des bombes sur leurs clubs de foot respectifs, se tapant sur la gueule même dans des trous de merde paumés au fin fond de la cambrousse comme Coober Pedy.

Il accepta cette pique de bonne grâce, me souriant par-dessus la boîte. Je dois reconnaître qu'il avait un très joli sourire. Sa bouche se relevait et s'abaissait à la fois, comme sur un dessin de Charles Schulz.

Les gardiens se levèrent pour escorter Karaman et le livre. Je suivis les longs couloirs décorés jusqu'à l'escalier de marbre qu'ils empruntèrent pour accéder à la chambre forte. J'attendais que quelqu'un déverrouille les portes principales quand Karaman se retourna pour m'appeler.

« Je pourrais peut-être vous inviter à dîner ? Je connais un endroit dans la vieille ville. Il a rouvert la semaine dernière. Pour être franc et sincère, je ne garantis pas la nourriture, mais du moins ce sera bosniaque. »

J'allais refuser. C'est un réflexe chez moi. Et puis je pensai : Pourquoi pas ? Cela vaudra mieux qu'une viande indéfinissable du room-service dans ma petite chambre d'hôtel lugubre. Je me dis que c'était une recherche légitime. Le sauvetage d'Ozren Karaman l'avait intégré dans l'histoire du livre et je voulais en savoir plus sur ce sujet.

Je l'attendis en haut de l'escalier, écoutant le bruissement étouffé du coffre, puis le cliquètement des barreaux métalliques qui l'enfermaient. Un son définitif et rassurant. Le livre, du moins, serait en sécurité pour la nuit.

3

NOUS NOUS ENFONÇÂMES DANS LES RUES SOMBRES DE LA VILLE, et je frissonnai. La neige avait presque entièrement disparu pendant la journée, mais à présent la température se remettait à baisser et de gros nuages cachaient la lune. Aucun réverbère ne fonctionnait. Quand je compris que Karaman proposait de marcher jusqu'à la vieille ville, je sentis mes entrailles se nouer à nouveau.

« Vous êtes sûr, euh, que ça ne risque rien ? Mon escorte de l'ONU pourrait nous y conduire ? »

Il fit une légère grimace, comme si une odeur peu appétissante lui montait aux narines. « Leurs chars ne sont pas adaptés aux étroites ruelles de la Baščaršija. Et ça fait plus d'une semaine qu'il n'y a pas eu de tirs de snipers. »

Super. Génial. Je le laissai parlementer avec les Vikings de l'ONU, espérant qu'il échouerait à les convaincre de m'autoriser à me passer d'escorte. Malheureusement, c'était un garçon très persuasif – têtu, en tout cas – et nous partîmes donc à pied. Il avançait à longues foulées, et je dus accélérer le pas pour rester à son niveau. Tandis que nous marchions, il se lança dans une sorte de monologue de tourisme alternatif, un genre de guide des enfers, décrivant les structures détruites de la ville. « Voici le bâtiment de la présidence, style néo-Renaissance, cible favorite des Serbes. » Quelques pâtés de maisons plus loin : « Voici les ruines du Musée olympique. Autrefois, c'était la poste. Voici la cathédrale. Néo-gothique. À Noël dernier on y a célébré la messe de minuit, mais à midi, parce que bien sûr, personne ne sortait le soir à cette époque, à moins d'être suicidaire. À gauche, vous voyez la synagogue et la mosquée. À droite, l'église orthodoxe. Tous les endroits où aucun d'entre nous ne va prier, situés fort commodément à une centaine de mètres les uns des autres. »

J'essayai d'imaginer ce que j'éprouverais si Sydney était brusquement éventrée de la sorte, les jalons de mon enfance saccagés ou détruits. Si je me réveillais un matin pour découvrir que les habitants du nord de ma ville avaient dressé des barricades sur le Harbour Bridge et commencé à bombarder l'Opéra.

« Je suppose que marcher dans la ville est encore un luxe, après quatre ans passés à fuir les snipers », dis-je. Il marchait un peu en avant. Il s'arrêta brusquement. « Oui, répliqua-t-il. En effet.» Un flot de sarcasme se déversa de ce commentaire laconique.

Les larges avenues du Sarajevo austro-hongrois avaient peu à peu cédé la place aux étroites ruelles pavées de la ville ottomane, où on touchait presque les murs de chaque côté en tendant les bras. Les bâtiments étaient de petite taille, comme s'ils avaient été construits pour des nains, et si serrés qu'ils me firent penser à des amis éméchés, se soutenant l'un l'autre à la sortie du pub pour rentrer chez eux. De grandes zones de ce quartier avaient été hors de portée des fusils serbes, et ici, les dégâts étaient beaucoup moins visibles que dans la ville moderne. Du haut d'un minaret, le *khoja* appela les fidèles à l'*aksham*, la prière du soir. C'était un son que j'associais avec des lieux de canicule – Le Caire, Damas – et non avec un endroit où le sol gelé crissait sous les pas et où des poches de neige intacte s'accumulaient dans le creux entre le dôme de la mosquée et sa clôture en pierre. Je dus me rappeler que l'Islam était autrefois parvenu jusqu'aux portes de Vienne ; qu'à l'époque où la haggada avait été fabriquée, le vaste empire des musulmans avait été la lumière de l'âge des ténèbres, le seul lieu où la science et la poésie s'épanouissaient, où les juifs, torturés et massacrés par les chrétiens, pouvaient trouver une certaine paix.

Le *khoja* de cette petite mosquée était un vieil homme, mais sa voix portait, pure et splendide dans l'air froid de la nuit. Seule une poignée d'autres vieillards répondirent, piétinant dans la cour pavée, se lavant scrupuleusement les mains et le visage dans l'eau glacée de la fontaine. Je m'arrêtai un intant pour les observer. Karaman était devant moi, mais il se retourna et suivit mon regard. « Ce sont eux, dit-il. Les farouches terroristes de l'imagination serbe. »

Le restaurant qu'il avait choisi était chaud et bruyant et plein d'arômes délicieux de viande grillée. Une photographie accrochée près de la porte montrait le propriétaire en treillis, brandissant un énorme bazooka. Je commandai une assiette de *cevapcici*. Il choisit une salade de chou et un plat de yaourt.

« C'est un peu austère », dis-je.

Il sourit. « Je suis végétarien depuis l'enfance. C'était utile pendant le siège, puisqu'il n'y avait pas de viande du tout. Bien sûr, la plupart du temps on ne trouvait que des brins d'herbe comme légumes. La soupe d'herbe, c'est devenu ma spécialité. » Il commanda deux bières. « La bière, il y en avait, même pendant le siège. Dans cette ville, la brasserie n'a jamais fermé.

— Les Australiens approuveraient, observai-je.

— Je pensais à ce que vous avez dit plus tôt, sur les gens de ce pays qui ont émigré en Australie. En fait, bon nombre d'Australiens ont visité la bibliothèque du musée juste avant la guerre.

— Ah ? répondis-je d'un air absent, sirotant ma bière qui était, je dois l'avouer, un peu savonneuse.

— Bien habillés, parlant un bosniaque lamentable. Les mêmes sont venus des États-Unis. Nous en avions en moyenne cinq par jour, qui venaient s'informer sur l'histoire de leur famille. À la bibliothèque, nous les surnommions Kinta Kunte, comme le Noir de l'émission de télé américaine.

— Kunta Kinte, rectifiai-je.

— Oui, c'est ça : nous les appelions les Kunta Kinte parce qu'ils étaient en quête de leurs racines. Ils voulaient consulter le journal officiel de 1941 à 1945. Ils ne cherchaient jamais de Partisans dans leur arbre généalogique. Ils ne voulaient pas être des descendants de gauchistes. C'étaient toujours les fanatiques nationalistes – les Tchetniks, les Oustashi, les tueurs de la Seconde Guerre mondiale. Vouloir établir un lien de parenté avec ces gens-là, vous imaginez. Je regrette de n'avoir pas su alors que c'étaient des oiseaux de mauvais augure. Mais nous ne pouvions pas croire qu'une pareille folie arriverait un jour ici.

— J'ai toujours admiré les Sarajevois d'avoir été si surpris par la guerre », dis-je. Une réaction que j'avais jugée rationnelle. Comment ne pas répondre par le déni quand votre voisin de palier se met brusquement à vous tirer dessus, d'un geste désinvolte, dénué de remords, comme si vous étiez une sorte d'espèce indésirable, à la manière des fermiers qui éliminent les lapins dans mon pays.

« C'est vrai, reprit-il. Il y a des années, nous avons vu le Liban tomber en ruine et nous avons dit : "C'est le Proche-Orient, les gens sont primitifs là-bas." Puis nous avons vu Dubrovnik en flammes et nous avons dit : "À Sarajevo, nous sommes différents." C'est ce que nous avons tous cru. Comment une guerre ethnique aurait-elle pu éclater ici, dans cette ville, où une personne sur deux est née d'un mariage mixte ? Comment une guerre de religion aurait-elle pu avoir lieu dans une ville où personne ne va jamais à l'église ? Pour moi, la mosquée, c'est comme un musée, un truc vieillot à faire avec ses grands-parents. Un truc pittoresque, vous voyez. Une fois par an, peut-être, nous allions voir le *zikr*, quand les derviches dansent, et c'était un genre de théâtre... Comment on appelle ça ? De la pantomime. Danilo, mon meilleur ami, est juif, et il n'est même pas circoncis. Après la guerre il n'y avait plus de *mohel*[1] ici, il fallait aller chez le coiffeur du coin. De toute manière, nos parents étaient gauchistes, ils pensaient que ces choses-là étaient primitives... » Sa voix faiblit, tandis qu'il vidait sa bière en deux gorgées et commandait une nouvelle tournée.

« Je voudrais que vous me parliez du jour où vous avez sauvé la haggada. »

Il fit la grimace et regarda ses mains, posées à plat sur le Formica tacheté de la table du café. Il avait des doigts longs et délicats. Je m'étonnai de ne pas l'avoir remarqué plus tôt, quand je m'étais montrée grossière avec lui, craignant qu'il ne posât une patte indue sur mon précieux parchemin.

« Vous devez comprendre. Ça s'est passé exactement

---

1. Celui qui exécute la circoncision selon la tradition juive. *(N.d.T.)*

41

comme je l'ai dit. Nous ne croyions pas à la guerre. Notre leader avait dit : "Il faut être deux pour faire la guerre, et nous ne nous battrons pas." Pas ici, pas dans notre cher Sarajevo, notre cité olympique idéaliste. Nous étions trop intelligents, trop cyniques pour la guerre. Bien sûr, il n'est pas nécessaire d'être stupide et primitif pour avoir une mort stupide et primitive. Nous le savons à présent. Mais à ce moment-là, les tout premiers jours, nous avons tous fait des choses un peu dingues. Les gosses, les ados, ils sont allés manifester contre la guerre, avec des affiches et de la musique, comme pour un pique-nique. Les snipers en ont descendu une douzaine, mais nous ne comprenions toujours pas. Nous pensions que la communauté internationale y mettrait un terme. Je le croyais. Je craignais que ça ne dure quelques jours, c'est tout, le temps que le monde – comment dit-on, déjà ? – se ressaisisse. »

Il parlait si doucement que je l'entendais à peine dans le brouhaha de rires qui emplissait le restaurant. « J'étais *kustos* ; on bombardait le musée. Nous n'y étions pas préparés. Tout y était exposé. Il y avait deux kilomètres de livres dans le musée, qui se trouvait à vingt mètres à peine des fusils des Tchetniks. Je me suis dit qu'une bombe au phosphore pouvait tout détruire, ou que ces... ces... on dit *papci* en bosniaque, je n'arrive pas à traduire ce mot. » Il ferma le poing et le fit avancer sur la table. « Comment vous appelez le pied de l'animal ? D'une vache ou d'un cheval ?

— Un sabot ? proposai-je.

— Oui, c'est ça. Nous donnions ce nom à l'ennemi : les sabots, quelque chose qui vient de la ferme. Je me suis dit que s'ils entraient dans le musée, ils piétineraient tout pour trouver de l'or, et qu'ils détruiraient des objets dont ils ne soupçonnaient pas la valeur, car ils étaient trop ignorants. J'ai réussi à gagner le commissariat. La plupart des policiers étaient partis défendre la ville du mieux qu'ils pouvaient. L'officier de service m'a dit : "Qui veut mettre sa tête sur le billot pour sauver quelques vieilles choses ?" Mais quand il s'est rendu compte que j'irais de toute manière, seul, il a désigné deux "volontaires" pour m'aider. Il a déclaré qu'il ne pouvait pas laisser les gens dire qu'un bibliothécaire poussiéreux avait plus de cran que la police. »

Ils avaient transporté des pièces volumineuses dans les salles intérieures. Ils avaient caché les objets de valeur plus petits dans la réserve du concierge, là où les pillards ne pourraient pas les trouver. Les longues mains d'Ozren brassaient l'air tandis qu'il décrivait les artefacts qu'il avait sauvés – les squelettes des anciens rois et reines de Bosnie, les spécimens rares de l'histoire naturelle. « Et ensuite j'ai essayé de trouver la haggada. » Dans les années cinquante un membre du personnel avait été impliqué dans un complot ourdi pour voler la haggada, et depuis lors, le directeur du musée était le seul à connaître la combinaison du coffre où elle était enfermée. Mais le directeur habitait de l'autre côté du fleuve, là où les combats étaient les plus intenses. Ozren savait qu'il ne parviendrait jamais à gagner le musée.

Il continuait de parler doucement, avec des petites phrases dénuées de drame. Pas de lumière. Un tuyau fracturé. L'eau qui montait. Les obus qui s'abattaient sur les murs. Il ne me restait qu'à remplir les blancs. J'avais connu suffisamment de sous-sols de musées pour imaginer la scène ; chaque explosion d'obus qui ébranlait le bâtiment avait dû déverser une pluie de plâtre sur les précieux objets, et sur lui aussi, l'aveuglant alors qu'il s'accroupissait dans le noir, les mains tremblantes, craquant allumette sur allumette pour voir ce qu'il faisait. Guettant une accalmie des bombardements pour entendre la chute des billes alors qu'il essayait une combinaison, puis une autre. Ensuite il n'avait plus rien entendu de toute manière, parce que la pulsation de ses artères faisait trop de bruit dans sa tête.

« Comment avez-vous réussi à l'ouvrir ? »

Il leva les mains, les paumes vers le ciel. « C'était un vieux coffre, pas très sophistiqué...

— Mais tout de même, les chances...

— Comme je vous l'ai dit, je ne suis pas religieux, mais si je croyais aux miracles... le fait que j'aie trouvé le livre, dans ces conditions...

— Le miracle, dis-je, c'était que vous... »

Il ne me laissa pas terminer. « Je vous en prie, m'interrompit-il, plissant le visage de dégoût. Ne faites pas de moi un héros. Je n'ai rien d'héroïque. Franchement, je ne suis pas fier de moi, à cause de tous les livres que je n'ai pas pu sauver... » Il détourna les yeux.

Je pense que c'est ce regard qui m'a touchée. Cette réticence. Peut-être parce que je suis tout sauf courageuse. Je me suis toujours un peu méfiée des héros. J'ai tendance à croire qu'ils manquent d'imagination, sinon ils ne pourraient en aucun cas accomplir les actes d'une folle audace qu'ils entreprennent. Mais ce type-là avait la gorge nouée à cause de livres détruits, et on l'obligeait à rendre compte de ce qu'il avait fait. Je commençais à me dire qu'il me plaisait beaucoup.

On apporta alors mon plat, des petites rondelles succulentes de viande, poivrées et parfumées au thym. J'avais une faim de loup. Je me jetai sur la nourriture, ramassant la viande avec des tranches de pain turc moelleux et chaud. J'étais si concentrée sur mon assiette que je mis un moment à me rendre compte qu'Ozren ne mangeait pas et se contentait de me fixer. Il avait des yeux d'un vert mousse profond, moucheté de cuivre et de bronze.

« Je suis désolée, dis-je. Je n'aurais pas dû vous poser toutes ces questions. Je vous ai coupé l'envie de manger. »

Il sourit – ce sourire du coin des lèvres, si séduisant. « Ce n'est pas ça.

— C'est quoi, alors ?

— Eh bien, quand je vous ai regardée travailler aujourd'hui, votre visage était si immobile et serein que vous m'avez rappelé la Madone des icônes orthodoxes. Simplement, je trouve très amusant qu'un visage céleste ait un appétit aussi terre à terre. »

Je ne supporte pas de rougir comme une écolière. Je sentis le sang me monter aux joues, et j'essayai de prétendre qu'il ne s'agissait pas d'un compliment. « C'est une manière de faire remarquer que je mange comme un cochon », répondis-je en riant.

Il tendit alors le bras pour essuyer une tache de gras sur mon menton. Je cessai de rire. Je saisis sa main au vol et la retournai sur la mienne. C'était une main d'érudit, certes, avec des ongles nets, bien entretenus. Mais j'y vis aussi des cals. J'imagine que pendant le siège, même les érudits avaient dû couper du bois, s'ils en trouvaient. Les bouts de ses doigts luisaient à cause de la graisse d'agneau qu'il avait essuyée sur ma peau. Je les portai à mes lèvres et les léchai lentement, un par un. Ses yeux verts me contemplaient, posant une question que n'importe quelle femme eût comprise.

Son appartement était tout près, un grenier au-dessus d'une pâtisserie à un carrefour qui s'appelait le Jardin des Douceurs. La porte de la boutique était embuée, et un mur de chaleur nous enveloppa quand nous entrâmes. Le propriétaire leva une main enfarinée en guise de salut. Ozren répondit d'un geste, puis me guida à travers le café bondé, jusqu'à l'escalier. L'odeur des gâteaux croustillants et du caramel nous accompagna.

Ozren tenait juste debout sous la pente du toit. Le sommet de ses boucles désordonnées frôlait les poutres les plus basses. Il se tourna pour prendre ma veste, et à cet instant il m'effleura la gorge. Il glissa son majeur sur l'imperceptible arc osseux de ma nuque, où mes cheveux étaient relevés en torsade. Il suivit la ligne de l'épaule, puis du bras, à travers le pull. Quand il atteignit mes hanches, il passa les mains sous le cachemire et le releva par-dessus ma tête. La laine s'accrocha à la pince, qui fit un bruit métallique en heurtant le sol, et la masse de ma chevelure se déploya sur mes épaules nues. Je frissonnai, et il m'entoura de ses bras.

Après, nous restâmes allongés dans le fouillis des draps et des vêtements. Il vivait comme un étudiant, avec un mince matelas relevé contre le mur en guise de lit et, poussées négligemment dans les coins, des piles de livres et de journaux. Il était aussi fin qu'un cheval de course, musclé, avec une ossature allongée. Pas un gramme de graisse. Il enroula une mèche de mes cheveux sur son doigt. « Aussi raides que ceux d'une Japonaise, dit-il.

— Tu es un expert, c'est ça ? » le taquinai-je. Il sourit, se leva, et remplit deux petits verres d'un *rakija* très fort. En arrivant, il avait laissé la pièce dans l'obscurité. Il alluma deux bougies. Quand la flamme se stabilisa, je vis sur le mur du fond un grand tableau figuratif, peint au couteau, représentant une femme et un jeune enfant. Le bébé était en partie caché par le corps de la femme penchée sur lui, qui semblait l'abriter d'un arc protecteur. Elle nous tournait le dos, mais lançait vers l'artiste, vers le spectateur, un beau regard grave, calme et sensible.

« C'est un merveilleux portrait, dis-je.

— Oui, mon ami Danilo, celui dont je t'ai parlé, c'est lui qui l'a peint.

— Qui est-ce ? »

Il fronça les sourcils et soupira. Puis il leva son verre comme pour un toast.

« Ma femme. »

4

SI VOUS AVEZ FAIT DU BON TRAVAIL, il ne doit rien en paraître ensuite.

Werner Heinrich, mon professeur, me l'avait appris. « Ne vous prenez jamais pour une artiste, miss Heath. Vous devez toujours vous tenir en retrait de votre objet. »

Au bout d'une semaine, moins de dix personnes au monde auraient pu dire avec certitude que j'avais désassemblé ce livre pour l'assembler à nouveau. Après, je devrais rendre visite à quelques vieux amis qui pourraient me dire si les minuscules échantillons prélevés sur le manuscrit signifiaient quoi que ce soit. Les Nations unies m'avaient demandé d'écrire un texte de présentation destiné à être inclus dans le catalogue quand l'ouvrage serait exposé. Je ne suis pas ambitieuse dans le sens traditionnel. Je ne souhaite pas posséder une grande maison ni un gros compte en banque ; je me fous de ces choses. Je ne veux rien diriger, je ne veux commander personne, que moi-même. Mais j'ai beaucoup de plaisir à surprendre mes vieux collègues collet monté en publiant une information qu'ils ignorent. J'adore faire avancer le ballon, même d'un millimètre, dans la grande quête humaine du savoir.

Je m'écartai de la table et m'étirai. « Eh bien, *kustos*, je pense que je peux maintenant vous restituer la haggada. » Ozren ne sourit pas, ne me lança pas un regard, mais se leva pour aller chercher la nouvelle boîte qu'il avait fait fabriquer selon mes instructions, un conteneur d'archive correctement élaboré où le livre serait en sécurité pendant que l'ONU terminerait les travaux d'une salle d'exposition climatisée dans le musée. Ce serait un sanctuaire consacré à la survie de l'héritage multiethnique de Sarajevo. La haggada aurait la place d'honneur, mais sur les murs tout autour seraient exposés des manuscrits islamiques et des icônes orthodoxes qui montreraient comment les gens et leurs arts s'étaient développés à partir des mêmes racines, s'influençant et s'inspirant mutuellement.

Quand Ozren prit le livre, je posai une main sur la sienne. « Ils m'ont invitée pour l'inauguration. Je suis censée donner une conférence à la Tate la semaine d'avant. Si je prends l'avion à Londres pour venir ici, je te verrai ? »

Il s'écarta, se dégageant de mon étreinte. « À la cérémonie, oui.

— Et après ? »

Il haussa les épaules.

Nous avions passé trois nuits ensemble au Jardin des Douceurs, mais il n'avait pas prononcé un seul mot sur l'épouse qui nous regardait depuis le tableau. Puis, la quatrième nuit, j'avais ouvert les yeux un peu avant l'aube, parce que le chef pâtissier allait et venait d'un pas lourd, allumant ses fours à pain. J'avais roulé sur le côté et trouvé Ozren tout à fait réveillé, fixant le portrait. Il avait une mine défaite, infiniment triste. J'effleurai sa joue.

« Raconte-moi », dis-je.

Il se tourna et me regarda, prenant mon visage dans ses mains. Puis il se leva du matelas et enfila son jean, me lançant mes vêtements de la veille. Quand nous fûmes habillés, je le suivis dans l'escalier. En bas, il parla quelques minutes au chef pâtissier, qui lui passa un jeu de clés de voiture.

Nous trouvâmes la vieille Citroën cabossée au bout de

l'étroite allée. Nous quittâmes la ville en silence, en direction des montagnes. C'était magnifique là-haut ; les premiers rayons du soleil teintaient la neige d'or, de rose et de mandarine. Un vent violent secouait les bosquets de pins, et l'odeur m'évoqua des souvenirs incongrus : la senteur piquante des arbres de Noël, le parfum de leur sève si puissant les jours caniculaires de décembre, dans le plein été de Sydney.

« C'est le mont Igman, dit-il enfin. C'était la piste de bobsleigh pendant les jeux Olympiques d'hiver, avant que les Serbes n'arrivent avec leurs fusils surpuissants et leurs lunettes et ne la transforment en fosse à snipers. » Il tendit la main pour me retenir comme je m'avançais. « Il y a encore des mines partout. Tu dois rester sur la route. »

De l'endroit où nous étions, on avait une vue parfaite de la ville. Ils l'avaient visée d'ici, alors qu'elle faisait la queue avec son bébé pour accéder au poste d'eau de l'ONU. La première balle avait sectionné son artère fémorale. Elle avait rampé jusqu'au mur le plus proche, en traînant l'enfant, avant de le protéger de son corps. Personne n'avait osé l'aider, ni les soldats de l'ONU, qui étaient restés là sans rien faire pendant qu'elle se vidait de son sang, ni les civils terrifiés qui s'étaient dispersés en hurlant, pour se réfugier dans les pauvres cachettes qu'ils avaient pu trouver.

« Le peuple héroïque de Sarajevo. » La voix d'Ozren était lasse et amère, ses mots difficiles à supporter tandis qu'il les jetait à la face du vent. « C'est comme ça que CNN nous appelait toujours. Mais pour la plupart, nous n'étions pas si héroïques, crois-moi. Quand les tirs commençaient, nous détalions comme des lapins. »

Blessée, perdant son sang, Aïda avait été une cible irrésistible pour l'assassin du mont Igman. La seconde balle avait transpercé son épaule et l'os. La balle s'était fragmentée, aussi seul un petit morceau de métal avait traversé son corps et pénétré dans le crâne du bébé. Le nom de l'enfant était Alia. Ozren le chuchota, en un soupir.

L'agression initiale : c'est le terme technique en neurochirurgie. Quand j'étais adolescente, j'entendais ma mère répondre aux appels téléphoniques qui venaient parfois interrompre heureusement nos disputes à la table du dîner. C'était un jeune interne nerveux, dans la salle des urgences. J'avais toujours pensé que le mot agression était tout à fait approprié si on vous tirait une balle dans la tête ou si on vous assommait avec une bûche. Il était difficile de trouver pire. Dans le cas d'Alia, l'agression initiale avait été compliquée par le fait qu'il n'y avait pas de neurochirurgien à Sarajevo, et encore moins de pédiatre. Le médecin-chef avait fait de son mieux, mais la blessure avait enflé et s'était infectée – une agression « secondaire » – et le petit garçon avait sombré dans le coma. Quand un neurochirurgien était arrivé en ville, des mois plus tard, il avait déclaré qu'il n'y avait plus rien à faire.

Lorsque nous redescendîmes de la montagne, Ozren demanda si je voulais aller à l'hôpital voir son fils. Je n'y tenais pas. Je hais les hôpitaux. Depuis toujours. Quelquefois, le week-end, quand la gouvernante était en congé, ma mère me traînait dans ses tournées. Les néons aveuglants, les murs verdâtres, le choc du métal contre le métal, ce foutu malheur planant sur les couloirs tel un linceul – je haïssais tout cela. Dans les hôpitaux, je me laisse emporter par mon imagination. Je me vois partout : allongée sur l'appareil de traction ou inconsciente sur le lit à roulettes, mon sang suintant dans les poches de drain, reliées à des sondes urétrales. Chaque visage est le mien. Comme dans ces *flip books* où on garde la même tête, mais où on change les corps sans arrêt. Pathétique. Je sais. Mais je ne peux pas m'en empêcher. Je suis une lâche. Et maman qui se demandait pourquoi je ne voulais pas être médecin.

Mais Ozren me regardait avec une expression de bon chien, la tête penchée, attendant un signe de gentillesse. Je ne pouvais pas refuser. Il me dit alors qu'il y allait tous les jours, avant de se rendre au travail. Je ne m'en étais pas rendu compte. Les matins précédents, il m'avait raccompagnée à mon hôtel pour que je puisse me doucher – quand il y avait de l'eau – et me changer. J'ignorais qu'il partait ensuite à l'hôpital, pour passer une heure avec son fils.

Quand nous longeâmes le couloir, j'essayai de ne pas regarder dans les salles, ni à droite ni à gauche. Mais une fois dans la chambre d'Alia, il me fut impossible de poser les yeux ailleurs que sur lui. Un visage doux, immobile, un peu gonflé par les liquides qu'on lui injectait pour le maintenir en vie. Un minuscule corps bardé de tuyaux en plastique. Le bruit des moniteurs, mesurant les minutes de sa petite vie limitée. Ozren m'avait dit que sa femme était morte un an plus tôt, et Alia ne devait pas avoir plus de trois ans. C'était difficile d'en juger. Son corps atrophié aurait pu être celui d'un enfant plus jeune, mais les expressions qui traversaient son visage semblaient refléter les émotions d'une personne très âgée. Ozren repoussa les cheveux châtains du petit front, s'assit sur le lit, et chuchota des mots en bosniaque, pliant et redressant les petites mains raides.

« Ozren, dis-je tout bas. Tu as envisagé de demander un autre avis ? Je pourrais emporter ses scanners et…

— Non, dit-il, me coupant au milieu de ma phrase.

— Pourquoi pas ? Les médecins ne sont que des hommes, ils commettent des erreurs. » Je ne compte pas les fois où j'ai entendu ma mère rejeter l'opinion d'un collègue soi-disant éminent. « Lui ? je ne le consulterais même pas pour un ongle incarné ! » Ozren se contenta de hausser les épaules et ne me répondit pas.

« Tu as des IRM ou seulement des scans spiralés ? Les IRM en montrent beaucoup plus, elles…

— Hanna, tais-toi, s'il te plaît, j'ai dit non.

— C'est drôle, dis-je. Je n'aurais jamais pensé que tu croyais à ces conneries, inch'Allah, le fatalisme et tout ça ! »

Il se leva du lit et fit un pas vers moi, me prenant la tête dans ses mains et approchant son visage si près du mien que ses traits furieux se brouillèrent.

« Toi, dit-il d'une voix sourde, contenue. C'est toi qui es ravagée par la connerie. »

Sa férocité soudaine m'effraya. Je m'écartai.

« Vous autres, continua-t-il, m'attrapant le poignet. Tous autant que vous êtes, dans le monde sécurisé, avec vos airbags, vos emballages à fermeture hermétique et vos régimes sans matières grasses. C'est vous qui êtes superstitieux. Vous vous persuadez que vous pouvez tromper la mort, et vous êtes profondément choqués quand vous apprenez que c'est impossible. Tu es restée dans ton joli appartement pendant toute notre guerre et tu nous as regardés crever sur ton écran de télé. Et tu t'es dit "Quelle horreur !" et ensuite tu es allée te préparer une autre tasse de café hors de prix.» Je frémis à cette phrase. C'était une description assez juste. Mais il n'avait pas fini. Il en bavait de rage.

«Des choses terribles arrivent. Des choses absolument terribles me sont arrivées. Et je ne suis pas différent d'un millier d'autres pères dont les fils souffrent dans cette ville. Je vis avec. Toutes les histoires n'ont pas une fin heureuse. Grandis, Hanna, et accepte-le.»

Il repoussa mon poignet. Je tremblais. Je voulais m'en aller, quitter cette chambre. Il revint près d'Alia et se rassit sur le lit, me tournant le dos. Je le bousculai en me dirigeant vers la porte, et je vis qu'il avait dans les mains un livre pour enfants en bosniaque. D'après les illustrations, qui m'étaient familières, je vis que c'était une traduction de *Winnie l'ourson*. Il posa le livre et se frotta le visage avec ses paumes. Il leva les yeux vers moi, l'air épuisé. «Je lui fais la lecture. Tous les jours. Une enfance ne peut pas se passer sans ces histoires.» Il choisit une page qu'il avait marquée d'un signet. J'avais la main sur la poignée, mais le son de sa voix me figea sur place. De temps à autre, il levait les yeux et parlait à Alia. Peut-être qu'il expliquait le sens d'un mot difficile, ou exposait une finesse de l'humour anglais de Milne. Je n'avais jamais rien vu d'aussi tendre entre un père et son fils.

Et je savais que je ne supporterais pas de revoir cette scène. Ce soir-là après le travail, Ozren commença à s'excuser pour son éclat. Peut-être était-ce le prélude d'une nouvelle invitation à passer la nuit chez lui, mais je ne le laissai pas aller jusque-là. Je trouvai un prétexte pour expliquer que je devais rentrer à l'hôtel. Je fis la même chose le lendemain. Le troisième soir il ne posa plus la question. Et de toute manière, le moment était venu de partir.

Un botaniste très beau et très blessé m'a dit une fois que

mon attitude à l'égard du sexe ressemblait à quelque chose qu'il avait lu dans un manuel de sociologie sur les années soixante. Il a prétendu que mon comportement correspondait à la description donnée par le livre du mâle préféministe qui prenait des partenaires occasionnelles pour des rapports sexuels, puis les laissait tomber dès qu'elles lui demandaient de s'engager sur le plan affectif. Son hypothèse était que, puisque je n'avais pas de père et que ma mère était indisponible, personne ne m'avait donné l'exemple d'une relation saine, aimante et faite de réciprocité.

Je répondis que si je voulais entendre du jargon de psy, je pouvais en consulter un à Medibank pour pas cher. Je ne couche pas avec n'importe qui, loin de là. En réalité, je suis très difficile. Je préfère les rares modèles de perfection aux masses médiocres. Mais je n'ai pas envie de laver le linge sale d'un autre, et si je voulais un associé, j'entrerais dans un cabinet d'avocats. Si je choisis d'être avec quelqu'un, je veux que la relation reste légère et drôle. Je n'ai aucun plaisir, absolument aucun, à faire souffrir les gens, surtout pas des cas tragiques comme Ozren, qui est un être humain impressionnant, courageux, intelligent et tout ce qui s'ensuit. Beau même, si on supporte son air débraillé. Je m'étais aussi sentie coupable pour le botaniste. Mais il avait commencé à parler de se promener dans le bush avec des enfants dans son sac à dos. J'avais dû m'en séparer. J'avais à peine vingt-cinq ans. Pour moi, les enfants sont un luxe de la maturité.

En ce qui concerne ma soi-disant famille à problèmes, j'ai hérité d'une idée fondamentale : ne jamais compter sur autrui pour sa survie affective. Trouver quelque chose de passionnant à faire, pour ne pas avoir le temps de se lamenter sur son sort. Ma mère aime son métier. Moi aussi. Et donc, le fait que nous ne nous aimions pas toutes les deux... eh bien, je n'y pense presque jamais.

Quand Ozren en eut terminé avec ses cachets et ses ficelles, je descendis avec lui l'escalier du bâtiment de la banque pour la dernière fois. Si je revenais à Sarajevo pour l'inauguration, le livre serait au musée, à sa place, dans sa jolie vitrine neuve ultra-moderne sécurisée. J'attendis qu'Ozren eût rangé le livre dans le coffre, mais quand il remonta il s'entretenait en bosniaque avec les gardiens, et il ne se retourna pas.

Le gardien déverrouilla la porte pour le laisser sortir.

« Bonsoir, dis-je. Au revoir. Merci. »

Sa main était posée sur la poignée d'argent très ornée. Il me lança un coup d'œil et hocha brièvement la tête. Puis il ouvrit la porte et partit dans l'obscurité. Je remontai seule à l'étage pour emballer mes outils.

J'avais mes enveloppes en glassine avec le fragment d'aile d'insecte et le poil blanc solitaire trouvés dans la reliure, et de minuscules échantillons, pas plus gros qu'un point à la fin d'une phrase, que j'avais prélevés au bout de mon scalpel sur les pages tachées. Je les déposai soigneusement dans mon porte-documents. Puis je feuilletai mon carnet pour m'assurer que je n'avais rien oublié. Je parcourus les notes que j'avais prises le premier jour, quand j'avais démonté la reliure. Je vis le mot que j'avais gribouillé au sujet des encoches sur les plats en carton et de la question que je me posais sur les fermoirs manquants.

Pour aller de Sarajevo à Londres, il fallait changer d'avion à Vienne. Je comptais profiter de cette escale nécessaire pour accomplir deux choses. J'avais une vieille connaissance – une entomologiste –, chercheuse et conservatrice au Naturhistorisches Museum. Elle pouvait m'aider à identifier le fragment d'insecte. Je voulais aussi rendre visite à mon vieux professeur, Werner Heinrich. C'était un homme adorable, généreux et raffiné, un peu le grand-père que je n'avais jamais eu. Je savais qu'il était impatient d'apprendre comment s'était déroulé mon travail sur la haggada, et je voulais aussi lui demander un avis. Son influence me permettrait sûrement d'avoir accès aux archives du musée viennois où le travail de reliure avait été réalisé en 1894. Je trouverais peut-être de vieux rapports sur l'état de l'ouvrage à son arrivée au musée. Je mis le carnet dans ma serviette. Enfin, j'y glissai la grosse enveloppe en papier kraft de l'hôpital.

J'avais fait une fausse demande au nom de ma mère, et

choisi une formulation ambiguë . « ... sur la demande d'un collègue du Dr Karaman concernant le cas de son fils, on m'a priée de consulter... » Même ici, ils connaissaient son nom. Elle avait cosigné un texte sur les anévrismes qui faisait autorité. En vérité, je n'avais pas l'habitude de lui demander des faveurs. Mais elle avait dit qu'elle se rendait à Boston pour faire une communication lors de la rencontre annuelle des neurochirurgiens américains, et j'avais un client dans cette ville, un milliardaire, grand collectionneur de manuscrits, qui me pressait d'examiner un livre qu'il envisageait d'acheter à une vente de la Houghton Library.

En général, les Australiens voyagent avec une grande facilité. Si on grandit dans ce pays, on est préparé dès le départ aux vols long-courriers – quinze, vingt-quatre heures, c'est à ça qu'on est habitué. Pour nous, huit heures pour traverser l'Atlantique n'est qu'un jeu d'enfant. Il avait proposé de m'offrir un billet de première classe, et d'habitude, je ne voyage pas à l'avant. Je me dis que je pourrais faire mon expertise, encaisser une jolie somme, et être de retour à Londres à temps pour ma conférence à la Tate. En temps normal, j'aurais organisé mon itinéraire de façon à manquer ma mère. Il y aurait eu un bref échange au téléphone, « Quel dommage ! » « Oui, c'est incroyable ! », chacune rivalisant d'hypocrisie. La veille, quand je lui avais proposé de la rencontrer à Boston, il y avait eu un blanc de quelques secondes, un crépitement de parasites sur la ligne entre Sarajevo et Sydney. Puis elle avait dit, d'une voix neutre : « Quelle bonne idée. J'essaierai de trouver un moment. »

Je ne me posai pas la question de savoir pourquoi je m'imposais cela. Pourquoi j'intervenais ainsi, m'introduisant dans l'intimité d'un homme, passant outre à sa volonté, qu'il n'aurait pu exprimer plus clairement. La réponse est sans doute que s'il y a un mystère, je n'ai de cesse de le percer. De ce point de vue, les scans du cerveau d'Alia étaient comme les parcelles de fibres dans mes enveloppes en glassine, des messages inscrits dans un code qu'un œil expert saurait déchiffrer pour moi.

5

VIENNE SEMBLAIT PROFITER LARGEMENT DE LA CHUTE du communisme. Toute la ville changeait de look, comme une mère de famille fortunée passant sur le billard d'un chirurgien esthétique. Quand mon taxi se mêla à la circulation dans la Ringstrasse, je vis des grues partout, s'inclinant au-dessus de la ligne des toits en forme de pièce montée. Les frises de la Hofburg fraîchement redorées flamboyaient sous la lumière, et des sableuses avaient nettoyé la suie de douzaines de façades néo-Renaissance, révélant le ton crème de la pierre assombri par des siècles de crasse. Les capitalistes occidentaux voulaient manifestement un quartier général impeccable pour leurs nouveaux projets avec des pays voisins tels que la Hongrie et la République tchèque. Et à présent ils avaient de la main-d'œuvre bon marché de l'Est pour faire le travail.

Quand je m'étais rendue à Vienne au début des années quatre-vingt grâce à une bourse, l'endroit m'avait paru gris et sale. Tous les bâtiments étaient noirâtres, mais à l'époque je ne m'en étais pas rendu compte. J'avais pensé que c'était normal. J'avais trouvé l'endroit déprimant et un peu glauque. L'emplacement de Vienne, vacillant à l'extrême limite de l'Europe occidentale, en avait fait le poste d'écoute de la guerre froide. Les solides matrones et les messieurs vêtus de lodens, avec leur assise bourgeoise, existaient dans une atmosphère qui paraissait toujours un peu agitée, tendue, comme l'air après l'orage. Mais j'avais apprécié le rococo doré des *Kaffeehäuser* et la musique, qui était partout – le pouls de la ville. On disait en manière de plaisanterie que quiconque ne se promenait pas avec un instrument de musique était un pianiste, un harpiste ou un espion étranger.

On ne voyait pas Vienne comme un centre scientifique, et pourtant elle avait sa part d'entreprises high-tech et de labos novateurs. Ma vieille amie Amalie Sutter, l'entomologiste, dirigeait l'un d'eux. Je l'avais rencontrée des années auparavant, quand elle était postdoctorante et vivait le plus loin possible des cafés rococo dorés. Je l'avais découverte sur le flanc d'une montagne, dans le lointain

Queensland du Nord. Elle habitait dans un réservoir renversé en tôle ondulée. À l'époque, je faisais de la randonnée avec un sac à dos. J'avais laissé tomber mon école de filles chère et élitiste à seize ans, dès que j'avais pu m'en libérer. J'avais bien essayé de m'en faire renvoyer plus tôt, mais ils avaient eu trop peur de maman pour s'y risquer, malgré toutes les entorses à la bienséance que je réussissais à échafauder. J'avais quitté notre palais pour me joindre à cette bande instable – Scandinaves en pleine santé mettant à profit leurs vacances pour gagner un peu d'argent, surfeurs ayant abandonné leurs études, et toxicos décharnés – et gagner Byron Bay, au nord, puis remonter la côte, au-delà de Cairns et de Cooktown, jusqu'à l'endroit où la route s'arrêtait.

J'avais fait près de deux mille bornes pour échapper à ma mère, et j'avais fini par trouver quelqu'un qui, sous certains aspects, lui ressemblait en tous points. Ou qui ressemblait à ce qu'elle aurait pu être dans un monde parallèle. Amalie était ma mère dépouillée de prétentions sociales et d'ambition matérielle. Mais elle était tout aussi passionnée par son travail, qui consistait à étudier de quelle manière une certaine espèce de papillon se reposait sur les fourmis pour protéger ses chenilles des prédateurs. Elle me permit de rester dans son réservoir et m'apprit tout ce qu'il y avait à savoir sur les toilettes à compost et les douches solaires. Je ne m'en rendis pas compte à l'époque, mais je pense aujourd'hui que ces semaines passées sur la montagne, à observer sa manière de considérer le monde avec cette *attention* intense, passionnée, et de se défoncer juste pour avoir la possibilité de découvrir quelque chose de nouveau sur le mode de fonctionnement du monde, me poussèrent à rebrousser chemin et à retourner à Sydney pour y commencer ma vraie vie.

Des années plus tard, quand je vins à Vienne pour être l'élève de Werner Heinrich, je tombai de nouveau sur elle. Werner m'avait demandé d'examiner l'ADN d'un parasite de papier qu'il avait extrait d'une reliure, et quelqu'un m'avait dit que le labo d'ADN du Naturhistorisches Museum était le meilleur de la ville. Sur le moment j'avais jugé cela étrange. Le musée était merveilleusement antique, rempli d'animaux empaillés rongés par les mites et de collections de cailloux de gentlemen du XIXᵉ siècle. J'aimais m'y promener, car on ne savait jamais ce qu'on allait y découvrir. C'était comme un magasin de curiosités. Je n'en avais jamais eu la confirmation, mais le bruit courait qu'on y trouvait la tête coupée du vizir turc qui avait perdu le siège de Vienne en 1623. Ils la gardaient dans le sous-sol, disait-on.

Mais le labo d'Amalie Sutter était un local à l'équipement ultra-moderne pour la recherche de la biologie évolutionniste. Je me souvenais des directions assez bizarres pour me rendre dans son bureau : prendre l'ascenseur jusqu'au troisième étage, suivre le squelette du *diplodocus*, et quand on atteint le maxillaire, sa porte est à gauche. Une assistante me dit qu'elle se trouvait dans la salle des collections et m'accompagna au bout du couloir. Sur le seuil, une forte odeur de naphtaline me prit à la gorge. Je vis Amalie, à peu près telle que je l'avais laissée, qui étudiait de près un tiroir au chatoiement bleu argenté.

Elle fut heureuse de me voir, et plus encore de voir mon spécimen. « J'ai pensé que tu m'apportais encore un parasite de papier. » La fois dernière, elle avait dû le pulvériser pour en extraire l'ADN, l'amplifier, puis attendre des jours et des jours pour procéder à une analyse. « Mais ça, dit-elle, manipulant l'enveloppe avec soin. Ça, si je ne me trompe, ça va être beaucoup plus facile. Je pense qu'il s'agit d'un de mes vieux amis.

— Un phalène ?

— Non, pas un phalène.

— Ça ne peut pas être un fragment de papillon ? » En général, les papillons ne finissent pas dans les livres. Les phalènes si, car ils entrent dans les maisons. Mais les papillons vivent au grand air.

« Je pense que c'est possible. » Elle se leva et ferma le placard de la collection. Nous retournâmes dans son bureau, où elle parcourut des yeux les étagères de livres qui montaient jusqu'au plafond pour prendre un énorme tome sur la veination des ailes. Elle poussa une haute porte ornée d'une photographie grandeur nature d'elle en doctorante dans la forêt pluviale de Malaisie, brandissant un filet à papillons de quatre mètres. Il était remarquable qu'elle eût aussi peu vieilli depuis. Je pense que son enthousiasme absolu pour son travail avait agi sur elle comme une sorte d'agent de conservation. De l'autre côté de cette porte, il y avait un labo étincelant avec de jeunes chercheurs qui maniaient des pipettes et étudiaient des graphiques sur des écrans. Elle déposa doucement mon petit morceau d'aile sur une lame et le plaça sous un puissant microscope.

« Bonjour, ma beauté, dit-elle. C'*est* toi. » Elle leva les yeux, rayonnante. Elle n'avait pas même regardé les diagrammes de la veination. « *Parnassius mnemosyne leonhardiana.* Très courant en Europe. »

Merde. Mon cœur se serra, et mon visage dut trahir ce que j'éprouvais. Il n'y avait aucune information nouvelle. Le sourire d'Amalie s'épanouit. « Ça ne t'aide guère ? » Elle me fit signe de la suivre de nouveau dans le couloir, jusqu'à la pièce remplie d'armoires de collections. Elle s'arrêta devant l'une d'elles et ouvrit la haute porte avec un bruit métallique. Elle fit coulisser un tiroir en bois. Des rangées de papillons *Parnassius* planaient dans leur stase perpétuelle, suspendus à jamais au-dessus de leurs noms soigneusement calligraphiés.

Les papillons étaient ravissants sur un mode subtil et muet. Ils avaient des ailes antérieures d'un blanc crémeux moucheté de points noirs. Les ailes arrière étaient presque translucides, comme du verre au plomb, divisées en carreaux par le tracé distinct des veinures noires. « Ce n'est pas le papillon le plus éblouissant au monde, loin de là, dit Amalie. Mais les collectionneurs les aiment. Peut-être parce qu'il faut gravir une montagne pour en attraper un. » Elle referma le tiroir et se tourna vers moi. « Une espèce ordinaire dans toute l'Europe, oui. Mais confinée dans les milieux haut-alpins, en général autour de deux mille mètres d'altitude. Les chenilles du *Parnassius* se nourrissent uniquement d'une variété alpine de pied-d'alouette qui pousse dans les environnements escarpés et pierreux. Ton manuscrit, ma chère Hanna, est-ce qu'il a fait un tour dans les Alpes ? »

Une aile d'insecte

Sarajevo, 1940

Voici la tombe. Restez un moment, tandis que
la forêt écoute.
Découvrez-vous ! Ici repose la fleur d'un peuple
qui sait mourir.

Inscription, monument de la Seconde Guerre
mondiale, Bosnie

L E VENT SOUFFLAIT SUR LA MILJACKA, LUI FOUETTANT LE VISAGE. Le mince manteau de Lola ne la protégeait pas. Elle franchit le pont étroit au pas de course, les mains enfoncées dans ses poches. De l'autre côté du fleuve s'élevait abruptement une volée de marches en pierres dégrossies, conduisant à un labyrinthe de ruelles bordées d'immeubles miteux. Lola gravit l'escalier quatre à quatre et tourna dans la seconde allée, enfin à l'abri des bourrasques glacées.

Il n'était pas encore minuit, aussi la porte extérieure n'avait-elle pas été verrouillée. À l'intérieur, il ne faisait guère plus chaud qu'au-dehors. Elle se calma et mit un moment avant de retrouver son souffle. Une forte odeur de chou bouilli et de pisse de chat toute fraîche planait dans l'entrée. Lola monta à pas de loup et tourna sans bruit le loquet de l'appartement de sa famille. Sa main droite se tendit instinctivement vers la mezouza[1] fixée au montant de la porte, mais elle eût été incapable de dire pourquoi. Elle retira son manteau, délaça ses bottes, et les prit à la main tandis qu'elle contournait sur la pointe des pieds les formes endormies de son père et de sa mère. L'appartement comportait une pièce avec un rideau pour seule cloison.

Sa petite sœur n'était qu'un renflement sous l'édredon. Lola souleva le dessus-de-lit et se glissa à côté d'elle. Dora était roulée en boule comme un petit animal, et une chaleur bienvenue émanait d'elle. Lola toucha son dos

---

1. Mouvement de jeunesse juive. (N.d.T.)

61

tiède. L'enfant protesta dans son sommeil, poussant un petit cri avant de se dégager. Lola plaça ses mains glacées dans le creux de ses aisselles. Malgré le froid, elle avait encore le visage en feu, le front moite à cause de la danse, et si son père se réveillait, il le remarquerait.

Lola adorait la danse. C'était ce qui l'avait attirée dans les réunions de l'Hashomer Hatzaïr[1]. Elle aimait aussi les promenades ; les longues marches difficiles dans les montagnes, conduisant à un lac suspendu ou aux ruines d'une forteresse ancienne. Le reste, elle ne s'en souciait guère. Les discussions politiques sans fin l'ennuyaient. Et l'hébreu : elle n'avait même pas de plaisir à lire dans sa propre langue, et aimait encore moins se décarcasser pour décoder les étranges gribouillis noirs que Mordechai essayait toujours de lui faire entrer dans le crâne.

Elle songea au poids agréable de son bras sur son épaule dans le cercle des danseurs. Elle le sentait encore. Quand il avait retroussé ses manches, elle avait vu son avant-bras musclé par les travaux agricoles, doré et ferme comme une noisette. Elle ne connaissait pas les pas, mais il était facile de suivre la danse avec lui à ses côtés, lui souriant pour l'encourager. Une Sarajevoise – même une fille pauvre telle que Lola – n'accordait jamais un regard à un paysan bosniaque. Même si le fermier était fortuné, une citadine avait un sentiment de supériorité. Mais Mordechai, c'était tout à fait autre chose. Il avait grandi à Travnik qui, sans être Sarajevo, était cependant une belle ville. Il était instruit ; il était allé au lycée. Pourtant, deux ans plus tôt, à l'âge de dix-sept ans, il s'était embarqué sur un bateau pour la Palestine où il avait travaillé dans une ferme. Et une ferme qui n'était pas florissante, à en croire sa description. Un bout de terrain desséché, aride et poussiéreux où il fallait se casser le dos pour faire pousser quelque chose. Et sans profit à la clé : juste en échange de nourriture et de vêtements de labeur. Pire qu'une vie de paysan, vraiment. Lorsqu'il en parlait, il donnait toutefois l'impression qu'il n'existait pas de profession plus fascinante ou plus

---

1. Rituels des prières du sabbat et de la semaine. *(N.d.T.)*

noble que le creusement de canaux d'irrigation et la récolte de dattes.

Lola aimait écouter Mordechai quand il parlait de tout ce qu'un pionnier devait savoir faire : par exemple, soigner une piqûre de scorpion ou étancher le sang d'une mauvaise coupure ; construire des latrines ou improviser un abri. Lola savait qu'elle ne quitterait jamais son pays pour devenir une pionnière en Palestine, mais elle aimait penser au genre de vie aventureux qui exigeait de telles qualités. Et rêver à Mordechai. Sa manière de parler lui rappelait les vieilles chansons en ladino que son grand-père lui chantait quand elle était petite. Il avait un étal de graines au marché, et la mère de Lola la laissait quelquefois avec lui quand elle travaillait. Grand-père regorgeait d'histoires de chevaliers et d'hidalgos, et de poèmes d'un pays magique du nom de Sepharad, où, disait-il, ses ancêtres avaient vécu autrefois. Mordechai parlait de sa nouvelle terre avec la même émotion. Il dit au groupe qu'il était impatient de retourner là-bas, en Eretz Israel. « Je suis jaloux de tous les levers de soleil que je ne vois pas teinter d'or les pierres blanches de la vallée du Jourdain. »

Lola ne prenait pas la parole dans les discussions de groupe. Elle se sentait stupide comparée aux autres. C'était surtout des Svabo Jijos, des Juifs de langue yiddish, venus en ville à la fin du XIXᵉ siècle, avec l'occupation autrichienne. Les familles parlant le ladino comme celle de Lola étaient arrivées en 1565, quand Sarajevo faisait partie de l'Empire ottoman, et le sultan musulman leur avait offert l'asile en raison des persécutions des chrétiens. La plupart de ces Juifs avaient erré depuis leur expulsion d'Espagne en 1492, en quête d'un asile durable. Sarajevo les avait acceptés, et ils y avaient trouvé la paix, mais peu d'entre eux avaient réellement prospéré. Ils étaient restés le plus souvent petits commerçants comme son grand-père, ou artisans au savoir-faire limité. Les Svabo Jijos étaient plus instruits, plus européens par leurs idées. Ils avaient très vite obtenu de meilleurs emplois et s'étaient fondus dans la haute société sarajevoise. Leurs enfants allaient au lycée et parfois même à l'université. À l'Hashomer, c'étaient des leaders naturels.

L'une était la fille d'un conseiller municipal, l'autre le fils d'un pharmacien, un veuf, dont la mère de Lola lavait le linge. Le père d'une autre fille était comptable au ministère des Finances où le père de Lola était concierge. Mais Mordechai traitait chacun comme un égal, et peu à peu elle rassembla assez de courage pour poser une question.

« Mordechai, demanda-t-elle timidement, tu n'es pas heureux d'être chez toi, dans ton pays, où tu parles ta propre langue, et où tu n'as pas à travailler aussi dur ? »

Il s'était tourné vers elle avec un sourire. « Ce n'est pas chez moi, répondit-il gentiment. Ce n'est pas non plus chez toi. Le seul pays des Juifs est Eretz Israel. Et c'est pourquoi je suis ici, pour vous parler à tous de la vie que vous pourriez avoir, pour vous préparer, et vous ramener avec moi, afin de construire notre patrie juive. »

Il leva les bras, comme pour l'inclure dans une étreinte collective. « Si vous le voulez, ce ne sera pas un rêve. » Il marqua une pause, laissant les mots planer dans l'air. « Un grand homme l'a dit, et j'y crois. Et toi, Lola, vas-tu accomplir tes rêves, et les transformer en réalité ? » Elle rougit, peu habituée à une telle attention, et Mordechai sourit avec douceur. Puis il déploya ses mains pour englober tout le groupe. « Réfléchis bien. Que désires-tu ? Faire la danse du pigeon, gratter le sol pour ramasser les miettes des autres, ou préfères-tu être un faucon du désert, et t'élancer vers ta propre destinée ? »

Isak, le fils du pharmacien, était un garçon petit et studieux, aux membres filiformes. La mère de Lola déclarait souvent que malgré tout son savoir, le pharmacien n'avait aucune idée de la manière de nourrir convenablement un enfant en pleine croissance. Mais de tous les jeunes gens présents dans la salle, Isak fut le seul à donner des signes d'impatience pendant l'envolée rhétorique de Mordechai. Celui-ci le remarqua et dirigea vers lui toute la force de son amitié. « Qu'y a-t-il, Isak ? Tu n'es pas de cet avis ? »

Isak remonta sur son nez ses lunettes à monture métallique. « Peut-être que ce que tu dis est valable pour les

Juifs d'Allemagne. Nous savons tous que ce qui se passe là-bas est préoccupant. Mais ici c'est différent. L'antisémitisme n'a jamais fait partie de notre vie à Sarajevo. Regarde où se trouve la synagogue : entre la mosquée et l'église orthodoxe. Je regrette, mais la Palestine est la patrie des Arabes, pas la tienne. Certainement pas la mienne. Nous sommes des Européens. À quoi bon tourner le dos à un pays qui nous a offert la prospérité et l'instruction, pour devenir des paysans parmi des gens qui ne veulent pas de nous ?

— Donc, tu est content d'être un pigeon ? » Mordechai prononça ces mots avec un sourire, mais son intention de rabaisser Isak était claire, même aux yeux de Lola. Isak se pinça le nez et se gratta la tête.

« Peut-être bien. Mais au moins le pigeon ne cause aucun tort. Le faucon vit aux dépens des autres créatures qui habitent dans le désert. »

Lola les avait écoutés discuter au point d'en attraper la migraine. Elle ne savait pas qui avait raison. Elle se tourna sur le mince matelas et essaya de se calmer. Elle devait dormir, sinon elle risquait de s'assoupir sur sa tâche le lendemain, et son père exigerait des explications. Lola travaillait à la blanchisserie avec sa mère, Rashela. Si elle était fatiguée, ce serait une corvée d'arpenter les rues de la ville avec ses lourds paniers, pour livrer le linge fraîchement amidonné et remporter des vêtements sales. La vapeur chaude et moite la ferait sommeiller alors qu'elle était censée surveiller la lessiveuse. Sa mère la trouverait avachie dans un coin, près de l'eau refroidie avec une mousse graisseuse figée à la surface.

Lujo, son père, n'était pas un homme sévère, mais il était strict et pragmatique. Au début, il l'avait autorisée à aller à l'Hashomer une fois son travail achevé. Son ami Mosa, le gardien du centre communautaire, avait parlé en faveur du groupe, affirmant que c'était une organisation de jeunesse saine et inoffensive, comme les scouts des Gentils. Mais ensuite Lola s'était endormie et avait laissé s'éteindre le feu sous la lessiveuse. Sa mère s'était fâchée, et son père avait demandé pourquoi. Quand il avait appris qu'il y avait une danse, la hora, que les garçons et les filles exécutaient ensemble, il lui avait interdit d'assister à d'autres réunions. « Tu n'as que quinze ans, ma fille. Quand tu seras un peu plus âgée, nous te trouverons un gentil fiancé, et alors tu pourras danser avec lui. »

Elle avait supplié, assurant qu'elle resterait assise pendant les danses. « Il y a des choses que je peux apprendre là-bas, avait-elle protesté.

— Ah oui ! s'était écrié Lujo avec mépris. Et ça t'aidera à gagner le pain de ta famille ? Hein ? Je ne crois pas. Des idées folles. Des idées communistes, d'après ce que j'ai entendu dire. Des idées qui sont interdites dans notre pays et qui t'apporteront des ennuis dont tu n'as pas besoin. Et une langue morte que personne ne parle, à part une poignée de vieillards à la synagogue. Vraiment, je ne sais pas où Mosa avait la tête. Je veillerai à ton honneur, même si d'autres oublient la valeur de ces choses. Les promenades le dimanche, je n'y vois pas d'inconvénient, si ta mère n'a pas de tâches à te confier. Mais à partir d'aujourd'hui tu passeras tes soirées à la maison. »

Depuis lors, Lola s'était mise à mener une épuisante double vie. L'Hashomer se réunissait deux fois par semaine. Ces soirs-là, elle allait se coucher tôt, avec sa petite sœur. Quelquefois, quand elle avait travaillé très dur, elle devait fournir un énorme effort de volonté pour rester éveillée, écoutant la respiration légère et régulière de Dora à côté d'elle. Mais son attente était si forte qu'elle n'avait aucune peine à simuler le sommeil jusqu'au moment où les ronflements de ses parents lui laissaient le champ libre. Alors elle se glissait hors de l'appartement, et enfilait ses habits sur le palier en espérant qu'aucun voisin ne sortirait de chez lui pour la voir.

Le soir où Mordechai annonça au groupe qu'il s'en allait, Lola ne saisit pas tout de suite ce qu'il disait. « Je rentre chez moi », déclara-t-il. Elle crut qu'il parlait de Travnik. Puis elle comprit qu'il allait s'embarquer sur un cargo pour la Palestine, et qu'elle ne le verrait plus. Il invita tout le monde à venir à la gare le jour de son départ pour lui dire au revoir. Puis il annonça qu'Avram, un apprenti typographe, avait décidé de l'accompagner.

« Il est le premier. J'espère que vous serez nombreux à le

suivre. » Il lança un coup d'œil à Lola, et elle eut l'impression que son regard s'attardait sur elle. « Quand vous viendrez, nous serons là pour vous accueillir. »

Le jour où Mordechai et Avram devaient partir, Lola eut très envie de se rendre à la gare, mais sa mère avait une énorme quantité de lessive à faire. Rashela maniait le lourd fer à repasser tandis que Lola se tenait à sa place habituelle, près de la lessiveuse et de l'essoreuse à rouleaux. À l'heure où le train s'ébranla en direction de la côte, Lola posa les yeux sur les murs gris de la buanderie où la vapeur se condensait, dégoulinant sur la pierre froide. L'odeur de moisi emplit ses narines. Elle essaya d'imaginer ce qu'avait décrit Mordechai, le soleil blanc, implacable qui teintait d'argent les feuilles des oliviers, et le parfum des fleurs d'oranger dans les jardins de Jérusalem.

Le leader qui prit sa place, un jeune homme de Novi Sad qui s'appelait Samuel, était un professeur compétent en matière de travaux agricoles, mais il n'avait pas le charisme qui avait tenu Lola éveillée les soirs de réunion. La plupart du temps, elle s'endormait en attendant que ses parents épuisés s'écroulent. Elle se réveillait à l'aube, au son de la voix du *khoja* appelant ses voisins musulmans à la prière. Elle se rendait compte qu'elle avait manqué une réunion et n'en éprouvait guère de regret.

D'autres garçons et filles suivirent Avram et Mordechai en Palestine, et chaque fois, une foule de gens les accompagnait à la gare. Il leur arrivait d'écrire au groupe. Leurs récits étaient identiques ; le travail était dur, mais la terre en valait la peine, et ce qui comptait le plus au monde, c'était d'être un Juif construisant un pays juif. Lola s'interrogeait parfois à propos de ces lettres. L'un de ces jeunes éprouvait sûrement le mal du pays. Ce mode de vie ne pouvait pas convenir à tous ceux qui l'essayaient. Mais on avait l'impression que les camarades qui étaient partis n'étaient qu'une seule et même personne, parlant de la même voix monotone.

Le rythme des départs s'intensifia quand les nouvelles d'Allemagne empirèrent. Avec l'annexion de l'Autriche, le Reich était à leurs portes. Mais la vie du centre communautaire se poursuivit comme d'habitude, les vieilles personnes se retrouvant pour bavarder autour d'un café, et les religieux pour célébrer Oneg Shabbat le vendredi soir. Ils ne perçurent pas le danger, même quand le gouvernement ferma les yeux sur les bandes fascistes qui rôdaient dans les rues, harcelant tous ceux qu'elles savaient être juifs, se bagarrant avec les Tsiganes. « Ce sont des voyous, rien d'autre, disait Lujo en haussant les épaules, chaque communauté a les siens, même la nôtre. Ça ne compte pas. »

Quelquefois, quand Lola venait chercher du linge sale dans un appartement des quartiers riches de la ville, elle apercevait Isak, toujours avec un gros sac de livres sur l'épaule. Il allait maintenant à l'université où il étudiait la chimie, comme son père avant lui. Lola voulait lui demander ce qu'il pensait des voyous, et si la chute de la France l'inquiétait. Mais elle était embarrassée par le panier de vêtements puants qu'elle transportait. Et elle n'était pas sûre d'en savoir assez long pour poser des questions sans se ridiculiser.

Quand Stela Kamal entendit un léger coup frappé à la porte de son appartement, elle leva les mains vers le sommet de sa tête et baissa son voile de dentelle avant d'aller ouvrir. Elle vivait à Sarajevo depuis un peu plus d'un an, mais gardait encore les coutumes plus conservatrices de Pristina, où aucune famille musulmane traditionnelle n'autorisait ses femmes à montrer leur visage à un étranger.

Cet après-midi-là, son visiteur n'était pas un homme ; il s'agissait seulement de la blanchisseuse engagée par son mari. Stela eut pitié de la jeune fille. Elle portait sur son dos un panier en osier plein de linge repassé. Elle avait accroché aux bretelles des sacs en calicot remplis de vêtements sales. Elle paraissait lasse et transie. Stela lui offrit une boisson chaude.

Au début, Lola ne comprit pas l'accent albanais de Stela. La femme rejeta en arrière le fin voile de dentelle qui lui couvrait le visage et répéta son invitation, mimant le geste de servir du café. Lola accepta avec joie ; elle était gelée, et elle avait des kilomètres dans les jambes. Stela l'entraîna dans la pièce, et s'approcha de la *mangala* où les braises étaient encore chaudes. Elle jeta les grains dans la *džezva* en cuivre, et porta deux fois le café à ébullition. Le puissant arôme fit venir l'eau à la bouche de Lola. Elle regarda autour d'elle. Elle n'avait jamais vu autant de livres. Les murs en étaient couverts. L'appartement n'était pas grand, mais chaque chose était empreinte d'une grâce harmonieuse, comme si elle avait toujours été là. Des tables basses en bois, incrustées de nacre dans le style turc, avec dessus d'autres livres, ouverts. Des kilims aux couleurs sourdes réchauffaient les sols cirés étincelants. La *mangala* était très ancienne, son cuivre poli et son couvercle hémisphérique décoré de croissants et d'étoiles.

Stela se tourna et tendit à Lola un *fildžan* en porcelaine délicate, avec au fond, là aussi, un croissant et une étoile vernissés. Elle leva très haut la *džezva* et versa le café fort et brûlant en un long fil sombre. Lola referma les doigts sur la tasse sans anse et sentit la vapeur parfumée lui caresser le visage. Tout en sirotant son café, elle observa la jeune femme musulmane. Même à la maison, les cheveux de Stela étaient noués en arrière, sous une soie blanche immaculée, son voile de dentelle posé joliment au-dessus, prêt à être baissé si la pudeur l'exigeait. La jeune femme était très belle, avec des yeux sombres pleins de douceur et une peau crémeuse. Lola comprit avec surprise qu'elles avaient sans doute le même âge toutes les deux. Elle éprouva une pointe d'envie. Les mains qui tenaient la *džezva* étaient lisses et pâles, et non rouges et squameuses comme les siennes. Il devait être très agréable d'avoir une vie aussi facile dans cette jolie maison, et de charger quelqu'un d'autre des tâches ingrates.

Puis Lola remarqua, dans un cadre en argent, une photographie de la jeune femme, prise sans doute le jour de son mariage, bien que son expression ne trahît aucune joie. L'homme à côté d'elle était grand et distingué, coiffé d'un fez et vêtu d'une longue redingote noire. Mais il paraissait avoir le double de son âge. Sans doute un mariage arrangé. Lola avait entendu dire que la tradition albanaise exigeait que, le jour des noces, la jeune épouse reste figée de l'aube au crépuscule, lui interdisant de prendre la moindre part aux festivités. Même un sourire était considéré comme immodeste et répréhensible. Lola, habituée aux réjouissances débridées des mariages juifs, même chez les plus orthodoxes, ne pouvait imaginer une telle chose. Elle se demandait si c'était vrai, ou bien juste l'une des rumeurs que les différentes communautés faisaient courir. Sa jalousie se dissipa quand elle étudia le portrait. Elle, du moins, épouserait un homme jeune et fort. Comme Mordechai.

Stela vit Lola examiner la photographie. « C'est mon mari, Serif effendi Kamal. » Elle souriait à présent, et ses joues s'étaient légèrement empourprées. « Vous le connaissez ? Comme tout le monde à Sarajevo, je suppose. » Lola secoua la tête. Sa famille, pauvre et illettrée, n'avait aucun rapport avec les Kamal, un clan influent d'*alims*, ou intellectuels, musulmans. Les Kamal avaient donné à la Bosnie de nombreux muftis – la fonction religieuse la plus élevée dans une province.

Serif Kamal avait étudié la théologie à l'université d'Istanbul et les langues orientales à la Sorbonne. Il avait été professeur et fonctionnaire de haut rang au ministère des Affaires religieuses avant de devenir bibliothécaire en chef du Musée national. Il parlait dix langues et avait écrit des ouvrages d'érudition sur l'histoire et l'architecture, bien que sa spécialité fût l'étude des manuscrits anciens. Il se passionnait pour la littérature qui s'était développée à la croisée des cultures de Sarajevo : la poésie lyrique écrite par les Slaves musulmans en arabe classique, mais en respectant la forme des sonnets de Pétrarque importée de la cour de Dioclétien, sur la côte dalmate.

Serif avait remis son mariage à plus tard afin de poursuivre ses études, et il n'avait pris femme que pour réduire au silence les gens de son milieu qui le pressaient de le faire. Il avait rendu visite au père de Stela, qui lui avait enseigné l'albanais. Son vieux professeur avait commencé à le taquiner au sujet de son célibat prolongé. Serif avait répondu avec désinvolture qu'il se marierait seulement si son ami lui donnait une de ses filles. Ce dernier l'avait pris au mot. Plus d'un an après, il était encore surpris d'être aussi heureux avec cette jeune présence si douce dans sa vie. Surtout depuis le jour où elle lui avait confié qu'elle était enceinte.

Stela avait plié avec soin les draps et les vêtements sales. Elle les tendit presque timidement à Lola. Elle avait toujours lavé elle-même son linge. Elle tenait à s'en charger. Mais avec la venue du bébé, Serif avait insisté pour alléger ses tâches ménagères.

Lola ramassa le panier, remercia Stela pour le café, et s'en alla.

Un matin d'avril où la première fonte des neiges faisait flotter un parfum d'herbe dans l'air venu des montagnes, la Luftwaffe envoya des vagues successives de stukas dans le ciel de Belgrade. Les armées de quatre pays hostiles se déversèrent à l'intérieur des frontières. L'armée yougoslave capitula en moins de deux semaines. Même avant cela, l'Allemagne avait déclaré que Sarajevo faisait partie d'un nouvel État. « C'est désormais l'État oustacha indépendant de Croatie, annonça le leader nommé par les nazis. Les Serbes et les Juifs doivent en être éliminés. Il n'y a plus de place pour eux ici. Il ne restera pas une seule pierre debout de ce qui leur a appartenu. »

Le 16 avril, les Allemands pénétrèrent dans Sarajevo et les deux jours suivants, ils saccagèrent le quartier juif. Tous les objets de valeur furent pillés. Les vieilles synagogues furent la proie d'incendies sauvages. À cause des lois anti-juives pour « la protection du sang aryen et l'honneur du peuple croate », Lujo, le père de Lola, perdit son emploi au ministère des Finances. Et il fut forcé d'entrer dans une brigade de travail avec d'autres hommes juifs, des notables même, comme le père d'Isak. Tous furent obligés de porter une étoile jaune. Dora, la petite sœur de Lola, fut chassée de l'école. La famille, toujours pauvre, dut désormais compter sur les quelques sous que gagnaient Lola et Rashela.

Stela Kamal était inquiète. Son mari, d'ordinaire si courtois, si préoccupé par son état, avait à peine échangé six mots avec elle en deux jours. Il était rentré tard du musée, avait à peine touché à son dîner, et s'était enfermé dans son bureau. Le matin il n'avait pas dit grand-chose au petit déjeuner, et était parti tôt. Quand Stela était venue faire le ménage, elle avait trouvé sa table de travail jonchée de pages, certaines très corrigées, avec beaucoup de phrases rayées, d'autres roulées en boule et jetées sur le sol.

D'ordinaire, Serif travaillait calmement. Son bureau était toujours impeccablement rangé et organisé. D'un geste presque coupable, Stela lissa une des feuilles froissées. « L'Allemagne nazie est une kleptocratie », lut-elle. Elle ne connaissait pas ce mot. « Les musées ont le devoir de résister au pillage de l'héritage culturel. En France et en Pologne, les pertes auraient pu être résorbées si les directeurs de musée n'avaient pas offert leur talent et leur compétence pour faciliter le pillage des Allemands. Au lieu de cela, à notre honte, nous sommes devenus l'une des professions les plus nazifiées d'Europe... » Il n'y avait rien d'autre sur la feuille. Elle ramassa une autre boule de papier. Celle-ci avait un titre, souligné plusieurs fois : L'ANTISÉMITISME EST ÉTRANGER AUX MUSULMANS DE BOSNIE-HERZÉGOVINE. La page semblait contenir un article, ou un genre de lettre ouverte, critiquant l'adoption des lois antijuives. Beaucoup de passages étaient rayés, mais Stela put déchiffrer des fragments de phrases : « ... un paratonnerre destiné à détourner l'attention des gens de leurs vrais problèmes. »... « Apporter de l'aide aux pauvres de la population juive, dont le nombre est beaucoup plus élevé qu'on ne l'estime généralement... »

Stela froissa la feuille et la jeta dans un seau d'ordures. Elle appuya ses poings contre le bas de son dos, qui était un peu douloureux. Elle n'avait jamais douté que son mari fût le plus sage des hommes. Elle n'en doutait pas à présent. Mais ses silences, ces pages roulées en boule, les formules inquiétantes... Elle envisagea de lui parler de ces choses. Tout le jour, elle prépara ce qu'elle lui dirait. Mais quand il rentra, elle lui servit son café et se tut.

Au bout de quelques semaines, les arrestations commencèrent. Au début de l'été, Lujo reçut l'ordre de se présenter pour être emmené dans un camp de travail. Rashela pleura et le supplia de ne pas répondre à la convocation, de fuir la ville, mais Lujo répondit qu'il était fort, qu'il était un bon ouvrier, et se débrouillerait. Il prit sa femme par le menton. « C'est mieux comme ça. La guerre ne durera pas toujours. Si je m'enfuis, ils viendront te chercher. » Il n'avait jamais été un homme expansif, mais il l'embrassa longuement et tendrement, et grimpa dans le camion.

Lujo ignorait qu'il n'y avait pas de camps de travail, mais seulement des lieux de famine et de torture. Avant la fin de l'année, on le conduisit dans les collines de l'Herzégovine, où le calcaire est rongé par un labyrinthe de galeries. Les rivières y disparaissent, traversant les grottes souterraines pour resurgir des kilomètres plus loin. Avec d'autres hommes meurtris et décharnés – des Juifs, des Tsiganes, des Serbes –, Lujo dut se tenir au bord d'une profonde grotte dont il ne voyait pas le sol. Un garde oustacha lui trancha les jarrets et le poussa dans l'abîme.

Ils vinrent chercher Rashela alors que Lola livrait du linge fraîchement repassé. Les soldats avaient des listes de toutes les femmes juives dont les maris et les fils avaient déjà été déportés. Ils les regroupèrent dans des camions et les déposèrent devant la synagogue en ruine.

Quand Lola revint, sa mère et sa sœur avaient disparu, la porte était grande ouverte, et leurs quelques possessions sens dessus dessous, car on avait cherché en vain des objets de valeur. Elle courut chez sa tante, à quelques rues de là, et frappa jusqu'à en avoir mal aux articulations. Une voisine musulmane, une gentille femme qui portait encore le tchador traditionnel, ouvrit sa porte et la fit entrer. Elle lui donna de l'eau et lui dit ce qui s'était passé.

Lola lutta contre la panique qui paralysait son esprit. Elle avait besoin de réfléchir. Que *pouvait*-elle faire ? La seule et unique idée qui surgit de cette confusion fut qu'elle devait les retrouver à tout prix. Elle se tourna pour partir. La voisine posa la main sur son bras. « On va vous reconnaître là-bas. Prenez ça. » Elle tendit un tchador à Lola. La jeune fille s'en enveloppa et se mit en route pour la synagogue. La porte de devant, fendue à la hache, pendait sur ses gonds arrachés. Il y avait des gardes, aussi

73

contourna le bâtiment en rasant les murs, jusqu'à la
e pièce où on rangeait les *sidourim*[1]. La fenêtre avait
fracturée. Lola retira le tchador et s'en enveloppa la
n. Elle détacha un éclat de verre de l'encadrement en
plomb, tendit la main à l'intérieur et fit glisser le loque-
teau. Le châssis, allégé de sa vitre, s'inclina vers l'extérieur. Elle se hissa jusqu'au rebord. Le désordre régnait
dans la petite pièce, les rayonnages renversés et les livres
de prières en lambeaux sur le sol. Il y avait une odeur
immonde. Quelqu'un avait déféqué sur les pages.

De ses bras solides habitués à manier le linge mouillé,
Lola souleva son corps de façon à poser ses côtes sur le
bord. Gigotant dans tous les sens, rampant, accrochant ses
vêtements au chambranle en plomb, elle réussit à se
glisser dans l'embrasure de la fenêtre et se laissa tomber
à terre le plus doucement possible. Puis elle entrouvrit la
lourde porte en bois poli. Une odeur âcre de peur et de
sueur, de papier brûlé et d'urine rance, emplissait le sanctuaire profané. L'arche qui avait contenu la Torah de la
communauté, transportée sans encombre depuis l'Espagne
des siècles auparavant, était grande ouverte, et noircie par
les flammes. Sur les bancs endommagés et dans les allées
remplies de cendres s'entassaient des femmes affolées,
jeunes, vieilles, certaines essayant de réconforter des bébés
dont les cris étaient amplifiés par la haute coupole en
pierre de la salle. D'autres étaient recroquevillées, la tête
dans les mains. Lola se fraya lentement un chemin dans la
foule, essayant de ne pas se faire remarquer. Sa mère, sa
petite sœur et sa tante étaient blotties ensemble dans un
coin. Elle se glissa derrière Rashela et posa doucement la
main sur son épaule.

Sa mère, croyant qu'elle avait été arrêtée, poussa un cri.

Lola la fit taire et parla d'un ton insistant : « Il y a une
issue, par une fenêtre. Je suis entrée par là, nous pouvons
toutes nous échapper. »

Rena, sa tante, leva ses bras potelés en un geste de
défaite qui engloba son corps imposant. « Pas moi, ma

---

1. Circoncision. *(N.d.T.)*

chérie. Mon cœur n'est pas si solide. Je n'ai pas de souffle. Je ne vais nulle part. »

Lola, désespérée, savait que sa mère n'abandonnerait pas sa sœur bien-aimée. « Je peux vous aider, supplia-t-elle. S'il vous plaît, essayons. »

Le visage de Rashela, qui avait toujours été ridé et rongé par les soucis, sembla soudain porter le masque profondément marqué d'une femme beaucoup plus âgée. Elle secoua la tête. « Lola, ils ont des listes. Ils s'apercevraient de notre absence en chargeant les camions. Et de toute manière, où irions-nous ?

— Dans les montagnes. Je connais le chemin, il y a des grottes où nous pourrons nous réfugier. Nous irons dans les villages musulmans. Ils nous aideront, tu vas voir...

— Lola, les musulmans sont aussi venus à la synagogue. Ils ont brûlé et cassé, pillé et hurlé de joie, exactement comme les oustachi.

— Juste quelques-uns, juste les voyous...

— Lola, mon petit, je sais que ton intention est louable, mais Rena est malade, et Dora est trop petite.

— Mais nous pouvons réussir. Crois-moi, je connais les montagnes, je... »

Sa mère posa une main ferme sur son bras.

« Je sais que tu les connais. Toutes ces soirées à l'Hashomer, j'espère qu'elles t'ont appris quelque chose. » Lola la regarda fixement. « Tu croyais vraiment que je dormais ? Non, je voulais que tu y ailles. Je ne suis pas comme ton père, je ne crains pas que tu perdes ton honneur. Je sais que tu es une fille convenable. Mais à présent je veux que tu partes d'ici. Oui, déclara-t-elle d'un ton déterminé, tandis que Lola secouait la tête. Je suis ta mère, et pour cela tu dois m'obéir. Va-t'en. Ma place est ici avec Dora et ma sœur.

— S'il te plaît, maman, laisse-moi au moins emmener Dora. »

Rashela secoua la tête. Elle luttait pour retenir ses larmes, sa peau s'était marbrée. « Seule, tu auras toutes les chances de ton côté. Elle n'arrivera jamais à te suivre.

— Je peux la porter... »

Dora, cramponnée à sa mère, regardait alternativement

les deux personnes qu'elle aimait le plus, et, comprenant que l'issue de la discussion serait la perte de l'une d'elles, elle se mit à gémir.

Rashela lui tapota la tête, regardant autour d'elle, espérant que cet éclat n'attirerait pas l'attention des gardes. « Après la guerre, nous nous retrouverons tous. » Elle prit le visage de Lola dans ses mains et lui caressa les joues. « Va maintenant. Reste en vie. »

Lola passa les doigts dans ses cheveux, tirant sur les nœuds au point de se faire mal. Elle prit sa mère et sa sœur dans ses bras et les étreignit très fort. Elle embrassa sa tante. Puis elle se détourna et avança, chancelante, dans la masse compacte des corps affaissés, se frottant les yeux de la paume. Quand elle atteignit la réserve, elle attendit que les gardes détournent le regard avant de tourner la poignée et de se glisser à l'intérieur. Elle appuya son dos contre la porte, s'essuyant le nez sur sa manche. Lorsqu'elle laissa retomber son bras, une petite main blanche se tendit pour l'attraper. Elle appartenait à une fillette au visage délicat, intense, aux yeux immenses derrière d'épaisses lunettes. Un doigt posé sur les lèvres, elle tira fort sur le poignet de Lola pour l'obliger à se baisser, puis indiqua la fenêtre brisée. Lola vit passer la forme d'un casque allemand et la gueule d'un fusil.

« Je sais qui tu es, chuchota l'enfant, qui paraissait âgée de neuf ou dix ans. Tu es allée à l'Hashomer avec mon frère Isak. Je devais y entrer cette année...

— Où est Isak ? » Lola savait qu'il avait été renvoyé de l'université. « On l'a emmené dans un camp de travail ? »

La petite secoua la tête. « Ils ont pris mon père, mais Isak est avec les Partisans. Il y a aussi d'autres membres de votre groupe. Maks, Zlata, Oskar... peut-être plus encore maintenant. Isak n'a pas voulu de moi parce que je suis trop jeune. Je lui ai dit que je pouvais transporter des messages. Je peux espionner. Mais il n'a rien voulu savoir. Il m'a dit que je serais plus en sécurité chez les voisins. Il se trompait. Il *doit* m'accepter maintenant, parce qu'il n'y a rien d'autre que la mort. »

Lola tressaillit. Aucun enfant de son âge n'aurait dû

parler ainsi. Mais la fillette avait raison. Lola avait vu la mort sur le visage de ceux qu'elle aimait.

Lola considéra la petite sœur d'Isak. Une enfant abandonnée, guère plus grande que Dora. Pourtant son visage était animé de la même intensité inquiète que celui de son frère. « Je ne sais pas, répondit-elle. Sortir de la ville va être pénible, et dangereux... Je pense que ton frère...

— Si tu veux savoir où il est, tu dois m'emmener. Autrement je ne te dirai rien. Et de toute manière, j'ai ça. »

La petite fouilla sous son tablier et en sortit un Luger allemand. Lola était stupéfaite.

« Tu as trouvé ça où ?

— Je l'ai volé.

— Comment ?

— Quand ils sont venus nous traîner hors de chez nous, je me suis fait vomir sur le soldat qui me portait dans le camion. j'avais mangé du ragoût de poisson, alors c'était dégoûtant. Il m'a lâchée en jurant. Pendant qu'il essayait de se nettoyer, j'ai attrapé ça dans son étui et je me suis enfuie. Je me suis cachée dans l'immeuble où ta tante habite. Je t'ai suivie jusqu'ici. Je sais où est mon frère, mais je ne sais pas comment y aller. Tu m'emmènes ou pas ? »

Lola comprit qu'elle ne parviendrait pas à convaincre cette fillette rouée et têtue de lui dire où se trouvait le groupe, même si elle employait la ruse. Que cela lui plût ou non, elles avaient besoin l'une de l'autre. Dès que la lumière commença à décliner, elles escaladèrent la fenêtre et se fondirent dans les ruelles de la ville.

Pendant deux jours, Lola et Ina dormirent dans des grottes et s'abritèrent dans des granges, volèrent des œufs pour les gober crus, avant d'atteindre enfin le territoire des Partisans. Isak avait donné à Ina le nom d'un fermier, un vieil homme au visage buriné, avec de grosses mains noueuses.

Il ne posa pas de questions. Il ouvrit la porte de la chaumière et les fit entrer. Sa femme, maugréant et s'affairant à la vue de leurs cheveux emmêlés et de leur visage sale, fit bouillir de l'eau dans une bouilloire noire et en remplit une bassine pour chacune afin qu'elles se lavent. Ensuite elle leur servit un délicieux ragoût d'agneau avec des pommes de terre et des carottes, le premier vrai repas qu'elles prenaient depuis leur départ de Sarajevo. Elle soigna les ampoules de leurs pieds avec un baume et les mit au lit pendant deux jours avant d'autoriser son mari à les guider jusqu'au camp montagnard des Partisans.

Quand ils entamèrent l'escalade de faces rocheuses presque verticales, Lola se réjouit d'avoir pu se nourrir et se reposer. Tandis qu'elle montait, elle commença à prendre conscience de la difficulté de la situation. Elle n'avait pensé qu'à s'échapper de la ville. Elle ne se sentait pas assez courageuse pour être une combattante de la Résistance. En quoi une blanchisseuse pouvait-elle se rendre utile ? Le bruit courait que les Partisans avaient attaqué des ponts et des voies ferrées, et des histoires terribles circulaient à propos de Partisans blessés faits prisonniers par les nazis. On racontait que les Allemands avaient allongé ces hommes sur la route et leur avaient roulé dessus avec un camion. Lola se cramponna à un bloc et se hissa en haut du rocher, la tête pleine de ces récits terrifiants.

Quand ils atteignirent une large ligne de crête où le sol devenait plat et où l'herbe et la mousse formaient des monticules semblables à des coussins, elle se laissa tomber sur le sol, épuisée. Brusquement, une silhouette en gris émergea d'un boqueteau devant eux. L'uniforme était allemand. Le fermier se jeta à plat ventre et braqua son fusil. Puis il éclata de rire, se releva, et embrassa le jeune homme.

« Maks ! » s'écria Ina. Elle courut vers le garçon, et il la prit dans ses bras. Maks était l'un des meilleurs amis d'Isak. Ina toucha l'endroit où l'insigne nazi avait été arraché. Il y avait à la place une étoile à cinq branches grossièrement cousue, l'emblème de la Résistance.

« Salut, petite sœur d'Isak. Salut, Lola. Alors, vous êtes nos deux nouvelles *partisankas* ? » Maks attendit pendant que les filles remerciaient le fermier et lui faisaient leurs adieux. Puis il les guida le long de la crête, jusqu'à un bâtiment d'un étage en lattis et plâtre avec de grosses poutres.

Lola reconnut Oskar qui était assis dans l'herbe, adossé au mur. Il y avait deux garçons qu'elle ne connaissait pas, se prélassant à côté de lui. Tous étaient occupés à attraper des poux sur leurs vestes, dont l'une était cousue dans un morceau de couverture grise, tandis que les deux autres avaient appartenu à des uniformes allemands.

Maks passa devant les garçons avec Lola et Ina, et leur fit traverser la porcherie qui conduisait à l'unique porte de la maison. Elle donnait sur la cuisine. Sous l'auvent de chaume, une échelle permettait d'accéder au grenier. «Un bon endroit où dormir, dit Maks. Bien chaud, mais ça sent un peu la fumée.» Le sol de la cuisine était en terre battue, en partie recouverte de briques, où brûlait un feu couvert. La fumée montait directement jusqu'aux chevrons et sortait par le chaume. Il n'y avait pas de cheminée. Une lourde chaîne maintenait les marmites au-dessus du feu. Lola remarqua plusieurs bassines d'eau près de la porte. Derrière il y avait deux chambres avec des planchers. Dans l'une d'elles se trouvait un *pec*, un four en ciment. Lola vit au-dessus les piquets pour suspendre la lessive, et elle hocha la tête avec approbation. Le linge pouvait ainsi sécher même les jours de pluie et de neige où il était hors de question de l'accrocher dehors.

«Bienvenue au quartier général de notre *odred*, dit Maks. Nous ne sommes que seize – dix-huit maintenant, en vous comptant, si le commandant vous accepte. Vous connaissez neuf d'entre nous de l'Hashomer. Les autres sont des paysans du coin. De bons garçons et filles, mais jeunes. Pas autant que toi», dit-il en chatouillant Ina, qui rit. C'était la première fois que Lola voyait l'enfant se dérider. «Ton frère va être surpris. Il est commandant en second de l'*odred*. Branko, notre commandant, vient de Belgrade. Là-bas, c'était un dirigeant étudiant secret du parti communiste.

— Où sont-ils ?» demanda Lola. Malgré l'attitude amicale de Maks, les mots « si le commandant vous accepte » l'avaient remplie de terreur. Certes, elle redoutait d'être une *partisanka*, mais elle craignait plus encore de ne pas en devenir une et d'être renvoyée dans la ville meurtrière.

« Ils sont allés chercher un mulet. Bientôt, nous allons partir d'ici. Nous aurons besoin d'un mulet pour transporter nos munitions quand nous irons en mission. La dernière fois, les explosifs et les détonateurs que nous devions transporter ont pris toute la place dans nos sacs. Nous nous sommes retrouvés sans nourriture à mi-chemin de la voie ferrée que nous étions censés faire sauter. Nous avons passé deux jours sans même une croûte de pain. »

L'inquiétude de Lola s'accentua tandis que Maks parlait. Elle ne savait rien des explosifs ni des armes. Elle regarda dans la cuisine, et vit brusquement quelque chose qu'elle savait faire.

« Cette eau, je peux m'en servir ? demanda-t-elle.

— Bien sûr, dit Maks. Il y a une source à moins de dix mètres. Prends tout ce dont tu as besoin. »

Lola remplit la plus grosse des bouilloires noircies et la suspendit au-dessus du feu. Elle attisa les flammes et ajouta du bois. Puis elle sortit.

Elle se planta devant Oskar et les deux garçons inconnus. Du bout de l'orteil, elle écrasa nerveusement le gazon.

« Qu'est-ce qu'il y a, Lola ? » demanda Oskar.

Elle se sentit rougir.

« Je me demandais si vous… si vous vouliez bien me donner vos vestes et vos pantalons ? »

Ils se regardèrent et éclatèrent de rire.

« On nous avait bien dit que les filles sarajevoises étaient des rapides ! dit l'un.

— Vous ne pouvez pas vous débarrasser des poux en les attrapant de cette façon, répondit-elle précipitamment. Ils se cachent dans les coutures où vous ne pouvez pas les trouver. Si je fais bouillir vos vêtements, ça les tuera tous. Vous verrez. »

Les garçons, prêts à n'importe quoi pour mettre fin à leurs démangeaisons infernales, tendirent leurs habits, se bousculant comme des chiots et se lançant des piques.

« Donne-lui ton slip !

— Jamais de la vie !

— Moi, si. À quoi ça sert de te débarrasser des poux de

ta veste s'ils sont tous en train de se promener sur tes couilles ! »

Alors que Lola était en train d'accrocher les habits fumants – vestes, pantalons, chaussettes et sous-vêtements – sur des buissons, Branko et Isak émergèrent du boqueteau, conduisant un mulet chargé de sacoches pleines.

Branko était grand et austère, avec des cheveux bruns et des yeux qu'il semblait plisser constamment avec une expression sceptique. Isak lui arrivait à peine à l'épaule. Mais quand il prit sa petite sœur dans ses bras, Lola remarqua que sa poitrine et ses bras avaient forci depuis l'époque où il était étudiant. Son visage avait perdu sa pâleur et était légèrement hâlé. Il parut heureux de voir Ina. Lola crut même voir ses yeux se mouiller un peu. Mais tout de suite, il la pressa de questions pour s'assurer qu'elle n'avait pas commis d'erreurs qui auraient pu trahir leur position.

Rassuré, il se tourna vers Lola. « Merci de l'avoir amenée. Merci d'être venue. »

Lola haussa les épaules, ne sachant que répondre. Elle n'avait pas vraiment eu le choix, mais elle ne voulait pas le dire devant Branko, qui allait décider de son sort. La petite Ina avait la place dans le groupe, semblait-il. Une fillette pouvait se promener dans la ville sans se faire remarquer, et observer les activités de l'ennemi. L'utilité de Lola était moins évidente pour Branko, et la recommandation d'Isak ne fit rien pour l'aider.

« Lola est une camarade de l'Hashomer, lui dit-il. Elle est venue à toutes les réunions. Enfin, presque. C'est une bonne marcheuse... » Isak, qui n'avait jamais prêté la moindre attention à Lola, se trouva à court d'arguments pour convaincre son commandant.

Branko l'examina en plissant les yeux jusqu'au moment où Lola sentit son visage la brûler. Il souleva un coin de la veste qu'elle avait étendue dehors pour la faire sécher. « Et une bonne lavandière. Malheureusement, nous n'avons pas de temps pour ce genre de luxe.

— Les poux. » Elle parvint à peine à articuler le mot. « Ils sont porteurs du typhus. » Elle se hâta de poursuivre, craignant de manquer de courage. « En cas d'infestation, il... il faut faire bouillir tous les vêtements et le linge, au moins une fois par semaine... pour... pour tuer les œufs... sinon toute l'*odred* risque d'être contaminée. » Mordechai le lui avait appris. C'était le genre d'information pratique que Lola pouvait comprendre et retenir.

« Donc, observa Branko, tu sais quelque chose.

— Je... je... sais éclisser une fracture, étancher le sang d'une plaie, soigner les piqûres d'insectes... Je peux apprendre...

— Un toubib nous serait utile. » Branko continuait de la dévisager, comme si cela pouvait suffire à évaluer ses capacités. « Isak s'en est chargé, mais il a de lourdes responsabilités à présent. Il pourrait peut-être t'enseigner ce qu'il sait. Et plus tard, si tu t'en sors bien, on pourrait t'envoyer dans un des hôpitaux secrets pour y apprendre à soigner les blessures. J'y songerai. »

Il se détourna alors, et Lola laissa échapper un soupir. Puis il parut reconsidérer la question, et posa de nouveau sur elle son regard bleu. « En attendant, nous avons besoin d'un muletier. Tu t'y connais en mulets ? »

Lola pouvait difficilement répondre qu'elle savait à peine à quoi ça ressemblait. Mais elle craignait qu'Isak ne la jugeât trop stupide pour être toubib. Elle regarda l'animal qui broutait l'herbe. Elle s'approcha et souleva les lanières à l'endroit où elles entamaient son pelage. La chair était à vif et suintait.

« Je sais qu'il faut mettre un tapis de selle sous une lourde charge comme celle-ci, dit-elle, si vous voulez que le mulet travaille pour vous. » Elle ouvrit les sacoches et commença à en retirer plusieurs des paquets les plus lourds et à les transporter dans la maison. Quand Oskar la rejoignit à grands pas pour la soulager de son fardeau, elle secoua la tête. « Je peux me débrouiller, dit-elle avec un sourire timide. Dans ma famille, c'était moi le mulet. »

Tout le monde rit alors, même Branko. Il n'y eut aucun commentaire, et Lola comprit qu'elle avait été acceptée comme un membre de l'*odred*.

Ce soir-là, autour du *pec*, quand Branko leur fit part de ses projets, les doutes de Lola se ravivèrent. Branko était un fanatique. À Belgrade il avait été interrogé et battu pour son activisme politique. Il parla de Tito et de Staline, et déclara qu'ils avaient le devoir de suivre ces glorieux leaders sans poser de questions. « Votre vie n'est pas à vous, dit-il. Chaque jour supplémentaire qui vous est accordé appartient aux membres de vos familles qui sont morts. Nous libérerons notre pays, sinon nous mourrons nous aussi. Il n'y a pas d'autre avenir devant nous. »

Après, Lola resta éveillée sur sa paillasse dure, se sentant seule et perdue, regrettant la douce chaleur du petit dos arrondi de Dora. Elle refusait d'accepter la vérité des paroles de Branko, à savoir que sa famille était morte. Pourtant, le vide dans son cœur laissait peu de place à l'espoir. Sa fuite de Sarajevo et l'expédition dans la montagne avaient occupé son esprit. Mais maintenant, tandis qu'elle écoutait des ronflements inconnus, elle éprouva une douleur sourde. Désormais, tout ce qu'elle ferait lui donnerait l'impression d'évoluer dans le brouillard.

Les jours suivants, Lola étudia le mulet. Elle pouvait lui faire accomplir très peu de choses qu'il n'eût déjà décidées. La première fois qu'on la chargea de le conduire à un point de livraison pour chercher le matériel largué par les avions, le mulet se rebella contre la pente et renversa son chargement dans un buisson de ronces. Lola dut affronter les épines pour récupérer les caisses de munitions, tandis que les jurons de Branko pleuvaient sur elle comme des coups.

Chaque jour, Lola s'approchait timidement du mulet, passant sur sa peau abîmée le peu de baume qu'ils possédaient pendant qu'il brayait et geignait comme si elle le fouettait. Peu à peu, ses plaies cicatrisèrent. Lola cousit des coussins qu'elle fixa sous le tapis de selle. Elle dénicha un cadre en fines branches de saule, qui répartissait mieux les charges. Lors des longues marches, elle demanda à ce que le mulet ait la possibilité de brouter quand ils arrivaient dans un champ d'anis sauvage ou de trèfle.

Mal traité, le mulet s'était mal comporté. Mais il commença à réagir aux attentions de Lola, et ne tarda pas à frotter ses naseaux humides contre elle avec affection. Elle se mit à aimer caresser ses oreilles veloutées. Elle le nomma Rid, à cause de la teinte carotte de son pelage et aussi parce que le rouge était la couleur emblématique du mouvement des Partisans.

Lola se rendit bientôt compte qu'en dépit de tous les discours de Branko, leur *odred* ne valait pas grand-chose comme force de combat. À l'exception de Branko, seuls Isak et Maks avaient des mitraillettes Sten. Les garçons et les filles de la campagne étaient arrivés chacun avec un fusil de chasse. Le commandant de la brigade leur avait promis plus d'armes, mais après chaque livraison il semblait que les besoins d'une autre *odred* étaient plus urgents.

Oskar s'en plaignait plus que quiconque, jusqu'à ce que Branko rétorquât que s'il voulait à ce point posséder une arme, il n'avait qu'à s'en procurer une. « Ina l'a fait, et elle n'a que dix ans », railla-t-il.

Le même soir, Oskar quitta le camp. Il ne revint pas le lendemain. Lola entendit Isak faire des reproches à Branko. « Tu l'as poussé à entreprendre une mission stérile. Comment pourrait-il se procurer une arme s'il n'en a pas une lui-même ? »

Branko haussa les épaules. « Ta sœur l'a fait. » Il avait pris le Luger d'Ina et le portait sur la hanche d'un air fanfaron. À la fin de la journée, Lola était en train d'aider Zlata à ramasser du bois pour la cuisine quand Oskar arriva, courant à travers les arbres, un sourire de clown sur le visage. Un fusil allemand était accroché à son épaule. Il flottait dans un uniforme gris trop large pour lui de plusieurs tailles, les jambes du pantalon retroussées, avec une ficelle en guise de ceinture, et il portait un sac à dos de facture nazie, gonflé de provisions.

Il refusa de décrire son triomphe avant que Branko, Isak et le reste de l'*odred* fussent réunis. Tout en distribuant des tranches de saucisse allemande, il raconta comment il s'était introduit dans le village occupé voisin et s'était caché dans un fourré au bord de la route. « J'ai dû rester là presque toute la journée, à observer les Allemands qui allaient et venaient, toujours par groupes de deux ou trois.

Enfin, j'en vois un qui s'approche seul. J'attends qu'il passe. Je saute hors des buissons, je lui plante un bâton entre les omoplates, et je crie : *Stoi* ! L'imbécile a vraiment cru que j'étais armé. Il a levé les mains en l'air. J'ai attrapé son fusil, et ensuite je lui ai dit de se mettre en slip.» Tout le monde se tordait de rire, sauf Branko.

« Et ensuite, tu l'as abattu.» Il avait un ton neutre, glacial.

« Non. Je... Je n'en ai pas vu l'utilité... Il était désarmé... J'ai pensé...

— Et demain, il sera de nouveau armé, et le jour d'après, il tuera ton camarade. Bougre d'idiot sentimental ! Tu donneras le fusil à Zlata, elle au moins en fera bon usage.» Lola ne vit pas le visage d'Oskar dans le noir. Mais elle perçut sa colère muette.

Le lendemain soir, l'*odred* fut chargée d'aider à sécuriser et à nettoyer un point de parachutage. Lola devait faire en sorte que le mulet reste tranquille et silencieux, prêt à transporter les armes, les radios ou les médicaments largués par l'avion. Pendant que son *odred* se cachait juste derrière la lisière des arbres, les Partisans d'une autre *odred*, travaillant sous la direction d'un étranger – un espion britannique, dit quelqu'un –, ramassaient des broussailles et du petit bois pour les feux de signal disposés dans une clairière selon un schéma organisé à l'avance que le pilote allié reconnaîtrait. Lola tremblait de peur et de froid. Elle s'appuya contre l'épais pelage de Rid, cherchant sa chaleur. Elle n'avait pas d'arme, en dehors de la grenade que tous les partisans étaient tenus de porter à leur ceinture. « Si vous êtes sur le point d'être capturés, vous vous en servirez pour vous tuer et pour détruire autant d'ennemis que possible, avait dit Branko. Ne vous laissez prendre vivants sous aucun prétexte. Utilisez la grenade, comme ça on ne pourra pas vous forcer à trahir sous la torture. »

La lune n'était pas encore levée. Lola leva les yeux, cherchant la lumière des étoiles. Mais l'épais feuillage des arbres la priva aussi de cela. Son imagination peupla l'obscurité d'Allemands en embuscade. La nuit s'écoula avec lenteur. Juste avant l'aube, le vent se leva, secouant les bosquets de pins. Branko décida que le parachutage avait dû être abandonné et fit signe à Lola de se préparer à partir. Lasse, engourdie par le froid, elle se mit debout et ajusta le licou de Rid.

À cet instant, le léger vrombissement d'un avion retentit dans le lointain. Branko cria l'ordre d'allumer les feux. Celui d'Isak ne prenait pas. Il jura en bataillant avec le vent. Lola ne s'estimait pas courageuse. Elle n'aurait pas décrit ainsi le sentiment qui s'empara d'elle. Elle sut seulement qu'elle ne pouvait pas laisser Isak ainsi exposé, tout seul. Elle se précipita à travers les arbres et arriva dans la clairière. Elle se jeta à plat ventre, soufflant fort sur les brindilles récalcitrantes. Une flamme jaillit juste au moment où la masse sombre du Dakota apparaissait dans le ciel. Le pilote fit un tour de reconnaissance, puis revint en arrière, larguant une pluie de paquets, chacun avec son petit parachute. Les Partisans émergèrent de la forêt environnante, courant pour ramasser la précieuse cargaison. Lola trancha les cordes des parachutes et roula la soie, qu'elle utiliserait pour faire des pansements.

Les *odreds* travaillèrent vite tandis que le ciel s'éclairait à l'est. Quand l'aube poignit, Lola avançait péniblement le long d'une crête étroite avec Rid qui marchait docilement à côté d'elle sous son gros chargement, tandis qu'ils s'efforçaient de s'éloigner le plus possible du point de parachutage avant que les Allemands ne l'atteignent. Chaque fois qu'ils devaient traverser un torrent, Branko ordonnait à Maks d'entrer dans l'eau pour retourner les pierres moussues. Après leur passage, les pierres étaient remises en place, vierges d'empreintes de bottes ou de sabots de mulet.

Pendant sept mois, l'*odred* de Lola se déplaça constamment, passant rarement plus d'une nuit ou deux au même endroit, menant des opérations de démolition de voies ferrées ou de petits ponts. Ils trouvaient souvent refuge dans la grange d'un paysan et dormaient sur la paille moelleuse, dans la chaleur des animaux. Mais d'autres fois, ils campaient en pleine forêt, avec seulement une couverture de fortune en aiguilles de pin pour se protéger du froid exténuant. L'*odred* ne se trouvait jamais à beaucoup plus de huit kilomètres du poste ennemi le plus proche, mais elle réussissait à échapper aux embuscades dont d'autres unités étaient victimes. Branko s'en glorifiait comme si c'était une victoire personnelle. Il s'attendait à être servi et obéi comme un commandant en chef. Une fois, à la fin d'une marche éreintante, il s'allongea contre un arbre pendant que tous les autres s'activaient pour ramasser du bois de chauffage avant d'être surpris par la nuit. Oskar, jetant un gros fagot de branches à côté de Branko qui était étendu, marmonna quelque chose sur les communistes supposés abolir les privilèges élitistes.

Branko se releva d'un bond. Il agrippa Oskar par le revers de son uniforme et le précipita contre le tronc d'un arbre.

« Sales morveux, vous avez de la chance que j'aie été désigné pour vous diriger. Vous devriez me remercier tous les jours de rester en vie grâce à moi. »

Isak s'avança entre eux et repoussa doucement Branko.

« Si nous restons en vie, dit-il d'une voix tranquille, ce n'est pas grâce à la chance, ni à ton *excellent* commandement. C'est grâce à la loyauté de la population civile. Nous ne tiendrions pas cinq minutes ici sans son soutien. »

Un moment, il sembla que Branko allait frapper Isak. Mais il réussit à se contrôler et recula, crachant avec mépris sur le sol.

Lola avait perçu l'impatience grandissante d'Isak à l'égard de Branko. Elle savait qu'il déplorait sa logorrhée incessante, tard dans la nuit, même après de longues marches, quand les jeunes, épuisés, auraient préféré dormir plutôt que d'écouter une exégèse sans queue ni tête de la plus-value et de la fausse conscience. Isak essayait de couper court à ces harangues politiques, mais la plupart du temps Branko continuait sans lui prêter attention. La plus grande frustration résidait dans la différence entre la bonne opinion qu'il avait de lui-même et le peu d'estime que le commandant de brigade de leur région avait de lui. Branko promettait de meilleures armes, et pourtant elles ne se matérialisaient pas. Il dit à Lola qu'elle serait affectée à un hôpital de campagne pour y recevoir une formation, mais ça n'arriva jamais.

Pourtant elle se sentait utile dans son rôle de muletière, et même Branko, d'ordinaire avare de compliments, faisait son éloge de temps à autre. Quand l'hiver
referma son étau, la plupart tombèrent malades. Leurs
quintes de toux grasses devinrent le réveil du matin. Lola
mendiait des oignons aux paysans pour faire des cata-
plasmes. Isak lui montra comment mélanger les ingré-
dients pour les expectorants qu'elle administrait
diligemment. Elle proposa une redistribution de rations de
sorte que ceux qui récupéraient de leur maladie reçoivent
plus de nourriture. Branko promit de les installer dans
leurs quartiers d'hiver, mais les semaines passèrent et
l'*odred* continua de camper dans les montagnes inhospi-
talières. Leur nombre diminua. Zlata, souffrant pendant
des semaines d'une violente infection des voies respira-
toires, fut accueillie par une famille de paysans locaux et
mourut chez eux, au moins dans un lit chaud. Oskar,
fatigué des privations et de la mauvaise volonté permanente de Branko, déserta une nuit, prenant avec lui Slava,
l'une des paysannes.

Lola s'inquiétait pour Ina. L'enfant avait la même toux
déchirante que la plus grande partie de l'*odred*. Mais
quand elle parla à Isak de lui trouver un refuge pour
l'hiver, il écarta le sujet. « D'abord, elle ne voudra pas.
Ensuite, je ne le lui demanderai pas. Je lui ai promis de ne
plus jamais la laisser. C'est aussi simple que ça. »

Par une journée de tempête du début mars, Milovan,
le commandant de brigade régional, convoqua ce qui
restait de l'*odred* à une réunion. Tandis que les adoles-
cents amaigris et malades se rassemblaient autour de lui,
il commença son discours. Tito, déclara-t-il, avait une
nouvelle vision pour son armée. Elle devait être conso-
lidée par des unités robustes et professionnelles qui atta-
queraient directement les Allemands. Il fallait repousser les
forces ennemies vers les villes, semer la confusion dans
leurs rangs jusqu'à ce que le contrôle des campagnes par
les Partisans soit obtenu.

Lola, la tête emmitouflée dans une écharpe, son bonnet
enfoncé sur les oreilles, pensa d'abord qu'elle n'avait pas
compris ce que le colonel avait dit ensuite. Mais la

consternation qu'elle lut sur le visage des autres confirma ce qu'elle avait cru entendre : leur *odred* était dissoute, avec effet immédiat. « Le maréchal Tito vous remercie pour vos services, et s'en souviendra le jour glorieux de la victoire. Ceux qui possèdent des armes sont priés de les empiler pour qu'on les ramasse. Toi, la muletière, prépare leur chargement. Nous partons tout de suite. Vous attendrez jusqu'à la tombée de la nuit avant de vous en aller. »

Tout le monde regarda Branko, attendant qu'il dise quelque chose. Mais il se tut, la tête courbée sous les bourrasques de neige. Il incomba à Isak de protester.

« Monsieur ? Puis-je vous demander où vous nous conseillez d'aller ?

— Vous pouvez rentrer chez vous.

— Chez nous ? Où ça, chez nous ? » Isak criait à présent. « Aucun d'entre nous n'a plus de chez soi désormais. La plupart de nos familles ont été assassinées. Nous sommes tous, sans exception, des hors-la-loi. Et vous comptez nous laisser à la merci des oustachi, sans armes ? » Il se tourna vers Branko. « Dis-le-lui, bon sang ! »

Branko leva la tête et le fixa froidement. « Tu as entendu le colonel. Le maréchal Tito a dit qu'il n'y avait plus de place pour des bandes de gamins en loques qui brandissent des bâtons et des pétards. Nous sommes une armée professionnelle désormais.

— Ah, je vois ! » La voix d'Isak débordait de mépris. « *Toi*, tu peux garder ton revolver, le revolver que ma petite sœur, une "gamine en loques", t'a procuré. Et nous autres, on nous condamne à mort !

— Silence ! » Milovan leva sa main gantée. « Obéissez à vos ordres, et vos services seront récompensés dans le futur. Désobéissez, et vous serez abattus. »

Lola, engourdie et désorientée, chargea Rid ainsi qu'on le lui avait commandé. Quand les quelques fusils et le sac de grenades furent bien attachés, elle prit les naseaux soyeux du mulet dans ses deux mains et le regarda dans les yeux. « Fais bien attention, mon ami, chuchota-t-elle. Toi, au moins, tu leur es utile. J'espère qu'ils te traiteront avec plus de loyauté et de soin qu'ils ne le font avec nous. » Elle tendit le licou à l'aide de Milovan et lui donna un sac où elle gardait une précieuse ration d'avoine. Le garçon regarda à l'intérieur, et à son expression, Lola comprit que Rid pourrait s'estimer heureux s'il revoyait sa pitance. Elle plongea alors ses mains gantées dans le sac et en sortit deux généreuses poignées. L'haleine humide de Rid réchauffa ses doigts un moment. Avant qu'il eût disparu dans la neige tourbillonnante, sa salive avait gelé sur la laine reprisée. Branko, remarqua-t-elle, ne se retourna pas.

Le reste du groupe se rassembla autour d'Isak, attendant qu'il proposât un plan. « Je pense que nous nous en sortirons mieux à deux ou trois », dit-il. Il avait l'intention de se diriger vers les territoires libérés. Lola attendit en silence tandis que la discussion faisait le tour des gens assis devant le feu. Certains envisageaient d'aller au sud, dans les zones occupées par les Italiens. D'autres dirent qu'ils chercheraient à retrouver des parents éloignés. Lola n'avait personne, et l'idée d'un voyage incertain dans une ville inconnue du Sud l'effrayait. Elle attendit que quelqu'un l'interroge sur ses projets, et lui offre une place à ses côtés. Mais personne ne lui dit rien. C'était comme si elle avait déjà cessé d'exister. Quand elle se leva et quitta le cercle, personne ne lui souhaita bonne nuit.

Elle trouva un endroit dans un coin de la clairière et s'y coucha, très agitée. Elle avait empilé ses quelques affaires dans un sac à dos et enveloppé ses pieds dans les épaisseurs d'un tissu qu'elle avait mis de côté pour les pansements. Elle était allongée, tout éveillée, les yeux fermés, quand elle sentit sur elle le regard farouche d'Ina. La petite était enveloppée dans sa couverture comme dans un cocon. Son bonnet de laine lui couvrait le front, de sorte que seuls ses yeux étaient visibles.

Lola comprit qu'elle s'était endormie seulement quand elle sentit la petite main d'Ina secouer la sienne. Il faisait encore nuit, mais Ina et Isak étaient debout, leur sac fait. Ina posa un doigt sur ses lèvres pour lui intimer le silence, puis tendit la main pour l'aider à se lever. Lola roula sa couverture tant bien que mal, l'enfonça dans son sac avec ses quelques affaires, et se mit en route derrière la fillette et son frère.

Plus tard, les événements des jours et des nuits qui suivirent revinrent dans les rêves de Lola. Mais dans sa mémoire éveillée, ils restèrent noyés au fond d'un brouillard de peur et de souffrance. Tous trois marchaient la nuit et se cachaient pendant les courtes heures de jour, grappillant quelques instants de sommeil agité quand ils pouvaient trouver une grange ou une meule de foin pour s'abriter, réveillés en sursaut par un aboiement qui signalait peut-être la présence d'une patrouille allemande. Le quatrième jour, la fièvre d'Ina monta et Isak dut la porter, frissonnante, en sueur, murmurant dans son délire. Le cinquième soir, la température retomba. Isak avait donné ses chaussettes à sa sœur, et l'avait enveloppée dans son manteau, en une vaine tentative pour apaiser les frissons qui lui secouaient le corps. Au milieu de leur marche nocturne, juste après qu'ils eurent passé à gué une rivière couverte de glace, il s'arrêta et se laissa tomber sur les aiguilles de pin gelées.

« Qu'y a-t-il ? chuchota Lola.

— Mon pied. Je ne le sens plus, dit-il. La glace était trop mince à un endroit. Mon pied est passé à travers. Il s'est mouillé et maintenant il est gelé. Je ne peux plus marcher.

— Nous ne pouvons pas nous arrêter ici, répondit Lola. Nous devons trouver un abri.

— Vas-y, toi. Je ne peux plus.

— Montre-moi. » Lola éclaira avec sa torche le cuir béant, déchiré de la botte d'Isak. La chair exposée était noircie par les engelures. Le pied avait été abîmé bien avant l'accident dans le torrent. Elle posa dessus ses mains gantées pour essayer de le réchauffer. Mais ça ne servit à rien. Les orteils étaient gelés en profondeur, cassants comme des bouts de bois. La moindre pression les briserait net. Lola prit son propre manteau et l'étendit sur le sol. Elle souleva Ina et l'y déposa. La respiration de l'enfant était superficielle et irrégulière. Lola chercha son pouls et ne le trouva pas.

« Lola, dit Isak. Je ne peux plus marcher, et Ina est en train de mourir. Tu dois continuer seule.

— Je ne t'abandonnerai pas, protesta-t-elle.

— Pourquoi pas ? répondit-il. Moi, je t'aurais laissée.

« — Peut-être. » Elle se leva et se mit à arracher des brindilles plantées dans la terre dure.

« Un feu est trop dangereux, dit Isak. D'ailleurs, tu ne pourras pas l'allumer avec ce bois gelé. »

Lola sentit monter en elle de l'exaspération, et même de la colère.

« Tu ne peux pas renoncer comme ça. »

Isak ne répondit pas. Avec difficulté, il se mit à quatre pattes, puis réussit à se relever.

« Ton pied, dit Lola.

— Il n'a pas besoin de me conduire très loin. »

Lola, désorientée, se pencha pour prendre Ina. Isak la repoussa doucement.

« Non, dit-il. Elle vient avec moi. »

Il souleva l'enfant, si frêle à présent qu'elle ne pesait presque rien. Mais au lieu de partir dans la direction vers laquelle ils se dirigeaient, il fit demi-tour et clopina jusqu'à la rivière.

« Isak ! »

Il ne se retourna pas. Étreignant sa petite sœur, il quitta la berge et s'avança sur la glace. Il s'arrêta au milieu, là où elle était moins épaisse. La tête de sa sœur reposait sur son épaule. Ils restèrent là un moment, tandis que la glace grondait et se fissurait. Puis elle céda.

Lola atteignit Sarajevo à l'instant où le petit jour se déversait des crêtes des montagnes et teintait d'argent les allées luisantes de pluie. Sachant qu'elle ne pourrait pas faire toute seule le chemin jusqu'au territoire libéré, elle était revenue vers la ville. Elle se faufila dans les rues familières, se glissant le long des immeubles, cherchant le peu de protection de la pluie battante et des regards hostiles qu'ils lui procuraient. Elle respira les odeurs urbaines de chaussée mouillée, d'ordures pourrissantes, et de charbon en combustion. Affamée, trempée, désespérée, elle marcha sans but précis jusqu'au moment où elle se retrouva devant le perron du ministère des Finances où son père avait travaillé. Le bâtiment était silencieux et désert. Lola gravit le large escalier. Elle passa la main sur le sombre bas-relief qui encadrait l'entrée, et s'accroupit sur le seuil.

Elle regarda les gouttes de pluie heurter les marches, chacune traçant des cercles concentriques qui s'entrecroisaient un moment avant de se dissoudre. Dans les montagnes, elle avait relégué les souvenirs de sa famille au fond de son esprit, craignant, si elle laissait s'exprimer son chagrin, de ne plus pouvoir le contenir. Ici, les images de son père se pressaient devant ses yeux. Elle eut envie d'être de nouveau une enfant, protégée, en sécurité.

Peut-être s'était-elle assoupie quelques minutes. Des pas résonnant derrière la lourde porte la tirèrent de sa torpeur. Elle s'enfonça dans l'ombre, ne sachant si elle devait s'enfuir ou rester. Les verrous tournèrent avec un grincement de métal grippé, et un homme en salopette d'ouvrier apparut, le menton enfoui dans son cache-nez.

Il ne l'avait pas encore vue.

Elle prononça la formule de politesse traditionnelle : « Que Dieu nous sauve. »

L'homme se retourna, saisi. Ses yeux d'un bleu délavé s'agrandirent quand il vit le fantôme dégoulinant tapi dans l'ombre. Il ne la reconnut pas, tant les épreuves des mois passés dans les montagnes l'avaient changée. Mais elle l'avait déjà rencontré. C'était Sava, un vieil homme plein de bonté qui avait travaillé aux côtés de son père. Elle dit son nom, puis le sien.

Quand il comprit qui elle était, il se pencha et la releva pour la serrer dans ses bras. Devant sa gentillesse, elle se laissa submerger par un sentiment de soulagement, et fondit en larmes. Sava jeta un coup d'œil dans la rue pour s'assurer que personne ne les observait. Le bras toujours posé sur ses épaules tremblantes, il l'attira à l'intérieur, et verrouilla la porte à nouveau.

Il la conduisit dans le vestiaire des gardiens et l'enveloppa de son propre manteau. Il lui servit le café tout chaud de la *džezva*. Quand elle retrouva la parole, elle lui raconta son expulsion du groupe de Partisans. Quand elle arriva au récit de la mort d'Ina, elle ne put plus continuer. Sava lui prit les épaules et la berça doucement.

« Est-ce que vous pouvez m'aider ? dit-elle enfin. Sinon, je vous en prie, livrez-moi tout de suite aux oustachi, parce que je ne peux plus courir. »

Sava la considéra un moment sans rien dire. Puis il se leva et lui prit la main. Il l'entraîna hors du ministère, fermant la porte à clé derrière lui. Ils longèrent en silence un pâté de maisons, puis un autre. Quand ils atteignirent le Musée national, il la guida jusqu'à l'entrée des gardiens et lui fit signe de s'asseoir sur un banc, dans un renfoncement près de la porte.

Il partit un long moment. Lola entendait les gens qui commençaient à aller et venir à l'intérieur. Elle se demandait si Sava l'avait abandonnée. Mais l'épuisement et le chagrin l'avaient rendue apathique. Elle n'était plus capable d'entreprendre la moindre action pour se sauver elle-même. Elle resta donc là à attendre.

Lorsque Sava réapparut, il était accompagné d'un monsieur de haute taille. L'homme, d'âge moyen, était très bien habillé, avec un fez cramoisi posé sur ses cheveux noirs striés d'argent. Il y avait chez lui quelque chose de familier, mais Lola ne voyait pas où ils avaient pu se rencontrer. Sava lui prit la main et la pressa pour la rassurer. Puis il s'en alla. L'autre fit signe à Lola de le suivre.

Ils quittèrent le bâtiment. Elle monta à l'arrière d'une petite voiture, et il lui indiqua par gestes qu'elle devait se coucher par terre. Il ne parla qu'après avoir démarré et s'être éloigné du bord du trottoir. Il avait un accent raffiné, une voix douce, et lui demanda où elle était allée et ce qu'elle avait fait.

Au bout d'un trajet assez court, il stoppa le véhicule et sortit, disant à Lola de rester où elle était. Il s'absenta quelques minutes à peine. Quand il revint, il tendit un tchador à la jeune fille, et lui intima aussitôt de rester allongée sur le plancher.

« Que Dieu nous sauve, effendi ! »

Il échangea des plaisanteries avec le voisin qui passait, feignant de chercher quelque chose dans le coffre de la voiture. Quand l'homme eut tourné à l'angle de la rue, il ouvrit la porte arrière et, d'un geste, la pria de le suivre. Elle cacha son visage sous le tchador et garda les yeux baissés, comme elle avait vu les femmes musulmanes le faire. À l'intérieur de l'immeuble, il frappa vivement à la porte, qui s'ouvrit aussitôt.

Sa femme se tenait sur le seuil, et attendait. Lola leva les yeux et la reconnut. C'était la jeune épouse qui lui avait offert un café quand elle était venue chercher le linge. Stela ne parut pas se souvenir d'elle, ce qui n'était pas surprenant, étant donné son changement radical d'apparence. L'année écoulée l'avait vieillie. Elle était amaigrie et vigoureuse, les cheveux coupés court comme un garçon.

Inquiète, Stela regarda tour à tour le visage hagard de Lola et celui, préoccupé, de son mari. Il s'adressa à elle en albanais. Lola ne comprenait pas un mot, mais elle vit les yeux de Stela s'écarquiller. Il continua de parler, d'une voix douce mais pressante. Les yeux de sa femme se remplirent de larmes, mais elle les essuya avec un mouchoir de dentelle et se tourna vers Lola.

«Vous êtes la bienvenue sous notre toit, dit-elle. Mon mari m'apprend que vous avez beaucoup souffert. Venez maintenant vous laver, manger, vous reposer. Plus tard, quand vous aurez dormi, nous discuterons de la meilleure manière de vous protéger.» Serif se tourna vers sa femme avec une expression où se mêlaient la tendresse et la fierté. Lola le remarqua, et vit Stela rougir quand elle lui rendit son regard. Il devait être merveilleux d'être aimée de la sorte, pensa-t-elle.

«Je dois maintenant retourner au musée, dit-il. Je vous verrai ce soir. Mon épouse va bien s'occuper de vous.»

Le contact de l'eau chaude et le parfum du savon étaient un luxe qui, pour Lola, sembla appartenir à une autre vie. Stela lui donna de la soupe fumante et du pain frais, et malgré sa faim extrême qui la poussait à prendre le bol dans ses mains pour le boire d'un trait, elle fit de son mieux pour manger lentement. Quand elle eut terminé, Stela la conduisit dans une petite alcôve. Il y avait un berceau où dormait un bébé. «Voici mon fils Habib qui est né à l'automne dernier.» Elle indiqua un divan bas le long du mur. «Cela peut aussi devenir votre chambre.» Lola se coucha, et avant même que Stela revînt avec un édredon, elle avait sombré dans un sommeil épuisé.

Quand elle se réveilla, elle eut l'impression de nager en eau profonde. Le berceau à côté d'elle était vide. Elle entendait des voix basses, l'une inquiète, l'autre rassurante. Puis une légère plainte d'enfant, aussitôt apaisée. Lola vit que de nouveaux vêtements étaient posés sur le lit à son intention. Une tenue peu familière : une longue jupe qu'une paysanne musulmane albanaise aurait pu porter et un grand foulard blanc pour recouvrir ses cheveux courts, qu'elle pourrait aussi ramener au-dessus de son nez pour cacher la plus grande partie de son visage. Elle savait que ses propres habits, un treillis partisan qu'elle avait cousu des mois auparavant dans un morceau de couverture grise, devraient être brûlés entièrement.

Elle s'habilla, peinant un peu pour ajuster le foulard inhabituel. Quand elle pénétra dans le salon tapissé de livres, Serif et Stela étaient assis l'un près de l'autre, en grande conversation. L'enfant, un beau petit garçon avec une masse de cheveux noirs, était perché sur les genoux de son père. Le mari et la femme levèrent les yeux quand Lola entra dans la pièce et dénouèrent aussitôt leurs mains. Lola savait que les musulmans traditionnels jugeaient que, même pour les couples mariés, il n'était pas convenable d'avoir des gestes d'affection en public.

Serif sourit gentiment à la jeune fille. « Eh bien, vous faites une belle paysanne ! s'exclama-t-il. Si vous n'y voyez pas d'inconvénient, pour expliquer votre présence ici, nous allons raconter que vous êtes une bonne envoyée par la famille de Stela, afin de l'aider avec le bébé. Vous ferez semblant de ne pas savoir un mot de bosniaque. En public, nous vous adresserons la parole en albanais. Il vous suffira d'acquiescer à tout ce que nous dirons. Il vaudra mieux que vous ne quittiez pas du tout l'appartement, ainsi très peu de gens sauront que vous êtes là. Nous devrons vous donner un nom musulman... Est-ce que Leila vous convient ?

— Je ne mérite pas tant de bonté, chuchota-t-elle. Que vous, des musulmans, aidiez une juive...

— Allons, allons ! » l'interrompit Serif, se rendant

compte qu'elle était sur le point de fondre en larmes.» Les juifs et les musulmans sont des cousins, des descendants d'Abraham. Savez-vous que votre nouveau nom signifie "nuit" en arabe, la langue de notre Coran sacré, et en hébreu, la langue de votre Torah ?

— Je... je... Nous n'avons jamais appris l'hébreu, balbutia-t-elle. Ma famille n'était pas pratiquante.» Ses parents étaient allés au cercle juif, mais jamais à la synagogue. Ils essayaient d'habiller les enfants avec des vêtements neufs à Hannouka, les années où ils en avaient les moyens, mais, cela mis à part, Lola ne savait pas grand-chose de sa religion.

«Eh bien, c'est une langue très belle, fascinante, dit Serif. Je collaborais avec le rabbin à la traduction de certains textes, avant... avant ce cauchemar que nous vivons aujourd'hui.» Il se frotta le front de la main et soupira. «C'était un homme bon, un très grand érudit, et je le regrette.»

Les semaines qui suivirent, Lola s'adapta au rythme d'une vie très différente. La peur d'être découverte se dissipa avec le temps, et bientôt, la routine paisible de sa vie de nurse chez les Kamal lui parut plus réelle que son ancienne existence de *partisanka*. Elle s'habitua à la voix douce et hésitante de Stela qui l'appelait par son nouveau prénom, Leila. Elle aima l'enfant dès la première fois où elle le tint dans ses bras. Et elle se prit rapidement d'affection pour la jeune femme, qui avait eu une éducation musulmane traditionnelle mais qui, grâce à son père puis à son mari, avait acquis une grande richesse intellectuelle. Au début, Lola eut un peu peur de Serif, qui était presque aussi vieux que son père. Mais ses manières douces et courtoises la mirent bientôt à l'aise. Pendant quelque temps, elle ne put déterminer ce qui le distinguait à ce point des gens qu'elle avait connus. Puis, un jour, alors qu'il essayait patiemment de la faire parler d'un sujet ou d'un autre, écoutant son opinion comme si elle était digne de sa considération, et ensuite la guidant subtilement vers un point de vue plus large, elle comprit en quoi consistait cette différence. Serif, la personne la plus instruite qu'elle eût jamais connue, était aussi la seule à ne jamais lui donner l'impression d'être stupide.

La journée des Kamal était organisée autour de deux choses, la prière et l'étude. Cinq fois par jour, Stela cessait son activité, se lavait avec soin, et se parfumait. Puis elle étendait un petit tapis de soie qu'elle gardait uniquement pour cet usage, se prosternait et prononçait les formules d'invocation, comme l'exigeait sa religion. Lola ne comprenait pas les mots, mais elle trouvait apaisantes les rimes sonores de la langue arabe.

Après le dîner, Stela travaillait à une broderie tandis que Serif lui faisait la lecture à voix haute. Au début, Lola s'était retirée avec Habib à ce moment-là, mais ils l'avaient invitée à rester et à écouter si elle le souhaitait. Elle s'asseyait un peu en dehors du cercle de lumière jaune projeté par la lampe et berçait le bébé sur ses genoux. Serif choisissait des histoires pleines de vie ou de beaux poèmes, et Lola se surprit à attendre avec une impatience grandissante ces heures du soir. Si elle était obligée de quitter la pièce parce que l'enfant s'agitait, Serif s'interrompait jusqu'à son retour ou lui résumait ce qu'elle avait manqué.

Parfois, elle se réveillait dans la nuit, en sueur, après avoir rêvé qu'elle était poursuivie par les chiens des Allemands, ou que sa petite sœur l'appelait à l'aide tandis qu'elles avançaient péniblement à travers une épaisse forêt Dans d'autres rêves, Isak et Ina disparaissaient, encore et encore, dans la glace qui se craquelait. Elle prenait alors Habib dans son berceau et l'embrassait, réconfortée par le poids de son petit corps endormi qui s'appuyait contre elle.

Un jour, Serif rentra tôt de la bibliothèque. Il ne salua pas sa femme, ne prit pas de nouvelles de son fils, ne retira pas même son manteau à la porte comme d'habitude, et alla directement dans son bureau.

Au bout de quelques minutes, il les appela. D'ordinaire, Lola n'entrait pas dans la pièce, dont Stela faisait le ménage elle-même. Elle regarda les livres qui tapissaient les murs. Les volumes semblaient plus anciens et plus beaux que ceux qui se trouvaient dans le reste de l'appartement ; des ouvrages dans une demi-douzaine de langues anciennes et modernes, avec des reliures exquises en cuir lustré, travaillées à la main. Mais Serif tenait entre ses doigts gantés un petit livre à la couverture toute simple. Il le posa sur le bureau devant lui et le contempla avec la même expression que lorsqu'il regardait son fils.

« Le général Faber est venu au musée aujourd'hui », dit-il. Stela poussa un cri et porta la main à sa tête. Faber était le redouté commandant des unités de la Main noire, responsable du massacre de milliers de gens, selon la rumeur.

« Non, non, il n'est rien arrivé de terrible. En fait, je pense qu'il s'est produit un événement très heureux. Aujourd'hui, avec l'aide du directeur, nous avons réussi à sauver l'un des grands trésors du musée. »

Serif n'avait pas choisi de leur faire un récit complet de ce qui s'était passé au musée plus tôt dans la journée. Il n'avait pas même eu l'intention de leur montrer la haggada. Mais la présence du livre – dans cette maison, dans ses mains – eut raison de sa prudence. Il tourna les pages pour leur en faire admirer la beauté et leur dit seulement que le directeur du musée le lui avait confié.

Le supérieur de Serif était le Dr Josip Boscovic, un Croate qui réussissait à maintenir une apparence de complicité avec le régime oustacha de Zagreb tout en restant au fond de lui-même un Sarajevois. Boscovic avait été un conservateur de monnaies anciennes avant d'entrer dans l'administration du musée. C'était un personnage populaire à Sarajevo, un pilier des événements culturels. Ses cheveux noirs étaient lissés en arrière avec une brillantine très odorante, et son rendez-vous annuel avec sa manucure était un rite immuable.

Quand Faber fit savoir qu'il avait l'intention de visiter le musée, Boscovic se rendit compte qu'il n'allait pas tarder à marcher sur la corde raide. Son allemand était pauvre, aussi il convoqua Serif dans son bureau et lui dit qu'il aurait besoin de ses services de traducteur. Leurs origines étaient différentes, et ils n'avaient pas les mêmes intérêts intellectuels. Mais ils partageaient un engagement farouche envers l'histoire bosniaque et un amour pour la diversité qui l'avait façonnée. Chacun d'eux avaient aussi la certitude que Faber était partisan de l'extinction de cette diversité.

« Vous savez ce qu'il veut ? demanda Serif.

— Il ne l'a pas dit. Mais ce n'est pas difficile à deviner. Mon collègue de Zagreb m'a raconté qu'ils ont pillé la collection Judaïca du musée. Vous savez comme moi que ce que nous possédons ici est infiniment plus important. Je pense que c'est la haggada qu'il veut.

— Josip, nous ne pouvons pas la lui donner. Il va la détruire, de la même manière que ses hommes ont détruit tout ce qu'il y avait de juif dans la ville.

— Serif, mon ami, est-ce que nous avons le choix ? Peut-être qu'il ne la détruira pas. J'ai entendu dire que Hitler veut créer un musée de la Race perdue, pour y exposer les plus beaux objets juifs, une fois que les gens eux-mêmes auront disparu... »

Serif frappa le dossier du siège devant lui. « Il n'y a donc pas de limites à la perversion de ces types ?

— Chut. » Boscovic leva les deux mains pour calmer son collègue. Il se mit à chuchoter : « Le mois dernier, à Zagreb, ils en plaisantaient. Ils ont appelé ça *Judenforschung ohne Juden*, les études juives sans Juifs. » Boscovic quitta sa place derrière son bureau et posa une main sur l'épaule de Serif. « Si vous essayez de cacher ce livre, vous mettrez votre vie en danger. »

Serif le considéra d'un air grave. « Quel choix me reste-t-il ? Je suis *kustos*. Est-ce que la haggada a survécu cinq siècles pour être détruite quand je suis en fonction ? Si vous pensez que je vais permettre une telle chose, mon ami, vous ne me connaissez pas.

— Faites ce que vous dicte votre conscience, dans ce cas. Mais agissez vite, je vous en conjure. »

Serif retourna dans la bibliothèque. Avec des mains tremblantes, il ouvrit une boîte qu'il avait étiquetée ARCHIV DER FAMILIE KAPETANOVIC – TURKISCHE URKUNDEN (Archives de la famille Kapetanovic – documents turcs). Il retira les anciens titres de propriété turcs posés en haut de la pile. Plusieurs manuscrits hébreux étaient rangés dessous. Il prit le plus petit et le plaça sous la ceinture de son pantalon, tirant sur sa veste de façon à cacher le renflement. Il remit les papiers turcs dans la boîte et la scella de nouveau.

Faber était un homme sec, pas très grand, avec une ossature frêle. Il avait une voix douce qu'il élevait rarement au-dessus d'un murmure, de sorte que les gens devaient tendre l'oreille. Il avait des yeux d'un vert opaque et froid comme l'agate, et un teint blafard, aussi translucide que la chair d'un poisson.

Josip avait accédé au rang d'administrateur grâce à ses manières charmantes qui frôlaient parfois l'onctuosité. Quand il accueillit le général avec des mots courtois de bienvenue, personne n'eût deviné qu'une sueur nerveuse lui picotait la nuque. Il s'excusa pour son mauvais allemand, se confondant en regrets beaucoup plus qu'il n'était nécessaire. À ce moment, Serif apparut sur le seuil, et Josip le présenta. « Mon collègue est un grand linguiste, il me fait honte. »

Serif s'approcha du général et lui tendit la main. La poigne de Faber était d'une mollesse inattendue. Sa paume flasque reposa dans la sienne, inerte. Il sentit que le manuscrit glissait légèrement contre sa taille.

Faber ne précisa pas le but de sa visite. Dans un silence inconfortable, Josip lui proposa un tour des collections. Alors qu'ils traversaient les salles voûtées, Serif fit un rapport savant sur les différentes expositions, suivi par Faber qui marchait à pas mesurés sans rien dire, faisant claquer ses gants de cuir noir.

Quand ils arrivèrent à la bibliothèque, le général hocha brusquement la tête et parla pour la première fois : « Montrez-moi vos manuscrits et vos incunables juifs. » Tremblant un peu, Serif choisit des volumes dans les rayonnages et les disposa sur la longue table. Il y avait un texte mathématique d'Elia Mizrahi, une édition rare d'un vocabulaire hébreu-arabe-latin publié à Naples en 1488, un volume du Talmud imprimé à Venise.

Les pâles mains de Faber caressèrent chaque volume. Il tourna les pages avec un soin exquis. Alors qu'il maniait le plus rare des manuscrits, examinant les encres passées et délicates, son expression changea. Il humecta ses lèvres. Serif remarqua que ses pupilles étaient dilatées, comme celles d'un amant. Il détourna le regard. Il éprouvait du dégoût mêlé à un sentiment de transgression, comme s'il assistait à un spectacle pornographique. Enfin, Faber referma la reliure du Talmud vénitien et leva les yeux, haussant les sourcils d'un air interrogateur.

« Et maintenant, s'il vous plaît, la haggada. »

Serif sentit un filet de sueur brûlante couler le long de son dos. Il leva les mains et haussa les épaules. « C'est impossible, Herr General. »

Le visage de Josip, qui était tout rouge, se vida de son sang.

« Comment, impossible ? » La voix de Faber était glaciale.

« Mon collègue veut dire, expliqua Josip, que l'un de vos officiers est venu hier et a demandé la haggada. Il a expliqué qu'on en avait besoin pour un certain projet de musée du Führer. Bien entendu, nous avons été honorés de lui remettre notre trésor pour un tel dessein… »

Serif commença à traduire les paroles de Josip, mais le général l'interrompit.

« Quel officier ? Donnez-moi son nom. » Il s'avança vers Josip. Malgré sa carrure frêle, Faber parut soudain exsuder la menace. Josip recula d'un pas, se cognant aux rayonnages de livres.

« Monsieur, il ne m'a pas donné son nom. Je… je… ne me suis pas senti autorisé à le lui demander… Si vous voulez bien m'accompagner dans mon bureau, je pourrais vous donner le papier qu'il a signé pour moi en guise de reçu. »

Quand Serif traduisit les paroles du directeur, Faber inspira profondément. « Très bien. » Il tourna les talons et se dirigea vers la porte. Josip n'eut qu'un instant pour échanger un regard avec Serif. Le plus éloquent de toute sa vie. Puis, d'une voix aussi calme qu'un lac par une journée sans vent, Serif rappela l'officier. « Mon général, veuillez suivre le directeur. Il vous conduira à l'escalier principal. »

Serif savait qu'il avait très peu de temps. Il espéra avoir deviné correctement le plan de Josip. Il gribouilla un reçu avec les numéros de catalogue de la haggada, puis, avec une plume différente, il apposa au-dessous une signature illisible. Il appela un gardien et lui dit de porter le papier chez le directeur. « Prenez l'escalier de service, et faites aussi vite que possible. Posez-le sur son bureau de façon à ce qu'il le voie dès l'instant où il entrera. »

Puis, délibérément, se forçant à ralentir ses mouvements, il s'approcha du portemanteau, et prit son pardessus et son fez. Il quitta la bibliothèque d'un pas nonchalant et traversa le couloir pour gagner l'entrée principale du musée. Il lança un regard aux personnes de l'entourage de Faber qui l'attendaient, et hocha la tête par politesse. Au milieu de l'escalier du musée, il s'arrêta pour s'entretenir avec un collègue qui montait. Il dépassa la grosse voiture noire garée au bord du trottoir. Il salua ses connaissances en souriant et s'arrêta sur sa terrasse préférée. Il sirota lentement son café, comme un vrai Bosniaque est censé le faire, savourant chaque goutte. Alors, et seulement alors, il rentra chez lui.

Tandis que Serif tournait les pages de la haggada, Lola s'exclamait devant la splendeur des enluminures.

« Vous devriez en être fière, lui dit-il. C'est une grande œuvre d'art que votre peuple a donnée au monde. »

Stela se tordit les mains et dit quelque chose en albanais. Serif la regarda, avec un mélange de fermeté et de douceur. Il répondit en bosniaque : « Je sais que tu es inquiète, mon amie. Et tu as tous les droits de l'être. Nous abritons déjà une Juive, et maintenant un livre juif. Tous les deux sont activement recherchés par les nazis. Une jeune vie et un manuscrit ancien. Très précieux l'un et l'autre. Tu dis que le risque que tu cours t'importe peu, je t'en félicite et je suis fier de toi. Mais tu as peur pour notre fils. Et cette peur est justifiée. Moi aussi, j'ai peur pour lui. J'ai trouvé une solution pour Leila avec un de mes amis. Nous irons le voir demain. Il l'emmènera dans une famille de la zone italienne chez qui elle sera en sécurité.

— Et le livre ? demanda Stela. Le général va certainement découvrir ta supercherie. Quand ils auront fouillé le musée, ils viendront ici, non ?

« Ne t'inquiète pas, répondit calmement Serif. Il n'est

nullement certain qu'il nous perce à jour. Le Dr Boscovic a eu la présence d'esprit de raconter à Faber qu'un de ses hommes était venu chercher le livre. Les nazis sont des pilleurs-nés. Faber sait que ses officiers sont formés à voler. Il a probablement une demi-douzaine d'hommes qu'il croit capables d'avoir dérobé le livre pour s'enrichir. Et de toute manière, ajouta-t-il, enveloppant le petit volume dans son tissu, après-demain, il ne sera plus ici.

— Où vas-tu l'emporter ? demanda Stela.

— Je n'en suis pas sûr. Le meilleur endroit pour cacher un livre pourrait être une bibliothèque. » Il avait envisagé de le rapporter simplement au musée et de le ranger à un autre endroit, parmi les milliers de volumes qui s'y trouvaient. Puis il se souvint d'une autre bibliothèque, beaucoup plus petite, où il avait passé des heures de bonheur à étudier auprès d'un ami très cher. Il se tourna vers Stela et sourit. « Je vais l'emporter dans un endroit où personne n'aura jamais l'idée d'aller le chercher. »

Le lendemain était un vendredi, le shabbat musulman. Serif alla travailler comme tous les jours, puis s'excusa à midi, disant qu'il souhaitait assister aux prières collectives. Il rentra chez lui pour prendre Stela, Habib et Lola. Au lieu de se diriger vers la mosquée, il quitta la ville et s'enfonça dans les montagnes. Lola garda le bébé sur ses genoux pendant tout le trajet, jouant à coucou-le-voilà et à ainsi-font-font-font – ses jeux préférés –, l'attirant contre elle le plus souvent possible, essayant de mémoriser son odeur, qui lui rappelait le doux parfum de l'herbe coupée. La route en épingles à cheveux était difficile, étroite. C'était le plein été, et la lumière, somptueuse et fluide, noyait d'or les petits champs de blé et de tournesols qui remplissaient chaque parcelle de terrain plat entre les parois abruptes. Pendant l'hiver, la neige rendait ces passages impraticables jusqu'au dégel du printemps. Lola se concentra sur Habib pour calmer la nausée provoquée par les tournants et par sa propre anxiété. Elle savait qu'il était sage de quitter la ville, où le risque d'être découverte était constant. Mais elle ne voulait pas se séparer des Kamal. Malgré le chagrin qui la minait et la peur qui la tenaillait, les quatre mois passés chez eux lui avaient apporté une sérénité qu'elle n'avait jamais connue auparavant.

Le soleil se couchait quand ils franchirent le dernier col étroit et découvrirent le village, ouvert comme une fleur dans sa petite vallée suspendue. Un paysan ramenait ses vaches des prés, et l'appel à la prière du soir se mêlait aux meuglements et aux plaintes du bétail. Ici, dans l'isolement des montagnes, la guerre et ses privations paraissaient bien lointaines.

Serif arrêta la voiture devant une maison basse. Les murs étaient blancs, chaque pierre posée à côté de l'autre avec la précision d'un puzzle compliqué. Les fenêtres hautes et étroites étaient construites à l'intérieur de profondes niches et garnies d'épais volets bleu ciel qu'on pouvait fermer pour se protéger des tempêtes hivernales. Des pieds-d'alouette d'un bleu plus foncé poussaient à profusion autour de la maison. Deux papillons butinaient paresseusement les fleurs. Un vieux mûrier étendait ses branches au dessus de la cour. Dès que la voiture se gara, une demi-douzaine de petits visages apparurent entre les feuillages brillants. L'arbre était rempli d'enfants, perchés sur ses branches comme des oiseaux colorés.

L'un après l'autre, ils se laissèrent tomber du mûrier et se pressèrent autour de Serif, qui avait apporté un bonbon à chacun d'entre eux. Une fille un peu plus âgée, au visage voilé comme Stela, sortit de la maison, reprochant aux enfants le chahut qu'ils faisaient. « Mais oncle Serif est là ! » s'écrièrent-ils tout excités, et Lola vit les yeux de la fillette sourire au-dessus de son voile.

« Bienvenue, bienvenue ! Père n'est pas encore revenu de la mosquée, mais mon frère Munib est à l'intérieur. Je vous en prie, entrez, mettez-vous à l'aise. » Munib, un jeune homme de dix-neuf ans à l'air studieux, était assis à un bureau, une loupe à la main, des pinces dans l'autre, montant avec soin un spécimen d'insecte. Sur toute la table des fragments d'ailes chatoyaient.

Munib se tourna quand sa sœur l'appela, contrarié qu'on osât troubler sa concentration. Mais son expression changea lorsqu'il vit Serif. « Monsieur ! Quel honneur inattendu ! » Serif, qui connaissait la grande passion du fils de son ami pour les insectes, avait procuré à Munib un emploi d'assistant dans la section d'histoire naturelle du musée, pendant les vacances scolaires.

« Je suis heureux de voir que tu poursuis tes études malgré ces temps difficiles, dit Serif. Je sais que ton père espère encore t'envoyer un jour à l'université.

— *Inch'Allah* », répondit Munib.

Quand Serif prit place sur un divan bas sous une fenêtre cintrée, la sœur de Munib fit entrer Stela et Lola dans le salon des femmes, tandis que les jeunes enfants apportaient une succession de plateaux apparemment sans fin : jus de raisin, fait avec le produit des vignes familiales, thé – désormais une rareté en ville –, concombres du jardin et pâtisseries maison.

Lola n'était donc pas présente quand Serif Kamal demanda à son ami, qui était le *khoja* du village, de cacher la haggada. Elle ne vit pas l'enthousiasme sur le visage de l'homme quand il écarta impatiemment le travail de son fils, dégageant un espace pour poser le manuscrit, et elle ne lut pas l'émerveillement dans ses yeux lorsqu'il tourna les pages. Le soleil s'était couché, inondant la pièce de ses dernières lueurs rougeoyantes. De minuscules phalènes scintillaient et dansaient dans la lumière déclinante. Quand un enfant entra, apportant un plateau de thé, un petit morceau d'aile de papillon voltigea dans la légère brise qui venait du dehors et vint se poser, à l'insu de tous, sur la page ouverte de la haggada.

Serif et le *khoja* emportèrent le livre dans la bibliothèque de la mosquée. Ils lui trouvèrent une petite place sur une haute étagère, entre des volumes de droit islamique. Un endroit où personne ne songerait jamais à le chercher.

Tard le même soir, les Kamal redescendirent des montagnes. Ils s'arrêtèrent à l'entrée de la ville, devant une belle maison entourée d'un haut mur de pierre. Serif se tourna vers Stela. « Fais vite maintenant. nous ne pouvons pas nous attarder ici. » Les deux femmes s'embrassèrent. « Adieu, ma sœur, dit Stela. Le Seigneur te garde jusqu'au jour où nous nous reverrons. » La gorge nouée, Lola ne parvint pas à répondre. Elle embrassa la tête du bébé et le tendit à sa mère, puis elle suivit Serif dans l'obscurité.

Hanna

Vienne, printemps 1996

Parnassius.

Un nom merveilleux pour un papillon. Il avait de l'éclat, et je m'en sentis auréolée quand je traversai les jardins manucurés du musée, en direction de la circulation tourbillonnante de la Ringstrasse. Je n'avais jamais trouvé de débris de papillon dans un livre auparavant. J'étais impatiente de me rendre chez Werner pour tout lui raconter.

La bourse qui m'avait permis de séjourner à Vienne après mes deux premières années d'études aurait pu me conduire n'importe où. Il eût été plus logique de me rendre à Jérusalem ou au Caire. Mais j'étais déterminée à étudier avec Werner Maria Heinrich, ou plutôt l'Universitätsprofessor Herr Doktor Doktor Heinrich, ainsi qu'on m'avait appris à l'appeler, les Autrichiens tenant, au contraire des Australiens, à donner un titre distinct pour chaque diplôme obtenu. J'avais entendu dire qu'il était le meilleur expert en faux du monde, car il connaissait mieux que quiconque les techniques et les matériaux originaux. C'était aussi un spécialiste des manuscrits hébreux, ce que je jugeais intrigant pour un catholique allemand de sa génération. Je me proposai comme apprentie.

Sa réponse à ma première lettre fut polie mais dédaigneuse : « honoré par votre intérêt mais malheureusement pas en mesure de », etc. Il opposa à ma seconde lettre un rejet plus bref, légèrement plus exaspéré. La troisième reçut une réponse cinglante et plutôt grincheuse d'une ligne qui se traduisait en australien par « allez vous faire voir ». Mais je vins quand même. Avec un immense aplomb, je me présentai chez lui, dans Maria-Theresien-strasse, et je le suppliai de m'accepter. C'était l'hiver et, comme la plupart des Australiens lors de leur premier voyage dans un pays vraiment froid, je n'étais pas préparée à affronter d'aussi brutales intempéries. Je croyais que ma veste de cuir retourné plutôt seyante était un manteau d'hiver puisqu'elle remplissait ce rôle à Sydney. Je ne savais rien. Je dus offrir un spectacle pathétique quand je débarquai chez lui, frissonnante, les flocons de neige fondus dans mes cheveux transformés en petits glaçons qui tintaient quand je bougeais la tête. Sa politesse naturelle lui interdit de me congédier.

Les mois que je passai à broyer des pigments ou à polir des parchemins dans son spacieux atelier-appartement, ou assise à côté de lui dans le département de conservation de la bibliothèque de l'université toute proche, m'en apprirent plus, je pense, que tous mes diplômes officiels réunis. Le premier mois fut très guindé : « Miss Heath » par-ci et « Herr Doktor Doktor » par-là, un échange correct et assez glacial. Mais quand je partis, j'étais son « Hanna, *liebchen* ». Je pense que chacun de nous comblait un vide dans la vie de l'autre. Nous étions tous deux en manque de famille. Je n'avais jamais connu mes grands-parents. Ses proches avaient été tués dans le bombardement de Dresde. Il avait fait l'armée à Berlin, bien sûr, mais il n'en parlait jamais. Il n'évoquait pas non plus son enfance à Dresde, abrégée par la guerre. Même à cette époque, j'eus assez de tact pour ne pas insister. Mais je remarquai que lorsque je marchais avec lui près de la Hofburg, il faisait toujours un détour pour éviter Heldenplatz, la place des Héros. Je découvris beaucoup plus tard la célèbre photographie de cette place, prise en mars 1938. Elle y est bondée de monde, et il y a des gens agrippés à la gigantesque statue équestre pour mieux voir, et tous applaudissent Hitler à tout rompre quand il annonce l'incorporation de la nation mère dans le Troisième Reich.

J'avais quitté Werner pour aller préparer mon doctorat à Harvard (où je n'aurais sans doute pas été acceptée sans sa recommandation élogieuse), et il m'avait écrit à l'occasion, me parlant des projets intéressants auxquels il travaillait,

110

m'offrant des conseils pour ma carrière. Il était venu à New York à deux reprises et j'avais pris le train de Boston pour le rencontrer. Mais quelques années avaient passé, et je n'étais pas préparée à voir la frêle silhouette qui m'attendait en haut de l'escalier revêtu de marbre qui conduisait à son appartement.

Il s'appuyait sur une canne en ébène au pommeau d'argent. Ses cheveux aussi étaient argentés, assez longs, et coiffés en arrière. Il portait une veste de velours sombre aux revers ornés d'un liseré jaune pâle et, sous le col, une lavallière à la mode du XIXᵉ siècle. Un petit bouton de rose blanc ornait sa boutonnière. Je savais combien il était exigeant en matière vestimentaire, aussi je m'étais donné plus de peine que d'habitude pour ma toilette, optant pour un chignon banane plus élégant et pour un tailleur fuchsia qui allait à merveille avec mes cheveux bruns.

« Hanna, *liebchen* ! Comme tu es belle aujourd'hui ! Plus ravissante chaque fois que je te vois ! » Il s'empara de ma main et la baisa, puis examina la peau gercée et émit un petit claquement de langue. « Le prix de notre métier, hein ? » dit-il. Ses propres mains étaient rêches et noueuses, mais je remarquai que ses ongles étaient fraîchement manucurés, tandis que les miens, hélas, ne l'étaient pas.

Âgé de soixante-quinze ans, Werner avait pris sa retraite de l'université, mais il écrivait encore de rares articles et était parfois consulté au sujet de manuscrits importants. Dès l'instant où je pénétrai dans son appartement, je vis – et je sentis – qu'il n'avait pas cessé de travailler avec les matériaux des livres anciens. La longue table près des hautes fenêtres gothiques, où je m'étais assise près de lui et où j'avais tant appris, était toujours encombrée d'agates et de noix de galle puantes, d'outils antiques de batteur d'or, et de parchemins à tous les stades de préparation.

Il avait maintenant une domestique, et quand il me fit pénétrer dans sa bibliothèque – l'une de mes pièces préférées au monde, car chaque volume qu'elle contenait semblait s'accompagner d'une histoire – elle servit le *Kaffee*.

Le riche parfum de cardamome me donna l'impression

d'être redevenue une étudiante de vingt ans. Werner avait pris l'habitude de boire du café arabe après une période où il avait occupé une chaire de professeur associé à l'université hébraïque de Jérusalem, et habité dans le quartier chrétien de la Vieille Ville, parmi les Palestiniens. Chaque fois que je respirais l'odeur de la cardamome, je repensais à lui et à cet appartement inondé de la lumière européenne gris pâle, si reposante pour les yeux quand on travaille pendant des heures sur des détails infimes.

« C'est bon de te voir, Hanna. Merci d'avoir pris le temps de faire un détour pour faire plaisir à un vieil homme.

— Werner, vous savez que j'aime beaucoup venir vous voir. Mais j'espérais aussi que vous pourriez m'aider. »

Son visage s'illumina. Il se pencha en avant sur sa bergère à oreilles. « Raconte ! »

J'avais mes notes sur moi, et je m'y référai en lui racontant ce que j'avais fait à Sarajevo. Il hocha la tête d'un air approbateur. « J'aurais procédé exactement ainsi. Tu es une bonne élève. » Je lui parlai alors du fragment d'aile de *Parnassius*, ce qui l'intrigua, puis des autres prélèvements, le poil blanc, les échantillons de tache et le sel, et enfin j'abordai l'étrangeté des plats en carton entaillés.

« Je suis d'accord, dit-il. Il semble vraiment qu'on les a préparés pour y fixer des fermoirs. » Il leva les yeux vers moi, ses yeux bleus humides derrière ses lunettes cerclées d'or. « Alors, pourquoi ont-ils disparu ? Très intéressant. Très mystérieux.

— Croyez-vous que le Musée national possède des documents sur la haggada, et le travail qui y a été fait en 1894 ? C'est très ancien…

— Pas tant que ça pour Vienne, ma chère. Je suis sûr qu'ils ont quelque chose. Si ça te servira, je n'en ai aucune idée. Tu sais, il y a eu un tapage énorme quand le manuscrit a été retrouvé. La première des haggadot illustrées à être redécouverte. Deux des érudits les plus éminents se sont déplacés jusqu'ici pour l'examiner. Je suis certain que le musée a au moins conservé leurs articles. Je pense que l'un d'eux était Rothschild, d'Oxford. Oui, c'est ça, j'en suis certain. L'autre, c'était Martell, de la Sorbonne. Tu lis le français, hein ? Les notes du relieur, s'ils les ont gardées, devraient être en allemand. Mais peut-être que le relieur n'a pas laissé de notes. Comme tu t'en es rendu compte par toi-même, la reliure a été scandaleusement bâclée.

— Pourquoi croyez-vous que c'est arrivé, alors que le livre était le centre de toute cette attention ?

— Je crois qu'il y a eu une polémique à propos de qui devait garder l'ouvrage. Vienne, bien sûr, voulait le conserver. Pourquoi pas ? La capitale de l'Empire austro-hongrois, le centre de l'énergie artistique d'Europe... Mais souviens-toi, les Habsbourg *occupaient* la Bosnie à cette époque – ils ne l'ont annexée qu'en 1908. Et les nationa-listes slaves détestaient l'occupation.» Il leva un doigt recourbé et l'agita, c'était un de ses tics quand il avait à dire quelque chose qu'il jugeait particulièrement intéres-sant.

«Par coïncidence, l'homme qui a déclenché la Seconde Guerre mondiale est né l'année où la haggada est arrivée ici, tu savais ça ?

— Vous parlez de l'étudiant qui a abattu l'archiduc à Sarajevo ?» Werner se rengorgea, souriant d'un air suffi-sant. Il adorait apprendre aux gens quelque chose qu'ils ignoraient. Nous nous ressemblions en cela.

«Quoi qu'il en soit, je pense que la peur de provo-quer une réaction nationaliste explique peut-être pour-quoi le livre a été finalement rendu au musée bosniaque. Je suppose que cette reliure grossière était la revanche de Vienne, un petit sursaut de snobisme mesquin : si elle doit partir dans les provinces, une reliure bon marché suffira. Ou bien la raison en est plus sinistre encore.» Il baissa la voix et ses doigts tambourinèrent sur le brocart du bras de son fauteuil. «Je ne sais pas si tu t'en rends compte, mais ces années *fin de siècle** ont connu ici une forte montée d'antisémitisme. Tout ce qu'a dit Hitler et une grande partie de ce qu'il a fait concernant les Juifs a été mûri ici, tu sais. C'était l'air qu'il respirait en Autriche, dès la petite enfance. Il devait avoir, disons, environ cinq ans, il commençait l'école maternelle à Braunau, quand la

---

* En français dans le texte. (*N.d.T.*)

haggada se trouvait ici. C'est si étrange, de penser à ces choses... » Sa voix fléchit. Nous approchions d'un domaine interdit. Quand il leva les yeux vers moi et parla à nouveau, je crus d'abord qu'il essayait de changer de sujet.

« Dis-moi, Hanna, tu as lu Schnitzler ? Non ? Tu le dois ! Tu ne peux rien comprendre aux Viennois, même aujourd'hui, sans Arthur Schnitzler. »

Il attrapa sa canne et se leva avec difficulté, se dirigeant d'un pas prudent vers la bibliothèque. Il glissa le doigt sur le dos des volumes, presque tous des éditions princeps, ou rares. « J'ai seulement la version allemande et tu ne lis toujours pas cette langue, n'est-ce pas ? Hein ? C'est très dommage. Schnitzler est un auteur très intéressant. Très, pardonne-moi, érotique. Très franc au sujet de ses nombreuses conquêtes. Mais il écrit aussi beaucoup à propos de la montée des *Judenfresser* – ça veut dire les mangeurs de Juifs, parce que le terme antisémitisme n'était pas encore inventé quand il était enfant. Schnitzler était juif, bien sûr. »

Il prit un livre sur l'étagère. « Celui-ci s'appelle *Une jeunesse viennoise*. C'est une très jolie édition, un exemplaire annoté, dédicacé à son professeur de latin, un certain Johann Auer, "avec mes remerciements pour les auerismes". Tu sais, je l'ai découvert dans une vente paroissiale à Salzbourg ! Il est remarquable que personne ne l'ait repéré... » Il feuilleta l'ouvrage jusqu'à ce qu'il eût trouvé le passage. « Ici, il s'excuse d'écrire autant sur "la prétendue question juive". Mais il dit qu'aucun Juif, même assimilé, n'avait le droit d'oublier ses origines. » Il ajusta ses lunettes et lut à voix haute, traduisant pour moi : « "Même si on parvenait à se comporter sans rien montrer de ses sentiments, il était impossible de rester totalement détaché ; aucun homme ne peut rester indifférent lorsqu'il voit un couteau sale écorcher sa chair anesthésiée, et l'entamer jusqu'au sang." » Werner referma le livre. « Il a écrit ces lignes au début des années 1900. L'image est glaçante, n'est-ce pas, à la lumière de ce qui a suivi... »

Il remit le livre à sa place sur l'étagère, puis tira de sa poche un mouchoir blanc fraîchement repassé et s'épongea le front. Il se rassit pesamment dans son fauteuil. « Il est donc possible que le travail de reliure ait été saboté parce que l'artisan était l'un des mangeurs de Juifs de Schnitzler. »

Il sirota le fond de son café. « Et peut-être que la raison est tout autre. À cette époque, on ne se rendait pas compte de ce que pouvait révéler une reliure, même très déla-brée. Beaucoup d'informations ont été perdues quand de vieilles reliures ont été arrachées et jetées. Chaque fois que je dois travailler sur un volume de ce genre, cela me chagrine d'y penser. Vraisemblablement, si la haggada est arrivée à Vienne avec des fermoirs, ils devaient être d'origine. Mais on ne peut pas en être sûr... »

Je grignotai un petit morceau de vagues du Danube, un gâteau merveilleusement riche, le préféré de Werner. Il se leva, époussetant les miettes de sa veste, et s'approcha du téléphone d'un pas traînant pour appeler son contact au musée. Après une conversation animée en allemand, il posa le combiné. « La Verwaltungsdirektor te verra demain. Elle dit que les papiers de cette période sont archivés dans un entrepôt éloigné du musée. Elle se les fera envoyer demain pour midi. Quand pars-tu pour Boston ?

— Je peux rester encore un jour ou deux, dis-je.

— Bien ! Tu m'appelleras, hein, pour me faire savoir si tu as trouvé quelque chose ?

— Oui, bien sûr », répondis-je, et je me levai pour partir. À la porte, je me penchai – il était légèrement voûté à présent et un peu plus petit que moi – et j'embrassai sa joue parcheminée.

« Werner, excusez-moi de vous poser la question, mais votre santé est-elle bonne ?

— *Liebchen*, j'ai soixante-seize ans. Très peu de gens sont "en bonne santé" à cet âge. Mais je me défends. »

Il resta sur le seuil tandis que je descendais l'escalier. Je me retournai dans l'entrée ornementée, levai les yeux, et lui envoyai un baiser, me demandant si je le reverrais jamais.

Plus tard dans l'après-midi, je m'assis au coin de mon lit étroit dans la pension proche de Peterskirche, le téléphone sur mes genoux. J'avais eu très envie de parler du *Parnassius* à Ozren. Mais quand j'avais sorti mon carnet de mon porte-documents, l'enveloppe contenant les scanners du cerveau d'Alia était tombée. Je m'étais sentie brusquement coupable de n'avoir pas tenu compte de la volonté de son père et de m'être immiscée dans sa souffrance intime. Il piquerait sans doute de nouveau une crise s'il découvrait ce que j'avais fait. Il avait raison ; ça ne me regardait pas. Même si je voulais à tout prix lui parler de l'aile de papillon, mon imposture pesait sur mes épaules comme un vêtement mouillé. Enfin, quand l'heure où j'aurais pu le trouver au musée fut largement dépassée, j'eus le courage d'appeler. Il était là, et travaillait tard. Je bredouillai ce que j'avais appris sur le livre, et j'entendis le plaisir dans sa voix.

« On n'a jamais réussi à savoir où était la haggada pendant la Seconde Guerre mondiale. Nous savons que le *kustos* a réussi à la protéger des nazis, mais les versions divergent : on raconte qu'il l'aurait dissimulée dans la bibliothèque, au milieu de documents turcs, ou encore qu'il l'aurait emportée dans un village de montagne pour la cacher à l'intérieur d'une mosquée. Ton aile de papillon semble confirmer l'hypothèse des montagnes. Je peux regarder les altitudes et voir si je peux circonscrire un village, et ensuite demander autour de moi s'il avait des liens particuliers dans l'un d'eux. Ce serait bien de savoir qui nous devons remercier d'avoir hébergé la haggada pendant la guerre. Dommage que personne ne lui ait posé la question quand il était en vie. Il a beaucoup souffert après la guerre, tu sais. Les communistes l'ont accusé d'avoir été un collaborateur des nazis.

— Mais il a sauvé la haggada. Comment aurait-il pu être un collaborateur ?

— Pas seulement la haggada. Il a aussi sauvé des Juifs. Mais une accusation de collaboration était un moyen facile pour les communistes de se débarrasser de toute personne trop intellectuelle, trop religieuse, trop libre dans ses propos. Il était tout cela. Il s'est beaucoup querellé avec eux, particulièrement quand ils ont voulu détruire la vieille ville. Ils ont eu pendant quelque temps d'horribles projets de renouvellement urbain. Il a aidé à arrêter cette folie, mais il l'a payé cher. Six années d'isolement cellulaire, des conditions absolument terribles. Puis, tout d'un coup, ils lui ont pardonné. Ça se passait comme ça à cette époque. Il a retrouvé son ancien poste au musée. Mais sa période d'emprisonnement lui avait sans doute démoli la santé. Il est mort dans les années soixante, après une longue maladie. »

Je glissai les doigts dans mes cheveux, retirant les épingles qui les maintenaient.

« Six années en isolement cellulaire. Je ne sais pas comment un être humain peut supporter ça. »

Ozren se tut un moment. « Je n'en sais rien, moi non plus.

— Je veux dire, ce n'était pas comme s'il avait été un soldat, ou même un activiste politique... ces gens-là, on pense, euh, qu'ils connaissent les enjeux. Mais ce n'était qu'un bibliothécaire... »

À peine avais-je prononcé ces mots que je me sentis bête. Ozren, après tout, n'était « que » bibliothécaire, et ça ne l'avait pas empêché d'agir avec courage quand il avait dû le faire.

« Je veux dire...

— Je sais ce que tu veux dire, Hanna. Raconte-moi, alors : quels sont tes projets ?

— Demain, je vais consulter les archives du Musée national. Voir s'il y a quelque chose sur les fermoirs. Ensuite je dois passer deux jours à Boston, où je ferai quelques tests sur les taches dans le labo d'un ami.

— Bien. Tu me diras ce que tu as trouvé ?

— Bien sûr... Ozren...

— Hum ?

— Comment va Alia ?

— Nous avons presque terminé *Winnie l'ourson*. J'ai pensé que j'allais peut-être lui lire des contes de fées bosniaques ensuite. »

Je murmurai une réponse, espérant que les parasites sur la ligne masqueraient la drôle de voix que j'avais prise.

117

Frau Zweig, l'archiviste en chef de l'Historisches Museum der Stadt Wien, ne ressemblait pas du tout à ce que j'avais imaginé. Elle avait un peu moins de trente ans, était chaussée de hautes bottes noires, et vêtue d'une jupe minuscule en tissu écossais, et d'un chandail moulant bleu électrique qui soulignait une silhouette enviable. Elle avait une coupe courte en dents de scie et ses cheveux étaient striés de différentes nuances de jaune et de rouge. Un clou en argent ornait un côté de son nez retroussé.

« Vous êtes une amie de Werner ? » demanda-t-elle, me choquant plus encore, car c'était la première Viennoise que j'entendais appeler mon professeur par son prénom. « Il est quelque chose, hein ? Avec ses costumes en velours et tout ce décorum du siècle dernier. Je l'*adore*. »

Elle me fit descendre par l'escalier de derrière, dans le labyrinthe des salles du sous-sol. Le *clic-clac* de ses bottes à hauts talons résonnait sur les dalles en pierre. « Désolée de vous installer dans un pareil dépotoir », dit-elle en ouvrant la porte d'une réserve dont les étagères fonctionnelles en métal étaient remplies de l'attirail familier des espaces d'exposition – fragments de vieux cadres et de planches, vitrines démontées, bocaux de conservateur. « Je vous aurais mise dans mon bureau, mais je suis en réunion pratiquement toute la journée – c'est le moment de l'évaluation du personnel, vous savez. *Teeeeeellement* ennuyeux. » Elle roula les yeux comme une adolescente résistant à une directive parentale. « La bureaucratie autrichienne, c'est un tas de conneries, vous savez ? J'ai fait mes études à New York. C'était difficile de replonger dans tout ce formalisme en rentrant. » Elle plissa son petit nez. « J'aimerais pouvoir partir en Australie. Tout le monde à New York me prenait pour une Australienne, vous savez ? Je disais "Autriche", et ils s'écriaient : "Oh, il y a des kangourous si mignons là-bas !" Je les ai laissés le croire. Vous avez une bien meilleure réputation que nous. Tout le monde pense que les Australiens sont drôles et relax tandis que les Autrichiens représentent le Vieux Monde et sont coincés. Vous pensez que je devrais m'installer là-bas ? » Je ne voulais pas la décevoir, aussi évitai-je de lui répondre qu'en Australie je n'avais jamais vu quelqu'un d'aussi décoincé qu'elle occuper un poste de chef des archives.

Il y avait un conteneur d'archives sur l'établi posé au milieu de la pièce. Frau Zweig prit un cutter pour briser les sceaux. « Bonne chance, dit-elle. Faites-moi savoir si vous avez besoin de quoi que ce soit. Et embrassez fort Werner pour moi. » Elle referma la porte, et j'entendis le claquement de ses talons s'éloigner dans le couloir.

La caisse contenait trois chemises. Je doutai que quiconque les eût consultées depuis un siècle. Toutes étaient frappées de l'estampille du musée, et de l'abréviation K.u.K., qui correspondait à *Kaiserlich und Königlich* – impérial et royal. Les Habsbourg portaient le titre d'« empereur » en Autriche et de « roi » en Hongrie. Je soufflai sur la poussière de la première chemise. Elle contenait seulement deux documents en bosniaque. Je vis que le premier était une copie de l'acte de vente au musée d'une famille du nom de Kohen. Le second était une lettre d'une très belle écriture. Par chance, des traductions y étaient jointes, faites sans doute à l'intention des érudits en visite. Je parcourus la version anglaise.

L'auteur de la lettre se présentait comme un professeur – d'où l'écriture soignée. Il était, disait-il, professeur d'hébreu au *maldar* de Sarajevo. Le traducteur avait ajouté une note expliquant qu'on appelait ainsi les écoles primaires dirigées par des Juifs séfarades. « Un fils Kohen qui était mon élève m'a apporté la haggada. Le soutien de famille ayant récemment disparu, les survivants désiraient alléger les pressions financières en tirant un bénéfice de la vente du livre... m'ont demandé mon avis sur sa valeur... J'ai examiné des dizaines de haggadot, dont certaines étaient très anciennes, mais je n'ai jamais vu des enluminures de cette sorte... En rendant visite à la famille pour en apprendre plus, j'ai découvert qu'il n'y avait aucune information sur la haggada, mis à part le fait qu'elle se trouvait chez les Kohen depuis "de nombreuses années". D'après la veuve, son mari avait rapporté que son grand-père se servait de ce livre pour conduire la cérémonie du seder, ce qui le situerait à Sarajevo dès le milieu du XVIIIe siècle... Elle a dit, et j'ai pu le confirmer, que le grand-père Kohen en question était cantor et avait été formé en Italie... »

Je me calai sur ma chaise. L'Italie. L'inscription de Vistorini – *Revisto per mi* – situait la haggada à Venise en 1609. Le grand-père Kohen avait-il étudié à Venise ? La communauté juive y était beaucoup plus importante et plus prospère que celle de Bosnie, et l'héritage musical de la ville était riche. Peut-être y avait-il fait l'acquisition du livre ?

J'imaginai la famille, avec son patriarche instruit, cosmopolite, réunie à la table du seder ; le fils, devenu un homme, enterrant son père le jour venu, et prenant sa place en tête de table. Mourant lui-même, sans doute brutalement, puisque sa famille s'était retrouvée dans cette situation précaire. J'éprouvai de la tristesse pour la veuve, luttant pour élever seule ses enfants. Et plus encore quand je me rendis compte que les enfants de ces enfants avaient dû périr, car après la Seconde Guerre mondiale, il n'était pas resté un seul Juif du nom de Kohen à Sarajevo.

Je notai qu'il me faudrait étudier les échanges entre les communautés juives de l'Adriatique au XVIIIe siècle. Peut-être avait-il existé une yeshiva italienne particulière où les cantors bosniaques allaient étudier. Ce serait fabuleux de reconstituer la façon dont la haggada avait atteint Sarajevo.

Mais rien de tout cela n'avait de rapport avec les fermoirs, aussi je mis cette chemise de côté et pris la suivante. Herman Rothschild, spécialiste des manuscrits anciens du Proche-Orient de la Bodleian Library à Oxford, avait malheureusement une écriture beaucoup moins lisible que celle du professeur d'hébreu. Son rapport de dix pages au gribouillage serré aurait aussi bien pu être rédigé en bosniaque, tant j'eus de peine à le déchiffrer. Mais je ne tardai pas à découvrir qu'il ne s'était pas du tout occupé de la reliure. Il avait été si ébloui par les enluminures elles-mêmes que son texte se rapprochait davantage d'un traité d'histoire, d'une évaluation esthétique des miniatures dans le contexte de l'art médiéval chrétien. Je parcourus ses pages érudites et rédigées dans un style superbe. Je recopiai quelques lignes pour les citer dans mon propre essai. Mais rien sur la question des fermoirs. Je reposai le texte et me frottai les yeux. J'espérai que son collègue français avait adopté un point de vue plus général.

Le rapport de M. Martell était à l'opposé de celui de son homologue britannique. Présenté sous forme de plan, très laconique, il était technique. Je me mis à bâiller, lisant en diagonale l'habituelle et ennuyeuse énumération des cahiers et des feuillets. J'arrivai à la dernière page et mes bâillements cessèrent. Martell décrivait, en langage spécialisé, une reliure abîmée, usée, tachée, en chevreau fendillé et déchiré. Il notait que les fils de lin s'effilochaient ou avaient disparu, de sorte que la plupart des cahiers n'étaient plus rattachés à la reliure. D'après sa description, il était heureux et stupéfiant que des pages n'eussent pas été perdues.

Ensuite, plusieurs phrases courtes avaient été rayées. J'abaissai la lampe du bureau pour voir si je parvenais à saisir ce qui avait inspiré des doutes à M. Martell. Sans succès. Je retournai la feuille. En effet, la force de sa main avait laissé une empreinte partiellement lisible sous le trait. Pendant quelques minutes, j'essayai de déchiffrer les lettres que je pouvais reconstituer. Lire des mots français incomplets à l'envers était épineux. Mais j'arrivai à mes fins, et je sus pourquoi ces lignes avaient été biffées.

« Paire de fermoirs en argent oxydé, hors d'usage. Doubles agrafes, au bout du rouleau. Après nettoyage avec une dilution de $NaHCO_3$, révèle motif de fleur entourée d'une aile. Ciselure = estampé + repoussé. Pas de poinçon. » Dans ce même musée, en 1894, M. Martell avait appliqué ses chiffons doux et ses petits pinceaux sur les vieux morceaux de métal noirci jusqu'à ce que l'argent brillât de nouveau à la lumière. L'espace d'un instant, le très placide M. Martell avait perdu la tête.

« Les fermoirs, avait-il écrit, sont d'une extraordinaire beauté. »

Des plumes et une rose

Vienne, 1894

Vienne est le laboratoire de l'apocalypse.

Karl Kraus

« Fraülein opératrice à Gloggnitz ? Puis-je avoir l'honneur de vous souhaiter un merveilleux après-midi ? J'espère que votre journée s'est passée agréablement jusqu'ici. Herr Doktor Franz Hirschfeldt, ici présent, vous présente ses compliments et souhaite déposer un baiser très reconnaissant sur votre main, si vous lui accordez la faveur d'établir cette communication.

— Un très bel après-midi à vous, ma chère Fraülein opératrice à Vienne. Merci pour vos bons vœux, et veuillez accepter en retour mes félicitations les plus sincères. Je suis heureuse de répondre à votre aimable requête en observant que ma journée a été très plaisante, et j'espère que vous et votre correspondant profitez également de ce très agréable temps estival. En tant qu'humble représentante du baron, je me risque à dire que Son Excellence attend impatiemment cette occasion d'ajouter ses bons vœux et... »

Franz Hirschfeldt éloigna l'appareil de son oreille et tapota son bureau du bout de son crayon. Il ne supportait pas ce flot de plaisanteries qui n'était bon qu'à lui faire perdre son temps. Les mots qui lui traversaient l'esprit étaient loin d'être aussi polis. Il avait très envie de couper la parole à ces femmes, de leur dire de se taire et d'établir cette fichue communication. Il tapa si fort avec son crayon sur le bord en nickel que le bout se cassa, s'envola, traversa le cabinet, et atterrit sur la table d'examen recouverte d'un drap blanc. Ces femmes ignoraient-elles que les appels interurbains étaient limités à dix minutes ? Quelquefois, il lui semblait que tout le temps dont il disposait était gaspillé avant même qu'il eût été mis en contact avec son interlocuteur. Mais la dernière fois qu'il s'était montré sec avec une opératrice elle avait carrément abandonné la communication, aussi se tint-il tranquille.

C'était juste une petite irritation de plus, comme le frottement du col de chemise que la blanchisseuse amidonnait, malgré ses recommandations expresses. Dans cette ville, il y avait trop de contrariétés mineures de ce genre : l'obséquiosité fastidieuse, la mode des cols étrangleurs. Il se sentait agressé par les provocations continuelles qu'il devait subir. Âgé de trente-six ans, il était le père de deux enfants charmants, l'époux d'une femme qu'il admirait encore, et il se laissait discrètement divertir par une série de maîtresses qui l'amusaient. Il avait réussi sur le plan professionnel et son cabinet prospérait. En outre, il vivait à Vienne, qui était sans conteste l'une des plus grandes villes au monde.

Hirschfeldt leva les yeux du bureau et laissa son regard errer au-delà de la fenêtre en corniche tandis que les fräuleins continuaient de draper leurs compliments sur les fils télégraphiques. La ville avait eu la détermination nécessaire pour raser les murs de l'ancienne forteresse médiévale et les remplacer par la large courbe accueillante de la Ringstrasse ; elle s'était montrée assez pragmatique pour embrasser l'industrialisation qui saupoudrait l'horizon de la brume de la prospérité.

C'était sa ville, dans toute sa magnificence, capitale d'un empire qui s'étendait des Alpes tyroliennes à la côte dalmate et aux vastes terres dorées d'Ukraine, et comprenait le massif de Bohême et la grande plaine hongroise ; un centre culturel qui attirait les esprits les plus intelligents et les artistes les plus créatifs... La veille à peine, Anna, son épouse, l'avait entraîné au concert pour écouter la dernière, et fort étrange, composition de ce Mahler – ne venait-il pas de Bohême ou d'un endroit de ce genre ? Et l'exposition de tableaux de Klimt à laquelle ils avaient jeté un coup d'œil ensuite – c'était tout autre chose. De la licence artistique, on appelait cela ainsi, supposait-il, mais l'homme avait une très curieuse conception de l'anatomie féminine.

On ne pouvait pas dire que rien ne bougeait à Vienne. Au contraire, la ville vibrait de l'énergie frénétique de sa nouvelle invention, la valse. Et pourtant…

Et pourtant sept siècles de monarchie Habsbourg avaient noyé la capitale impériale sous une débauche de luxe grandiose, l'enfouissant sous des fioritures de plâtre, l'embourbant dans des tortillons de crème épaisse, l'alourdissant avec des ornements en galon doré (même les éboueurs avaient des épaulettes !) et l'étourdissant par ce flot, non, cette cataracte de courtoisies onctueuses…

« … si Herr Doktor Hirschfeldt souhaite encore passer cet appel, Son Excellence le baron ne sera que trop heureux… »

Eh bien, il le sera certainement, pensa Hirschfeldt. La fräulein avait raison sur ce point. Le baron serait enchanté. Enchanté d'apprendre qu'il souffrait d'un furoncle mal placé et non d'une syphilis galopante. Nul besoin d'une dose de mercure presque toxique ni d'une visite dans la salle des paludéens afin d'y contracter une fièvre assez brûlante pour éliminer la pire infection. Avec un peu de chance, le baron n'avait pas encore fait d'aveux stupides et coupables à la baronne. Hirschfeldt lui avait conseillé de partir dans son chalet de montagne, seul avec son membre suintant, en attendant qu'il eût examiné sa maîtresse.

Qui s'était révélée une fille naïve à la chair saine, dont l'histoire avait tenu la route face à l'interrogatoire astucieux et plein de tact du médecin. Elle venait juste de quitter le cabinet, ses yeux bleu vif rougis par une petite crise de larmes. Elles pleuraient toujours un peu ; les contaminées, de désespoir, les autres, de soulagement. Mais celle-ci s'était sentie humiliée. Le drap de la table d'examen portait encore l'empreinte de son corps mince. Elle était devenue aussi pâle que le drap, et toute tremblante, quand Hirschfeldt l'avait priée d'écarter les cuisses. Cette fille-là n'avait rien d'une courtisane endurcie. Il avait perçu sa honte et l'avait traitée avec délicatesse. Parfois, en fouillant dans les détails de la vie intime du patient, il fallait se montrer brutal pour obtenir la vérité. Mais pas avec cette fragile créature, qui avait consenti bien volontiers à faire le bref récit de ses aventures amoureuses, la première avec un monsieur cultivé, qui se trouvait être également un patient de Hirschfeldt, qu'il connaissait pour surveiller jalousement sa santé. Après une liaison assez courte, il l'avait laissée au baron qui l'avait séduite à son tour.

Hirschfeldt avait pris soin de noter l'adresse de la petite dans son agenda personnel. Peut-être qu'après un laps de temps convenable, quand le problème du non-respect de la relation patient-médecin ne se poserait plus, il pourrait organiser un rendez-vous. On pouvait faire bien pire dans cette ville.

La voix de baryton abrupte et tonitruante du baron fit enfin vibrer la ligne, remplaçant les jacasseries des fräuleins. Cependant, Hirschfeldt surveilla ses paroles. Les demoiselles avaient la réputation d'être des oreilles indiscrètes.

« Baron, je vous souhaite le bonjour. Je voulais juste vous informer à la première occasion que la plante que nous cherchions à identifier n'est vraisemblablement pas, j'en suis presque certain, la mauvaise herbe agressive que vous craigniez. »

À l'autre bout de la ligne, il entendit le baron soupirer.

« Hirschfeldt, merci. Merci de m'avoir prévenu si promptement. C'est un grand soulagement pour moi.

— C'est bien normal, Excellence. Mais cette plante a encore besoin d'un peu d'entretien (il fallait percer le furoncle) et nous devons nous en occuper.

— Je vous verrai dès mon retour en ville. Et merci, comme toujours, pour votre discrétion. »

Hirschfeldt reposa le téléphone. La discrétion. C'était pour cela qu'ils le payaient. Tous les aristocrates, leurs gants de chevreau dissimulant les plaques rouges de leurs paumes. Tous les bourgeois si respectables, terrifiés par les chancres qui palpitaient dans leurs culottes. Il savait très bien que beaucoup d'entre eux n'eussent pas accepté qu'un Juif souillât leur salon, ou même leur tînt compagnie pour un café. Mais ils n'étaient que trop heureux de lui confier le soin de leurs parties intimes et les secrets de leur vie privée. Hirschfeldt avait été le premier en ville à annoncer qu'il disposait d'une salle d'attente *isolée* destinée aux patients souffrant de « maladies cachées ». Mais ça datait de l'époque où il avait posé sa plaque. Depuis des années, il n'avait plus besoin de ce genre de publicité.

La discrétion : une denrée précieuse dans cette ville, capitale de la luxure, où le scandale et les ragots étaient le combustible qui alimentait le moteur de la société. Et les sujets de commérages étaient si nombreux ! Le prince héritier et sa maîresse s'étaient donné la mort six ans auparavant dans le pavillon de chasse de Mayerling, et les gens ne se lassaient pas des nouvelles rumeurs à propos de cette tragédie, ou farce, selon leur degré de romantisme ou de cynisme. Bien sûr, la détermination de la famille royale à étouffer l'affaire n'avait fait qu'attiser la flambée des médisances, comme c'est toujours le cas avec des tentatives de ce genre. Les Habsbourg avaient peut-être eu le pouvoir de traîner en pleine nuit le cadavre de Marie Vetsera soutenu par un manche à balai pour déguiser le fait qu'elle était morte depuis quarante heures. Mais s'ils avaient réussi à effacer son nom de la presse autrichienne, ils ne pouvaient pas empêcher les journaux étrangers de franchir la frontière et de se glisser sous les sièges des taxis de Vienne, avant d'être livrés par les chauffeurs, pour un tarif exorbitant, à la curiosité avide de leurs passagers.

Hirschfeldt, qui avait été formé par le médecin de la Cour, avait connu Rodolphe, le prince héritier. Il l'avait apprécié. Ils avaient le même âge, et les mêmes idées progressistes. Au cours de leurs quelques rencontres, il avait senti à quel point le prince était contrarié et frustré par un rôle qui n'était qu'honorifique. Ce n'était pas une vie pour un adulte que d'être ainsi écarté des conseils d'État et d'en être réduit à faire de la figuration aux banquets et aux bals, dans l'attente d'une destinée qui scintillait et lui échappait chaque fois qu'il tentait de l'approcher. Et pourtant, Hirschfeldt ne pouvait admettre le ridicule pacte de suicide. Qu'avait donc écrit Dante, à propos du pape qui avait abdiqué pour devenir un contemplatif et était pourtant condamné à demeurer dans l'un des cercles les plus bas de l'enfer ? Il avait été puni pour avoir tourné le dos à une chance unique de faire le bien dans le monde… Et depuis la mort choquante du prince, Vienne avait connu un déclin presque imperceptible – qui se manifestait plus par l'humeur des gens que par une réalité concrète. Mais étant donné qu'il ne restait plus dans la Hofburg un seul visage progressiste pour leur faire baisser les yeux, les *Judenfresser* devenaient de plus en plus bruyants d'année en année.

Qui aurait cru qu'un seul suicide – ou un double suicide, plus exactement – ait eu le pouvoir d'inspirer de l'acrimonie à une ville entière ? Vienne faisait grand cas de ses suicides, en particulier s'ils étaient spectaculaires et orchestrés avec un certain panache – ainsi, la jeune femme qui avait revêtu sa tenue de jeune mariée avant de se jeter d'un train roulant à grande vitesse, ou l'acrobate de cirque qui, au milieu de son numéro, avait lâché sa perche et sauté de la corde raide. Les spectateurs avaient applaudi, car l'homme s'était lancé dans le vide avec une telle maestria que tous avaient cru que c'était le clou du spectacle. Lorsque le sang avait formé une mare autour de son corps brisé, et alors seulement, les hourras s'étaient transformés en cris d'horreur et les femmes avaient détourné les yeux, comprenant que cet artiste avait augmenté d'une unité un taux de suicide qui était déjà le plus élevé d'Europe.

Le suicide et les maladies sexuelles. Deux meurtriers majeurs des Viennois, de la haute noblesse au bas peuple.

Hirschfeldt acheva ses notes sur le cas du baron et appela sa secrétaire pour lui demander d'introduire le patient suivant. Il jeta un coup d'œil à son agenda. Ah oui. Herr Mittl, le relieur. Le malheureux.

« Herr Doktor, le Kapitän Hirschfeldt désire vous voir. Voulez-vous que je le fasse entrer d'abord ? »

Hirschfeldt émit un grognement irrité presque inaudible. Pourquoi David venait-il l'ennuyer à la clinique ? Il espéra que son frère égocentrique avait eu assez de tact pour éviter la salle d'attente isolée. Herr Mittl était un petit homme nerveux, très convenable, qui avait payé très cher une imprudence passagère dans sa lointaine jeunesse. Il éprouvait une honte profonde à cause de son état, et par conséquent avait répugné à se faire soigner aux premiers stades de la maladie, alors qu'il y avait peut-être encore de l'espoir. Plus que tout autre, il serait mortifié de rencontrer un officier de la Hoch-und Deutschmeister.

« Non, présentez mes compliments au capitaine, mais priez-le d'attendre. Herr Mittl s'est donné la peine de prendre rendez-vous. Il est prioritaire.

— Très bien, Herr Doktor, mais...

— Mais quoi ? » Hirschfeldt passa le doigt sous son col, qui était encore plus amidonné que d'habitude.

« Il saigne.

— Oh, pour l'amour de Dieu. Faites-le entrer.»

C'était bien de lui, songea-t-il, quand son demi-frère, qui le dépassait de trente centimètres mais avait treize ans de moins que lui, pénétra à grands pas dans le cabinet, maintenant un carré de soie teinté de rouge contre sa mâchoire taillée à coups de serpe. De petits globes de sang vermeil brillaient dans les poils blonds de sa large moustache.

« David, au nom du Ciel, qu'est-ce que tu as encore fait ? Un autre duel ? Tu n'es plus un jeune homme. Pourquoi diable ne peux-tu apprendre à contrôler tes humeurs ? C'est qui, cette fois ?»

Hirschfeldt avait quitté son bureau pour guider son frère vers la table d'examen. Pus il se souvint qu'il n'avait pas demandé à l'infirmière de venir changer le drap. Mieux valait prévenir que guérir. Au lieu de cela, il le fit asseoir sur une chaise près de la fenêtre, puis retira soigneusement de la plaie la soie imbibée, une fine cravate, irrécupérable.

« David. » Sa voix était lourde de reproche. Il glissa un doigt sur une marque ancienne qui décrivait un arc blanchâtre au-dessus du sourcil droit de son frère. « Je suppose qu'une cicatrice de duel est excusable, et même peut-être souhaitable, dans ton milieu. Mais deux. Deux, c'est vraiment excessif. » Il appliqua de l'alcool à la nouvelle blessure et son frère tressaillit. Il y aurait une cicatrice, sans aucun doute. L'entaille était petite mais très profonde. Hirschfeldt jugea qu'elle ne nécessitait pas de points si les côtés de la plaie étaient maintenus avec du sparadrap et solidement bandés. Mais son frère vaniteux laisserait-il le pansement en place ? Probablement pas. Il se tourna pour prendre de quoi faire une suture.

« Tu vas me dire qui ?

— Personne que tu connaisses.

— Ah ? Tu serais surpris d'apprendre qui je connais. La syphilis ne respecte pas la hiérarchie militaire.

— Ce n'était pas un officier. »

Hirschfeldt marqua une pause, la pointe brillante de son aiguille suspendue au-dessus de la plaie. Il tourna le visage de son frère vers le sien. Des yeux endormis, du même bleu sombre que la veste bien coupée du jeune capitaine, lui rendirent son regard avec insouciance.

« Un civil ? David. Tu vas trop loin. Ce pourrait être désastreux.

— Je ne le crois pas. En tout cas, je n'ai pas supporté la manière dont il a dit mon nom.

— Ton nom ?

— Allons, Franz. Tu sais très bien comment certaines gens prononcent les noms juifs. Comment ils peuvent transformer chaque syllabe en une petite farce d'un acte.

— David, tu es trop sensible. Tu vois des affronts partout.

— Tu n'étais pas là, Franz. Tu ne peux pas porter un jugement sur moi dans cette affaire.

— Non, je n'étais pas présent cette fois. Mais j'ai déjà vu tout cela.

— Eh bien, même si j'étais trop sensible, même si je me trompais pour cette histoire de nom, ce qui est arrivé ensuite a prouvé le contraire. Quand je l'ai appelé sur le terrain, il a déclaré qu'en tant que Juif, je n'étais pas en position de demander réparation.

— Qu'est-ce qu'il voulait dire ?

— Il se référait, bien entendu, au manifeste Waidhofen.

— Au quoi ?

— Ach ! Franz. Quelquefois je me demande dans quelle ville tu vis. Ça fait des semaines qu'on ne parle que de ça dans tous les cafés de Vienne. C'est la détestable réaction de la faction nationaliste allemande au fait qu'un grand nombre de Juifs, à l'université et dans le corps des officiers, sont devenus des escrimeurs compétents et dangereux. Bon, alors ils ont dû simplement se défendre contre les provocations croissantes. En tout cas, le manifeste déclare qu'un Juif est sans honneur dès le jour de sa naissance. Qu'il ne peut pas faire la différence entre ce qui est sale et ce qui est propre. Que d'un point de vue éthique, c'est un sous-homme sans honneur. Il est donc impossible d'insulter un Juif et il s'ensuit qu'un Juif ne peut demander réparation pour une injure. »

Franz expira profondément. « Mon Dieu.

— Tu vois ? » David rit, puis fit la grimace, sentant se rebeller le muscle de sa joue lacérée. « Même toi, mon frère aîné si sage, tu aurais été capable de menacer ce type avec ton scalpel. »

L'ironie était que David Hirschfeldt, au contraire de Franz, n'était pas juif. Un an ou deux après que la mère de Franz eut succombé à la consomption, leur père était tombé amoureux d'une catholique bavaroise. Il s'était converti afin de la courtiser. Leur fils David avait été élevé dans le parfum de l'encens du dimanche et des pins de Noël fraîchement coupés. Tout ce que cette étoile montante aux yeux bleus du Hausregiment de Vienne avait de juif, c'était son nom.

« Ce n'est pas tout.

— Quoi ?

— Le bruit court que je vais être expulsé de la Silesia.

— David ! Ils ne le peuvent pas. Tu es leur champion depuis le gymnase. Est-ce à cause de cette dernière... aventure ?

— Non, bien sûr que non. Tout le monde à la Silesia a participé à un moment ou à un autre à un duel illégal. Mais il semble que ma *Mutti* bavaroise ne me procure plus assez de sang pur pour neutraliser la souillure de notre père. »

Franz ne sut pas que dire. Son frère serait anéanti s'il était exclu de son club d'escrime. Et la perte de son meilleur élément causerait du tort au club. Si David avait raison, et ne se laissait pas simplement emporter par un excès de sensibilité, alors la situation était bien pire que ce qu'il avait imaginé.

Hirschfeldt était distrait quand son dernier patient fut introduit. « Je suis vraiment désolé de vous avoir fait attendre, Herr Mittl, mais j'ai eu un cas urgent... » Il leva alors les yeux, et remarqua la démarche de l'homme. Aussitôt, la détérioration de l'état de son patient retint toute son attention. Mittl s'avança pesamment, les jambes écartées, jusqu'à la table d'examen devant laquelle il attendit nerveusement, triturant son chapeau. Son visage, qui avait toujours été étroit, était gris, et ses traits tirés. Il y avait une tache sur sa chemise, ce qui était inhabituel : Hirschfeldt se souvenait qu'il était habituellement très soucieux de son apparence. Il lui parla avec douceur. « Asseyez-vous, Herr Mittl, et dites-moi comment vous vous sentez.

— Merci, Herr Doktor. » Il s'installa sur la table avec précaution. « Je ne me sens pas bien. Pas bien du tout. »

Le médecin procéda à son examen, sachant ce qu'il trouverait : les tumeurs gélatineuses, palpables autour des articulations, l'atrophie optique, la faiblesse musculaire.

« Vous arrivez à travailler, Herr Mittl ? Ce doit être difficile pour vous. »

Il y eut un éclair de terreur dans les yeux de l'homme. « Oh oui. Je dois travailler. Je dois travailler. Pas le choix. Bien qu'ils complotent contre moi. Ils donnent les tâches lucratives aux leurs, et j'ai les restes... » Soudain il s'interrompit et plaqua une main sur sa bouche. « J'oubliais que vous... »

Hirschfeldt le coupa, pour leur épargner d'être embarrassés tous les deux. « Comment arrivez-vous à exécuter des travaux minutieux, avec une vue aussi abîmée ?

— Ma fille m'aide pour la couture. C'est la seule sur qui je peux compter. Les autres apprentis sont tous ligués contre moi, ils me volent tout, même mon fil de lin... »

Hirschfeldt soupira. Les délires paranoïaques étaient, autant que les handicaps physiques, un symptôme du stade tertiaire de la maladie. Il se demanda si Mittl obtenait la moindre commande, considérant son infirmité. Il devait avoir une clientèle très loyale.

Brusquement Mittl le fixa d'un œil lucide. Sa voix reprit son ton normal. « Je pense que je perds la tête. Vous ne pouvez rien faire pour moi ? »

Hirschfeldt se détourna et s'approcha de la fenêtre. Quelle part de la vérité pouvait-il lui apprendre ?

Qu'était-il en mesure de comprendre ? Il répugnait à mentionner des traitements expérimentaux à des patients qui n'étaient peut-être pas capables de saisir tous les risques, les bénéfices très incertains. Et ces traitements étaient trop draconiens pour être tentés sur quiconque n'était pas en phase terminale. Ne rien faire revenait à condamner le pauvre Mittl à son lamentable déclin jusqu'au jour où la mort l'emporterait.

« Il y a quelque chose, dit enfin Hirschfeldt. Un de mes collègues y travaille à Berlin. Les résultats sont prometteurs, mais les traitements sont longs, douloureux, et, je le crains, très coûteux. Au cours d'une année, cela n'implique pas moins de quarante injections. L'agent que mon confrère a élaboré est très toxique, à base d'arsenic. L'idée est que le produit attaque les parties malades du corps plutôt que les parties saines, qui guériront avec le temps. Les effets peuvent être sévères. La douleur locale à l'endroit de la piqûre est très courante, et les troubles gastriques aussi. Mais mon confrère a constaté parfois des résultats spectaculaires. Il prétend même avoir obtenu des guérisons, mais je dois vous avertir que selon moi, il est trop tôt pour oser de telles affirmations. »

Les yeux embrumés de Mittl étaient devenus avides. « Vous avez dit "coûteux", Herr Doktor. Combien ? »

Hirschfeldt soupira et indiqua la somme. Mittl enfouit sa tête dans ses mains. « Je n'ai pas cet argent. » Et, au grand embarras de Hirschfeldt, l'homme se mit à sangloter comme un enfant.

Hirschfeldt n'aimait pas que le dernier patient de la journée fût un cas désespéré. Il n'avait pas envie de rester sur ce sentiment quand il quittait son cabinet. Il avait eu l'intention de rendre visite à sa maîtresse, mais quand il arriva à l'angle de sa rue, il hésita et passa son chemin. Ce n'était pas seulement à cause de Mittl. Sa liaison durait depuis dix mois ; la beauté généreuse et les larges hanches de Rosalind commençaient à l'ennuyer. Peut-être était-il temps de regarder ailleurs... l'image de la fille mince et tremblante aux yeux bleu vif lui revint aussitôt. Il se demanda vaguement combien de temps s'écoulerait avant que le baron se lassât d'elle. Pas trop, espérait-il.

C'était une délicieuse soirée de fin d'été, les rayons obliques du soleil bas réchauffaient les nus en plâtre qui s'ébattaient sur l'entablement de nouveaux appartements tape-à-l'œil. Qui achèterait ce genre de logements ? se demanda-t-il. La nouvelle classe industrielle, peut-être, qui souhaitait se rapprocher de la Hofburg. La seule proximité à laquelle elle pouvait aspirer. Toute sa fortune ne l'élèverait jamais au niveau de l'aristocratie.

La chaleur avait attiré toutes sortes de gens dans les rues. Hirschfeldt puisa du réconfort dans leur diversité. Il y avait une famille – l'épouse voilée, le mari coiffé d'un fez – qui était sans doute venue de la lointaine Bosnie pour voir le cœur de l'empire sous la protection duquel ses terres avaient été placées. Il y avait une Tsigane de Bohême qui roulait des hanches, l'ourlet de sa jupe orné de paillettes cliquetant à la cadence de ses pas. Et un paysan ukrainien avec un garçon aux joues rouges perché sur ses épaules. Si les nationalistes allemands voulaient purifier cet État de l'influence étrangère, ils auraient une foule de gens exotiques plus voyants à éliminer avant de s'en prendre aux Juifs, ou même à un homme tout à fait assimilé comme son frère David. Pourtant, une petite voix l'agaçait. Les Bosniaques et les Ukrainiens n'étaient pas des figures dominantes dans le domaine des arts, de l'industrie et de la finance, mais seulement quelques touristes hauts en couleur – peut-être les nationalistes allemands eux-mêmes trouvaient-ils du charme à cet élément pittoresque du paysage urbain. En revanche, ils n'appréciaient pas l'importance des Juifs dans tous les secteurs de l'entreprise autrichienne, et ces temps-ci dans les rangs des officiers de l'armée.

Hirschfeldt avait vu les jeunes tilleuls et les plants de sycomores prendre racine dans les allées de la Ringstrasse. Maintenant ils étaient suffisamment hauts pour projeter de fines rayures d'ombre sur son chemin. Un jour, ils donneraient de l'ombrage. Ses enfants vivraient peut-être assez longtemps pour en profiter.

Il allait rentrer chez lui pour les voir ; c'était la chose à faire. Il proposerait à sa femme une promenade en famille dans le Prater. Il lui parlerait de David ; elle comprendrait son inquiétude. Mais il n'y avait personne à la maison quand il rentra. Frau Hirschfeldt était allée rendre visite aux Herzl, lui dit la bonne. Et la nounou avait déjà emmené les enfants faire un tour dans le parc. Franz se sentit exclu, bien qu'il sût que ce sentiment était déraisonnable, car il prétendait très souvent être retenu à son cabinet à cette heure. Mais il voulait la compagnie de sa femme et il avait pris l'habitude d'obtenir ce qu'il désirait. Que trouvait-elle donc à l'épouse insipide de Herzl ? Et Herzl, à propos, que lui trouvait-il ? Mais à l'instant où il formulait cette question, Franz sut la réponse.

La beauté blonde de Frau Herzl et ses ongles peints frivoles étaient un faire-valoir idéal pour le rabbinique et sérieux Herzl à la barbe noire. Avec sa Julie au bras, il paraissait moins juif, et Franz savait que cela commençait à compter pour son ami écrivain. Mais sa femme avait si peu à dire. Son existence tout entière semblait construite en fonction de la mode. Comment sa propre épouse, réfléchie et instruite, pourrait-elle la juger intéressante ? Le fait qu'Anna gaspillât son temps pour une amitié aussi stérile, alors qu'il souhaitait sa présence auprès de lui, était une contrariété de plus. Il battit en retraite dans sa chambre à coucher et se débarrassa de sa chemise au col irritant. Après avoir enfilé une veste d'intérieur, il inclina la tête à gauche, puis à droite, relâchant la tension de son cou. Il se rendit au salon, se fit servir un verre de schnaps, et se retrancha derrière les larges pages de son journal.

Anna ne le vit pas quand elle s'engouffra dans la maison. Elle baissait la tête, ses mains occupées à retirer les épingles de son large chapeau de paille. Elle se tourna vers le miroir du vestibule quand elle l'eut détaché. Franz vit le reflet de son visage dans la glace. Elle souriait de quelque plaisanterie, tandis que ses doigts voltigeaient parmi d'épaisses boucles qui s'étaient défaites. Franz reposa son verre sans bruit et se glissa derrière elle, prenant une des mèches dans sa main et lui caressant le cou du dos de ses doigts. Sa femme eut un frisson de surprise.

« Franz ! Tu m'as fait peur ! » protesta-t-elle. Elle avait les joues en feu quand elle fit volte-face. Un détail qui n'aurait pas suffi à révéler à Hirschfeldt une évidence brutale et dérangeante. Avant qu'elle se fût retournée, il avait remarqué que, dans le dos de son corsage, l'un des minuscules boutons recouverts de mousseline avait été passé dans la mauvaise bride. Sa bonne, qui était méticuleuse, n'aurait jamais permis une telle erreur. Une si petite chose ; un minuscule détail symptomatique d'une très grande trahison.

Hirschfeldt prit le visage de sa femme dans ses mains et la fixa. Était-ce un effet de son imagination, ou ses lèvres avaient-elles une apparence meurtrie, ramollie ? Brusquement il n'eut plus envie de la toucher. Il la lâcha et frotta ses mains sur les coutures de son pantalon, comme pour en essuyer la saleté.

« C'est Herzl ? siffla-t-il.

— Herzl ? » Elle scruta ses traits. « Oui, Franz, je suis allée voir Frau Herzl, mais elle n'était pas chez elle, alors je...

— Non. Ne prends pas la peine de me mentir. Je passe ma vie au milieu des libertins irresponsables, des cocus et de leurs traînées. » Il appuya le pouce sur ses lèvres, les écrasant contre ses dents. « On t'a embrassée. » Il tendit la main vers son cou et tira sur la mousseline, arrachant les boutons aux délicates ganses de tissu qui les retenaient. « On t'a déshabillée. » Il se pencha tout près. « Quelqu'un t'a baisée. »

Elle s'écarta de lui, tremblante.

« Je te le demande encore : c'était Herzl ? »

Ses yeux bruns se remplirent de larmes. « Non, chuchota-t-elle. Ce n'est pas Herzl. Tu ne le connais pas. »

Il se surprit à répéter ce qu'il avait dit à peine quelques heures plus tôt : « Tu serais surprise de savoir qui je connais. » Les images se bousculaient dans son esprit : le pénis du baron, creusé par le cratère d'un furoncle, le pus jaune coulant des lèvres rongées d'une fille, les tumeurs gélatineuses qui dévoraient le malheureux Mittl pris de démence. Il n'arrivait pas à respirer, il avait besoin d'air. Il se détourna et sortit de la maison, claquant la porte derrière lui.

Rosalind, ayant renoncé à voir arriver Hirschfeldt, s'habillait pour un concert. Dans le Behrensdorf Quartet, il y avait un second violon séduisant qui l'avait regardée par-dessus son archet pendant tout un récital donné la veille dans un salon privé. Après le spectacle, il l'avait retrouvée et avait pris soin de lui annoncer qu'il jouerait ce soir au Musikverein. Elle venait juste d'appliquer du parfum derrière ses oreilles et était en train de se demander si elle allait se risquer à agrafer une petite broche en saphir sur la délicate soie jaune pâle de son corsage quand on annonça Hirschfeldt. Elle eut un léger pincement d'irritation. Pourquoi n'était-il pas venu à l'heure habituelle ? Il fit irruption dans son boudoir, l'air tout à fait bizarre avec sa veste d'intérieur et une drôle d'expression sur le visage.

« Franz ? C'est bien étrange ! Ne me dis pas que tu es sorti comme ça dans la rue ? »

Il ne répondit pas, se contentant de déboutonner les brandebourgs de sa veste avec des doigts impatients et la jetant sur le lit. Puis il s'approcha d'elle à grands pas, fit glisser la bretelle de sa robe, et se mit à l'embrasser avec une fougue qu'il n'avait pas manifestée depuis des mois.

Rosalind subit l'accouplement dénué de tendresse qui eut lieu ensuite, sans vraiment y participer. Après, elle se hissa sur un coude et le regarda. « Tu pourrais me dire ce qui se passe ?

— Je ne crois pas. »

Elle attendit quelques instants, mais comme il se taisait toujours, elle se leva, ramassa sa robe par terre, là où elle était tombée, et commença à se rhabiller pour le Musik-verein. Si elle se dépêchait, elle y arriverait avant le premier entracte.

« Tu sors ? » Il paraissait chagriné.

« Oui, si tu comptes rester là avec un visage de pierre. Je sors, c'est tout à fait sûr. » Elle se tourna vers lui, mainte-nant en colère. « Franz, tu te rends compte que ça fait un mois que tu ne m'as emmenée nulle part, que tu ne m'as pas offert le moindre cadeau, que tu ne me fais plus rire ?

Je pense qu'il est peut-être temps que je prenne des vacances. Je pourrais aller faire une cure à Baden.

— Rosalind, je t'en prie. Pas maintenant. » Il était mortifié. C'était lui qui devait décider quand mettre fin à leur liaison, pas elle.

Elle prit la broche. Les saphirs ressortaient joliment sur le jaune pâle, et mettaient en valeur ses yeux vifs. Elle fixa l'épingle dans la soie délicate. « Alors, mon ami, tu ferais mieux de me donner une raison de rester. »

Sur ces mots, elle se leva, enroula une légère étole sur ses épaules crémeuses, et quitta la pièce.

Dans l'obscurité grandissante du début de soirée, Florien Mittl agrippa le tronc frêle d'un tilleul pour se remettre d'aplomb tandis que les hassidim à chapeaux de fourrure sortaient en masse de la synagogue et remplissaient la rue d'un brouhaha de mots yiddish au son fruste. Sa démarche était trop incertaine pour qu'il se risquât à se frayer un chemin à contre-courant. Il devrait attendre qu'ils soient passés. Dans le village de Haute-Autriche où il avait été élevé, c'étaient les Juifs qui devaient s'écarter devant un chrétien et lui laisser le passage. Vienne était trop libérale ; ça ne faisait aucun doute. On avait permis à ces Juifs d'oublier où était leur place. Et ça n'en finissait donc jamais ? Ce n'était pas samedi, il supposait donc qu'une fête quelconque avait dû les attirer dehors en aussi grand nombre, et dans cette étrange tenue.

Peut-être s'agissait-il de la fête commémorée dans le livre qu'on lui avait donné à relier. Il n'en savait rien. Il s'en moquait. Il était heureux d'avoir ce travail, même si c'était un livre juif. C'était bien d'eux, de le charger d'un livre *juif*, destiné à l'obscurité d'un musée de province. Lui, à qui on avait confié autrefois les merveilles de la collection impériale, les plus beaux psautiers, les livres d'heures les plus magnifiques... Eh bien, cela faisait des mois que le musée ne lui avait plus rien envoyé, aussi ne servait-il à rien de s'appesantir sur le passé. Il ferait de son mieux. Il avait commencé par scier les plats en carton de la nouvelle reliure, et massicoter les encoches pour les fermoirs. Le livre avait dû avoir une reliure extraordinaire autrefois, à en juger par ces fermoirs. Ils étaient aussi finement travaillés que n'importe quel objet de la collection impériale. Quatre siècles plus tôt, les Juifs étaient déjà riches. Ces gens-là avaient toujours su comment amasser de l'argent. Pourquoi pas lui ? Il devrait s'efforcer de rendre sa qualité initiale à la reliure. Impressionner le directeur du musée. Prouver qu'il n'était pas encore bon à mettre à la ferraille. Obtenir plus de travail. Il devait décrocher d'autres commandes. Réunir à grand-peine l'argent pour le traitement du docteur. Bien sûr, le médecin avait probablement menti sur le prix. Jamais il ne réclamerait à un Juif un tarif aussi exorbitant. Mittl en aurait mis sa main au feu. Tous des sangsues, qui s'engraissaient de la souffrance des chrétiens.

Amer, effrayé, perclus de douleurs, Mittl avança dans la rue, redoutant le moment où il devrait tourner sur la *Platz*. La petite place aurait pu être le désert du Sahara tant sa traversée fut difficile. Il en longea le pourtour, restant près des murs des immeubles, heureux de pouvoir se raccrocher aux grilles quand une brusque rafale de vent menaçait de le renverser. Il parvint enfin devant son immeuble. Il dut se battre avec la lourde porte, puis s'appuya, épuisé, contre le pilier. Il se reposa là un grand moment, reprenant son souffle et rassemblant son énergie avant la lente ascension. Il redoutait l'escalier. Il se voyait mort au bas des marches, la tête en bouillie, une jambe brisée grotesquement tordue. Il empoigna la rampe, posant une main sur l'autre, comme un alpiniste, et se hissa jusqu'en haut.

L'appartement était sombre et sentait mauvais. Les odeurs habituelles de cuir et de colle étaient noyées dans la puanteur fétide des vêtements sales et de la viande gâtée. Il alluma une seule lampe à gaz, c'était tout ce qu'il pouvait se permettre, et déballa la tranche de mouton que sa fille avait laissée pour lui, oh, plusieurs jours auparavant. Pourquoi la petite le négligeait-elle ainsi ? Il n'avait plus qu'elle, depuis que sa mère... depuis que Lise...

À la pensée de sa femme, une bouffée de regret coupable l'envahit. Il lui avait offert un beau cadeau de noce. Sa fille le savait-elle ? Si tel était le cas, il ne le supporterait pas. Mais peut-être était-ce pour cette raison qu'elle était devenue distante, se bornant au strict minimum. Sans doute la dégoûtait-il. Comme la viande. Pourrie. Pourrie de l'intérieur. Le mouton était visqueux et avait une teinte verdâtre. Il le mangea quand même. Il n'y avait rien d'autre.

Il avait eu l'intention de se remettre au travail. Il s'essuya les mains sur un chiffon et se tourna vers son établi où était posé le livre à la reliure abîmée, attendant sa remise en état. Personne ne l'avait réparé depuis des années, des siècles. C'était l'occasion pour lui de montrer son talent. Il devait se dépêcher, les impressionner, pour qu'ils lui envoient d'autres commandes. Il les éblouirait. Voilà ce qu'il devait faire. Mais la lumière était si mauvaise, et des douleurs lancinantes lui traversaient les bras sans répit. Il s'assit, et rapprocha la lampe. Il prit le couteau, puis le reposa. Qu'était-il censé faire ? Par où commencer ? Fallait-il retirer les plats en carton ? Découdre les cahiers ? Préparer la colle ? Il avait relié des centaines de livres, des ouvrages rares, précieux. Mais brusquement il ne parvenait plus à se rappeler un enchaînement de gestes qui avaient été pour lui aussi naturels que le fait de respirer.

Il posa son visage entre ses mains. La veille, il n'avait pas été capable de se rappeler comment on préparait le thé. Une tâche si simple, qu'il avait faite sans réfléchir, plusieurs fois par jour, presque tous les jours de sa vie. Mais hier, cette chose l'avait menacé comme l'escalier terrifiant et toutes ses marches. Il avait mis les feuilles de thé dans la tasse, et le sucre dans la théière, et s'était ébouillanté avec l'eau.

Si seulement il pouvait persuader le docteur de lui administrer le traitement. Il devait sauver ce qui restait de son esprit et de lui-même. Il pourrait peut-être lui offrir autre chose. Mais non. Rien. Les Juifs ne s'intéressaient qu'à l'argent. Et s'il vendait l'alliance de sa femme ? Mais sa fille l'avait prise ; il était difficile de la lui réclamer. Ce ne serait qu'une goutte dans l'océan de toute façon. Ce n'était pas une très belle bague. Pauvre Lise, elle méritait mieux. Pauvre Lise qui était morte.

Comment pouvait-il penser, travailler, avec cette inquiétude qui le rongeait constamment ? S'il s'allongeait un petit moment, il se sentirait mieux après. La mémoire lui reviendrait et il pourrait continuer.

Florien Mittl s'éveilla, tout habillé, quand la clarté de la fin de matinée eut enfin raison de la saleté qui recouvrait ses fenêtres. Couché là, clignant des yeux, il essaya de rassembler ses idées. Il se rappela le livre. Puis sa terreur du soir précédent. Comment était-il possible qu'il se souvînt de son trou de mémoire, alors que la réalité fugace des faits lui échappait ? Comment un homme pouvait-il égarer le savoir-faire d'une vie entière ? Où s'était envolé cet acquis ? Ses pensées ressemblaient à une armée battant en retraite, cédant toujours plus de territoire à l'ennemi, la maladie. Non, ce n'était pas une retraite. Pas ces derniers temps. Plutôt une débâcle. Il tourna la tête avec difficulté. Un rayon de soleil se déploya sur l'établi tel un ruban jaune. Il effleura la triste couverture en loques du livre, restée intacte. Puis il fit étinceler l'argent fraîchement poli des fermoirs.

Hirschfeldt ne jeûna pas le jour du Grand Pardon. La solidarité raciale était une chose ; il avait fait une brève apparition à la synagogue, saluant de la tête ceux qu'il se devait de saluer, puis il s'était éclipsé dès qu'il l'avait jugé approprié. Mais les pratiques alimentaires malsaines étaient une autre paire de manches. D'après lui, ces coutumes étaient des superstitions datant d'une époque disparue et primitive. En général, Anna était d'accord avec lui. Mais cette année elle avait jeûné, errant dans l'appartement à mesure que s'écoulait la journée, une main appuyée contre la tempe. Une migraine due à la déshydratation, tel fut le silencieux diagnostic de Hirschfeldt.

Quand la lumière déclina, les enfants se serrèrent sur le balcon, guettant le chatoiement de la troisième étoile du soir, qui annonçait la fin du jeûne. Tous deux avaient cessé de s'alimenter après le goûter, pendant une heure à peine, mais ils aimaient ce semblant de rituel. Il y eut plusieurs cris aigus, plusieurs fausses alarmes, avant le moment où on fut officiellement autorisé à se servir sur les plateaux d'argent chargés de bonnes choses – gâteaux aux graines de pavot et pâtisseries en forme de croissant.

Hirschfeldt déposa dans une assiette un petit carré de gâteau de noix, le préféré d'Anna. Il versa l'eau fraîche de l'aiguière en argent dans un verre en cristal, et porta le tout dans la chambre de sa femme. Sa rage contre elle était retombée d'un seul coup. Au point qu'il en avait été lui-même surpris, se congratulant généreusement pour sa magnanimité, sa maturité, son raffinement. Il n'avait pas cru être un tel homme du monde. En rentrant chez lui le matin qui avait suivi cette découverte, il l'avait trouvée en larmes, repentante, prête à le supplier, et cela avait sûrement joué. Mais plus étrange encore, l'idée qu'un autre avait désiré sa femme avait ravivé sa propre passion. L'appétit érotique était une chose fascinante, songea-t-il, tout en embrassant une miette sucrée au coin de sa bouche affamée. Il devait faire plus ample connaissance avec ce Freud, dont l'appartement était si proche du sien. Certains de ses écrits étaient pleins de perspicacité. Il avait à peine pensé à Rosalind, partie à Baden, ou à la fille aux yeux bleu vif.

« Je ne sais pas, Herr Mittl. Je n'ai jamais accepté ce genre de paiement avant...

— Je vous en prie, Herr Doktor. J'ai pris celle-ci sur la bible de la famille Mittl, vous voyez comme elles sont belles...

— Très belles, Herr Mittl. Ravissantes. Non que je m'y connaisse le moins du monde en matière d'orfèvrerie, mais n'importe qui peut apprécier le détail de ce... c'est l'œuvre d'un véritable artisan... d'un artiste en vérité.

— Elles sont en argent pur, Herr Doktor, ce n'est pas du plaqué.

— Oh, je n'en doute pas, Herr Mittl. Ce n'est pas la question. C'est juste que je... nous... les Juifs en général, nous n'avons pas de bibles de famille. Notre Torah se trouve à la synagogue, et de toute manière, c'est un rouleau de parchemin... »

Mittl fronça les sourcils. Il faillit lâcher étourdiment que les fermoirs appartenaient à un livre juif, mais il pouvait difficilement révéler ce fait sans se dénoncer. Par folie ou par désespoir, il avait réussi à se convaincre que personne au musée ne s'apercevrait de la disparition des fermoirs. Si quelqu'un le découvrait, il avait décidé d'affirmer qu'il ne les avait jamais eus en main. Il ferait peser les soupçons sur les érudits étrangers.

Mais cette négociation ne se passait pas bien. Il se tortilla sur sa chaise. Il avait été convaincu que le docteur, dans son avarice, se jetterait sur le métal brillant comme une nuée de passereaux.

« Même vous, les Juifs, vous devez avoir un genre de... livre de prières ?

— Oui, bien sûr. Par exemple, je possède un *sidour* pour les offices et nous avons une haggada pour Pessah, mais je ne pense pas vraiment que l'un ou l'autre soient dignes de s'orner de fermoirs en argent. Ce sont des éditions ordinaires, je le crains. Avec des reliures modernes. Nous devrions en avoir de meilleures, je suppose. J'ai souvent eu l'intention de... »

Hirschfeldt s'interrompit au milieu d'une phrase. Bon sang. Le relieur allait de nouveau pleurer. Les larmes d'une femme étaient une chose. Il en avait l'habitude, elles ne le dérangeaient pas. Elles pouvaient même être charmantes, en un sens. On avait du plaisir à consoler une dame. Mais un homme... Hirschfeldt eut un mouvement de recul. Le premier homme qu'il avait vu en sanglots, c'était son père, la nuit où sa mère était morte. Un moment poignant. Il avait cru son père indestructible. Cette nuit-là, il avait subi une double perte. Le chagrin sans retenue de son père avait transformé ses larmes d'enfant en une crise de hurlements et de hoquets hystériques. Après, rien n'avait plus jamais été pareil entre eux.

Cette scène aussi le déchirait. Hirschfeldt avait inconsciemment plaqué ses mains sur ses oreilles pour ne plus entendre ce bruit. C'était horrible. Mittl devait être vraiment désespéré, pour pleurer de la sorte. Pour avoir saccagé la bible de sa propre famille.

Puis, tout à coup, Hirschfeldt repoussa le mur que des années d'étude et d'expérience avaient érigé. Il s'autorisa à affronter la forme brisée qui sanglotait devant lui et à être ému, non comme un médecin qui accorde à son patient une sympathie bienveillante et sans risque, mais comme un être humain qui se laisse aller à une entière compassion pour la souffrance d'autrui.

« Je vous en prie, Herr Mittl. Tout cela n'est pas nécessaire. Je vais contacter le Dr Ehrlich à Berlin et lui demander une série d'ampoules de son sérum pour vous. Nous pourrons commencer les traitements au début de la semaine prochaine. Je ne peux pas vous promettre de résultats, mais nous pouvons espérer...

— Espérer ? » Florien Mittl leva les yeux et prit le mouchoir que lui tendait le médecin. Espérer. C'était suffisant. C'était tout.

« C'est vraiment votre intention ? Vous allez le faire ?

— Oui, Herr Mittl. » En voyant la joie transfigurer le visage étroit de rongeur, Hirschfeldt fut submergé par une vague de générosité plus puissante encore. Il prit les fermoirs dans sa main, fit le tour de son bureau et s'approcha de Mittl qui respirait par à-coups, se tamponnant les yeux. Il était sur le point de lui rendre les fermoirs, de le prier de les remettre à leur place légitime.

À cet instant la lumière fit étinceler l'argent. Des roses si délicates. Rosalind. Il avait besoin d'un cadeau d'adieu pour elle à son retour de Baden. On se devait de commencer et de terminer une liaison avec un certain panache, même si on ne s'était pas conduit de façon irréprochable en cours de route. Il déplaça les fermoirs au creux de sa paume et les examina plus attentivement. Oui, un bijoutier habile – il en connaissait justement un – pourrait fabriquer des boucles d'oreilles avec les roses, une paire exquise de pendants. Rosalind, dont la beauté avait de multiples facettes, préférait se parer de joyaux de ce style, raffinés et peu voyants.

Après tout, que devait-il à la bible de la famille Mittl ? Elle avait la chance d'exister, elle. À la différence des montagnes de talmudim et d'autres livres juifs jetés au feu au cours des siècles par ordre de l'Église de Herr Mittl. Quelle importance si elle n'avait plus de fermoirs ? Ehrlich demandait une somme exorbitante pour son sérum. Les boucles d'oreilles de Rosalind ne seraient qu'un dédommagement partiel pour ce qu'il devrait dépenser. Il regarda de nouveau les fermoirs. Il remarqua que la courbe des plumes entourant les roses évoquait une aile protectrice. Il serait dommage de ne pas les utiliser aussi. Le bijoutier pourrait faire une deuxième paire de pendants. Un instant, lui vinrent à l'esprit des membres délicats d'oiseau et des yeux bleu vif...

Non. Pas pour elle. Pas encore. Peut-être jamais. Pour la première fois depuis des années, il n'éprouvait plus le besoin impérieux d'avoir une maîtresse. Il avait Anna. Il lui suffisait de penser à elle, et d'imaginer une main étrangère la touchant, pour succomber au désir. Il sourit. Ce serait si approprié. Une paire d'ailes qui brillerait contre la chevelure noire de son ange déchu.

Hanna

Vienne, printemps 1996

MES MAINS TREMBLAIENT QUAND JE REPOSAI LE RAPPORT. Où étaient-ils, ces fermoirs en argent, si beaux qu'ils avaient ému un vieux rasoir comme Martell ? Et qui avait rayé ses notes ?

Je réfléchis rapidement, élaborant des hypothèses. Les fermoirs ne tenaient plus quand la reliure était arrivée. Noirs et incrustés de saleté, de sorte que leur valeur n'avait pas été apparente tout de suite. Pourquoi la famille Kohen ne les avait-elle pas polis ? Peut-être ne s'était-elle jamais rendu compte que le métal noir était de l'argent. « Hors d'usage », « au bout du rouleau », avait dit Martell, ce qui signifiait probablement qu'ils ne s'accrochaient plus ensemble pour maintenir le parchemin à plat, ce qui avait été leur utilité première. En tout cas, Martell les avait retirés pour les nettoyer, et les avait remis au relieur alors qu'ils étaient déjà détachés du livre, afin qu'il les fixât sur la nouvelle reliure. S'ils avaient été remis. Peut-être Martell, qui les avait tant admirés, les avait-il subtilisés. Mais non, c'était impossible. Les plats en carton avaient des encoches. Le relieur les avait massicotées pour les fermoirs. Martell n'était donc pas le coupable.

Les fermoirs avaient été envoyés à l'atelier de reliure. Ou non : peut-être avaient-ils été déposés chez un orfèvre pour en faire réparer le mécanisme. Étaient-ils revenus au musée ? C'était la question suivante. Je sortis la dernière chemise du conteneur.

Il y avait dix documents, tous en allemand. L'un semblait être une facture ou un décompte. L'écriture était

151

horrible, mais il y avait une signature. Obtenir un nom, c'est ce qu'on espère par-dessus tout. Un nom, c'est le début de la pelote de fil qui vous conduira à travers le labyrinthe. Des notes d'une calligraphie différente, beaucoup plus claire, étaient griffonnées en marge du décompte. Les autres papiers étaient une correspondance entre le Staatsmuseum de Vienne et le Landesmuseum de Bosnie. En vérifiant les dates, je vis qu'elle couvrait plusieurs années. Elle semblait concerner des dispositions au sujet du retour de la haggada, mais cela mis à part, j'étais dans le brouillard.

Il fallait que je trouve Frau Zweig. Ça ne se faisait pas vraiment de se promener dans le musée de quelqu'un d'autre avec une de ses caisses d'archives sous le bras, mais je ne pouvais pas laisser les documents sans surveillance, et je ne voulais pas attendre. Quand j'atteignis son bureau, elle était en grande conversation avec un petit homme gris – cheveux gris, costume gris et cravate grise. Dans le couloir, un jeune boutonneux, tout vêtu de noir, attendait son tour. Frau Zweig ressemblait à un loriquet arc-en-ciel enfermé par erreur dans une volière de pigeons. Quand elle me vit hésiter sur le pas de la porte, elle m'indiqua qu'elle n'en avait plus que pour quelques minutes.

Fidèle à sa parole, elle fit sortir l'homme gris avec une certaine précipitation, pria le jeune M. Noir d'avoir l'amabilité d'attendre. Nous entrâmes dans son bureau.

Je fermai la porte. « Ooh, s'exclama-t-elle. J'espère que ça signifie que vous avez découvert un scandale ! Croyez-moi, cet endroit en a besoin !

— Eh bien, je ne sais pas, répondis-je, mais j'ai établi qu'il y avait des fermoirs sur le livre quand il est arrivé ici, et que selon toutes les sources ils avaient disparu lorsqu'il en est reparti. »

Je résumai rapidement ce que j'avais lu, puis je lui tendis les documents en allemand. Elle sortit une paire de lunettes de lecture à monture vert-jaune, et les percha sur son nez retroussé, juste au-dessus du piercing. La facture était celle du relieur ainsi que je l'avais espéré, et il y avait un nom, ou un fragment de nom. « Un certain Mittl. La signature est épouvantable, je n'arrive pas à déchiffrer le prénom. Mais Mittl... Mittl... je l'ai déjà vu. Je pense que c'était un relieur que le musée a beaucoup employé, à une époque... Il me semble qu'il avait un rapport avec les collections impériales. Je peux facilement le vérifier. Nous avons informatisé toutes les archives l'année dernière.» Elle se tourna vers le clavier sur son bureau et tapota quelques touches. «Intéressant. Florien Mittl a exécuté plus de quarante commandes pour le musée, d'après ce que je lis, et vous savez quoi?» Elle marqua un temps d'arrêt théâtral et, tournoyant sur son fauteuil de bureau, s'écarta de l'ordinateur. «La haggada a été son dernier travail.» Elle se pencha de nouveau sur la facture. «Cette note dans la marge est intéressante... C'est quelqu'un de haut placé, d'après son ton. Il ordonne de ne pas régler la facture "tant que certaines questions en suspens ne seront pas résolues".»

Elle parcourut les autres lettres «Elles sont bizarres. Celle-ci est une longue liste d'excuses pour justifier que la haggada ne peut pas être rendue à la Bosnie à ce moment-là. La plupart sont plutôt minces... Il semble que le Staatsmuseum essaie de gagner du temps et que les Bosniaques sont... comment dites-vous? En pétard? Fumasses?

— L'un ou l'autre.

— Les Bosniaques, donc. Ils sont vraiment en pétard. Voici ce que je lis entre les lignes : Mittl a volé les fermoirs, ou les a perdus, et ça lui a coûté ses commandes pour le musée. Le musée a étouffé l'affaire pour ne pas perturber les Bosniaques. Mais ensuite ils ont dû reporter le plus tard possible le renvoi du livre, espérant que le jour venu, personne ne remarquerait qu'une paire de vieux fermoirs noircis avait été retirée de la nouvelle reliure.

— Dans ce cas, ils ont eu de la chance, dis-je d'un ton songeur. L'histoire leur a donné un bon coup de main, je pense. Quand le livre est enfin arrivé à bon port, tous les gens qui savaient quelque chose étaient soit morts, soit préoccupés...

— À ce propos, je dois me soucier de ces stupides évaluations... Quand partez-vous pour les États-Unis? Je peux faire des recherches sur Mittl pour vous, d'accord?

— Oui, je vous en prie, ce serait super.

— Et ce soir, permettez-moi de vous emmener dans un quartier de Vienne où on ne trouve pas de *Sachertorte* et où je peux vous garantir que vous n'entendrez pas la moindre valse. »

Grâce à la tournée nocturne de Frau Zweig dans les boîtes sadomaso, les sous-sols où on jouait du jazz, et les studios d'art conceptuel (un artiste, nu et troussé comme un poulet, était suspendu au plafond, et le clou de la soirée fut quand il urina sur l'un des spectateurs rassemblés au-dessous), je dormis pendant tout le trajet jusqu'à Boston. Quel gâchis, pour un billet de première ! J'aurais pu aussi bien me trouver au fond, avec le bétail, comme d'hab'.

Je pris la ligne T depuis l'aéroport Logan jusqu'à Harvard Square. Je déteste conduire à Boston. La circulation et le comportement vraiment effroyable des automobilistes me rendent dingue. D'autres habitants de Nouvelle-Angleterre considèrent les conducteurs du Massachusetts comme des « connards ». Mais il existe une raison tout à fait différente pour ne pas conduire dans cette ville : les tunnels. Il est vraiment difficile de les éviter, on se trouve toujours projeté dans leur gueule béante par un sens unique ou par une interdiction de tourner à gauche. En général, je n'ai rien contre les tunnels. D'ordinaire, ma lâcheté ne va pas jusque-là. Par exemple, je n'ai aucun problème avec le Sydney Harbour Tunnel. Il y fait clair, tout y est propre et brillant, et inspire la confiance. Mais quand on pénètre dans les tunnels de Boston, ils vous donnent vraiment la chair de poule. Ils sont obscurs, et les carreaux sont tachés par des fuites, comme si le port s'infiltrait à travers les défauts du béton de qualité médiocre qu'une bande de la maffia irlandaise roublarde aurait réussi à fourguer à la ville. Vous avez l'impression qu'ils vont s'effondrer d'une minute à l'autre, comme dans une scène d'un film de Spielberg, et que le dernier bruit qui résonnera à vos oreilles sera le rugissement de l'eau glacée. Mon imagination ne peut le supporter.

Le T est le plus ancien système de métro des États-Unis,

et j'imagine que, s'il a duré aussi longtemps, il a dû être construit correctement au départ. Le train que je pris à l'aéroport se remplit peu à peu d'étudiants. Ils semblaient tous porter des tee-shirts à messages communiquant par signaux comme des lucioles. FIERTÉ GEEK, disait l'un, et dans le dos : UNE PERSONNE ÉQUILIBRÉE A DU MAL À SE PENCHER. Ou bien : IL N'Y A QUE DIX SORTES DE GENS DANS LE MONDE, CEUX QUI COMPRENNENT LE SYSTÈME BINAIRE ET CEUX QUI NE LE COMPREN-NENT PAS. Tous deux descendirent à l'arrêt de l'université du MIT.

Quelquefois, je pense que si on retirait toutes les univer-sités et tous les hôpitaux de la région de Boston, on pour-rait caser ce qui reste dans six pâtés de maisons. Harvard chevauche les deux berges du fleuve et rejoint le MIT d'un côté, et Boston University de l'autre. Les trois campus sont absolument énormes. Ensuite il y a Brandeis, Tufts, Wellesley, et un groupe de petites facultés comme Lesley et Emerson et des dizaines d'autres dont on a à peine entendu parler. On ne peut pas cracher sans atteindre un postdoctorant. Et j'étais là à cause de l'un d'eux : le milliardaire qui avait payé mon billet depuis Londres était un génie en maths du MIT ; il avait inventé un algo-rithme qui avait permis de créer une sorte d'interrupteur à bascule dont on se servait dans chaque puce électro-nique. Ou quelque chose du genre. Je n'avais pas vraiment compris quand on me l'avait expliqué, et je ne lui avais jamais parlé face à face. Il avait fait le nécessaire pour que les bibliothécaires de Houghton me montrent le manuscrit qui l'intéressait, et j'arrivai dès l'ouverture, de sorte que j'eus largement le temps de faire mon évaluation et de me rendre ensuite à mon autre rendez-vous de la matinée, avec ma mère.

Elle m'avait laissé un message laconique à Sydney, expli-quant que son seul moment libre serait une brève pause-thé, le matin de mon atterrissage. Je l'entendais penser d'ici : « Peut-être qu'elle n'appellera pas chez elle, et que j'échapperai à cette corvée. » Mais j'interrogeai mon répon-deur avant de quitter Vienne. Je souris en écoutant sa voix

155

hésitante, distraite. « Pas d'issue, capitaine Kirk, marmonnai-je. Tu me verras à Boston. »

Néanmoins, ce fut toute une affaire de la trouver. Comme les universités, les grands hôpitaux de Boston se rejoignent tous – Mass General, Brigham et Women's, Dana Faber – c'est comme un parc industriel géant consacré à la maladie. Le centre de conférences était une ramification du complexe, spécialement conçu pour les mégaréunions médicales. Je dus demander quatre fois mon chemin avant de trouver enfin la salle qu'elle avait indiquée. En prenant un programme au bureau d'inscription, j'avais remarqué que l'horaire de sa communication était l'un des plus convoités, car elle la prononçait à un moment où il n'y avait aucune autre conférence. Les sommités de moindre importance devaient rivaliser d'attention avec les présentations d'autres médecins, tandis que les plus humbles se contentaient d'une affiche sur leurs recherches parmi des quinzaines d'autres dans un grand hall.

L'exposé de maman était modestement intitulé « Les anévrismes géants : comment je m'y prends ». Je me glissai au dernier rang. Elle était sur le podium, très chic dans une robe en cachemire crème dont la coupe soulignait sa silhouette athlétique. Elle allait et venait tout en parlant, exhibant ses longues jambes. Presque tous les auditeurs présents dans la salle étaient des types au crâne dégarni, vêtus d'un costume sombre fripé. Ils étaient cloués sur place. Soit ils la fixaient, captivés, soit ils griffonnaient frénétiquement dans leur calepin tandis qu'elle dévoilait le fruit de sa recherche la plus récente, en rapport avec une nouvelle technique qu'elle avait lancée. Au lieu d'ouvrir les crânes, elle vissait un cathéter dans le cerveau et plantait de petits anneaux métalliques dans les anévrismes, les bloquant et empêchant les vaisseaux de se rompre.

Elle faisait partie de l'espère rare qui exerçait encore ce genre de médecine – « de la recherche à la pratique clinique » –, élaborant une technique dans le labo, puis l'appliquant en salle d'opération. Personnellement, je pense qu'elle préférait de loin l'austérité de la science au face-à-face avec des patients, qu'elle tendait à voir non comme des êtres humains dotés d'ambitions et de sentiments, mais comme des fichiers complexes et des listes de problèmes. Mais elle aimait aussi la gloriole qui accompagnait son statut de grand chirurgien, de grande *femme* chirurgien.

« Tu crois que c'est pour moi ? » avait-elle dit un jour où, de but en blanc, je l'avais accusée de se sentir flattée par les courbettes qu'on lui faisait partout à l'hôpital. « Pas du tout. C'est pour toutes les infirmières et les internes qui ont dû supporter d'être rabaissées et humiliées, de se laisser peloter les fesses ou de voir leur intelligence remise en question. C'est pour toi, Hanna. Et pour toutes les femmes de ta génération, qui n'auront jamais plus à subir harcèlement et regards lubriques sur leur lieu de travail, parce que des femmes comme moi se sont battues, et ont survécu. Aujourd'hui c'est moi qui commande et je ne permets à personne de l'oublier. »

J'ignore à quel point ces beaux discours altruistes étaient vrais, mais je sais qu'elle y croyait. En tout cas, j'aimais la voir réagir aux questions dans ce genre de décor, même si je détournais les yeux des images visqueuses et gluantes sur le grand écran derrière elle. Elle contrôlait parfaitement ses données et répondait avec une gracieuse éloquence à ce qu'elle considérait être des remarques ou des demandes judicieuses. Mais malheur à quiconque formulait une question maladroite ou remettait en cause ses conclusions. Elle fixait son interlocuteur avec un charmant sourire, mais on entendait la tronçonneuse s'emballer. Sans la moindre trace de colère ni d'arrogance dans la voix, elle le démembrait. Je ne supportais pas de la voir traiter des étudiants de la sorte, mais cette salle pleine d'hommes était une autre affaire. Ces types étaient supposés être ses pairs, et donc des cibles légitimes. Elle savait sans aucun doute manœuvrer son public. Les applaudissements, quand elle termina, évoquaient plus un concert de rock qu'une convention médicale.

Je me glissai au-dehors pendant qu'ils applaudissaient encore et j'attendis sur un banc dans le hall. Elle apparut, entourée de ses admirateurs. Je me levai, pénétrai dans son champ de vision et m'apprêtai à me joindre au chœur de compliments à propos de sa belle présentation, mais quand elle me repéra ses traits s'affaissèrent. Je me rendis compte alors qu'elle avait réellement espéré que je ne viendrais pas. C'était presque comique de voir son visage se défaire, puis de la voir se ressaisir et le composer à nouveau.

« Hanna. Tu es venue. Comme c'est gentil. » Puis, dès que les autres médecins se furent dispersés : « Comme tu es pâle, ma chérie. Tu devrais vraiment essayer de prendre l'air de temps en temps.

— Euh, je, tu sais, je travaille...

— Bien sûr, chérie. » Ses yeux bleus, joliment maquillés avec une ombre à paupières d'un brun mat, m'examinèrent de la pointe de mes bottes au sommet de ma tête, puis firent le chemin inverse. « Nous travaillons tous, n'est-ce pas ? Ça ne veut pas dire que nous ne pouvons pas sortir et faire de l'exercice. Si j'en trouve le temps, mon petit, tu devrais certainement y arriver. Où en est ton dernier petit livre en loques, à propos ? Tu as lissé toutes les pages cornées ? »

J'inspirai profondément et j'encaissai sans sourciller. Je ne voulais pas la mettre en pétard avant d'avoir obtenu ce pour quoi j'étais venue. Elle regarda sa montre. « Je suis tellement désolée de ne pas avoir plus de temps. Nous allons être obligées de prendre un thé à la cafétéria, je le crains. J'ai des réunions qui s'enchaînent et ensuite je *dois* absolument faire une apparition au cocktail prévu avant le dîner. Ils ont invité un écrivain nigérian, un Wally Quelque Chose, comme orateur principal. Juste parce que le président actuel du Congrès neurochirurgique est nigérian, nous sommes obligés d'accueillir un obscur Africain à Boston, alors qu'il y a probablement une dizaine d'écrivains locaux convenables, qui du moins parlent anglais, à qui ils auraient pu s'adresser.

— Wole Soyinka a obtenu le prix Nobel de littérature, maman. Et en fait, on parle anglais au Nigeria.

— Évidemment, tu es au courant de ce genre de chose. » Elle avait posé une main sur le dos de ma veste et m'entraînait déjà dans le couloir.

« Euh, je me demandais. J'ai des clichés. L'homme avec qui je travaillais à Sarajevo, le bibliothécaire, son gosse a reçu une balle pendant la guerre, ça a enflé... Peut-être que tu... »

Elle s'immobilisa. Il y eut une minute de silence.

« Ah, je vois. Je savais que si tu m'honorais de ton attention, il devait y avoir une raison.

— Laisse tomber, maman. Tu veux y jeter un coup d'œil, oui ou non ? »

Elle m'arracha l'enveloppe en papier kraft et fit demi-tour. Nous dûmes marcher plus d'un kilomètre jusqu'à une passerelle qui conduisait aux salles médicales. Nous entrâmes dans l'ascenseur. Il se refermait quand un vieux monsieur en robe de chambre s'approcha de nous en titubant. Un de mes amis a inventé un mot pour décrire le geste que nous ébauchons pour retenir la porte, alors qu'en réalité nous n'en avons aucune intention. Il appelle cela *ascenfeindre*. L'ascenfeinte de ma mère à cet instant fut d'une mollesse extrême ; la porte se referma pile sous le nez du vieux. Nous laissâmes les étages passer en silence, et ensuite j'attendis pendant qu'elle demandait à un interne où trouver un caisson lumineux.

Elle actionna un interrupteur et un mur d'un blanc éblouissant apparut. *Clac, clac, clac.* Elle glissa les négatifs dans le cadre et fixa chaque scan pendant environ deux secondes.

« Fichu.

— Quoi ?

— Le gosse est fichu. Dis à ton ami qu'il ferait mieux de le débrancher maintenant et de s'économiser des factures médicales. »

La colère monta immédiatement : brûlante, douloureuse. À mon intense chagrin, je sentis aussi des larmes jaillir dans mes yeux. Je m'emparai des scans restés dans le caisson. Mes poignets étaient engourdis par la rage. J'eus de la peine à remettre les radios dans l'enveloppe. « C'est quoi ton problème, maman ? Tu n'étais pas là le jour où on vous a appris comment vous comporter avec les malades ?

— Oh, Hanna. Pour l'amour de Dieu. Des gens meurent tous les jours à l'hôpital. Si je faisais un malaise chaque fois que je vois une mauvaise image... » Elle poussa un soupir exagéré. « Si tu étais médecin, tu comprendrais ces choses. »

J'étais trop perturbée pour répondre. Je me détournai pour m'essuyer les yeux. Elle tendit la main et m'obligea à lui faire face. Elle scruta mon visage.

« Ne me dis pas, articula-t-elle, la voix débordant de mépris, ne me dis pas que tu es impliquée dans une relation quelconque avec le père de cet enfant. Un rat de bibliothèque loqueteux d'un trou perdu d'Europe centrale. Et à Sarajevo, ce sont tous des islamiques ou quelque chose dans ce genre, non ? Ce n'était pas ça, la raison de tous ces combats ? Ne me *dis* pas que tu es tombée amoureuse d'un musulman. Vraiment, Hanna, je croyais que je t'avais élevée avec des idées assez féministes pour que tu aies tiré un trait là-dessus.

— Tu m'as élevée ? Toi ? » Je reposai violemment l'enveloppe sur le bureau. « Tu ne m'as jamais élevée, à moins que tu n'estimes que signer des chèques à une femme de ménage soit suffisant. »

Quand je me réveillais le matin elle était déjà partie, et elle rentrait rarement avant l'heure de mon coucher. Mon premier souvenir d'elle le plus marquant ? La lueur de ses feux arrière dans l'allée au milieu de la nuit. Nous avions un portail automatique dont le grincement me réveillait souvent. Je m'asseyais dans mon lit, je regardais par la fenêtre, et je saluais de la main la Beemer qui s'en allait. Quelquefois, je ne parvenais pas à me rendormir, je me mettais à pleurer et Greta, la gouvernante, arrivait tout ensommeillée pour me dire : « Tu ne sais pas que ta mère est en train de sauver une vie cette nuit ? » Et je me sentais coupable de souhaiter qu'elle restât à la maison, dans la chambre voisine, où j'aurais voulu me réfugier auprès d'elle. Ses patients avaient plus besoin d'elle que moi. C'était ce que Greta répétait toujours.

Elle porta une main à sa chevelure étincelante, comme pour remettre de l'ordre dans sa coiffure déjà impeccable. Pour une fois je l'avais atteinte. J'en éprouvai une petite bouffée de satisfaction. Mais elle se ressaisit rapidement. Elle n'était pas femme à concéder un point. « Eh bien, tu ne tiens sûrement pas de moi cette tendance à t'apitoyer sur ton sort à tout bout de champ. Comment pouvais-je savoir que tu avais un intérêt affectif pour ce cas ? Tu me racontes toujours que tu es une scientifique. Pardonne-moi de te traiter comme telle. Oh, assieds-toi, pour l'amour de Dieu, et arrête de me faire les gros yeux. Tout le monde va penser que c'est moi qui ai tiré sur ce cher enfant ! »

Elle tira une chaise et en tapota le dossier. Je m'exécutai avec lassitude. Elle se percha sur le bord du bureau et croisa très haut ses jambes joliment musclées.

« Pour dire les choses simplement, voilà ce qu'il en est. À ce stade, le cerveau de l'enfant n'est plus qu'un amas spongieux de tissu presque entièrement mort. Si on continue de maintenir le corps en vie par des moyens artificiels, les contractures des membres vont s'aggraver, il faudra mener une lutte sans merci contre les escarres, les infections pulmonaire et urinaire. Cet enfant ne se réveillera jamais. » Elle leva les deux mains, les paumes vers le ciel. « Tu m'as demandé mon avis. Maintenant tu l'as. Et là-bas, les médecins l'ont sûrement déjà dit au père ?

— Euh, oui. Mais j'ai pensé...

— Si tu étais médecin, tu n'aurais pas besoin de penser, Hanna. Tu le saurais. »

Nous allâmes prendre notre thé – ne me demandez pas pourquoi. Je fis la conversation par habitude, lui posai une question sur la communication qu'elle venait de faire et sur la date prévue pour sa publication. Je n'ai aucune idée de ce qu'elle répondit. Je ne cessais de penser à Ozren, et à Winnie, ce putain d'ourson.

Je tournais et retournais encore cette histoire dans ma tête quand je repris la navette de Harvard pour gagner l'autre rive, et rendre visite à Razmus Kanaha, le directeur de la conservation scientifique du Fogg. Raz était un de mes anciens collègues chercheurs. Son ascension professionnelle avait été plutôt rapide, il était très jeune pour diriger le plus ancien centre de recherches artistiques des États-Unis. Arrivé comme moi à la conservation par le biais de la chimie, il était resté plus proche de cet aspect du travail. Ses recherches sur les hydrates de carbone et les lipides dans les environnements marins avaient conduit à une toute nouvelle conception du traitement des œuvres d'art récupérées dans les épaves. Il avait grandi à Hawaii, ce qui expliquait peut-être son obsession maritime.

Les mesures de sécurité étaient très sévères au Fogg, car le musée abritait l'une des plus belles collections en Amérique de chefs-d'œuvre impressionnistes et post-impressionnistes, ainsi qu'une poignée de fabuleux Picasso. Le laissez-passer du visiteur contenait une puce électronique, afin de surveiller ses mouvements dans le bâtiment. Raz dut descendre et signer le registre pour qu'on me laisse entrer.

C'était l'un de ces êtres humains futuristes d'une ethnie indéfinie que, j'espère, nous sommes tous destinés à devenir après un millénaire de mixité raciale. Il avait la splendide peau brun foncé de son père, moitié afro-américain et moitié hawaiien. Les cheveux lisses d'un noir brillant et les yeux en amande de sa grand-mère japonaise. Et l'iris bleu pâle de sa mère suédoise, championne de planche à voile. J'avais été très attirée par lui quand nous faisions de la recherche ensemble. Il correspondait exactement à mon type de relation ; légère, facile, drôle, pas d'attaches. Il partait pour de longues missions de sauvetage marin, afin de se documenter en vue de sa thèse, et quand il revenait, nous reprenions notre liaison, ou pas, selon l'humeur du moment. Si l'un ou l'autre d'entre nous était engagé ailleurs, cela ne posait aucun problème.

Après les années à Harvard, nous ne nous étions plus beaucoup vus, mais nous étions restés en contact étroit. Quand il avait épousé une poétesse, je leur avais envoyé une jolie petite édition du XIXᵉ siècle que j'avais trouvée, avec des gravures sur bois d'épaves célèbres. La femme de Raz était la fille d'une Irano-Kurde et d'un Pakistano-Américain. J'étais impatiente de voir leurs enfants : ils ressembleraient à une pub vivante pour Benetton.

Nous nous étreignîmes maladroitement, comme on le fait sur un lieu de travail, hésitant à nous effleurer la joue une seconde fois, visant à côté et nous cognant le crâne, pour enfin regretter de n'avoir pas opté pour une poignée de mains. Après avoir traversé l'atrium baigné de lumière, nous montâmes l'escalier de pierre après les galeries. Un portillon métallique de sécurité fermait hermétiquement l'étage supérieur où Raz et les autres conservateurs accomplissaient leur travail.

Le centre de conservation Straus était un curieux mélange : un lieu regroupant un équipement scientifique ultra-moderne et des collections hétéroclites accumulées par son fondateur, Edward Forbes. Au début du siècle dernier, Forbes avait arpenté le monde, essayant d'obtenir un échantillon du moindre pigment connu jamais utilisé en art. Les murs de la cage d'escalier étaient tapissés d'étagères garnies de ses trouvailles multicolores : des vitrines remplies de lapis et de malachite pilés ainsi que de véritables raretés comme le jaune indien, fabriqué à partir de la pisse de vaches nourries exclusivement avec des feuilles de mangue. Ce merveilleux pigment jaune citron, teinté de tilleul, n'existe pratiquement plus. Les Britanniques ont interdit sa production pendant le Raj parce que ce régime était trop cruel pour le bétail.

À une extrémité du long studio, quelqu'un travaillait à un buste en bronze. « Elle compare un moulage fait du vivant du sculpteur avec un autre plus récent pour voir les différences de finition », m'expliqua Raz. À l'autre bout se trouvait la paillasse qui abritait le spectromètre. « Alors, qu'est-ce que tu m'apportes ?

— Ce sont des échantillons que j'ai prélevés sur un parchemin taché. Du vin, je parie. » Je sortis la photographie que j'avais prise de la page souillée, la tache brun-roux s'étalant sur le fond crème. J'avais marqué les clichés pour indiquer à quel endroit j'avais extrait les deux minuscules spécimens. J'espérais que j'en avais pris assez. Je tendis à Raz l'enveloppe en papier kraft. Il prit un scalpel incurvé et déposa le premier grain de matière salie sur une plaque très fine en diamant, au milieu d'une sorte de lame de microscope ronde. Il passa un rouleau sur l'échantillon pour l'écraser contre la plaque, afin de permettre aux rayons infrarouges de passer à travers. Il glissa le tout sous la lentille.

Il jeta un œil dans le microscope pour s'assurer que le spécimen était bien centré, et ajusta les deux bras de fibre optique afin de l'éclairer correctement. Dans tout autre labo, y compris le mien, chez moi, il fallait des heures pour obtenir une dizaine de spectres. Chaque molécule émet une lumière dans une nuance différente du spectre. Certaines substances tendent plus vers le bleu, d'autres vers le rouge, et ainsi de suite. Cela signifie que le spectre d'une molécule est comme une empreinte digitale qui peut être utilisée pour l'identifier. Avec son nouveau jouet, Raz pouvait obtenir deux cents spectres en moins d'une minute. J'éprouvai une pointe d'envie quand l'écran de l'ordinateur tout proche s'anima de lignes vertes qui zigzaguaient sur une grille mesurant l'absorbance de la lumière. Raz étudia le graphique.

« C'est curieux, dit-il.

— Quoi ?

— Eh bien, je ne suis pas sûr... Laisse-moi examiner l'autre échantillon. »

Il fouilla dans l'enveloppe en papier kraft et mit le deuxième grain en place. Cette fois, les gribouillis de l'écran semblèrent tracer une chaîne de montagnes tout à fait différente.

« Ah, dit-il.

— Comment ça, "ah" ? » J'étais en nage.

« Un instant. » Raz échangea les lames, et le graphique recommença à zigzaguer sur l'écran. Il tapota quelques touches sur le clavier. D'autres graphiques, en jaune, rouge, orangé et bleu, se déployèrent autour de la ligne verte.

« Ha, répéta-t-il.

— Raz, si tu ne m'expliques pas ce que tu vois, je vais te poignarder avec ton propre scalpel.

— Eh bien, ce que je vois n'est pas très logique. C'est un manuscrit hébreu, n'est-ce pas ? Une haggada, m'as-tu dit ?

— Oui. » J'aboyais presque.

« Donc nous pouvons supposer sans risque que le vin renversé dessus était kasher ?

— Oui, bien sûr. Kasher pour Pessah, aussi strict qu'on peut l'être. »

Il se cala sur sa chaise et s'éloigna du bureau pour me faire face.

« Tu sais quelque chose sur le vin kasher ?

— Pas vraiment, répondis-je. Juste qu'il est généralement doux et imbuvable.

— Plus maintenant. On fait des vins kasher qui se laissent parfaitement boire, en particulier sur le plateau du Golan, mais aussi dans d'autres établissements viticoles.

— Comment se fait-il que tu sois devenu un expert pareil ? Tu n'es pas juif, si ? » Les origines de Raz étaient si mélangées qu'on ne pouvait jurer de rien.

« Je ne le suis pas. Mais on peut dire qu'en matière de vin, je suis religieux ! Tu te souviens que j'ai passé six mois au Technion, en Israël, à travailler sur des objets récupérés dans une épave en Méditerranée ? Eh bien, je me suis lié d'amitié avec une femme dont la famille possédait des vignobles dans le Golan. Un endroit ravissant. J'y ai passé beaucoup de temps, surtout pendant les vendanges. Ce qui est, je dois le dire, une chance pour toi. » Il avait croisé les mains sur sa nuque et s'appuyait contre son dossier, souriant d'un air suffisant.

« Raz, c'est génial. Je veux dire, youpi ! Mais bon Dieu, quel rapport avec la tache ?

— Calme-toi et je vais te l'expliquer. » Il se tourna à nouveau vers le graphique et tendit l'index. « Tu vois ça ? Cette jolie pointe d'absorbance ? C'est une protéine.

— Et alors ?

— Alors il ne devrait y avoir aucune protéine dans le vin kasher. Dans la fabrication traditionnelle du vin, on a beaucoup utilisé le blanc d'œuf comme agent clarifiant, et on peut donc s'attendre à trouver des traces de protéines. Mais l'usage de tout produit animal est interdit pour le vin kasher. On se sert d'un genre d'argile fine à la place – pour obtenir le même résultat. » Il fit cliqueter deux touches et le graphique du deuxième échantillon reparut sur l'écran. « Celui-ci en est la preuve.

— Je ne comprends pas. Tu veux dire qu'on a renversé deux sortes de vin sur la même page ? C'est vraiment tiré par les cheveux.

— Non, je dis que quelque chose d'autre est mélangé

avec le vin à certains endroits. » Il tapota une autre touche, et une variété de lignes de différentes couleurs animèrent de nouveau l'écran. « J'ai ouvert la bibliothèque de toute la spectrométrie que nous avons faite ici, pour chercher quelque chose qui corresponde au profil. Et le voilà. Tu vois cette ligne bleue ? Elle suit presque exactement la ligne verte générée par le premier spectre. À mon avis, c'est le liquide qui, mélangé au vin, tache ta page de parchemin.

— Alors ? » Je criais presque à présent. « C'est quoi ?

— Cette ligne bleue ? répondit-il calmement. C'est du sang. »

Les taches de vin

Venise, 1609

Introibo ad altare Dei.

Messe latine

LES CLOCHES À L'ÉCHO VIBRANT, cristallin résonnèrent dans sa tête, comme si les battants venaient heurter l'intérieur de son crâne meurtri. Le vin clapota dans la coupe quand il la reposa sur l'autel. Lorsque son genou toucha le sol, il appuya le front contre le lin tout frais. Il resta ainsi un moment, laissant le froid du marbre traverser la nappe de l'autel. Quand il se releva, une petite tache humide de sueur imprégnait le tissu.

Les vieilles mères assistant à cette messe matinale étaient trop dévotes pour remarquer qu'il chancelait un peu en se redressant. Leurs têtes, enveloppées de châles élimés, étaient pieusement courbées. Seul l'enfant de chœur, les yeux brillants comme ceux d'un triton, fronça les sourcils. Maudits soient les jeunes et la clarté de leurs jugements. Il essaya – Dieu sait à quel point – de rester concentré sur le mystère sacré. Mais la légère puanteur de son propre vomi matutinal ne quittait pas ses narines.

Il était desséché. Les mots collaient à sa langue comme les cendres tombées en une pluie chaude après le dernier autodafé de livres. Un fragment avait atterri sur sa soutane, et quand il avait levé une main pour l'écarter, il avait remarqué que les mots étaient encore lisibles, de pâles lettres fantomatiques sur un fond carbonisé. Puis elles s'étaient transformées en poussière avant de s'envoler.

« *Per ipsum* » – il tint le Corps au-dessus du Sang et fit le signe de la croix – « *et cum ipso* » – maudit tremblement – « *et in ipso* » – le pain du ciel dansait au-dessus du vin comme un bourdon – « *est tibi Deo Patri omipotenti, in unitat e Spiritus Sancti, omnis honor et gloria* ». Il dit à toute vitesse le Pater Noster, le Libera Nos, l'Agnus Dei, et les prières pour la paix et la sanctification et la grâce puis, *Deo gratias*, il pencha enfin le calice et le sang précieux – frais, astringent, délicieux –, balaya la bile, l'amertume et le terrible frémissement de sa chair. Il se tourna pour donner la communion au servant. Heureusement, les yeux du garçon étaient fermés, leur jugement enfoui sous l'épais rideau de ses cils. Puis il se fraya un chemin jusqu'à la table et déposa des hosties d'un blanc étincelant sur une demi-douzaine de vieilles langues duveteuses.

Dans la sacristie, après la messe, Giovanni Domenico Vistorini sentit de nouveau le regard critique du garçon s'attardant sur le tremblement de ses mains quand il retira son étole et peina à défaire le nœud de sa ceinture.

« Qu'est-ce que tu as à traîner, Paolo ? Enlève ta soutane et file. J'ai vu ta grand-mère à la messe. Va maintenant. Elle a besoin de ton bras.

— Comme vous voudrez, mon père. » L'enfant s'exprimait, comme toujours, avec une politesse exagérée. Il ébaucha même une révérence. Vistorini pensait parfois qu'il eût préféré une insolence ouverte. Mais Paolo était gracieux et précis, devant l'autel et ailleurs, et il n'avait aucune raison de se plaindre de lui. Le mépris du garçon se traduisait seulement par de longs regards insistants. Il lança au prêtre un de ces coups d'œil lapidaires, puis se détourna pour se déshabiller, ses gestes efficaces, économes tournant en dérision les tâtonnements de Vistorini. Il sortit sans un mot de plus.

Seul dans la sacristie, le prêtre ouvrit le meuble qui contenait le vin de communion non consacré. Le bouchon du carafon fit un bruit mouillé de succion quand il le retira. Il se lécha les lèvres. Le récipient frais était embué par la condensation, et Vistorini le souleva avec précaution, ses mains tremblaient encore, et il avala une longue gorgée. Puis une autre. Il se sentit mieux.

Il s'apprêtait à remettre le bouchon quand il songea à la matinée qui l'attendait. Le bureau de l'Inquisiteur du pape à Venise ne brillait pas par sa générosité. Les appartements que le doge avait attribués aux membres de l'Inquisition étaient sombres, pauvrement meublés, et mal approvisionnés. Vistorini pensait que le doge essayait de prouver que les sous-fifres de Rome avaient une position subalterne dans l'État où seuls lui et les Dix prenaient des décisions d'importance. En tout cas, il ne pourrait sans doute pas se procurer un autre verre avant midi passé. Il leva de nouveau le cruchon et laissa le liquide velouté couler dans sa gorge.

Sa démarche était presque enjouée quand il referma la porte latérale de son église et s'avança vers la lumière laiteuse du début de matinée. Le soleil était juste assez haut pour pénétrer dans l'étroite *calle* et effleurer le canal dont les reflets argentés dessinaient des taches dansantes sur la pierre. Le carillon de la Marangona retentit, plus profond et plus sonore que toutes les autres cloches de la ville. Il annonçait le début de la journée de travail pour les *arsenalotti* et l'ouverture des portes du Geto voisin. Sur le *campiello* devant l'église, les volets des boutiques claquèrent tandis que les commerçants entamaient leur journée.

Vistorini inspira profondément. Même au bout de trente ans, il aimait encore la lumière et l'air de Venise, ses parfums mêlés d'eau de mer et de mousse, de moisissure et de plâtre humide. Il était arrivé à l'âge de six ans, et les frères de l'orphelinat l'avaient encouragé à se débarrasser de tous ses souvenirs, de son accent et de ses manières étrangères. La réminiscence, lui avaient-ils expliqué, était un sentiment obscur et honteux, et prouvait un manque de gratitude pour les faveurs accordées. On lui avait appris à chasser toute pensée de ses parents morts et à oublier la courte vie partagée avec eux. Mais parfois des fragments lui revenaient dans ses rêves, ou quand sa volonté était affaiblie par l'alcool. Et dans ces fragments, une clarté aveuglante et angoissante illuminait toujours le passé, qui avait le goût de la poussière apportée par des vents brûlants.

Quand il s'avança sur le pont, dépassant le batelier qui livrait de la viande au boucher et les lavandières au travail au bord du canal, il reconnut plusieurs de ses paroissiens. Il les salua, leur adressant un mot agréable ou une aimable question, selon la condition de la famille. Un cul-de-jatte se propulsa sur les moignons qui lui servaient de bras. Dieu tout-puissant ! Vistorini formula une prière pour l'homme, dont la difformité était si grotesque que même un chirurgien aurait eu beaucoup de difficulté à poser les yeux sur lui sans dégoût. Il plaça une pièce sur l'extrémité suintante du mendiant, posa la main sur sa tête scabieuse et le bénit. L'infirme réagit par un grognement animal qui sembla exprimer sa reconnaissance.

Dans son rôle de curé, Vistorini s'efforçait de feindre de l'intérêt pour les petites vies de ses ouailles. Pourtant, l'exercice de son ministère ne le concernait pas vraiment. L'Église l'avait chargé d'une fonction autrement importante. Ses capacités avaient été reconnues par les frères qui l'avaient recueilli. Ils avaient été impressionnés par son don pour les langues, et aussi par sa compréhension supérieure de la théologie abstraite et complexe. Ils lui avaient enseigné le grec et l'araméen, l'hébreu et l'arabe, et il avait tout assimilé. À cette époque, sa soif de connaissance était grande ; aujourd'hui, c'était une autre soif qui dominait son existence.

En 1589, quand le pape Sixte V avait proclamé l'interdiction de tous les livres écrits par des Juifs ou des Saracéens qui contenaient la moindre allusion hostile à la foi catholique, le jeune prêtre Vistorini avait été tout naturellement nommé censeur de l'Inquisiteur. Pendant dix-sept ans, ce qui représentait presque la totalité de sa vie dans les ordres, Domenico avait lu et émis des jugements sur les œuvres des religions étrangères.

En tant qu'érudit, il avait un respect inné pour les livres. Un sentiment qu'il avait dû réfréner lorsque sa mission était de les détruire. Parfois, la beauté de la calligraphie fluide des Saracéens l'émouvait. En d'autres occasions, c'était l'élégant argument d'un Juif instruit qui le faisait réfléchir. Il prenait son temps pour considérer de tels manuscrits. Si, à la fin, il décidait qu'ils devaient être jetés au feu, il détournait le regard quand les parchemins noircissaient. Son travail était plus facile quand l'hérésie était manifeste. À ces moments-là, il fixait les flammes en se réjouissant de leur œuvre purificatrice qui libérait la pensée humaine de l'erreur.

Aujourd'hui, il avait sur lui un de ces ouvrages, un texte juif. Ce matin, il allait rédiger l'ordre de remettre tous les

172

exemplaires en circulation à Venise au bureau de l'Inquisiteur, qui se chargerait de les jeter au feu. Les mots, les mots blasphématoires, dansaient dans sa tête, les lettres hébraïques aussi familières pour lui que les caractères latins.

Le culte chrétien de Jésus est une idolâtrie bien pire que le culte du Veau d'or des Israélites, car les chrétiens s'égarent en disant que quelque chose de sacré a pénétré dans le corps d'une femme par cet orifice puant... rempli d'excréments et d'urine, qui déverse des pertes blanches et du sang menstruel et sert de réceptacle à la semence de l'homme.

Quelquefois, Vistorini se demandait comment des mots semblables en arrivaient encore à être consignés sur le papier, après plus d'un siècle d'Inquisition. Des Juifs et des Arabes avaient été condamnés à des amendes, emprisonnés, exécutés même, pour des blasphèmes de moindre importance. Il supposait que la prolifération des imprimeries à Venise en était responsable. Officiellement, le commerce de l'édition était interdit aux Juifs, et pourtant leurs maisons prospéraient sous la fragile couverture fournie par un chrétien disposé à prêter son nom en échange de quelques sequins.

Tous les hommes désireux de s'établir dans ce métier n'auraient pas dû obtenir satisfaction. Certains étaient manifestement ignorants ou malveillants. Il devrait en discuter avec Judah Aryeh. Les Juifs devaient exercer plus de contrôle, sinon l'Inquisiteur serait obligé de le faire à leur place. Il valait mieux garder le bureau de l'Inquisition en dehors des murs du Geto. Même un homme moins intelligent que Judah pouvait le comprendre.

Comme si ses pensées l'avaient fait surgir des pierres, Vistorini aperçut le chapeau écarlate du rabbi Judah Aryeh se faufilant furtivement dans la foule de la Frezzeria, où les fabricants de flèches confectionnaient leurs marchandises. Il marchait la tête baissée, le dos courbé, une position qu'il adoptait toujours quand il se trouvait en dehors du Geto. Vistorini leva une main pour l'interpeller, mais hésita. Il observa le rabbin un moment en réfléchissant.

Combien de petites humiliations avait-il fallu pour lui infliger cette posture servile : les méchantes farces des garçons sans éducation, les railleries et les crachats des ignorants. Si seulement cet homme obstiné se décidait à embrasser la religion du Christ, il pourrait mettre fin à cette situation dégradante.

« Judah Aryeh ! »

Le rabbin redressa la tête, tel un cerf, s'attendant à recevoir une des flèches des artisans. Mais quand il vit Vistorini, son expression méfiante se transforma en un sourire de réel plaisir.

« Domenico Vistorini ! Il y a bien longtemps que je ne vous ai vu dans ma synagogue.

— Ah, rabbi, il n'est pas facile de se voir rappeler aussi souvent ses propres défauts. On peut souhaiter s'instruire auprès de vous et en même temps se sentir humilié par votre éloquence.

— Vous vous moquez de moi.

— Pas de fausse modestie avec moi, Judah. » Le rabbin était si connu pour son éloquente exégèse biblique qu'il prêchait dans quatre synagogues différentes le jour du shabbat, et que beaucoup de chrétiens, y compris des moines, des curés et des nobles, se rendaient dans le Geto juste pour l'écouter. « L'évêque de Padoue, qui est venu avec moi la dernière fois, a reconnu qu'il n'avait jamais entendu expliquer aussi bien le livre de Job », dit Vistorini. Il n'ajouta pas qu'il avait entendu l'évêque prêcher le même texte quelques semaines plus tard dans la cathédrale de Padoue et qu'il avait jugé que son sermon ne valait guère plus que la farine déjà broyée par les meules de l'intelligence de Judah Aryeh. Vistorini était sûr que beaucoup de prêtres venaient l'écouter avec l'intention de voler ses mots. Pour sa part, ce n'était pas tant le contenu de ses sermons, mais son mode d'élocution raffiné et passionné qu'il désirait s'approprier. « J'aimerais avoir de l'emprise sur mes fidèles, comme vous. Je tente d'apprendre vos secrets, afin de mieux transmettre la parole de notre sainte mère l'Église, mais hélas ! ils demeurent impénétrables.

— Les pensées d'un homme et sa capacité à les exprimer viennent de Dieu, et si mes exégèses sont appréciées, c'est à Lui qu'il faut rendre grâce.» Vistorini réprima un ricanement. Le rabbin croyait-il réellement à ces platitudes mielleuses ? Aryeh remarqua son expression mécontente et changea de ton. «Pour ce qui est des secrets, mon père, j'en possède un seul : si les fidèles s'attendent à un sermon de quarante minutes, je leur en accorde trente. S'ils s'attendent à trente minutes, je leur en donne vingt. Au cours de toutes les années où j'ai été rabbin, personne ne s'est jamais plaint de ce qu'un sermon ait été trop court.»

Le prêtre sourit. «Maintenant c'est vous qui vous moquez de moi ! Mais marchez un peu avec moi, si vous le voulez bien, car j'ai une question à vous exposer.»

Judah Aryeh s'était redressé en parlant à Vistorini, et à présent, protégé par son éminent compagnon, il marchait les épaules rejetées en arrière et la tête droite. Sa chevelure noire et bouclée, éclairée, comme sa barbe, par des reflets châtains, s'échappait du tissu écarlate de son chapeau. Vistorini enviait le physique de Judah, qui était grand et bien bâti, quoiqu'un peu maigre, avec un teint mat doré différent de la chair pâle propre à tant d'érudits. Mais l'impression était gâchée par le couvre-chef criard.

«Judah, pourquoi portez-vous ce chapeau ? Vous savez que vous pourriez obtenir la permission d'en mettre un noir.» La couleur écarlate était censée rappeler le sang du Christ que les Juifs avaient fait couler sur leurs propres têtes. Pourtant, Vistorini connaissait beaucoup de Juifs qui avaient obtenu une dispense.

«Domenico, je sais parfaitement qu'avec des amis et de l'argent on peut toujours arriver à ses fins à Venise. Vous savez que je n'ai pas d'argent. Mais des amis, si, et plusieurs d'entre eux seraient prêts à m'épargner cette contrainte. Avec un mot ici où là, je pourrais, comme vous dites, porter un chapeau noir et me promener en paix. Mais si je le faisais, je ne connaîtrais pas la vie que subissent les membres de ma communauté. Et je ne veux pas être séparé d'eux. Je suis assez vaniteux pour prier ma fille de coudre mes chapeaux avec du velours et de les doubler de soie, mais je me comporte comme l'exige la loi, car la valeur d'un homme ne vient pas de ce qu'il a sur la tête.

Un chapeau rouge, un chapeau noir, quelle importance ?
Ni l'un ni l'autre ne peuvent étouffer mon esprit.

— C'est bien dit. J'aurais pu deviner que vos raisons
étaient aussi irréprochables qu'un jardin de bénédictins.

— Mais je suppose que vous ne m'avez pas demandé de
marcher avec vous pour discuter de chapellerie. »

Vistorini sourit. Il n'aimait pas l'admettre, même en son
for intérieur, mais parfois il se sentait plus proche de ce
Juif intelligent, spirituel, que de tout autre prêtre de son
ordre.

« Non, en effet. Asseyez-vous un instant, si vous le
voulez bien. » Du geste, il indiqua un mur bas au bord du
canal. « Lisez cela », dit-il, lui passant le livre, ouvert au
passage incriminé.

Aryeh lut, se balançant légèrement, comme s'il s'était
trouvé à la synagogue. Quand il eut terminé, il contempla
le canal, évitant le regard de son ami. « Une violation
manifeste de l'index », observa-t-il. Son ton était d'une
prudente neutralité, n'exprimant aucune émotion forte.
Vistorini avait souvent remarqué avec dépit qu'Aryeh, qui
comme lui était venu d'ailleurs pour vivre à Venise, parlait
pourtant avec les inflexions d'un Vénitien de naissance, les
cadences particulières de son propre *sestiere*, le Canna-
regio, se mêlant au dialecte doux et mélodieux de la ville.
Le prêtre avait tenté d'insuffler à son propre langage une
intonation locale, mais il n'avait jamais pu se débarrasser
totalement de l'accent de son enfance.

« C'est un peu plus grave que ça, répondit Vistorini. Ce
genre de texte délibérément provocateur va attirer l'attention, le courroux du Saint-Siège sur le Geto tout entier.
Vous feriez bien, mon cher ami, de régler vous-même cette
affaire, avant que nous soyons obligés de le faire. Vous
devriez fermer ces imprimeries. »

Judah Aryeh se tourna pour faire face au curé. « L'auteur
de ce texte n'a pas écrit pour provoquer, mais simplement pour exprimer une vérité telle qu'il la conçoit. Vos
propres théologiens ont fait des exploits en matière de
logique pour promouvoir une doctrine remettant en question ce point précis. Après tout, qu'est-ce que l'Immaculée
Conception, hormis le tâtonnement d'esprits s'efforçant de

gérer les réalités grossières du corps ? Nous autres Juifs sommes simplement plus francs sur ces sujets. »

Vistorini inspira profondément et s'apprêtait à protester quand Aryeh leva une main pour le devancer. « Je ne veux pas perdre une aussi belle matinée à discuter de théologie avec vous. Je pense que nous savons depuis longtemps, vous et moi, que cela n'apporte pas grand-chose. Mis à part les mérites ou les démérites de cette œuvre particulière, je pense que vous devez considérer avec un œil réaliste la position de votre bureau à l'égard de l'État de Venise. Le nombre d'affaires que l'Inquisiteur est en mesure de faire passer en justice diminue d'année en année. Et la plupart de celles qui sont portées devant le tribunal sont rejetées par manque de preuves. Je ne dis pas que nous ne vous craignons pas, mais nous ne vous redoutons pas comme autrefois. Je vais vous répéter ce que mes fidèles disent de votre bureau : que votre poison s'est figé, et que vous avez perdu la recette pour en faire du neuf. »

Vistorini gratta le lichen qui poussait sur la pierre à côté de lui. Il y avait comme toujours du bon sens dans ce que son ami affirmait. Feu le pape Grégoire XIII avait identifié la faiblesse même dont parlait le rabbin. « Je suis pape partout, sauf à Venise », avait-il dit. Mais Vistorini sentait un état d'esprit dangereux chez le nouveau pape à Rome. Il n'affronterait peut-être pas directement le doge et les Dix, mais il pouvait le faire par l'intermédiaire des Juifs de la ville. Même une bête blessée peut rassembler ses forces pour un ultime coup de griffe.

« Rabbi, j'espère, et je le pense sincèrement, que vous n'aurez pas l'occasion d'apprendre à nouveau le sens du mot terreur. Ceux d'entre vous qui sont les descendants des exilés espagnols se souviennent sûrement encore des conditions amères dans lesquelles leurs grands-parents sont arrivés ici ?

— Nous n'avons pas oublié. Mais *là-bas,* ce n'est pas *ici. Autrefois* n'est pas *maintenant.* L'Inquisition espagnole était un cauchemar que beaucoup d'entre nous n'ont pas encore surmonté. Et pourtant nous autres Ponantins, dont les ancêtres ont été dépossédés de cette manière, ne représentons qu'un groupe, qu'un assortiment de souvenirs. Il y a les Hollandais, les Tedeschi, les Levantins. Comment ne pas nous sentir en sécurité ici, quand chaque famille noble a sa confidente juive et que le doge n'autorise même pas votre Inquisition à nous imposer des sermons pour nous convertir ? »

Vistorini soupira. « J'ai moi-même mis l'Inquisiteur en garde contre ce genre de sermons, reprit-il. Je lui ai dit qu'au lieu d'édifier votre peuple, cela ne ferait que l'exaspérer. » La vraie raison était qu'il n'avait pas souhaité révéler la médiocrité de ses propres prêches à des fidèles qui avaient entendu Judah Aryeh

Le rabbin se mit debout. « Je dois y aller, Domenico. » Il tritura son chapeau, se demandant s'il pouvait dire sans risque le fond de sa pensée. Il décida que le curé avait le droit de connaître son raisonnement. « Vous savez que votre Église a toujours eu de ces questions une vision très différente de la nôtre depuis le jour où la première presse typographique a été assemblée. Votre Église ne voulait pas mettre vos Saintes Écritures entre les mains des gens ordinaires. Notre point de vue était différent. Pour nous, la reproduction des textes était un *avodat ha kodesh*, un travail sacré. Certains rabbins ont même comparé la presse à un autel. Nous appelions cela "écrire avec beaucoup de plumes" et nous avons considéré que cela contribuerait à propager la parole révélée à Moïse sur le mont Sinaï. Allez donc rédiger l'ordre de brûler ce livre, mon bon père, ainsi que votre Église l'exige de vous. Et je ne dirai rien à la maison d'édition, ainsi que me le dicte ma conscience. *Censura praevia* ou *censura repressiva*, l'effet est le même. D'une manière ou d'une autre, un livre est détruit. Il vaut mieux que vous vous en chargiez, plutôt que de nous asservir intellectuellement au point de nous forcer à le détruire nous-mêmes. »

Vistorini n'avait pas de réponse toute prête pour le rabbin, et cela l'irrita. Une douleur sourde lui martelait la tempe. Les deux hommes se saluèrent sans chaleur et Judah Aryeh laissa le curé, encore assis, près du canal. Tandis que le rabbin s'éloignait, son cœur battait la chamade. Avait-il été trop direct ? Toute personne ayant

surpris leur conversation eût été suffoquée par son insolence et se fût demandé pourquoi Vistorini ne l'expédiait
pas à la prison des Plombs. Mais comment aurait-elle su
ce qui les rapprochait ? Ils étaient amis depuis dix ans, si
ce mot avait un sens dans ce contexte. Dans ce cas, pourquoi son cœur battait-il aussi fort ?

Dès qu'il eut quitté les *fundamenta* et fut hors de la vue
de Vistorini, Aryeh s'appuya contre le mur, essoufflé. Sa
respiration était pénible. Il avait ces douleurs depuis de
nombreuses années. Il se souvenait combien sa poitrine
lui avait fait mal la première fois qu'il avait rencontré le
curé dans le bureau de l'Inquisiteur. Judah Aryeh avait pris
un gros risque. Peu de gens se rendaient au Saint-Office
de leur plein gré, mais il avait demandé à y être entendu.
Il avait parlé pendant plus de deux heures dans un latin
éloquent, essayant d'obtenir un allégement partiel de
l'interdiction du Talmud. L'ouvrage en deux parties était la
distillation de la pensée juive depuis l'époque de l'exil,
et en être privé avait été une épreuve, un jeûne intellectuel qui commençait à ressembler à une famine. Pour la
Mishnah, le corps principal de l'œuvre, il savait qu'il n'y
avait aucun espoir d'obtenir un sursis. Mais pour la
seconde partie du Talmud, la Guemara, il sentait qu'il
pouvait avoir gain de cause. La Guemara était un échange
d'opinions rabbiniques, un recueil de débats et de discussions. Ce texte, avança-t-il, pouvait être considéré comme
bénéfique, et non nocif pour l'Église, puisqu'il démon-
trait que même les rabbins étaient en désaccord sur des
aspects de la loi juive. La preuve de ces divisions au sein
du judaïsme pourrait certainement être utilisée pour
renforcer les arguments de l'Église contre sa religion ?

Vistorini se tenait derrière la chaise de l'Inquisiteur, les
yeux plissés. Il connaissait intimement les textes hébreux,
ayant confisqué et détruit nombre d'exemplaires du
Talmud. Il savait qu'à partir de la Guemara tout rabbin
moyennement instruit pouvait reconstruire, pour ses
élèves, le texte de la maudite Mishnah. Mais l'Inquisiteur
se laissa emberlificoter dans l'écheveau des paroles habiles
du rabbin. Il accorda aux Juifs la permission de conserver

les exemplaires du Talmud qu'ils possédaient, à condition qu'ils eussent été correctement expurgés.

Bien qu'il eût perdu la partie, Vistorini avait été impressionné par Aryeh ; par son érudition, par son courage, mais aussi par sa ruse. C'était, songea-t-il, comme regarder un alchimiste procéder à un alliage trompeur. On se doutait qu'il avait recours à un stratagème, mais on avait beau l'observer le plus attentivement possible, le moment et le moyen choisis pour ajouter le minerai supplémentaire demeuraient obscurs.

Tandis que le rabbin, étourdi et soulagé d'avoir sauvé ses textes, s'apprêtait à quitter les appartements de l'Inquisiteur, Vistorini s'était penché vers lui et avait chuchoté : « Judas le lion. Ils auraient mieux fait de vous appeler Judah Shu'al. » Le rabbin avait fixé le prêtre et avait lu dans ses yeux, non pas précisément de la colère, mais l'émotion ambivalente qu'un perdant éprouve à l'égard d'un adversaire digne de lui. Lors de sa visite suivante au Saint-Office, Aryeh avait pris un risque. Il avait prié le vicaire de l'annoncer à Vistorini sous le nom de « Rabbi Judah Vulpes ».

Vistorini en était venu à goûter ses joutes oratoires avec Aryeh, capable d'apprécier un jeu de mots en trois langues. Le prêtre avait mené une vie solitaire. À l'orphelinat, son fort accent et la honte qui semblait assombrir la mention de son passé l'avaient rendu timide avec les autres garçons. Au séminaire, ses intérêts et ses aptitudes l'avaient isolé de ses pairs. Mais en la personne d'Aryeh, il avait un adversaire intellectuel de même taille. Il était heureux qu'il ne perdît jamais de temps à essayer de défendre l'hérésie flagrante ou les violations évidentes de l'Index. Parfois, Vistorini se laissait convaincre par le rabbin. Plutôt que de détruire, il censurait, et une ou deux fois il prit sa plume pour accorder un sursis à un livre menacé, inscrivant les mots autorisés sur la première de ses pages.

Son intérêt pour Aryeh le conduisit enfin à surmonter un dégoût de longue date et à franchir le petit pont du Geto. Autrefois, beaucoup de ses camarades séminaristes s'y rendaient régulièrement. Tourmenter les Juifs avait été un sport favori pour certains jeunes ; d'autres y étaient allés dans un honnête esprit d'évangélisme, pour conquérir des âmes. Quelques-uns avaient cherché à mettre la leur en péril en participant à des distractions illicites. Mais Vistorini jugeait répugnante l'idée même de Geto. Il ne pénétrerait pas de son plein gré dans un quartier clos, grouillant uniquement de Juifs. Il aurait l'impression d'être pris au piège, sali, de manquer d'air.

Les premiers Juifs à s'installer à Venise en 1516 avaient été des banquiers allemands. D'autres avaient suivi, mais n'avaient été autorisés à exercer que trois métiers : prêteurs sur gages, procurant des crédits peu coûteux aux Vénitiens pauvres ; marchands de *strazzaria*, qui achetaient et revendaient des marchandises usagées ; ou négociants internationaux, utilisant leurs liens avec le Levant pour faciliter le vaste commerce d'importation et d'exportation de la ville. Ils n'étaient autorisés à habiter que dans la petite zone qui avait été autrefois la fonderie de fer de la ville, ou Geto, une île de cendre, entourée de murs, rattachée au reste de la ville par deux ponts étroits garnis de portes, qu'on verrouillait la nuit.

Mais, à mesure que passèrent les années, certains Vénitiens se mirent à apprécier la présence des Juifs, les engageant pour qu'ils jouent leurs airs nostalgiques, les consultant comme médecins ou conseillers financiers. Pour les Juifs, le fait que leurs droits de propriété étaient respectés et qu'ils avaient la protection de la loi transformait Venise en une terre promise en comparaison des conditions imposées ailleurs.

Ils avaient donc continué d'arriver : les Ponantins, expulsés d'Espagne puis du Portugal par les monarques catholiques. Puis les Tedeschi fuyant les pogroms dans les villes allemandes, et les Levantins toujours remuants, venus de pays tels que l'Égypte et la Syrie. La communauté avait atteint près de deux mille âmes, ses habitations empilées les unes sur les autres, six ou sept grandes familles ensemble, jusqu'à ce que le Geto eût la population la plus dense et les constructions les plus élevées de Venise. Quand Vistorini demanda le chemin de la synagogue de Judah, on le dirigea vers un immeuble haut et étroit. Au sommet d'un escalier abrupt et obscur, le lieu de culte partageait l'espace du toit avec un pigeonnier et un poulailler.

Bien qu'il eût été d'abord attiré par sa fraternité d'esprit avec le rabbin, c'était la faiblesse, et non la force, qui avait scellé leur amitié. Un après-midi, Judah marchait dans le quartier séparant le Geto de l'église du prêtre, empruntant les *callettos* et les *raghettas* les plus étroits pour éviter les rues plus populeuses où on le harcelait. Il avait surpris un voleur qui se penchait sur le corps de sa victime. L'homme s'était enfui et Judah avait reconnu Domenico, soûl, la tête en sang à cause du coup porté par son agresseur, la soutane trempée d'urine. Le rabbin avait pris un grand risque en ne respectant pas le couvre-feu, afin d'obtenir du linge propre et d'aider le curé à se dégriser, de sorte que son Église n'avait jamais su de quelle honteuse façon son représentant s'était donné en spectacle.

Quand Domenico avait essayé de remercier Judah, le rabbin avait marmonné qu'il avait lui aussi une faiblesse que Satan exploitait de temps à autre. Il n'en dit pas plus. Et pourtant cette faiblesse lui rongeait l'âme, le distrayant de ses prières le jour et des tendres moments avec sa femme la nuit. Dans la *calle*, quand il s'effondra contre le mur, il savait que la douleur dans sa poitrine ne venait pas seulement de la hardiesse de son échange avec le curé. Ce n'était pas non plus à cause de sa course de ce matin – illicite, dangereuse – que son cœur s'était mis à battre la chamade. Ces deux événements se mélangeaient à la voix obsédante dans sa tête, la voix tentatrice qu'il ne pouvait réduire au silence. Il avait essayé, Dieu en était témoin, de trouver un moyen de quitter Venise avant le Carnaval qui devait commencer dans quelques jours à peine. Il avait souhaité se mettre hors d'atteinte du péché. La capacité de se cacher derrière un masque, d'être un autre homme, de faire ce qu'un Juif ne pouvait pas faire : la tentation le submergeait. L'année précédente, il avait réussi à obtenir une place de précepteur à l'extérieur de la ville. Mais la saison du Carnaval s'était prolongée d'année en année, et les postes convenables étaient devenus difficiles à trouver. Il avait demandé à donner des cours particuliers à un jeune de Padoue, et à remplacer un rabbin malade à Ferrare. Mais il n'avait pas reçu de réponse favorable.

À l'approche du Carnaval, sa femme, connaissant le danger, avait fouillé dans sa malle, cherchant parmi ses vêtements le masque et la cape qui le rendraient indifférenciable d'un Gentil vénitien. Elle avait enfin découvert où il les avait cachés, au milieu des articles de mercerie et rouleaux de tissu appartenant à leur fille, la couturière. Elle était allée directement à la *strazzaria* et avait vendu le costume. Il l'avait remerciée pour son geste, la baisant tendrement sur le front. Un jour ou deux, il avait éprouvé un profond soulagement à l'idée que les accessoires de sa disgrâce aient pu être mis hors de sa portée. Mais bientôt, il avait été incapable de penser à autre chose qu'au Carnaval et à l'opportunité qu'il lui offrait.

Même en ce moment, alors qu'il avait besoin de toute sa présence d'esprit, le serpent s'insinuait dans la moindre de ses pensées, excluant la raison et la conscience. Il se dirigea vers la volée de marches, près du Rialto, où on lui avait demandé d'attendre. Il n'aimait pas se trouver ainsi exposé à la vue de tous, au cœur de la ville. Il sentit que les gens le regardaient. Des bourgeois le bousculaient, marmonnant des remarques désobligeantes. Ce fut avec un grand soulagement qu'il vit le batelier manier habilement sa perche pour approcher sa barque de l'escalier. La gondole était d'un noir austère, la couleur imposée par les lois pour décourager les Vénitiens de montrer leur richesse avec ostentation. La couleur uniforme, ainsi que la discrétion légendaire des gondoliers, aidait les amateurs de rendez-vous galants à conserver leur anonymat.

Aryeh descendit avec précaution les marches de pierre glissantes, n'ignorant pas que le spectacle d'un Juif montant à bord d'une gondole n'était pas courant. Il était nerveux, et ses palpitations lui donnaient un peu le vertige. Un Vénitien se fût emparé du bras du batelier pour se remettre d'aplomb au moment d'embarquer, mais Aryeh n'était pas sûr de la réaction de l'homme. D'après une superstition répandue à Venise, la sorcellerie juive utilisait ce contact pour transmettre des esprits malfaisants aux chrétiens. À l'instant où il posait le pied sur le bateau, le sillage d'une embarcation qui passait fit pencher le pont. Aryeh chancela, agitant ses bras comme les ailes d'un moulin, et atterrit sur son derrière. Des rires grossiers retentirent sur le Rialto. Un crachat gicla le long du mur du canal et s'écrasa sur son chapeau.

« *Dio !* » s'exclama le gondolier, en relevant le rabbin de ses bras musclés par le maniement de la rame. Quand Judah se fut remis debout, l'homme brossa ses vêtements avec sollicitude, puis lâcha une bordée d'injures salées qui fit taire les jeunes hilares sur la rive.

Aryeh se reprocha ses pensées. Bien entendu, dona Reyna de Serena n'eût jamais engagé un gondolier hostile aux Juifs. Elle l'attendait, assise dans la confortable intimité de la *felze*.

« Quelle entrée, rabbi, dit-elle, haussant un sourcil, ce n'est pas la manière la plus discrète de monter à bord. Mais prenez place. » Elle indiqua les coussins de soie brodés en face d'elle. Vu de dehors, le rideau de la *felze* était en toile noire discrète. À l'intérieur, il était doublé d'un brocart tissé de fils d'or qui faisait fi des lois somptuaires.

Dix ans plus tôt, Reyna de Serena avait fui précipitamment le Portugal en tant que Juive. Arrivée à Venise, elle avait prétendu être devenue une fervente chrétienne. Elle avait pris un nouveau nom, qui indiquait sa gratitude envers la ville où elle avait trouvé asile. Ainsi, elle avait pu s'établir à l'extérieur de la zone surpeuplée du Geto, dans un magnifique palais, juste à côté de l'hôtel des Monnaies. Certains Vénitiens disaient en plaisantant que la maison Serena contenait plus d'or encore que sa voisine, car la jeune femme était l'héritière de l'une des plus grosses fortunes juives d'Europe. La famille avait déployé ses opérations bancaires bien au-delà de la péninsule Ibérique, aussi n'avait-elle perdu qu'une partie de sa richesse lorsqu'elle avait été pillée par les rois d'Espagne et du Portugal. Bien que Serena ne portât plus le même nom, la plupart des gens étaient quasiment certains qu'elle avait toujours accès à ses fonds.

Elle ne dépensait pas seulement son immense fortune en tentures de brocart et en divertissements, auxquels assistait la fine fleur de la noblesse. En secret, elle était la source principale des dons d'Aryeh aux membres nécessiteux de la communauté du Geto. En outre, il savait qu'elle aidait les Juifs de beaucoup d'autres villes, grâce au réseau bancaire établi par sa famille. Il savait également que sa façade bien-pensante était un masque dont elle s'affublait avec autant de désinvolture qu'un déguisement de carnaval.

« Alors, rabbi. Dites-moi de quoi vous avez besoin aujourd'hui. Comment puis-je vous aider à aider notre peuple ? »

Aryeh se méprisait pour ce qu'il s'apprêtait à faire.

« Madame, les ailes de votre générosité abritent déjà un grand nombre de nos fils et de nos filles, les protégeant des cruautés de l'exil. Vous êtes une fontaine d'eau limpide où les assoiffés peuvent boire, vous êtes… »

Reyna de Serena leva une main baguée qu'elle agita devant son visage, comme pour chasser une mauvaise odeur. « Assez. Dites-moi juste combien il vous faut. »

Aryeh donna un chiffre. Il avait la bouche sèche, comme si le mensonge l'avait vidée de sa salive. Il observa son visage ravissant, empreint de gravité, tandis qu'elle réfléchissait un instant au montant de la somme, puis fouillait dans la pile de coussins à côté d'elle, en tirant deux grosses bourses.

Aryeh s'humecta les lèvres et déglutit avec effort.
« Madame, les familles béniront votre nom. Si vous saviez à quel point elles souffrent…

— Il me suffit de savoir qu'elles sont juives, qu'elles sont dans le besoin, et que vous les jugez dignes de mon aide. Je vous ai confié mon secret, rabbi ; comment, dans ce cas, ne vous confierais-je pas quelques sequins ? »

Quand le rabbin soupesa l'or, il s'interrogea sur sa définition de l'adjectif *quelques*. Mais au son du mot *confier*, son cœur se contracta comme si un poing l'avait brusquement comprimé.

« Maintenant, rabbi, j'ai un service à vous demander.

— Tout ce que vous voudrez, madame. » L'étau se desserra légèrement, dans l'espoir qu'il pourrait faire quelque chose pour expier en partie sa malhonnêteté.

« Il paraît que vous êtes un ami du censeur du Saint-Office.

— Je n'emploierais pas exactement le terme d'"ami", madame.» Il songea à leur échange tendu au bord du canal. «Mais nous nous connaissons, nous parlons souvent ensemble, et fort courtoisement. En fait, je viens juste de le quitter. Il veut fermer la maison d'édition d'Abraham Pinel, celle à laquelle les Bernadotti ont prêté leur nom.

— Vraiment ? Je devrais peut-être en toucher un mot à Lucio de Bernadotti. Je suis sûre qu'il préférerait éviter un tel embarras. Peut-être pourrait-il s'arranger pour que la maison commande un ouvrage à la gloire du pape, de telle sorte qu'une fermeture soudaine par le Saint-Office deviendrait moins opportune sur un plan politique ? »

Aryeh sourit. Il n'était pas étonnant que Reyna de Serena eût survécu, et même prospéré, dans un exil qui avait broyé tant de monde. «Mais comment puis-je aider Madame auprès du censeur ?

— J'ai ceci », dit-elle, plongeant à nouveau la main sous les coussins, d'où elle tira un petit livre relié en chevreau, avec des fermoirs finement ouvragés. Elle le tendit au rabbin. Aryeh le prit dans ses mains.

« Il est très vieux.

— En effet. Il a plus d'un siècle. Comme moi, c'est un survivant d'un monde qui n'existe plus. Ouvrez-le. »

Aryeh tira les cliquets, admirant le talent de l'orfèvre. Chaque fermoir avait la forme d'une paire d'ailes. Quand le délicat cliquet sortit, en douceur après plus d'un siècle, les ailes se déployèrent, révélant une rosace emprisonnée à l'intérieur. Aryeh vit tout de suite qu'il s'agissait d'une haggada, mais différente de toutes celles qu'il avait vues auparavant. La feuille d'or, les riches pigments… il examina les enluminures, tournant chaque page d'une main avide. Il était enchanté, et pourtant un peu troublé, de voir décrire une légende juive avec un art si semblable à celui des livres de prières chrétiens.

« Qui a fait ce livre ? ces illustrations ? »

Reyna de Serena haussa les épaules. «J'aimerais tant le savoir. Il m'est parvenu par l'intermédiaire d'un vieux domestique de ma mère. C'était un brave homme, déjà âgé lorsque je l'ai connu. Quand j'étais petite, il me racontait des histoires. De terribles récits, pleins de méchants soldats et de pirates, de tempêtes en mer et d'épidémies dans les terres. Je les adorais, à la manière d'un enfant qui ne connaît pas encore assez le monde pour distinguer le vrai du faux. Aujourd'hui, j'ai honte de me souvenir que je le pressais de me les raconter, car je pense qu'il s'agissait de l'histoire de sa vie. Il disait qu'il était né le mois même de l'expulsion d'Espagne, et que sa mère était morte dans un naufrage peu après, alors qu'elle tentait de trouver un refuge sûr où l'élever. Il s'est trouvé d'une manière ou d'une autre sous la protection de ma famille – ce qui a été le cas de beaucoup d'orphelins, au cours des années. Dans sa jeunesse, il a travaillé pour mon grand-père, pas à la banque, mais pour aider secrètement les Juifs à fuir le Portugal. En tout cas, ce livre était son bien le plus ancien et le plus cher. Quand il est mort, il l'a laissé à ma mère, et elle me l'a transmis à son tour avant de s'éteindre. Et je l'ai gardé précieusement parce qu'il est ravissant, mais aussi parce qu'il me rappelle cet homme, et la souffrance de tant de gens comme lui.

« Rabbi, j'ai besoin que le censeur examine et approuve ce livre. Mais je ne peux pas prendre de risques dans cette affaire. Je dois être sûre de son accord avant d'attirer son attention sur ce texte. Et bien sûr, personne ne doit savoir qu'il m'appartient. Les dames catholiques n'ont que faire d'une haggada.

— Dona de Serena, permettez-moi de le prendre et de l'étudier. Je sais très bien quelle sorte de mots enfreint l'Index des catholiques. Je vais d'abord m'assurer qu'il ne contient absolument rien d'offensant pour l'Église, et ensuite je le présenterai au père Vistorini de manière à être tout à fait certain d'obtenir un résultat satisfaisant.

— Vous en serez bien sûr ? Je pense que je ne supporterais pas que ce livre, qui est venu de si loin et a survécu à tant de drames, soit jeté au feu.

— C'est pourquoi je dois vous poser une question, madame, si vous le permettez. Bien que je sois assuré d'obtenir du censeur ce que vous désirez, pourquoi, si vous conservez ce livre secrètement, avez-vous besoin de le faire approuver ? Vous n'avez certainement aucune raison de craindre que vos biens personnels soient un jour fouillés ou examinés ? À Venise, personne n'oserait...

— Rabbi, j'ai l'intention de quitter Venise...

— Madame !

— ... et à ce moment-là, qui sait à quel examen minutieux mes biens seront soumis ? Je dois me montrer méticuleuse.

— Mais c'est vraiment une affreuse nouvelle ! Vous allez me manquer, vous allez manquer à tous les Juifs de Venise, bien qu'ils ignorent le nom de leur généreuse protectrice. Vous n'imaginez pas combien de fois mes fidèles me bénissent indûment à cause des dons que vous me permettez de leur distribuer. »

Elle leva la main, de nouveau agacée par ses éloges.

« J'ai bien vécu ici. Mais avec les années, j'ai appris quelque chose sur moi-même. J'ai découvert que je ne peux pas vivre toute une vie de mensonge.

— Vous avez donc l'intention de laisser tomber le masque de votre conversion ? Vous savez que c'est un risque, bien que l'Inquisition soit faible, c'est encore...

— Rabbi, ne prenez pas cette peine. J'ai pris des dispositions pour voyager en toute sécurité.

— Mais où irez-vous ? Où se trouve cet heureux pays où il est possible pour un Juif de vivre et de prospérer ?

— Pas très loin d'ici. Juste de l'autre côté de la mer qui nous sépare des terres gouvernées par la Sublime Porte. Les sultans ottomans nous accueillent depuis longtemps, pour nos talents et notre fortune. Quand j'étais plus jeune, je n'ai pas choisi de m'y rendre, mais beaucoup de choses ont changé depuis. La communauté s'est développée. En plusieurs endroits, nous avons nos médecins, nos poètes hébreux. Le sultan m'a invitée, et en ce moment même il envoie au doge un *chaus* de sa cour avec un message le priant d'organiser mon voyage. Ce n'est pas sans risque. Beaucoup se réjouiront d'apprendre ce dont ils se doutaient depuis longtemps, que j'ai feint d'être chrétienne afin de vivre librement ici. Mais si je reste, je devrai vivre seule. Je ne peux pas épouser un chrétien et lui cacher le secret de mon âme juive. Là-bas, peut-être, il ne sera pas trop tard pour que je me marie et que j'aie un enfant. Peut-être viendrez-vous prononcer les bénédictions pour le *brith*[1] ? On dit que la ville de Raguse est très jolie, pas autant que Venise, bien sûr, mais du moins ce sera une vie honnête. Je reprendrai mon nom. Cela suffit maintenant. Priez avec moi, car j'aspire à emplir mes oreilles du son de l'hébreu. »

Un bref instant plus tard, Aryeh débarqua de la gondole dans un *canaletto* à quelque distance de l'agitation et des regards curieux du Rialto. Les poches alourdies par les bourses de dona de Serena, le petit livre calé contre sa taille, il avait tout à fait l'intention de rentrer chez lui. Il marchait la tête baissée, le regard fixé sur les dalles. Il avait dépassé l'atelier du *mascarere* sans même lever les yeux pour voir quels masques l'artisan avait exposés. Mais au coin de la rue, il s'arrêta. L'or de ses poches le rivait au sol.

D'habitude, Judah savait que son obsession était une tentation de Satan. Mais quelquefois sa raison et ses connaissances l'autorisaient à se persuader qu'il en était autrement. L'attribution de terres aux tribus d'Israël n'avait-elle pas été décidée par un tirage au sort ? Les Hébreux n'avaient-ils pas choisi leur premier roi de cette façon ? Comment quelque chose pouvait-il venir de Satan si la Torah le sanctionnait ? Peut-être n'était-ce pas Satan qui lui avait enjoint de flouer dona de Serena. Peut-être la main de l'Éternel lui avait-elle donné ces bourses. Ce pouvait être la divine Providence, exigeant de lui qu'il risquât tout afin de gagner des richesses encore plus grandes pour son peuple. Il distribuerait cette fortune aux nécessiteux de sorte à améliorer le cadre de vie du Geto tout entier. Alors même que son cœur bondissait et défaillait dans sa poitrine, Judah se sentit inondé de plaisir à cette idée. Il fit demi-tour, revint sur ses pas, et pénétra dans l'atelier du fabricant de masques.

Vistorini se leva de son bureau, cherchant un linge pour

---

1. Terme hébreu désignant celui qui égorge les animaux selon le rituel hébraïque. *(N.d.T.)*

s'éponger le front. Il avait passé la matinée à s'occuper des ordres de confiscation du livre hérétique. Il était trop tard dans l'année et trop tôt dans la journée pour qu'il fît aussi chaud. L'odeur âcre de sa sueur lui rappela qu'il n'avait pas pris de bain depuis quelque temps. Depuis sa discussion avec le Juif, il avait des élancements dans le crâne, et la douleur s'accentuait à présent. Un petit nœud de colère se forma dans son estomac dérangé. Il se dit qu'il avait subi un outrage, que le rabbin avait trop présumé de leur amitié. Il ne pouvait admettre la vérité ; à savoir qu'il n'aimait pas que son interlocuteur eût le dernier mot. Son ventre se contracta. Il avait besoin de se rendre aux latrines. Il s'avança dans le corridor du Saint-Office avec la démarche chancelante d'un vieillard malade.

Du moins, il faisait plus frais dans le couloir. En général, les murs piqués par l'humidité l'oppressaient, mais aujourd'hui il fut heureux de ce petit répit à l'extérieur de son bureau étouffant. Quand il tourna à l'angle, il faillit se heurter au domestique qui lui apportait le plateau de son déjeuner frugal. Il prit la serviette pour s'essuyer le visage, puis tendit le linge souillé de sueur au garçon, qui le prit avec précaution, mais avec une expression de dégoût. Maudit soit-il, songea le curé, poursuivant son chemin vers les latrines. Maudits soient tous ces jeunes et leurs airs supérieurs. Il était déjà assez pénible de devoir supporter cet enfant de chœur insolent, Paolo, fils instruit d'une bonne famille. Mais comment un serviteur osait-il le regarder avec un tel mépris ?

Les entrailles de Vistorini se vidèrent dans l'orifice malodorant, mais les douleurs de son ventre s'apaisèrent à peine. Peut-être avait-il un ulcère qui s'aggravait. Il se rendit à contrecœur à la table du réfectoire, cherchant le vin. Le bouillon aqueux du cuisinier et le pain destiné à l'épaissir ne lui inspiraient aucun appétit. Un unique gobelet, seulement à moitié plein, avait été posé à sa place. Quand il en redemanda, le garçon répondit que le placard à vin avait déjà été verrouillé par l'intendant. Vistorini crut voir l'ombre d'un sourire narquois, vite réprimé, passer sur le visage du domestique.

De retour dans son bureau, d'une humeur encore pire,

il s'attela à la tâche routinière de la censure. Il passa en revue les pages en hébreu, rendant illisible, d'un trait de sa plume trempée dans une encre noire et compacte, toute mention des chrétiens, des incirconcis, des gens hostiles aux Juifs, de ceux qui « observaient des rites étranges », sauf si le passage se rapportait sans ambiguïté aux idolâtres de l'Antiquité et n'était pas une référence codée à l'Église. Il tomba sur des mots tels que *méchant royaume* ou *Édom* ou *Romain* qui pouvaient être interprétés comme une allusion aux chrétiens. Il expurgea aussi toute mention du judaïsme, « seule vraie religion », toute phrase sur *le Messie encore à venir*, tout usage des termes *pieux* ou *sacré* quand ils étaient appliqués aux Juifs.

Les jours où Vistorini se sentait bien, il maniait les livres avec plus de douceur, faisant même parfois son devoir en corrigeant un passage répréhensible plutôt qu'en le rayant. S'il ajoutait les mots *adorateurs d'étoiles* après une référence aux idolâtres, il pouvait exclure l'idée implicite que la vénération des images des saints chrétiens était un culte des idoles.

Mais maintenant il avait des élancements dans la tête et un goût de fumier dans la bouche. Sa plume biffait les mots, traçant de gros traits horizontaux. Quelquefois, il appuyait si fort que la pointe traversait le vélin. Il ne se sentait pas très bien. Il feuilleta le livre, décidant qu'il y avait trop d'erreurs. Par vengeance, il le mit de côté, le destinant au bûcher. Ça apprendrait à Judah Aryeh, cet imbécile arrogant. Pourquoi ne pas tous les brûler et en être débarrassé ? Alors il pourrait rentrer chez lui où du moins son domestique lui servirait à boire. Il balaya le bureau du bras, poussant une demi-douzaine de volumes non lus dans la pile destinée aux flammes.

Judah Aryeh se rassit lentement dans le noir, afin de ne pas réveiller sa femme. La lune éclairait le contour de sa joue et sa chevelure dénouée, toujours modestement cachée le jour, se déployait sur l'oreiller en une profusion désordonnée de mèches noir et argent. Il dut prendre sur lui pour ne pas les caresser. Au début de leur mariage, il y avait plongé ses mains, excité par leur contact soyeux sur la peau nue de son torse quand ils s'étreignaient follement et maladroitement, ainsi que le font les très jeunes gens.

Sarai était encore belle, et même après vingt-quatre années il éprouvait du désir quand elle le regardait d'une certaine manière. Quelquefois il s'interrogeait au sujet de Vistorini, se demandant comment il pouvait vivre sans la chaleur d'une femme dans son lit. Sans enfants. Qu'aurait été sa vie sans le spectacle qu'ils lui offraient, sans ces nourrissons à la charmante frimousse qui changeaient d'année en année, trouvant le chemin d'une maturité honorable ? Il se demanda si le vin que son ami buvait avec tant d'excès était une façon d'atténuer ces besoins si naturels, ces cadeaux de Dieu.

Non qu'Aryeh méprisât la vie disciplinée par la foi. Au contraire, il connaissait la beauté ascétique de ce mode d'existence. Il vivait chaque instant en restant attentif aux six cent treize commandements de la Torah. Il était naturel pour lui de séparer le lait de la viande, de ne pas travailler le jour du shabbat, de respecter les lois de la pureté familiale dans ses relations avec son épouse. Les disciplines de cette abstinence mensuelle aiguisaient encore le désir, et rendaient leur réunion plus douce. Mais être totalement privé de femme... D'après lui, ce n'était pas une vie pour un homme.

La porte grinça quand Aryeh la referma. Il attendit un moment dans l'escalier pour voir si le bruit avait réveillé quelqu'un. L'immeuble surpeuplé n'était jamais silencieux, même à cette heure tardive. La toux sèche d'un vieillard traversait la mince cloison de bois qui séparait leur appartement de celui des voisins. S'il s'avérait nécessaire de rehausser le bâtiment, les murs devraient être construits avec le matériau le plus léger possible. De l'étage du dessous, le cri d'un nourrisson affamé transperça l'obscurité. Et au-dessus retentissait l'incessant cocorico du maudit coq qui semblait incapable de discerner l'aube de la nuit. Il faudrait demander au *chohet* [1] d'expédier cette

---

1. Assemblée de dix hommes : quorum nécessaire pour la prière publique. *(N.d.T.)*

volaille ignorante dans une marmite, songea Aryeh tandis qu'il descendait avec précaution l'escalier de bois bruyant dans l'obscurité. Dehors, il se dirigea vers l'étroit passage qui séparait son bâtiment de l'immeuble voisin. Tombant à genoux, il passa la main entre les pierres visqueuses et tira le sac en toile qu'il y avait caché. Se glissant furtivement dans l'allée, il attendit de se trouver dans l'ombre la plus épaisse pour ouvrir le sac et le vider de son contenu. Au bout de quelques instants, il se mit en route vers les portes du Geto.

La partie la plus difficile de sa supercherie était encore à venir. Les portes avaient été fermées quelques heures plus tôt. Les Gentils que leurs occupations retenaient dans le Geto après le couvre-feu en ressortaient sans peine, en soudoyant simplement les gardes. Mais un Juif n'avait qu'un seul moyen de passer, et cela exigeait du sang-froid et de la ruse. Aryeh attendit, tapi dans l'ombre. Ses boucles châtaines reconnaissables s'échappaient sous son tricorne de patricien. L'air humide pénétrait même le fin lainage de la cape de noble qui, avec le masque, complétait son déguisement. Il s'écoula près d'une heure. Il ploya les épaules pour en chasser la raideur et il remua les jambes, l'une après l'autre, pour éviter les crampes. Il devrait bientôt renoncer et réessayer la nuit suivante. Mais à l'instant où cette pensée prenait forme, il entendit les bruits qu'il avait guettés. Des voix hachées, des rires sonores. Bientôt, un groupe désordonné de jeunes Gentils arriva sur le *campiello*. Profitant de la liberté procurée par le Carnaval, ils avaient grappillé des plaisirs illicites parmi les Juifs immigrés dont la situation était si misérable qu'ils exploitaient leurs fils et leurs filles dans ce but.

Ils étaient six ou sept, titubant en direction du corps de garde, réclamant à grands cris qu'on les laissât sortir. Tous portaient la cape sombre du Carnaval et les masques des personnages de la commedia dell'arte. Le cœur d'Aryeh tressaillit et se mit à palpiter dans sa poitrine. Il n'avait qu'un instant pour agir, pour se joindre au groupe et espérer que dans le noir et dans leur ivresse ils ne feraient pas de difficulté. Il porta la main à son masque, vérifiant nerveusement les liens pour la dixième fois en dix minutes. Il avait choisi une forme commune et populaire : le long bec du docteur de la peste. Il y avait sans nul doute en ville, cette nuit, une foule d'hommes habillés de la même manière. Mais au dernier moment, quand il quitta les ombres dentelées pour s'avancer sur la place, le doute l'envahit. Le risque était sûrement trop grand. Les jeunes ne manqueraient pas de le défier. Il devait retourner là d'où il était venu, anonyme dans l'obscurité, et au passage, jeter ce fichu masque dans l'égout.

Mais il songea alors à la lueur de la bougie dansant sur des piles de sequins, à l'extase vertigineuse du moment où la carte était retournée, révélant ses secrets. Aryeh avala sa salive. Le plaisir que lui procurait cette pensée était si grand qu'il le goûtait au fond de sa gorge. Il s'avança dans le sillage bruyant des jeunes gens. De l'audace, se dit-il. Il lança un bras sur l'épaule du garçon le plus proche et essaya nerveusement de mimer un rire qui sortit de son gosier avec un bizarre son de crécelle.

« Aidez-moi, jeune monsieur. Je n'ai plus de jambes parce que j'ai trop bu, et je ne souhaite pas attirer l'attention des gardes. » Les yeux du garçon, derrière les fentes en croissants d'un masque d'Arlequin, étaient aussi dénués d'intelligence que ceux d'une vache. « C'est bon, grand-père, on y va », bafouilla-t-il. Son haleine était si alcoolisée qu'elle aurait pu allumer une lampe, se dit Aryeh.

Passer sous la porte éclairée prenait juste une seconde, mais il était sûr que son cœur battant à tout rompre – comment ne l'entendaient-ils pas ? – le trahirait. Mais déjà il l'avait franchie et marchait sur le pont étroit. Trois pas vers le haut, et trois pas vers le bas, pour pénétrer dans la Venise des Gentils. Quand il quitta le pont, il retira son bras de l'épaule du garçon et se fondit dans l'ombre d'un auvent. Il posa sa tête contre une pierre rugueuse et essaya de respirer. Il dut attendre plusieurs minutes pour se remettre en route.

Quand il tourna dans le *canaletto*, la foule l'engloutit en son sein. Pendant le Carnaval, la nuit n'accordait aucun repos à Venise. Au coucher du soleil, les flambeaux et les lustres déversaient leur lumière sur une succession de festivités sans fin. La ville était prise d'assaut ; pour une fois, il y avait plus de monde dans ses rues principales que dans celles du Geto. Les nobles costumés attiraient les videgoussets et les charlatans qui espéraient en faire leur proie ; les jongleurs, les acrobates et les montreurs d'ours qui espéraient les divertir. Les classes sociales étaient provisoirement abolies. L'homme de haute taille au masque de Zanni au long nez qui s'appuyait sur Aryeh pouvait être un domestique ou un porteur, comme son personnage, ou bien l'un des Dix. « Bonsoir, monsieur Masque », telle était la formule requise.

Aryeh toucha son chapeau tout en évitant le grand Zanni, et se fondit à nouveau dans la foule, puis se laissa entraîner vers un *ridotto*, non loin du pont. Noble masqué parmi tant d'autres qui peuplaient la nuit, il entra, monta au deuxième étage et pénétra dans le salon des soupirs. La pièce était aménagée dans un style tapageur, la clarté des nombreux lustres trop vive pour flatter les cous fripés des femmes masquées qui se prélassaient distraitement sur les canapés, consolant leurs partenaires malchanceux. Il y avait des maris avec leurs maîtresses, des épouses avec des *cicisbei* censés être leurs chaperons qui étaient le plus souvents leurs amants. Il y avait aussi des prostituées, des entremetteurs, et des indicateurs de police. Tous portaient des masques, pour égaliser les conditions. Tous sauf les banquiers. Ces hommes, membres de la famille d'aristocrates Barnabot, étaient les seuls Vénitiens autorisés à remplir ce rôle. Chaque Barnabot, habillé à l'identique d'une longue robe noire et d'une perruque blanche flottante, se tenait debout derrière sa propre table, dans le salon suivant. Leur visage nu révélait leur identité.

Il y avait plus d'une douzaine de tables entre lesquelles choisir. Aryeh regarda les banquiers battre et distribuer les jeux de bassette et de *panfil*. Il commanda du vin et s'avança sans se presser pour observer une partie de treize à la mise élevée. Il y avait un joueur unique, qui tentait sa chance contre la banque. La donne passa de l'un à l'autre plusieurs fois avant que le parieur ramassât ses sequins et partît retrouver ses amis en riant. Aryeh prit sa place et deux autres hommes se joignirent à lui. Le banquier se tenait entre de hautes chandelles, battant les cartes tandis que les joueurs alignaient leurs piles de sequins, chacun d'eux pariant contre la chance du croupier. C'était un jeu simple : le croupier devait nommer les cartes de un à treize, de l'as au roi, tout en distribuant. Si la carte tombait quand il la nommait, il ramassait la mise et conservait la donne. S'il atteignait le roi sans assortir un nom à la carte distribuée, il devait payer la mise et abandonner la donne au joueur à sa droite.

Sa voix, quand il entama la donne, était basse et neutre. « Uno », dit-il, quand le cinq de pique heurta la table. « Due », quand le neuf de cœur apparut. « Tre », et la chance était toujours contre lui quand apparut le huit de pique. Le compte avait atteint le « nove », et le croupier n'avait toujours pas distribué la carte nommée. Encore quatre possibilités et le sequin d'Aryeh doublerait.

« Fante », dit le banquier. Mais la carte qu'il donna était un sept de carreau, et non un valet. Il en restait deux. Aryeh regarda son sequin.

« Re. » La dernière carte, le roi. Mais le croupier avait nommé un as. Ses longs doigts s'emparèrent de la pile de sequins à côté de lui. Il en plaça un devant Aryeh, quatre devant un homme au masque de lion, et, avec une légère révérence, sept devant l'homme au masque de Brighella qui pariait gros. Le croupier, ayant perdu la partie, céda le jeu à Brighella. Aryeh desserra son masque pour s'éponger le front. Il plongea la main dans la bourse de dona Reyna et posa deux sequins de plus à côté de sa mise de départ et de ses gains de la première partie. Sa mise était à présent de quatre pièces d'or. Il crut remarquer que les hommes qui l'encadraient hochaient la tête avec approbation.

« Uno. » La voix qui retentit derrière le masque de Brighella était profonde et sonore. La carte qu'il retourna était un neuf de trèfle. « Due. » Un valet, qui venait beaucoup trop tôt pour lui servir. « Tre, quattro, cinque, sei… fante, cavallo… » la voix de Brighella semblait devenir plus profonde à chaque carte, car aucune ne correspondait au chiffre qu'il énonçait. Aryeh sentit s'accélérer ses battements de cœur. Il était sur le point de gagner quatre sequins de plus. À ce rythme il doublerait la bourse de dona Reyna en un rien de temps. « *Re !* » cria le Brighella. Mais la carte qu'il retourna était un sept de pique. Le Brighella fouilla dans sa bourse et plaça des sequins sur la pile de chaque joueur. Ses yeux scintillèrent dans les fentes en demi-lune au-dessus des joues bulbeuses du masque.

La donne passa à Aryeh. Il regarda le lion, le Brighella, et le noble impassible de la famille Barnabot tandis qu'ils disposaient leurs piles de sequins. Le Brighella posa vingt sequins sur la table dans l'espoir de récupérer ses pertes. Le Barnabot misa deux modestes sequins. Le lion en joua quatre, comme il l'avait fait jusqu'à présent.

Les mains d'Aryeh étaient habiles et sûres quand il battit les cartes. Il éprouvait de l'euphorie plutôt que de la terreur, même avec une mise de vingt-six sequins. « *Uno !* » cria-t-il en jubilant, et comme s'il avait eu le pouvoir de faire surgir la carte du jeu, la tache rouge unique de l'as de carreau scintilla à la lueur de la chandelle.

Aryeh ramassa ses gains. Comme gagnant, il gardait la donne. Une fois de plus, les joueurs firent leurs paris : le Brighella misa vingt sequins de plus, le Barnabot deux, le lion quatre.

« *Uno !* » La voix d'Aryeh prit une inflexion chantante, bien que la carte qu'il retourna fût un neuf. « *Due ! Tre ! Quattro !* » Ce fut seulement quand il atteignit *fante*, le valet, que sa gorge commença à se serrer à la perspective de perdre. Mais le secret de sa passion invétérée pour le jeu était contenu dans cet instant où la terreur commençait à l'envahir comme l'encre dans un verre d'eau pure. Car il accueillait avec joie ce sentiment, cette sensation obscure, terrifiante du risque. Qu'il fût sur le point de perdre ou de gagner la partie, c'était l'intensité de la sensation qui comptait. Il ne se sentait jamais aussi vivant qu'à ces moments-là, suspendu entre les deux issues qui s'offraient à lui.

« *Cavallo !* » cria-t-il, et la carte était un as de carreau – l'as même qui lui avait apporté la fortune lors de la partie précédente l'avait trahi cette fois-ci. Il ne lui restait qu'une seule chance. Sa peau le picotait.

« *Re !* » cria-t-il, et le roi qu'il avait nommé le regarda fixement depuis la table. Les autres piétinèrent, mal à l'aise. L'homme avait une chance troublante. Gagner une partie avec la première carte, et une autre avec la dernière. Un curieux hasard, en effet.

Aryeh regarda la lueur de la chandelle danser sur le rubis de la bague de Barnabot qui sortit deux sequins de plus, puis, avec lenteur, en ajouta encore deux. Le noble gageait que la chance du docteur de la peste allait tourner.

Le Brighella le considéra, le regard vitreux à présent, tout en déposant quarante sequins sur la table. Seul le lion tint bon, risquant ses quatre sequins habituels.

Pendant près d'une heure la fortune d'Aryeh grandit, et il savoura le plaisir de voir sa pile monter. Il avait plus que doublé la valeur de la première bourse de dona Reyna. Le masque de lion quitta la table et se dirigea en chancelant vers le salon des soupirs. Il fut remplacé par un Pulcinella qui paraissait ivre et qui jouait avec de grands gestes insouciants, criant avec ostentation chaque fois que sa chance tournait. L'aristocrate Barnabot gardait son air digne et hautain, mais son visage nu commença à laisser paraître des signes de tension. Le Brighella, le plus gros perdant, agrippa la table. Ses articulations blanchirent. Un petit groupe de curieux s'était rassemblé à la lisière de leur cercle.

Enfin, inévitablement, Aryeh atteignit le roi sans avoir nommé une seule carte correctement. Le Pulcinella poussa un cri de joie bruyant. Aryeh s'inclina et paya les parieurs : quatre-vingts sequins au Brighella, dix au Pulcinella, quatre au Barnabot. Il passa la donne au Brighella et réfléchit à son pari suivant.

Cela avait été une heure magique. Il se sentait aussi léger que l'un des ballons colorés qui s'étaient élevés au-dessus de la ville pendant le Carnaval. La grosse pile de ses gains pourrait vraiment faire beaucoup pour les pauvres de sa communauté. Sa main hésita au-dessus de l'or. Peut-être Satan l'avait-il attiré ici, mais Dieu lui avait accordé ce moment pour qu'il fît un choix. Il écouterait la voix de la raison dans sa tête. Il prendrait ses gains et quitterait le *ridotto*. Il avait nourri son démon, il avait senti couler dans ses veines la terreur et l'exaltation. C'était assez. Il ramena la pile vers l'ouverture de sa bourse. La main ferme du Brighella se plaqua sur la sienne. Aryeh leva les yeux, saisi. Derrière le masque de l'homme, les yeux étaient noirs, les pupilles dilatées. « Un *gentleman* n'abandonne pas la partie après avoir gagné.

— Parfaitement, bredouilla le Pulcinella. Ça se fait pas, de filer avec l'argent de quelqu'un. Vous pensez plus à votre or qu'à passer un bon moment ? C'est pas l'esprit du Carnaval. Vous êtes pas un gentleman. Même pas un Vénitien, je parie. »

Aryeh rougit violemment sous son masque. Savaient-ils ? Avaient-ils deviné ? En soulevant la question de « l'altérité », le Pulcinella ivre appuyait là où le bât blessait. Aryeh dégagea sa main et la posa sur son cœur. Il s'écarta de la table et fit une profonde révérence. « Messieurs », dit-il de son accent doux, chantant, indéniablement vénitien. « Pardonnez-moi. Une défaillance momentanée, rien de plus. Sincèrement, je ne sais pas à quoi je pensais. Je vous en prie, continuons ! »

La partie se poursuivit pendant l'heure suivante, chaque joueur gagnant et perdant à son tour. Aryeh jugea que suffisamment de temps s'était écoulé et fit de nouveau mine de quitter la table. Cette fois encore, le Brighella retint sa main quand il voulut ramasser ses gains toujours substantiels. « Pourquoi tant de hâte ? dit la voix sourde. Vous avez un rendez-vous galant ? » Puis sa voix baissa encore, et le masque bulbeux se rapprocha encore. « Ou un couvre-feu à respecter ? »

Il sait, pensa Aryeh. Sous sa cape, il commença à transpirer.

« M. le docteur de la peste, accordez-nous encore une partie, avec une mise correcte ! La partie de l'amitié, hein ? » Le Brighella fouilla alors sous sa cape et posa une bourse pleine sur la table. D'une main qui tremblait maintenant, Aryeh poussa tous ses gains en avant. La peur de perdre, intense, délicieuse, le submergea.

L'aristocrate Barnabot avait de nouveau la donne. « *Uno, due, tre…* »

Aryeh avait la tête qui tournait.

« … *Otto… Nove…* »

Il avait de la peine à respirer sous le masque. Son cœur battait à grands coups dans sa poitrine. Il était sur le point de gagner à nouveau.

« … *Fante, Cavallo…* »

L'exaltation et la terreur l'étreignaient avec la même force délicieuse. Puis la terreur gagna, l'écrasant, le consumant, quand le Barnabot retourna un roi. Le rugissement dans la tête d'Aryeh étouffa le son de la syllabe qui se formait lentement sur les lèvres du noble : « *Re !* »

Le Barnabot tendit la main vers la pile d'or et la ramena vers lui, s'inclinant légèrement en direction du Brighella.

« Eh bien, cher docteur. Vous pouvez nous quitter à présent, si vous êtes à ce point las de notre compagnie. »

Aryeh secoua la tête. Il ne pouvait pas partir. Pas maintenant. Il avait perdu non seulement ses gains, mais une bonne moitié de sa mise. L'une des bourses de dona Reyna, flasque et vide, était posée à côté de lui. Il avait été déterminé à ne miser qu'une bourse. Une moitié pour le jeu, une moitié à consacrer aux besoins de ses ouailles. C'était ce qu'il s'était dit. Mais à présent il palpa son autre hanche, cherchant la seconde bourse. Quand ses doigts se refermèrent sur sa masse rassurante, Aryeh eut l'impression de baigner dans la lumière. La chance magique du début de la soirée était revenue, il en avait l'absolue conviction. Ce ne fut pas sa propre main, mais la volonté divine qui le guida quand il poussa la bourse pleine sur la table.

Pour une fois, le visage impassible du Barnabot exprima de l'émotion. Les sourcils se haussèrent jusqu'à la racine de sa perruque givrée, et il s'inclina presque imperceptiblement vers Aryeh. Puis il commença à distribuer.

Aryeh n'eut que quelques secondes pour savourer l'exquise souffrance dont il était l'esclave. La carte qui lui coûta la bourse était un huit. Les voyelles rondes du mot *otto* semblèrent tomber de la bouche de Barnabot et se fondre dans le symbole de l'infini représenté par le chiffre lui-même, s'allongeant dans un tunnel qui parut aspirer l'âme du rabbin.

Incrédule, il considéra tout cet or, ramené en tours étincelantes du côté du croupier. Il leva la main et demanda une plume. Il tremblait quand il rédigea un billet pour cent sequins de plus. L'aristocrate Barnabot saisit le billet entre deux doigts, y jeta un coup d'œil, et secoua la tête en silence. Aryeh sentit le sang lui monter au visage, jusqu'à la racine des cheveux.

« Mais je vous ai vu jouer avec un perdant sur sa parole, pour la valeur de dix mille ducats !

— La parole d'un *Vénitien* est une chose. Pourquoi n'allez-vous pas chez un escroc juif si vous avez besoin d'un crédit ? » Il laissa le billet tomber sur le sol.

Un silence soudain gagna les tables voisines. Les visages masqués se tournèrent comme un seul homme, telle une nuée de buses repérant la charogne.

« Un Juif ! bredouilla le Pulcinella. Ça explique tout. Je savais qu'il n'était pas vénitien ! »

Aryeh se tourna, renversant son gobelet de vin, et quitta la pièce d'un pas chancelant. Dans le salon des soupirs, une putain tendit un bras charnu, essayant de l'attirer sur son canapé. « Rien ne presse, dit-elle d'une voix sourde, enjôleuse. Tout le monde perd un jour ou l'autre. Viens près de moi, je vais t'aider à te sentir mieux. » Puis elle monta le ton. « J'ai toujours eu envie d'en goûter un circoncis ! » Il se dégagea et descendit les marches en titubant, humilié par les rires qui s'échouèrent derrière lui comme une vague.

Dans la clarté grise de son sanctuaire, Judah Aryeh étendit son *taleth* sur sa tête et s'inclina profondément devant Dieu. « Je me suis rendu coupable, j'ai été infidèle, j'ai commis des larcins... » Des larmes mouillèrent ses joues tandis qu'il se balançait d'avant en arrière, récitant les mots familiers de la prière d'expiation. « J'ai perverti, j'ai excité au mal, j'ai été arrogant, j'ai inventé des mensonges, j'ai conseillé le mal... j'ai trompé... j'ai été méchant, corrompu et profanateur... Je me suis écarté de tes commandements et de tes lois salutaires, pour mon malheur. Que puis-je dire devant toi, qui trônes dans les cieux ? Ne connais-tu pas les choses cachées aussi bien que les choses visibles ? Qu'il te plaise, ô Éternel, notre Dieu et

Dieu de nos pères, d'excuser toutes mes fautes, de me pardonner tous mes péchés... »

Il s'effondra sur le banc, épuisé, la mort dans l'âme. Dieu pouvait l'absoudre de ses péchés contre ses lois, mais Aryeh savait – il l'avait prêché assez souvent – qu'il fallait aussi chercher le pardon, et faire acte d'expiation, auprès de ceux à qui ces actes coupables avaient causé du tort. Il songea avec désespoir à retourner voir Reyna de Serena pour avouer sa duperie. Et à l'humiliation qu'il devrait affronter face à ses propres fidèles. Il devrait reconnaître qu'il avait privé de pain les affamés, de médicaments les mourants. Et ensuite il devrait, pauvre comme il l'était, rembourser la somme qu'il avait volée. Cela exigerait les économies les plus draconiennes. Il devrait mettre ses livres en gage, et peut-être même installer sa famille dans un logement moins coûteux. Avec six personnes dans deux petites chambres, leur appartement n'avait rien de grandiose, et pourtant l'une d'elles avait une fenêtre, et les plafonds étaient hauts. Aryeh envisagea les alternatives meilleur marché : le *chohet* lui avait montré une pièce unique, sans lumière, tout près de la boucherie, qu'il offrait pour un prix très raisonnable. À part lui, Judah avait surnommé l'endroit la grotte de Makhpelah, mais il avait promis de ne pas l'oublier si un membre de sa communauté avait besoin de se loger. Il était si difficile de trouver un appartement dans le Geto que même un endroit aussi sordide au loyer correct trouverait de nombreux preneurs. Mais comment pouvait-il demander à Sarai de s'installer dans ce lieu lugubre ? Et sa fille, Ester, qui travaillait à la maison, où mettrait-elle ses rouleaux de tissu et sa table de couturière ? Sans la clarté du jour, comment coudrait-elle ? C'était lui qui avait commis un péché, non sa famille. Il ne pouvait pas les faire souffrir de la sorte.

Aryeh se frotta les joues. La lumière gagnait, révélant son teint gris, son air hagard. Le *minyan*[1] n'allait pas tarder

---

1. Plate-forme qui soutient le pupitre où l'on déroule et lit la Torah. (*N.d.T.*)

à se réunir. Il devait se composer un visage pour l'accueillir.

Il quitta le sanctuaire et descendit chez lui. L'odeur de la friture lui indiqua que Sarai était déjà levée. D'ordinaire, il aimait ses frittatas croustillantes, chaudes et dorées. Il s'asseyait à la table où se serraient ses trois fils et sa fille bien-aimée, et se laissait bercer par le flot de leur bavardage et de leurs plaisanteries. Mais ce matin le parfum de l'huile brûlante le contraria. Il ne se sentait pas bien.

Il s'appuya contre une chaise. Sarai travaillait, le dos tourné, ses cheveux relevés modestement sous un foulard en laine fine qu'elle avait noué sur sa nuque d'une façon charmante. « Bonjour, dit-elle. Tu t'es levé avant les oiseaux... » Elle se retourna pour lui lancer un regard par-dessus son épaule, et son sourire se changea en une expression soucieuse. « Es-tu malade, mon ami ? Tu es si pâle... »

« Sarai », dit-il. Mais il ne parvint pas à continuer. Ses fils les plus âgés se tenaient ensemble dans l'angle de la pièce, faisant leurs prières matinales. Le plus jeune, qui avait achevé les siennes, était déjà à table avec sa sœur, et tous deux mangeaient leurs frittatas avec appétit. Aryeh ne pouvait pas évoquer sa honte devant eux, même si le Geto tout entier devait en être rapidement informé.

« Ce n'est rien, je n'ai pas pu dormir. » Cela, du moins, n'était pas un mensonge.

« Eh bien, tu dois te reposer plus tard. Tu as besoin de retrouver des forces pour accueillir la fiancée Shabbat. » Elle sourit. Pour un mari et une femme, faire l'amour le jour du Shabbat était un commandement, et tous deux observaient avec joie cette exigence de la religion. Il lui répondit par un faible sourire, puis se tourna pour remplir d'eau une bassine. Il s'aspergea le visage et se mouilla les cheveux, puis remit sa calotte en place et gravit l'escalier jusqu'à son sanctuaire.

Le *minyan* s'était déjà réuni dans la pâle clarté. À l'heure actuelle, pensa Aryeh, il n'était que trop facile de réunir dix hommes. Une épidémie de peste, un peu moins d'un an plus tôt, avait emporté tant de vies que plus de vingt fils aînés venaient encore prier chaque jour, respectant la période du deuil, récitant le kaddish pour leurs morts.

Aryeh se fraya un chemin jusqu'à la *bimah*[1]. Une nappe de velours bleu nuit était posée sur la table. Elle avait été cousue par sa fille quand elle était encore petite. Même alors, ses points avaient été fins et réguliers. Mais l'étoffe s'était abîmée, comme presque tout dans la petite pièce. Le tissu était râpé aux endroits où les mains d'Aryeh agrippaient le pupitre. Cela ne le perturbait pas plus que les bancs branlants, ou le plancher gondolé qui se dérobait sous les pas.

Cette usure des choses était un signe de vie, un signe de l'usage qu'on en avait fait, elle prouvait que des êtres humains étaient venus ici nombreux, et fréquemment, pour essayer de parler à leur Dieu.

« Que Son nom soit loué et sanctifié... » Les voix des hommes endeuillés s'élevèrent en chœur. Le kaddish avait toujours été l'une des prières favorites d'Aryeh – la prière des morts ne mentionnait pas la mort, ni le chagrin, ni la perte, mais seulement la vie, la gloire et la paix. La prière qui se détournait des cimetières et des restes en décomposition, et posait les yeux sur le firmament. « Qu'une paix profonde émanée du ciel et une vie pleine de félicité soient notre partage et celui de tout Israël, et dites amen ! Que Celui qui a établi la paix dans les cieux répande la paix sur nous et sur tout Israël, et dites amen ! »

Aryeh ne s'attarda pas après l'office du matin. En sortant, il échangea juste quelques mots avec ses fidèles. Il ne resta pas non plus chez lui, car il redoutait le regard pénétrant et plein d'amour de Sarai. Elle s'occupait encore de la cuisine, préparant calmement les repas qu'ils prendraient ce soir et demain, car le jour du Shabbat, aucun travail n'était permis. Quand il partit, elle épluchait patiemment chaque oignon, pelure après pelure, inspectant les morceaux avec une attention méticuleuse, de crainte qu'un insecte minuscule ne s'y cachât. Car absorber

---

1. Traduction d'André Chouraqui, Éd. Desclée de Brouwer, 1974. *(N.d.T.)*

l'une de ces bestioles, même par mégarde, eût été violer le commandement en interdisant la consommation.

Aryeh se rendit chez le propriétaire d'une *strazzaria* qui, ayant assez bien réussi, avait pu dédier une partie de sa maison à une salle de bibliothèque. Comme le rabbin avait donné des cours particuliers à ses fils, il avait été invité à profiter du calme de la pièce pour son étude personnelle. Il déballa avec précaution la haggada de dona Serena, qu'il avait enveloppée dans un morceau de lin. S'il devait aller la voir pour lui confesser ses mensonges et son vol, il ne pouvait le faire les mains vides. Il lirait attentivement le livre pour déterminer si le soumettre au Saint-Office ne présentait aucun danger ; dans ce cas, il l'apporterait aujourd'hui même à Vistorini. Avec de la chance, il réussirait à le récupérer avec, inscrits en bonne et due forme, les mots indispensables, et il irait voir Reyna de Serena après le Shabbat.

Il tira délicatement le cliquet des fermoirs en argent. Quel lieu merveilleux avait dû être Sefarad pour qu'un livre pareil y eût été fabriqué par les Juifs ! Vivaient-ils comme des princes ? Sans aucun doute, pour avoir utilisé une telle quantité d'or et de feuille d'argent, et pour avoir engagé un orfèvre et un miniaturiste aussi talentueux. Et maintenant, leurs descendants erraient dans le dénuement le plus complet à travers le monde, cherchant un lieu sûr où poser leur tête en paix. Peut-être que beaucoup de beaux ouvrages comme celui-ci avaient existé autrefois, avant d'être réduits en cendres. Perdus et oubliés.

Mais il ne pouvait pas se permettre de se laisser aller à la désolation ou à l'émerveillement. Il n'était pas bon de s'interroger sur l'enlumineur – un chrétien, sans doute, car quel Juif aurait appris à faire des images semblables aux leurs ? –, ni sur le *sofer* qui avait calligraphié le texte avec un art si admirable, si accompli.

Il devait s'écarter de ces interrogations, aussi intrigantes fussent-elles. Il devait se mettre dans le même esprit de chasseur que Giovanni Domenico Vistorini pour traquer farouchement la moindre trace d'hérésie. Posséder un esprit suspicieux et peut-être hostile. Aryeh espérait que Vistorini l'érudit apprécierait le livre pour sa beauté et son ancienneté. Mais Vistorini le censeur avait brûlé tant de livres magnifiques.

Aryeh tourna donc les pages d'enluminures et arriva au début du texte en hébreu. « Voici le pain de misère... » Il commença à lire l'histoire familière de la Pâque comme s'il la découvrait pour la première fois.

Vistorini porta le verre à ses lèvres. Pas mauvais, le vin que le Juif lui avait apporté. Il n'avait pas le souvenir d'avoir bu du vin kasher auparavant. Il avala une autre gorgée. Pas mauvais du tout.

À peine avait-il reposé son verre que le Juif prit son outre pour le remplir à nouveau. Il remarqua avec plaisir que c'était une outre très volumineuse et que le verre de son visiteur, presque intact, rougeoyait sous le soleil bas de l'après-midi. Il devrait faire traîner ce rendez-vous en longueur. Ce serait plus judicieux. Car dès qu'il aurait donné sa réponse le Juif s'en irait, et remporterait sans doute son vin avec lui.

« Ce livre, il y en a beaucoup comme lui qui sont cachés dans le Geto ?

— Pas à ma connaissance. Je pense sincèrement que très peu ont survécu à la communauté de Sefarad.

— À qui appartient-il ? »

Aryeh s'était attendu à cette question, et la redoutait. Il ne pouvait pas trahir Reyna de Serena. « À moi », mentit-il. Il espérait tirer parti du minimum d'amitié ou de semblant d'amitié qui existait entre lui et le curé.

« À vous ? » Le prêtre haussa les sourcils d'un air sceptique.

« Je l'ai reçu d'un marchand qui venait d'Apulia. »

Domenico eut un petit rire. « Vraiment ? Vous, qui vous plaignez toujours de manquer d'argent ? Vous avez eu les moyens d'acheter un aussi beau manuscrit ancien ? »

Aryeh réfléchit à toute vitesse. Il pouvait dire qu'il l'avait obtenu en échange d'un service, mais ça paraissait peu vraisemblable. Quel service pouvait-il rendre qui fût aussi précieux ? Parce que son péché était au centre de ses préoccupations, il lâcha la première idée qui lui vint. « Je l'ai gagné à un jeu de hasard.

— Drôle de mise ! Judah, vous me stupéfiez. Quel jeu ? »

Le rabbin rougit. La conversation prenait un tour périlleux. « Les échecs.

— Les échecs ? Ce n'est pas précisément un jeu de hasard.

— Euh, le marchand avait une très haute idée de ses capacités. Il a pris le risque de miser ce livre sur son talent. Alors dans son cas, oui, on pourrait dire que la partie d'échecs était un jeu de hasard. »

Le curé rit de nouveau, vraiment amusé cette fois. « Les mots. Pour vous, ce sont juste des sucreries qui fondent dans la bouche. Je l'oublie, quand je ne vous vois pas. »

Il but encore une grande gorgée de vin. Il se sentait plus amical à l'égard du rabbin. Pourquoi avait-il été aussi contrarié lors de leur dernière rencontre ? Il ne s'en souvenait plus exactement. Il était vraiment dommage qu'il dût décevoir cet homme.

« Eh bien, je suis heureux que ça se soit passé ainsi. Car il est d'autant plus facile de renoncer à quelque chose que vous avez obtenu par le fait du hasard. »

Pétrifié, Aryeh se redressa sur sa chaise. « Vous ne voulez pas... ? Vous ne voulez pas dire que vous refusez ce livre ? »

Le prêtre se pencha sur le bureau et posa une main sur l'épaule d'Aryeh. Ça ne lui ressemblait pas de toucher un Juif de son plein gré. « Je regrette de vous l'apprendre, mais effectivement, c'est ma décision. »

Aryeh se dégagea et se leva, gagné par la colère et l'incrédulité.

« Et pour quels motifs, s'il vous plaît ? J'ai lu chaque page du texte, chaque prière, chaque chant. Il n'y a rien, pas un seul mot, qui déroge à l'Index d'une quelconque façon.

— Vous avez raison. Il n'y a rien de cette nature dans le texte, déclara Vistorini sans hausser le ton.

— Alors, quoi ?

— Je ne parle pas du texte. En effet, il n'y a rien contre l'Église dans le texte. » Il marqua une pause. Le cœur d'Aryeh battait si fort qu'il crut l'entendre résonner dans le silence. « Il y a, j'ai le regret de le dire, une grave hérésie dans l'enluminure. »

Aryeh se couvrit les yeux de la main. L'idée ne lui était pas même venue à l'esprit d'examiner de près les miniatures. Elles l'avaient ébloui, mais il n'avait pas pris le temps d'analyser en détail leur signification. Il se rassit pesamment sur la chaise sculptée du prêtre.

« Laquelle ? demanda-t-il en un murmure.

— Oh, il y en a plus d'une, je le crains. » Le prêtre tendit le bras vers le manuscrit, heurtant son verre de vin. D'instinct, Aryeh avança la main pour le remettre d'aplomb. Puis, dans le vain espoir d'amadouer le curé, il prit son outre et remplit le verre à ras bord.

« Il n'est pas nécessaire d'aller loin, dit Vistorini, ouvrant le livre à la première page illustrée. Vous voyez, ici ? L'artiste raconte l'histoire de la Genèse. Il nous décrit la séparation entre la lumière et les ténèbres. Voici, très joliment exécuté, le contraste sévère des pigments noirs et blancs. Austère et éloquent. Rien ici n'est de nature hérétique. La suivante : "Elohim fait le plafond, il sépare les eaux sous le plafond [1]." Ravissant, l'usage de la feuille d'or pour indiquer l'ineffable présence de Dieu. Ici encore, rien d'hérétique. Mais la suivante, et celle d'après, et les trois qui viennent ensuite. Regardez, et dites-moi : que voyez-vous ? »

Aryeh s'exécuta, et il eut le vertige. Comment ne l'avait-il pas vu ? La terre où le Tout-Puissant créait les plantes et les animaux – était représentée comme une sphère sur chacune des enluminures. Aujourd'hui, de l'avis d'une majorité de théologiens, la terre n'était pas plate, mais ronde. Il était intéressant qu'un siècle plus tôt, alors qu'on envoyait des chrétiens au bûcher pour une telle opinion, cet artiste l'eût épousée. Mais ce n'était pas suffisant pour condamner le livre. L'enlumineur s'était aventuré plus avant sur ce dangereux territoire. Dans le coin droit supérieur de trois tableaux, au-dessus de la terre, se trouvait

---

1. Rouleau de parchemin fixé au montant de la porte, sur lequel sont inscrits deux passages du *Shema Israel* (Écoute Israël), l'un des textes les plus importants du rituel juif. *(N.d.T.)*

une seconde sphère dorée à la feuille d'or, manifestement censée être le soleil. Sa position était ambiguë.

Aryeh leva les yeux vers Vistorini. « Vous croyez que cela implique l'hérésie héliocentrique ?

— "Implique" ? Rabbi, n'essayez pas de tricher. Cela conforte clairement l'hérésie des astronomes saracéens, de Copernic, dont le livre est à l'Index, de cet homme de Padoue, Galilée, qui va sans tarder être amené devant l'Inquisition pour répondre de ses erreurs.

— Mais les dessins... on n'a pas besoin de les interpréter de cette manière. Les globes, les sphères concentriques, peuvent faire simplement partie de la décoration. Si on ne cherche pas leur implication, elle pourrait sûrement passer inaperçue...

— Mais je la cherche. » Vistorini leva son verre, et le rabbin le remplit d'un geste distrait. « À cause de ce Galilée, l'Église s'inquiète particulièrement de la diffusion de cette hérésie.

— Don Vistorini, je vous en supplie. Au nom de tous les services que j'ai pu vous rendre par le passé, durant les nombreuses années où nous nous sommes fréquentés. Je vous en prie, épargnez ce livre. Je sais que vous êtes un érudit, un homme qui respecte la beauté. Vous voyez combien ce livre est beau...

— Une raison de plus pour le brûler. Sa splendeur pourrait un jour convaincre un chrétien inconscient de penser du bien de votre foi répréhensible. » Vistorini se sentait d'excellente humeur. Cette situation l'enchantait. Le rabbin était entièrement à sa merci. Sa voix si suave se brisait. Vistorini ne l'avait jamais vu tenir aussi passionnément à un livre. Il eut une idée soudaine qui prolongerait le plaisir de cet après-midi. Il approcha son verre vide de la fenêtre, comme s'il examinait la courbe fine de la coupe.

« Peut-être que... mais non. Je ne devrais pas le proposer...

— Oui ? » Aryeh se pencha en avant, le regard avide. Il chercha son outre à tâtons et remplit le verre du prêtre.

« Eh bien, je pourrais censurer les pages offensantes. » Il passa son doigt sur le vélin, jouant avec le feuillet.

« Quatre pages, ce n'est pas tellement, et il resterait encore les tableaux essentiels de la fuite d'Égypte, qui constitue le cœur de l'ouvrage...

— Quatre pages. » Aryeh imagina le couteau séparant les folios en vélin. Il ressentit une douleur aiguë dans la poitrine, comme si la lame le poignardait.

« Voici mon idée, dit Vistorini. Puisque vous prétendez avoir gagné ce livre dans un jeu de hasard, que diriez-vous si nous jouions à un autre jeu pour décider de son destin ? Vous gagnez, je censure et j'épargne le manuscrit. Je gagne, et il va au feu.

— Quel jeu ? murmura Aryeh.

— Quel jeu ? » Vistorini se cala sur sa chaise, sirota le vin, et médita. « Je ne veux pas d'une partie d'échecs. Je pressens que vous me battriez, comme vous avez battu le marchand de... d'où, avez-vous dit ? »

Aryeh, tendu et perturbé, ne se souvenait plus de la version qu'il avait inventée. Il feignit une quinte de toux pour masquer son embarras.

« Apulia, lâcha-t-il enfin.

— C'est ça, Apulia. C'est ce que vous avez dit. Eh bien, je ne souhaite pas prendre le risque de subir le même sort que ce malheureux homme. Je n'ai pas de cartes, ni de dés à jeter. » Il continua à tourner les pages d'une main négligente. « Je sais. Nous allons procéder à une variante de tirage au sort, en l'adaptant à l'enjeu. J'écrirai les mots de l'autorisation du censeur, *Revisto per mi*, sur différents morceaux de parchemin. Vous les tirerez à l'aveuglette. Si l'ordre des mots est correct, j'inscrirai ce mot dans le livre. Si vous les tirez dans le désordre, je n'achèverai pas l'inscription, et vous aurez perdu.

— Mais je dois gagner trois fois à trois contre un. L'enjeu est trop élevé.

— Élevé ? Oui, peut-être. Procédons plutôt ainsi, alors : si votre premier tirage est correct, vous pourrez éliminer ce bout de parchemin du deuxième tirage. Alors vos chances seront à égalité. Je pense que c'est une proposition honnête. »

Aryeh regarda la main du curé inscrire les mots tant attendus sur des morceaux de parchemin et les laisser tomber, un par un, dans un coffret vide près de son bureau. Son cœur défaillit quand il remarqua quelque chose que le prêtre, déjà très ivre, n'avait pas perçu. L'un des bouts de vélin qu'il avait choisis était d'une qualité inférieure à celle des deux autres, et un tout petit peu plus épais. Vistorini y avait gribouillé le mot du milieu, *per*. Aryeh remercia Dieu. Brusquement, ses chances venaient nettement de s'améliorer. Il pria le Seigneur de guider sa main quand il la plongea dans la boîte. Ses doigts identifièrent rapidement le parchemin le plus dense, et le rejetèrent. Maintenant il lui restait cinquante pour cent de chances. Juste ou faux. La lumière ou l'obscurité. La bénédiction ou la malédiction. Donc, choisir la vie. Il referma la main sur le morceau de vélin, le sortit, et le tendit au prêtre.

L'expression de Vistorini ne changea pas. Il posa le papier à l'envers sur le bureau. Puis il prit la haggada, l'ouvrit à la dernière page du texte hébreu, plongea sa plume dans l'encrier, et inscrivit, d'une belle écriture, le mot *revisto*.

Aryeh s'efforça de ne pas laisser paraître sa joie sur ses traits. Le livre était sauvé. Il n'avait plus qu'à choisir le morceau le plus épais et ce jeu terrible serait terminé. Il fouilla de nouveau dans le coffret, remerciant cette fois Dieu en silence.

Il tendit le papier à Vistorini. Cette fois, le visage du prêtre ne resta pas impassible. Les coins de sa bouche s'abaissèrent. Il attira la haggada vers lui, avec colère, et écrivit les deux mots suivants : *per mi*.

Puis il regarda Aryeh, qui rayonnait. « Ça n'a aucune valeur, bien sûr, si je n'appose pas ma signature et la date.

— Mais vous... Mais nous... Domenico, vous avez donné votre parole.

— Comment osez-vous ! » Vistorini se leva brusquement, se cognant contre le lourd bureau de chêne. Le vin dansa dans son verre. L'alcool avait aigri son humeur, au point que la colère avait remplacé l'euphorie.

« Comment osez-vous évoquer "ma parole" ? Vous

venez me trouver avec cette fable invraisemblable, soyons francs, ce mensonge manifeste sur vos lèvres à propos de ce livre que vous auriez gagné, et vous dites que j'ai donné ma parole. Vous abusez de ma bonne volonté, vous osez insinuer que nous sommes amis. Plût à Dieu que le bateau qui a transporté vos ancêtres coupables depuis l'Espagne n'eût jamais atteint la terre ferme ! Venise vous offre un asile sûr, et vous ne respectez pas les quelques règles qu'elle vous impose. Vous créez des maisons d'édition au mépris des lois de l'État et vous faites circuler vos idées immondes sur notre Saint Sauveur. Dieu vous a donné l'intelligence et le savoir, Judah, et pourtant vous vous fermez à sa vérité et vous détournez les yeux de sa grâce. Sortez d'ici ! Et allez dire au véritable propriétaire de ce livre que le rabbin l'a perdu dans un jeu de hasard. De cette manière vous lui éviterez de penser à toute cette belle feuille d'or partant en fumée. Vous autres Juifs aimez votre or, je le sais.

— Domenico, je vous en supplie… Je ferai tout ce que vous voulez… je vous en prie… » La voix du rabbin était saccadée. Il ne retrouvait pas son souffle.

« Sortez ! Tout de suite. Avant que je ne vous accuse de répandre l'hérésie. Voulez-vous ramer dix ans dans une galère avec les pieds enchaînés ? Voulez-vous vous retrouver dans une cellule obscure des Plombs ? Dehors ! »

Judah tomba à genoux et baisa la soutane du prêtre. « Faites de moi ce que vous voudrez, cria-t-il. Mais sauvez le livre ! » En guise de réponse, le curé se contenta de le repousser, et le rabbin se retrouva les quatre fers en l'air. Il se releva avec difficulté et d'un pas chancelant quitta la pièce, longea le corridor, et se retrouva dans le *canaletto*. Il pleurait et haletait, s'arrachant la barbe comme un homme en deuil. Autour de lui, les piétons se retournaient pour fixer le Juif dément. Il sentit leurs regards, leur haine. Il se mit à courir. Dans les cavités fissurées de son cœur défaillant, le sang bloqué par un bouchon tourbillonnait paresseusement. Quand ses pieds heurtèrent la pierre, il eut l'impression que des poings lui frappaient la poitrine, des poings de géant.

Lorsque le domestique vint avec la chandelle, Vistorini venait juste de se verser le dernier verre de l'outre à présent vide. Dans la faible clarté, et dans son état d'ivresse, il crut d'abord que c'était Aryeh, revenu pour le supplier, et il eut un grognement rageur. Puis le garçon apparut dans son champ de vision, et il lui fit signe d'allumer les bougies sur son bureau.

Quand le serviteur s'en alla, Vistorini rapprocha la haggada de la flaque de lumière. Il commença à entendre la voix dans sa tête, la voix que d'ordinaire il ne s'autorisait pas à écouter. Mais la nuit, quelquefois, dans ses rêves, et lorsqu'il avait trop bu...

La voix, la pièce sombre, la sensation de honte, la peur qui lui donnait la chair de poule. La Madone sculptée dans la niche, à droite du seuil. La main d'enfant, enfermée dans une paume large et calleuse guidant les petits doigts sur le bois poli de l'orteil. « Tu dois toujours faire ce geste. » Le sable tourbillonnant dans cette ville désolée. Les voix parlant l'arabe, le ladino, le berbère ? Il ne savait plus quelle langue. Et l'autre langue, celle qu'il ne devait pas employer.

« *Dayenou !* » Il cria le mot tout haut. « Assez ! »

Il passa une main dans ses cheveux graisseux, comme pour extraire les souvenirs de sa mémoire et les chasser. Il savait maintenant, peut-être avait-il toujours su, la vérité sur ce passé auquel il ne devait pas penser, auquel il n'avait pas même le droit de rêver. Il vit le pied fracassé de la Madone, le petit rouleau de parchemin qui s'en était échappé. Il avait hurlé, terrifié, et s'était débattu dans des bras qui le maintenaient avec brutalité, mais à travers ses larmes, il avait vu le texte en hébreu. La mezouza cachée. À travers ses larmes, il avait vu les mots « *Aime le Seigneur ton Dieu avec ton cœur tout entier...* ». Il avait vu les caractères hébreux, piétinés dans la poussière par la botte d'un homme qui était venu arrêter ses parents et les avait exécutés en tant que Juifs cachés.

Il y avait aussi eu une haggada ; il en était certain. Cachée dans le réduit secret où ils allaient parler la langue interdite. Son visage, quand elle allumait les bougies. Si ridé, si marqué à la lueur vacillante des flammes. Mais ses

213

yeux, si bienveillants quand elle lui souriait. Sa voix, quand elle chantait les bénédictions sur les bougies. Si douce, presque un murmure.

Non. C'était mal. Ce n'était jamais arrivé. Trop de livres en hébreu avaient brouillé son esprit. C'étaient simplement des rêves. Des cauchemars. Pas des souvenirs. Il commença à prier en latin, pour noyer les fragments des autres voix. Il leva le verre. Sa main tremblait. Le vin se renversa sur le parchemin mais il n'y prêta pas même attention. « Je crois en un Dieu, le Père tout-puissant... » Il resserra son étreinte sur le verre, le porta à ses lèvres, et le vida. « Et en Jésus-Christ, son fils unique, Notre Seigneur... engendré et non pas créé... et à la sainte Église catholique et apostolique. Je reconnais un seul baptême pour le pardon des péchés... » Ses joues étaient mouillées.

« Giovanni Domenico Vistorini. Je suis ! Giovanni Domenico Vistorini. » Il murmura le nom, encore et encore. Il saisit le verre. Vide ! Son poing se serra. Le fragile verre vénitien se brisa et un éclat transperça la partie charnue de son pouce. Il le sentit à peine, bien que le sang jaillît et se mêlât à la tache de vin qui s'épanouissait déjà sur le parchemin.

Il referma la haggada, étalant le pâté rougeâtre. Brûle-la, Giovanni Domenico Vistorini. Brûle-la maintenant. N'attends pas l'autodafé. J'irai devant l'autel de Dieu. Moi, Giovanni Domenico Vistorini. J'irai, parce que je suis. Giovanni Domenico Vistor... Je suis... je suis... Suis-je... suis-je ? Suis-je Eliahou ha-Cohen ?

Non ! Jamais de la vie !

Brusquement, la plume fut dans sa main blessée. Il feuilleta les pages et finit par trouver l'endroit. Il écrivit : *Giovanni Dom. Vistorini.* C'est ce que je suis, en cette année 1609 de Notre-Seigneur.

Il lança la plume à travers la pièce, posa la tête sur le bureau, sur la couverture de la haggada, et sanglota tandis que le monde tournoyait sans fin.

Hanna

Boston, printemps 1996

« C'EST VRAIMENT DOMMAGE, DIT RAZ, tendant la main vers le panier de pappadams chaudes, que nous n'ayons aucune chance d'apprendre un jour ce qui s'est réellement passé.

— Je sais. »

Je n'avais pas pensé à grand-chose d'autre depuis le début de la soirée. Par la fenêtre du restaurant, j'apercevais Harvard Square en contrebas. Des étudiants emmitouflés dans leurs écharpes passaient devant les sans-abri qui faisaient la manche dans les embrasures de portes, à leur place habituelle. C'était la mi-avril, et la température avait de nouveau chuté, laissant les derniers tas récalcitrants de neige cendrée empilés dans les coins des rues. Harvard Square ressemblait parfois à une fête printanière, débordant d'énergie, de promesses et de privilèges. Ou bien c'était l'un des endroits les plus lugubres sur terre – un trou à rats glacé, balayé par les vents, où des gamins gâchaient leur jeunesse à se hisser les uns sur les autres dans une compétition stupide pour obtenir de bonnes références.

Après l'euphorie initiale de la découverte de la tache de sang, je m'étais découragée. C'était un sentiment familier chez moi ; un risque professionnel. J'avais l'impression de me dresser contre un djinn qui habitait à l'intérieur des pages des livres anciens. Quelquefois, si on avait de la chance, on parvenait à le délivrer un instant, et il vous récompensait en vous laissant entrevoir le passé à travers un écran de brume. D'autres fois, *pouf* – il le faisait disparaître avant même que vous l'ayez aperçu, et restait là, les bras croisés : *On s'arrête ici, on ne va pas plus loin.*

Raz, indifférent à mon humeur, continuait d'enfoncer le clou. « Le sang a parfois un impact si dramatique », ajouta-t-il, jouant avec son verre de pinot.

Sa femme, Afsana, passait trois nuits par semaine à Providence parce qu'elle avait obtenu un poste de maître assistant pour enseigner la poésie à l'université Brown. Nous dînions donc en tête à tête et nous pouvions parler boutique à notre guise. Mais nous étions forcés de nous en tenir aux hypothèses, et ça m'énervait.

« Je ne sais pas comment tu peux boire du vin rouge avec un plat indien », dis-je, essayant de changer de sujet. Je sirotais ma bière.

« Peut-être qu'il y a eu une vraie tragédie, poursuivit-il, sans se laisser démonter. Des Espagnols passionnés, se battant pour s'emparer du livre, tirant leurs sabres, leurs poignards...

— Je pense plutôt qu'un type était en train de découper le rôti de Pâque et que sa main a glissé, l'interrompis-je d'un ton maussade. Ne cherche pas de zèbre.

— Hein ?

— C'est un dicton. "S'il a quatre pattes, un long nez, et qu'il mange du foin, cherchez un cheval avant de chercher un zèbre." » En fait, c'était un dicton de ma mère, quelque chose à voir avec ses internes. Apparemment, les toubibs inexpérimentés veulent toujours diagnostiquer des syndromes rares, même si les symptômes du patient correspondent à un problème parfaitement ordinaire.

« Oh, tu n'es qu'une rabat-joie. Les zèbres sont *beaucoup* plus excitants. » Raz prit la bouteille et remplit son verre à nouveau. La haggada n'était pas son projet ; il n'avait pas de raison de se sentir frustré. « Tu pourrais faire un test ADN, je suppose... Trouver les origines ethniques de la personne dont c'était le sang...

— Je pourrais. Sauf que c'est impossible. Il faudrait violer le parchemin pour en extraire un échantillon suffisant. Et même si je le recommandais, ce que je ne ferai pas, je doute qu'on m'y autoriserait. » Je cassai un morceau de pappadam, plat et croustillant. Comme la *matsa* que tenait la mystérieuse femme noire sur la miniature de la haggada. Encore un mystère que je ne parviendrais pas à résoudre.

Raz ne cessait plus de parler : « Ce serait génial si tu pouvais remonter dans le temps et être présente quand c'est arrivé...

— Ouais, je parie que sa femme lui a crié : "Espèce de *klutz* ! Regarde ce que tu as fait à notre livre !" »

Raz rit, finalement vaincu par ma mauvaise humeur. Il avait toujours eu un penchant romantique. C'est pourquoi les épaves l'avaient attiré, je suppose. Le serveur arriva avec un bol de vindaloo brûlant. Je versai quelques gouttes de sauce épicée sur mon riz, je piquai un morceau avec ma fourchette, et je sentis les larmes me monter aux yeux. J'adorais ce plat. Je m'en étais nourrie quand je vivais à Harvard. Je n'avais rien trouvé de mieux que cette sensation de brûlure pour me rappeler la spécialité que j'aimais le plus au monde : la grosse crevette au sambal du restaurant malaisien de Sydney. Après quelques bouchées, je me rassérénai un peu.

« Tu as raison, dis-je. Ça *serait* vraiment quelque chose de remonter jusqu'à l'époque où la haggada n'était encore qu'un livre de famille, un objet usuel, avant de devenir une pièce exposée derrière une vitrine...

— Oh, je ne sais pas », répondit Raz. Il examinait le vindaloo d'un air soupçonneux. Il se servit une cuillerée succincte et remplit le reste de son assiette de dhal. « Elle continue de remplir sa fonction initiale, ou bien elle le fera dès qu'elle se trouvera à l'intérieur du musée. Elle était destinée à apporter un enseignement, et cela continuera. Et elle pourrait en apprendre beaucoup plus aux gens que l'histoire de l'*Exodus*.

— Qu'est-ce que tu veux dire ?

— Eh bien, d'après ce que tu m'as raconté, le livre a survécu de multiples fois au même désastre humain. Réfléchis-y. Il existe une société où les gens tolèrent la différence, comme dans l'Espagne de la *Convivance*[1], et il y

---

1. Période qui dura de 711, année de la conquête de la péninsule Ibérique par les Arabes et les Berbères, à 1492, année du décret d'expulsion des Juifs. *(N.d.T.)*

règne une activité créatrice, une prospérité incessantes. Puis cette peur, cette haine, ce besoin de diaboliser "l'autre" – surgissent et écrasent la société tout entière. L'Inquisition, les nazis, les nationalistes serbes extrémistes... C'est toujours la même histoire, toujours la même histoire. Il me semble que le livre, aujourd'hui, témoigne de tout cela.

— Tu es très profond pour un chimiste organique. » Je ne pouvais jamais résister à une occasion de me ficher de lui. Raz me fit les gros yeux, puis éclata de rire, et me demanda de quoi j'avais l'intention de parler à la Tate. Je lui répondis que je faisais une conférence sur les particularités structurelles et les problèmes de conservation des manuscrits turcs. À cause du format de leur reliure, ils s'abîment souvent à l'usage, et le nombre de conservateurs qui ne savent toujours pas comment résoudre ce problème est stupéfiant. Puis nous nous mîmes à parler de mon client milliardaire et à peser le pour et le contre des programmes de vente des objets de collection de l'université. Le labo de Raz faisait tout le travail important sur les œuvres appartenant à Harvard, et il avait des opinions très arrêtées sur le sujet.

« C'est une chose si un manuscrit se trouve dans une bibliothèque universitaire, accessible aux érudits, et une autre s'il atterrit dans les mains d'un collectionneur privé qui l'enferme dans un coffre...

— Je sais. Et tu devrais voir le coffre de ce type... » Mon client habitait l'un des immenses vieux manoirs de Brattle Street, et il avait creusé une chambre forte ultra-moderne et littéralement bourrée de trésors. Raz, qui avait tous les jours accès à des choses formidables, n'était pas facile à impressionner. Mais ses yeux s'écarquillèrent quand je lui décrivis, sous le sceau du secret, certains des objets que cet homme avait réussi à acquérir.

À partir de cette discussion nous passâmes à la politique des musées en général, puis à des ragots plus croustillants : le sexe entre les rayonnages, ou la vie amoureuse des bibliothécaires. Et ce fut pratiquement notre seul sujet de conversation pendant le reste de la soirée. À un moment donné je jouais avec la salière. Dans toute l'excitation provoquée par l'examen de la tache de sang, nous n'avions pas examiné le prélèvement de cristaux de sel que j'avais fait sur le parchemin. Je dis à Raz que je souhaitais le déranger à nouveau le lendemain parce que je devais étudier ces cristaux sur son comparateur vidéo-spectral.

« Tu es la bienvenue. Quand tu veux. Tu sais que nous serions enchantés de t'avoir à Straus. De façon permanente. Il y a un poste pour toi, il te suffit de lever la main.

— Merci, mon vieux, mais je ne quitterai Sydney sous aucun prétexte. »

Je suppose que toute notre conversation sur qui baisait qui dans notre petit monde eut quelque chose à voir avec ce qui se passa ensuite. Nous quittions le restaurant quand Raz posa une main sur ma hanche. Je me retournai et le regardai.

« Raz ?

— Afsana n'est pas là, dit-il. Quel mal y a-t-il ? Le bon vieux temps, et tout ça. »

Je considérai sa main, la saisis entre le pouce et l'index, et l'écartai. « Je suppose que je vais devoir te donner un autre nom.

— Hein ?

— Désormais, je t'appellerai "Rat" au lieu de "Raz".

— Allons, Hanna. Depuis quand tu es devenue aussi bégueule ?

— Ah, voyons... depuis deux ans, peut-être ? Quand tu t'es marié ?

— Enfin, je ne m'attends certainement pas à ce qu'Afsana vive comme une bonne sœur quand elle est à Providence, avec tous ces étudiants craquants assis à ses pieds avec de grands yeux ingénus, alors je ne vois pas... »

Je me bouchai les oreilles. « Pitié ! Je n'ai pas besoin de connaître les détails de vos arrangements conjugaux. »

Je me détournai de lui et me hâtai de descendre l'escalier. Je suppose que je suis un peu prude, du moins sur certains sujets. J'aime la loyauté. Je veux dire, tant que vous êtes célibataire, faites ce qu'il vous plaît. Vivez et agissez à votre guise. Baisez et faites-vous sauter. Mais à quoi bon prendre la peine de se marier si on ne veut pas s'engager ?

Nous longeâmes les quelques pâtés de maisons jusqu'à mon hôtel dans un silence inconfortable, et nous séparâmes sur un « bonne nuit » guindé. Je montai dans ma chambre, contrariée et un peu perdue. Si je rencontrais quelqu'un que j'aimais assez pour l'épouser, je ne me montrerais pas aussi désinvolte que Raz sur ces questions. Étrangement, quand je m'endormis, je rêvai d'Ozren. Nous étions au rez-de-chaussée de son immeuble, dans la boulangerie du Jardin des Douceurs, sauf que la cuisinière était la DeLonghi de mon appartement à Bondi. Nous étions, chose incroyable, en train de faire cuire des muffins. Quand je sortis la plaque du four, il vint derrière moi de façon à appuyer son avant-bras contre le mien. Les muffins étaient parfaitement levés, fumants, odorants, débordant de leurs petits moules. Il en approcha un de mes lèvres. La croûte céda dans ma bouche et je goûtai une pâte crémeuse, riche et délicieuse.

Parfois un muffin n'est rien d'autre qu'un muffin. Mais pas dans ce rêve.

La sonnerie chevrotante me tira de mon sommeil. Pensant que c'était juste mon réveil téléphoné, je roulai sur moi-même, soulevai le combiné et le reposai sur son support. Deux minutes plus tard, elle retentit de nouveau. Cette fois je me redressai et remarquai que l'afficheur rouge de l'horloge digitale indiquait deux heures et demie. Si c'était mon réveil, avec quatre heures d'avance, la réceptionniste allait m'entendre. Je marmonnai un « *Hein ?* ».

« Docteur Heath ?

— Mmmm.

— C'est le Dr Friosole, Max Friosole. J'appelle du Mount Auburn Hospital. J'ai ici un Dr Sarah Heath... »

Toute autre personne au monde eût aussitôt bondi, les yeux grands ouverts, en proie à une crise d'angoisse. Mais le fait que ma mère se trouvât à l'hôpital au milieu de la nuit me parut, dans mon hébétude ensommeillée, parfaitement normal. « *Mmmmhein ?* grognai-je.

— Elle est gravement blessée. Je crois que vous êtes sa parente la plus proche ? »

Brusquement je me rassis, cherchant l'interrupteur, désorientée dans ce lit inconnu de chambre d'hôtel. « Que s'est-il passé ? » J'avais la voix rauque, comme si j'avais avalé une brosse de cabinets.

« C'était un AV. Elle était ambulatoire sur les lieux, avec une douleur à la palpation, suggérant une lésion pulmonaire...

— Attendez. Arrêtez. Parlez anglais, voulez-vous ?

— Mais je croyais... Docteur Heath...

— Ma mère est docteur en médecine. Je suis titulaire d'un doctorat.

— Oh, euh. Elle a eu un accident de voiture. »

Je pensai tout de suite à ses mains. Elle faisait si attention à ses mains.

« Où est-elle ? Je peux lui parler ?

— Eh bien, je pense que vous devriez venir. Elle..., euh, pour dire les choses franchement, elle a créé quelques problèmes. Elle a signé une décharge CAM – ah, ça signifie Contre Avis Médical – mais elle a eu une syncope, je veux dire qu'elle s'est évanouie dans le couloir de l'hôpital. Elle a une rupture de la rate – un hémopéritoine massif –, du sang dans l'abdomen. Nous la préparons maintenant pour l'opération. »

Mes mains tremblaient quand je notai les coordonnées de l'hôpital. Lorsque j'arrivai, elle avait quitté le service des urgences pour être transportée en salle d'opération. Le Dr Friosole était un interne avec une barbe de un jour et des yeux tirés où se lisait le manque de sommeil. Pendant le très court laps de temps qu'il m'avait fallu pour enfiler quelques vêtements, trouver un taxi, et faire le trajet jusqu'ici, il avait soigné une blessure par balle et une crise cardiaque, et il avait presque oublié qui j'étais. Il consulta le registre d'admission et établit que ma mère avait été la passagère d'un véhicule conduit par une femme de quatre-vingt-un ans, décédée à son arrivée à l'hôpital. Elles avaient heurté une glissière de sécurité dans Storrow Drive. Aucun autre véhicule n'était en cause. « La police a enregistré une déclaration de votre mère sur les lieux.

— Comment est-ce possible ? Je veux dire, ils en ont le droit, si quelqu'un est gravement blessé ?

— Elle était lucide quand ils sont arrivés, et apparemment, elle administrait une RCP, une réanimation cardio-pulmonaire à l'autre victime. » Il jeta de nouveau un coup d'œil aux notes. « A discuté avec l'auxiliaire médical de l'équipe de secours, elle voulait intuber la femme sur les lieux et a fait beaucoup de difficulté quand l'auxiliaire médical à insisté pour la conduire aux urgences. »

Ça lui ressemblait bien, pensai-je. Je l'entendais d'ici. « Mais si elle était en bon état à ce moment-là, que s'est-il passé ?

— C'est le problème avec la rate. C'est sournois. Vous avez un peu mal mais dans l'ensemble vous vous sentez bien, vous ne savez que beaucoup plus tard que vous faites une hémorragie, quand votre tension artérielle chute brutalement. Elle a fait son propre diagnostic, vous savez, juste avant de s'évanouir... » Je dus blêmir un peu à ce moment-là, car il cessa de parler d'entrailles dégoulinantes et me demanda si je voulais m'asseoir.

« La vieille dame... vous avez son nom ? »

D'une pichenette, il souleva le papier sur son écritoire à pince. « Delilah Sharansky. »

Ça ne me disait rien du tout. J'essayai de suivre les indications que Friosole m'avait données pour me rendre dans la partie de l'hôpital où maman se trouvait, mais j'étais si absorbée par l'idée de cet invraisemblable accident que je me trompai six fois de direction. Je m'assis sur une chaise dure en plastique – d'un jaune d'or lumineux à un point obscène qui jurait avec le gris boueux du reste de l'hôpital. Il ne me restait plus rien d'autre à faire qu'attendre.

Elle offrait un tableau effroyable quand ils la poussèrent hors de la salle de réveil. Un goutte-à-goutte gros comme un tuyau de jardin était planté dans son bras, et elle avait une joue meurtrie et enflée à l'endroit où elle avait dû heurter le côté du véhicule. Elle était sonnée, mais elle me reconnut immédiatement et m'adressa un rictus tordu qui était peut-être le sourire le plus sincère qu'elle m'eût jamais fait. Je pris la main qui n'était pas branchée au gros calibre de la perfusion.

« Cinq doigts sur celle-ci, dis-je. et cinq sur l'autre. Chirurgien Heath, toujours d'attaque. »

Elle gémit doucement. « Oui, mais les médecins qui travaillent dans les hôpitaux ont besoin de leur rate, murmura-t-elle. Je ne peux plus combattre les infections... » Sa voix se brisa, ses yeux s'embuèrent, et de grosses larmes coulèrent le long de sa pauvre joue meurtrie. En trente ans, je n'avais jamais vu ma mère pleurer. Je portai sa main à mes lèvres et je l'embrassai, puis je me mis moi aussi à sangloter.

Ils me permirent de rester dans sa chambre. Les calmants et les médicaments antidouleur l'assommèrent pendant un bon quart d'heure, une bonne chose, car elle était très agitée. Je fus incapable de me rendormir sur le fichu siège dit de relaxation, aussi je m'enfermai dans ma bulle, attendant que le ciel s'éclaire et écoutant le bruit monter dans les couloirs tandis que l'équipe du matin s'apprêtait à distribuer les médicaments, à prendre la tension des patients et à préparer les malheureux bougres qui arrivaient pour les opérations non urgentes. Je pensai à toutes les choses que je devais faire. Appeler la Tate et annuler ma conférence. Appeler Janine, la secrétaire de maman, et lui demander de changer les dates des rendez-vous qui l'attendaient à Sydney. Appeler la police, et me renseigner sur les obligations légales de ma mère. Il y aurait sans doute une enquête à Sydney, parce que l'accident avait entraîné un décès. J'imaginai qu'elle ferait grise mine si elle devait rester à Boston pour comparaître ou quelque chose dans ce genre.

Finalement je me sentis si agitée que je partis en quête d'un téléphone pour passer ces appels. Les bureaux étaient encore ouverts à Londres, et il y aurait un médecin de garde à l'hôpital de Sydney, même si c'était le milieu de la nuit. Quand je revins dans la chambre, maman était réveillée. Elle devait se sentir mieux, car elle avait retrouvé sa voix de Dr Heath, professeur de neurochirurgie, et en faisait voir de toutes les couleurs à l'infirmière qui essayait de changer sa perfusion, critiquant sa façon de poser la canule.

« Je croyais que tu étais partie, dit-elle.

— Non. On ne se débarrasse pas de moi aussi facilement. Je laissais juste un message à Janine pour, tu sais, l'informer... Comment te sens-tu ?

— Foutrement mal. » Maman ne jurait jamais, sauf pour prononcer quelquefois le mot à cinq lettres, asséné comme un coup de matraque. Elle ne s'abaissait pas à utiliser les jurons cavaliers des Australiens.

« Je peux t'apporter quelque chose ?

— Une infirmière compétente. »

Je lançai à la fille un regard destiné à présenter mes excuses pour la brutalité de ma mère, mais elle ne paraissait pas du tout démontée. Elle se contenta de rouler les yeux en haussant les épaules, et elle continua ses soins. En réalité, ça ne ressemblait pas du tout à maman de se montrer grossière avec une infirmière – je compris alors qu'elle devait beaucoup souffrir. C'était l'une des qualités que je devais vraiment lui accorder : les infirmières de son hôpital la vénéraient. L'une d'elles, devenue interne dans son service, m'avait prise à part après avoir entendu un jour nos éclats de voix dans le bureau. J'avais dû me montrer d'une humeur exécrable pour qu'elle eût pris cette peine. En tout cas, elle m'avait dit qu'il y avait un côté de ma mère que je devais ignorer, sinon je ne lui aurais jamais parlé dans des termes aussi terribles. Ma mère, avait-elle poursuivi, était le seul chirurgien à encourager les infirmières à poser des questions, à effectuer des tâches plus qualifiées. « La plupart des chirurgiens se hérissent si vous les interrogez, ils vous traitent comme si vous étiez une prétentieuse ou quelque chose dans ce genre. Mais votre mère... c'est elle qui m'a procuré le formulaire d'admission pour adultes à la faculté de médecine, et qui a écrit la recommandation qui m'a permis d'être acceptée. »

Je me souviens qu'à l'époque j'en avais beaucoup voulu à cette interne. En gros, je lui avais répondu de se mêler de ce qui la regardait et de me ficher la paix. Mais au fond de moi, ce qu'elle m'avait appris m'avait rendue vraiment fière. Le problème, c'était que ce qu'elle trouvait si formidable était du poison pour moi. Quand il s'agissait de médecine, maman était une véritable évangéliste. Et j'étais comme la fille du pasteur qui, en grandissant, devient apostate.

Quand l'infirmière quitta la chambre, ma mère me fit un faible signe. « Oui, tu peux faire quelque chose. Prends un stylo et du papier et écris cette adresse. »

Je notai le nom de la rue qu'elle me donna, une avenue quelque part dans Brookline.

« Je veux que tu ailles là-bas.

— Pour quoi faire ?

— C'est la maison de Delilah Sharansky. Ce soir ils vont faire *shiva*. C'est le rituel juif du deuil.

— Maman, je sais ce que c'est, répliquai-je un peu sèchement. J'ai un diplôme en hébreu biblique. » J'aurais aimé ajouter : « Ce qui m'étonne le plus, c'est que toi tu saches ce genre de chose. » Je l'avais toujours soupçonnée d'être un peu antisémite. Ses sectarismes étaient très ambivalents. Quand il s'agissait de patients, elle ne voyait pas la couleur de la peau. Mais en regardant les nouvelles, elle faisait des réflexions désinvoltes à caractère ethnique sur « les Aborigènes paresseux » ou « les Arabes sanguinaires ». De même, elle avait attribué à une quantité de Juifs brillants des postes convoités dans son programme d'internat, mais je ne me souvenais pas qu'elle en ait jamais invité un seul à dîner à la maison.

« Ces gens, les Sharansky ? Ils ne savent même pas qui je suis. Ils ne voudront pas d'une étrangère chez eux.

— Mais si. » Elle changea de position dans le lit, et l'effort la fit tressaillir. « Ils voudront bien de toi.

— Mais pourquoi donc ? Et d'ailleurs qui était Delilah Sharansky ? »

Elle inspira profondément et ferma les yeux.

« Ça ne sert plus à rien maintenant. Tout ça sera sûrement révélé par l'enquête, ou par les foutues recherches qu'ils sont en train de faire.

— Comment ? De quoi parles-tu ? »

Elle ouvrit les yeux et me regarda en face. « Delilah Sharansky était ta grand-mère. »

227

Je restai un long moment sur le perron de la haute maison en briques rouges, essayant de puiser en moi l'audace de frapper à la porte. Elle se trouvait dans la partie de Brookline que je préfère, le quartier branché tout près d'Alston, où les marchands de burritos cèdent la place aux épiceries kasher et où la vie de rue se partage de façon égale entre le style goth des étudiants des Beaux-Arts et les *frum* juives.

Très probablement, je n'aurais jamais frappé si un autre groupe de proches de la défunte n'était arrivé derrière moi et ne m'avait, en quelque sorte, entraînée à l'intérieur. La porte s'ouvrit et j'entendis une dizaine de voix parlant fort, toutes en même temps. Quelqu'un me tendit une vodka dans un petit verre. Je ne m'étais pas représenté la *shiva* de cette façon. Je suppose que c'était la part russe des Juifs russes.

La maison non plus ne correspondait pas du tout à ce qu'on aurait pu imaginer d'après son extérieur conventionnel ou à cause du fait qu'une femme de quatre-vingt-un ans y avait vécu. Les cloisons avaient été abattues dans un style très contemporain, et la lumière entrant à flots par des lucarnes bien situées se réverbérait sur les murs blancs. Il y avait de hauts vases dépouillés en céramique avec des bouquets de branches tordues, des fauteuils Mies, et d'autres pièces d'un genre vintage-moderne, très Bauhaus.

Sur le mur du fond était accrochée une immense peinture. Du genre qui vous coupe le souffle. C'était une étendue de ciel australien, superbe et brûlant, avec juste une bande de désert rouge vif en bas, indiquée par quelques traits de peinture. Si simple, si puissant. C'était l'une des œuvres qui avaient fait la réputation de l'artiste au début des années soixante. Il y avait un tableau de cette série accroché dans pratiquement tous les musées d'envergure qui se souciaient un tant soit peu de l'art australien. Mais c'était l'un des plus beaux. Le plus extraordinaire même que j'eusse jamais vu. Nous en possédions un – enfin, maman, plutôt – dans la maison de Bellevue Hill. Je n'y avais jamais vraiment prêté attention. Elle possédait pas mal de trophées du même genre : Brett Whiteley,

Sidney Nolan, Arhur Boyd. Toujours les grands peintres au nom célèbre. Pourquoi n'aurait-elle pas eu d'œuvre d'Aaron Sharansky ?

Ce matin, maman et moi avions parlé longuement, jusqu'au moment où je m'étais aperçue que je l'épuisais. J'avais demandé à l'infirmière de lui donner un calmant, et quand elle s'était endormie, j'étais allée à la bibliothèque Widener pour découvrir les éléments de la biographie d'Aaron Sharansky. Tout était là, facile à retrouver. Né en 1937. Le père, rescapé d'un camp de concentration ukrainien, professeur de russe et de littérature russe à l'université de Boston. Il avait emmené sa famille en Australie en 1955, quand il avait été invité à créer le premier département de langue russe à l'université de New South Wales. Aaron avait étudié à l'école des beaux-arts de East Sydney Tech, été garçon de ferme dans le Territoire du Nord, et avait commencé à peindre les tableaux qui l'avaient rendu célèbre. Il était devenu un enfant terrible de l'art australien. Exprimant librement sa pensée, dépassant les bornes. Très impliqué en politique en ce qui concernait l'environnement du désert et sa destruction due à l'industrie minière. Je me rappelais avoir vu des images d'archives de son arrestation, je crois, lors d'un sit-in de protestation contre une mine de bauxite. Il avait de longs cheveux noirs, et les flics – qui étaient brutaux à l'époque – les lui avaient empoignés pour le tirer dans le sable. Il y avait eu un gros scandale à ce propos, je m'en souvenais. Il avait refusé les conditions de sa mise en liberté sous caution, qui lui interdisaient de retourner sur le site de la mine, et avait passé un mois en prison avec une dizaine d'Aborigènes. Il en était sorti avec beaucoup à dire sur l'horrible traitement infligé aux Aborigènes en détention. Après cela il avait été considéré comme un héros dans certains milieux. Même les conservateurs devaient l'écouter poliment, s'ils voulaient essayer d'acheter un de ses tableaux. Chaque fois qu'il exposait, une sorte de frénésie gagnait les gens, et ils étaient prêts à acquérir une de ses œuvres à n'importe quel prix.

Puis, à l'âge de vingt-huit ans, son histoire prit un tour différent. Sa vue commença à baisser. On s'aperçut qu'une tumeur appuyait sur son nerf optique. Il accepta les risques d'une intervention délicate pour la faire enlever. Quelques jours plus tard, il mourut de « complications postopératoires ».

Dans aucun des portraits ni aucune des nombreuses notices nécrologiques n'apparaissait le nom du neurochirurgien qui avait pratiqué l'ablation de la tumeur. À cette époque les médecins australiens n'étaient pas autorisés à être mentionnés nommément dans la presse, une règle d'éthique médicale, en quelque sorte. Je n'étais pas en position de le savoir avec certitude, mais je soupçonnais qu'à trente ans et quelques ma mère avait déjà cette absence totale de doute de soi qui aurait pu lui permettre d'opérer cette difficile tumeur. Mais l'avait-elle fait ? Dans ce cas, elle était allée à l'encontre d'une tradition de longue date, à savoir que les médecins n'opèrent pas ceux avec qui ils sont impliqués sur un plan affectif.

Sarah Heath et Aaron Sharansky étaient amants. Au moment de l'intervention chirurgicale, elle était enceinte de quatre mois.

« Tu as cru que je n'aimais pas ton père ? »

Son visage exprimait une stupéfaction absolue. C'était comme si je lui avais dit qu'il y avait un hippopotame dans le lavabo. Dans l'après-midi, j'étais revenue à l'hôpital après ma visite à Widener. Elle dormait encore quand j'étais entrée, et j'avais fait de mon mieux pour me retenir de la secouer. Quand elle avait enfin ouvert les yeux, j'étais pratiquement penchée sur elle, débordant de questions. Nous avions parlé alors, alternant questions, réponses et longs silences. Ce fut notre première longue conversation qui ne dégénéra pas en dispute.

« Eh bien, pourquoi n'aurais-je pas pensé le contraire ? Tu n'en as jamais parlé. Jamais. Pas une fois. Et quand j'ai enfin eu assez de culot pour t'interroger, tu t'es contentée de t'éloigner avec une expression dégoûtée. » Le souvenir de ce moment me faisait encore mal. « Tu sais, après ça, j'ai été longtemps convaincue d'être l'enfant d'un viol, ou un truc de ce genre...

— Oh, Hanna...

— Et il était clair que tu ne supportais pas de me voir.

— C'était faux, bien sûr.

— Je... je pensais que je devais te rappeler cet homme, ou quelque chose...

— *Bien sûr* que tu me rappelais Aaron. Tu lui ressemblais tellement, dès la minute où tu es née. La fossette que tu as toujours eue, la forme de ta tête, tes yeux. Plus tard tes cheveux, la couleur et la texture exacte des siens. L'expression de ton visage quand tu te concentres, c'est la même que celle qu'il avait quand il peignait. Et je me suis dit : Très bien, elle lui ressemble, mais elle sera comme moi, parce qu'elle vit avec moi. Je l'élève. Mais tu n'étais pas comme moi. Tu t'intéressais aux choses qu'il aimait. Toujours. Même ton rire est le même que le sien, et l'air que tu as quand tu es en colère... Chaque fois que je te regardais je pensais à lui... Et ensuite, quand tu es arrivée à l'adolescence, et que tu paraissais tellement me haïr... c'était comme si ça faisait partie de ma punition...

— Ta punition ? Qu'est-ce que tu veux dire ? Une punition pour quoi ?

— Pour l'avoir tué. » Elle eut brusquement une toute petite voix.

« Oh, pour l'amour de Dieu, maman. C'est toi qui me répètes toujours de ne pas prendre les choses au tragique. Perdre un patient, ce n'est pas du tout la même chose que le tuer.

— Ce n'était pas mon patient. Tu es folle ? Tu n'as rien appris sur la médecine en vivant avec moi toutes ces années ? Quel genre de médecin aurais-je été si j'avais opéré un homme dont j'étais absolument, passionnément amoureuse ? Bien sûr que je ne l'ai pas opéré. Il se plaignait de voir trouble, j'ai fait les examens, établi le diagnostic. Il avait une tumeur. Bénigne, à évolution lente, pas grave du tout. J'ai recommandé une radiothérapie, et il a essayé ce traitement, mais la déficience visuelle a persisté. Il a voulu l'opération, malgré les risques et le reste. Je l'ai donc adressé à Andersen. »

Le légendaire Andersen. J'avais entendu son nom toute ma vie. Maman le vénérait.

« Donc, tu l'as envoyé chez le meilleur. Comment peux-tu te le reprocher ? »

Elle soupira. « Tu ne comprendrais pas.

— Tu pourrais me donner une chance de...

— Hanna, tu as eu ta chance. Il y a longtemps. » Elle ferma les yeux alors, et je restai là, me tortillant sur ma chaise. Je ne parvenais pas à croire que nous retombions toujours dans notre vieille querelle. Pas à un moment tel que celui-là, quand il y avait tant de choses que j'avais besoin de savoir.

Dehors, il commençait à faire nuit, mais dans les entrailles de l'hôpital, impossible de s'en rendre compte. Dans le couloir, des cliquetis de lits à roulettes et des bips d'Alphapages meublaient le silence. Je me demandai si elle s'était de nouveau assoupie sous l'effet des médicaments. Mais elle remua alors, et se mit à parler. Elle avait encore les yeux fermés.

« Tu sais, quand j'ai demandé une place d'interne en neurochirurgie, ils ne voulaient pas l'accorder à une femme. Deux des examinateurs ont dit carrément que cette formation serait du gâchis, que je me marierais, que j'aurais des enfants et que je n'exercerais jamais. »

Sa voix monta et se durcit. Je voyais que dans son esprit, elle était de nouveau dans cette salle, face aux hommes qui voulaient la priver de l'avenir dont elle rêvait. « Mais le troisième examinateur était le chef du département. Il savait que j'avais eu les meilleures notes de toute ma promotion, que j'avais toujours excellé pendant mon internat. Il m'a dit : "Docteur Heath, je vais vous poser une seule question, y a-t-il au monde quelque chose que vous envisagiez de faire, à part devenir neurochirurgien ? Parce que si la réponse est oui, alors je vous conseille vivement de retirer votre demande." »

Elle rouvrit alors les yeux et me regarda. « Hanna, je n'ai pas hésité une seconde. Pour moi, il n'y avait rien d'autre. Rien du tout. Je ne voulais pas me marier. Je ne voulais pas d'enfant. Je renonçais à tous ces désirs normaux, ordinaires. J'ai essayé de te faire comprendre, Hanna, qu'il est absolument incroyable et merveilleux d'être capable de pratiquer ce métier – la chirurgie la plus délicate, celle qui compte le plus, la neurochirurgie. De savoir que tu as au bout de tes doigts les pensées d'une personne, sa personnalité, et que ton talent. je ne me contente pas de sauver des vies, Hanna. Je sauve cela même qui nous rend humains. Je sauve des âmes. Mais tu n'as jamais...» Elle soupira encore, et je bougeai sur ma chaise. L'évangéliste était de retour en chaire. J'avais déjà entendu ce discours, je savais où ça nous mènerait, et je refusais de la suivre dans cette direction. Mais elle changea brusquement de sujet.

« Quand je suis tombée enceinte, c'était un accident, et je m'en suis tellement voulu. Je comptais n'avoir jamais d'enfant. Mais Aaron était ravi et il m'a communiqué sa joie.» Son regard bleu ne me lâchait pas, et ses yeux se mirent à briller.

« Sous certains aspects, Hanna, nous étions les amants les plus improbables. Il était un iconoclaste gauchiste qui jetait des tomates, et moi...» Elle s'interrompit. Ses mains s'agitaient nerveusement sur les draps, lissant des plis inexistants. « Avant de le rencontrer, Hanna, je n'avais jamais levé les yeux. Je n'avais jamais de mon plein gré consacré une minute de mon temps à autre chose qu'à l'ambition de devenir médecin, et ensuite, quand je l'ai été, à la volonté de m'améliorer encore. La politique, la nature, l'art, il m'a fait découvrir toutes ces choses. Je ne crois pas aux clichés sur le coup de foudre et tout ça, mais c'est ce qui nous est arrivé. Je n'avais jamais éprouvé rien de tel. Et ça ne s'est pas reproduit depuis. Il est entré dans mon cabinet, et j'ai su.. »

Une aide soignante entra dans la chambre à reculons, tirant un chariot à thé. Les mains de maman tremblaient, aussi je lui tins sa tasse. Elle but quelques gorgées, puis la repoussa. « Les Américains ne savent pas faire du thé convenable.» Je tapotai les oreillers, et elle rectifia sa position, grimaçant à cause de l'effort.

« Tu veux que je leur demande quelque chose ? »

Elle secoua la tête. « Je suis assez droguée comme ça. » Elle inspira profondément, rassemblant son énergie, puis elle continua. « Ce premier jour, quand je suis rentrée, un tableau m'attendait, celui qui est accroché au-dessus du buffet dans la salle à manger. »

J'émis un sifflement. Même à l'époque, ce tableau devait valoir cent mille dollars. « Le plus beau cadeau que j'aie jamais reçu d'un prétendu soupirant, c'était un bouquet de fleurs, fanées de surcroît. »

Elle me fit un sourire tordu. « Oui, poursuivit-elle. C'était une vraie déclaration d'intention. Un mot l'accompagnait. Je l'ai encore. Toujours. Il est dans mon portefeuille. Tu peux le voir si tu veux. »

J'allai prendre son sac à main dans son casier.

« Il est dans la poche à fermeture Éclair. Oui, c'est ça, là. »

Je le sortis. « Derrière mon permis de conduire. »

C'était court, juste deux lignes, écrites en grosses lettres virevoltantes avec un fusain d'artiste.

Je suis ce que je fais, pour cela je suis venu.

Je reconnus le vers. Il était extrait d'un poème de Gerald Manley Hopkins. Au-dessous, Aaron avait ajouté :

Sarah, tu es l'unique. Aide-moi à faire ce pour quoi je suis venu.

Je regardai les mots, essayant d'imaginer la main qui les avait écrits. La main de mon père, que je n'avais jamais tenue.

« Je l'ai appelé, je l'ai remercié pour le tableau. Il m'a demandé de venir à son atelier. Et après cela… après cela, nous avons passé ensemble chaque moment de liberté. Jusqu'à la fin. Ça n'a pas été très long. Juste quelques mois, en réalité. Je me suis souvent demandé si ça aurait duré, ce qu'il y avait entre nous, s'il avait vécu… Peut-être aurait-il fini par me haïr, exactement comme toi.

— Maman, je ne…

— Hanna, non. Ça ne sert à rien. Je sais que tu n'as jamais admis le fait que je n'étais pas disponible pour toi vingt-quatre heures sur vingt-quatre, sept jours sur sept, quand tu étais petite. À l'adolescence, tu aurais pu aussi bien être un cactus, en ce qui me concernait. Tu ne me laissais pas t'approcher. J'entrais dans la maison et je t'entendais rire avec Greta. Mais quand je vous rejoignais, tu te taisais. Si je demandais ce qu'il y avait de si drôle, tu

234

te contentais de me regarder avec une expression glaciale et tu répondais : "Tu ne comprendrais pas." »

C'était vrai. Je m'étais comportée exactement de cette manière. Une façon mesquine de la punir. Je laissai retomber mes mains sur mes genoux, les paumes ouvertes en signe de capitulation. « C'était il y a très longtemps », dis-je.

Elle acquiesça. « Oui. Tout cela est très ancien.

— Que s'est-il passé quand il a été opéré ?

— Je n'ai pas parlé à Andersen de notre liaison quand je lui ai adressé Aaron. J'étais déjà enceinte, mais personne n'était au courant. C'est étonnant, ce qu'on peut cacher sous une blouse blanche. Il m'a quand même proposé de participer à l'intervention, et j'ai refusé, je lui ai donné une fausse excuse. Je me souviens comment il m'a regardée. D'habitude, j'étais capable de marcher sur des charbons ardents pour avoir la chance de l'assister. Pour ce type de tumeur, tu passes par la base du crâne. Tu détaches le cuir chevelu et... »

Elle s'interrompit. Je me rendis compte que je m'étais involontairement bouché les oreilles, pour ne pas entendre l'horrible description. Elle me lança un coup d'œil lapidaire. Je laissai retomber mes mains comme un enfant coupable.

« En tout cas, je n'ai pas accepté sa proposition. Mais j'ai trouvé une raison de traîner dans les parages quand Andersen est sorti de la salle d'opération. Il retirait ses gants, et je n'oublierai jamais son visage quand il a levé les yeux. J'ai pensé qu'Aaron était mort sur la table. J'ai dû rassembler toutes mes forces simplement pour rester debout. "C'était un méningiome bénin, comme tu l'avais diagnostiqué. Mais les gaines du nerf optique étaient large-ment touchées." Il avait tenté de détacher la tumeur des gaines pour permettre au sang de circuler à nouveau dans les nerfs, mais elle était trop volumineuse. J'ai compris d'après ses explications qu'Aaron ne verrait plus. Et j'ai su immédiatement que pour lui, ce ne serait pas une vie. En fait, il ne s'est jamais réveillé pour découvrir qu'il était aveugle. Cette nuit-là, il a eu une hémorragie, et Andersen ne s'en est pas aperçu. Quand ils ont ramené ton père en salle d'opération pour retirer le caillot... »

L'infirmière entra alors. Elle se tourna vers sa patiente pour juger de son état. Ma mère était visiblement très agitée. « Je pense que vous feriez mieux de la laisser se reposer un moment, me dit-elle.

— Oui. Vas-y. » La voix de maman était tendue, comme si même ces deux petits mots exigeaient d'elle un énorme éffort. « Il est temps. Il est temps que tu sois auprès des Sharansky. »

« Hanna Heath ? » Je me détournai du tableau sur le mur de Delilah Sharansky et découvris des traits familiers. Les miens, transposés sur le visage d'un homme beaucoup plus âgé.

« Je suis le fils de Delilah. Son autre fils. Jonah. »

Je tendis la main, mais il me saisit les épaules et m'attira vers lui. Je me sentis désespérément mal à l'aise. Quand j'étais petite, j'avais rêvé d'avoir une famille. Maman était fille unique et n'était pas proche de ses parents. Son père avait fait fortune dans les assurances et, avant même ma naissance, il avait emmené sa femme à Noosa, dans une communauté de retraités qui se consacrait au tennis et au golf. J'avais dû rencontrer ma grand-mère une fois, avant qu'elle mourût subitement d'une crise cardiaque. Mon grand-père s'était empressé d'épouser quelqu'un d'autre, une prof de tennis. Ma mère n'approuvait pas, aussi nous n'allions jamais les voir.

Brusquement, je me retrouvais entourée d'étrangers qui étaient mes parents. Leur nombre était assez conséquent : trois cousins, une tante. Il y avait apparemment une autre tante, qui travaillait comme représentante de commerce à Yalta. Et il y avait l'oncle Jonah, l'architecte qui avait rénové la maison de Delilah.

« Nous avons été si soulagés d'apprendre que ta mère se remettait », dit-il, repoussant d'une pichenette une mèche lisse de cheveux noirs d'un geste nerveux qui, me rendis-je compte, était le reflet du mien. « Aucun de nous ne voulait que maman continue de conduire après quatre-vingts ans, mais c'était une vieille chèvre entêtée. Elle était veuve depuis plus de quinze ans, et s'était habituée à n'en faire qu'à sa tête. Il y a dix ans elle a repris des études et obtenu son doctorat – ça explique pourquoi elle n'a pas tenu compte de nos recommandations. Mais nous sommes tous terriblement désolés pour ta mère. Si nous pouvons faire quelque chose... »

Je lui assurai que maman était bien soignée. Dès que la nouvelle avait fait le tour du congrès neurologique, tout le réseau médical était entré en action, comme toujours quand il s'agit de l'un des siens. Je doutais qu'il y eût à Boston un seul patient surveillé avec autant de vigilance.

« Eh bien, maman serait heureuse que grâce à cette tragédie, tu nous aies enfin été rendue.

— Oui, c'est dommage que vous et votre mère ne soyez pas restés en Australie, j'aurais été heureuse d'avoir une mamie quand j'étais enfant.

— Oh, mais nous y avons vécu quelques années. Maman voulait me donner une chance de terminer mon diplôme. J'étudiais le soir à l'Institut de technologie et pendant la journée, je travaillais pour l'architecte du gouvernement de Nouvelle-Galles du Sud. J'ai dessiné les toilettes du zoo du parc Taronga. Si tu as un jour l'occasion d'y faire pipi... » Il sourit. « Eh bien, elles sont vraiment jolies, enfin, pour des toilettes... » Il reposa son verre et me regarda comme s'il essayait de décider s'il devait révéler ce qu'il allait dire. « Il faut que tu saches. Maman a supplié Sarah de nous permettre de te voir, de t'intégrer dans notre famille. Mais Sarah a refusé. Elle a tenu à ce qu'il n'y ait aucun contact.

— Mais vous venez de dire que votre mère n'acceptait d'ordres de personne. Pourquoi aurait-elle écouté Sarah ?

— Je pense que ç'a été dur pour elle. Mais elle savait que nous reviendrions ici. Elle a sans doute pensé que c'était injuste de créer une grosse perturbation dans ta vie pour disparaître ensuite. Alors elle a découvert dans quelle garderie tu allais et l'après-midi, elle te guettait quand la gouvernante venait te chercher. Elle se faisait du souci pour toi. Elle disait que tu avais l'air d'une enfant triste...

— Eh bien, elle était vraiment perspicace. » À mon grand embarras, ma voix se brisa, et je ne pus contrôler le tremblement de ma lèvre. C'était si atrocement cruel. Cruel pour Delilah, car elle avait dû aspirer à connaître sa petite-fille, qui était tout ce qui lui restait de son fils. Et cruel pour moi. J'aurais été une personne différente si j'avais eu cette famille.

« Mais pourquoi maman est-elle restée en contact dans ce cas ? Je veux dire, pourquoi étaient-elles ensemble hier soir ?

— Pour des affaires de patrimoine. Les biens d'Aaron, il a légué des droits d'auteur pour la création de la fondation Sharansky.

— Bien sûr », dis-je. C'était l'un des nombreux conseils d'administration qui requéraient ses services : entreprises, bonnes œuvres. Elle touchait les honoraires d'un directeur et en acceptait le prestige, mais j'avais eu l'impression qu'aucun ne l'intéressait vraiment. La fondation Sharansky avait toujours paru jurer dans le tableau, ses objectifs ne cadraient pas précisément avec ceux de l'establishment.

« Aaron a rédigé un testament juste avant l'opération, créant la fondation. Il a nommé Delilah et Sarah comme administratrices. Je suppose qu'il a cru les lier de cette manière. »

Quelqu'un arriva alors, et Jonah se tourna pour lui parler. Je regardai les photographies sur l'étagère. Il y en avait très peu, dans de simples cadres d'argent. Il y en avait une de Delilah jeune, vêtue d'une robe en organdi blanc avec un col pailleté d'argent. Elle avait d'immenses yeux noirs, brillants d'excitation à cause de l'événement pour lequel elle s'était si joliment habillée. Et il y avait un portrait d'Aaron, dans son atelier, couvert de peinture, examinant la toile devant lui comme si le photographe n'avait pas été là. Des photos de famille, sans doute des bar-mitsvot, peut-être des *brith*... Des gens élégants qui se tenaient par les épaules, les yeux souriants, exprimant ainsi combien ils étaient heureux d'être réunis.

Le soir, ils étaient tous si chaleureux, me servant à manger, me serrant même dans leurs bras. Je n'ai pas l'habitude d'être embrassée. J'essayais de me glisser dans la peau d'une femme appartenant à ce monde, une demi-Juive russe. Une femme qui aurait traversé la vie sous le nom de Hanna Sharansky.

La bouteille de vodka était posée sur la table, et je ne cessais de graviter vers elle. Je ne comptais plus les verres que j'avais bus. Je les avalais d'un trait, heureuse du brouhaha qui m'étourdissait. Tout le monde racontait des histoires sur Delilah. La femme de Jonah expliquait qu'au début de son mariage, son époux lui répétait sans arrêt que ses boulettes de *matsa* n'avaient rien à voir avec celles de sa mère. « J'ai essayé de battre les blancs d'œufs séparément, de tout mélanger doucement, à la main, et de faire de jolies boulettes aérées, mais non, ce n'était jamais ça. Et puis un jour j'en ai eu assez, et j'ai tout mis ensemble dans le mixeur. De vraies balles de golf. Dures comme du bois. Et devine ce que Jonah m'a dit ? "Tout à fait les boulettes de Delilah !" »

Il y avait d'autres anecdotes de la même veine. Delilah n'avait pas été une mère juive stéréotypée. Ni une grand-mère, en l'occurrence. Le fils de Jonah, un garçon un peu plus jeune que moi, parla de la première fois où ses parents l'avaient laissé seul pour un week-end chez sa mamie Delilah. « Elle m'a accueilli sur le seuil avec deux poulets rôtis à emporter dans des sachets en papier alu. Elle me les a fourrés dans les mains et elle m'a dit : "Maintenant rentre chez toi et amuse-toi bien avec tes amis. Une seule chose, ne fais pas de bêtises et ne me cause pas d'ennuis." C'était le rêve d'un ado de quatorze ans surprotégé, je vous assure. »

Jonah et sa femme se cachèrent le visage dans leurs mains, faussement horrifiés. « Si nous avions su… »

Peu de temps après, je pris congé. Je dis que je devais passer voir maman, ce que je n'avais nulle intention de faire. Mais j'avais besoin de sortir de cette maison. La tête me tournait, en partie à cause de la vodka, mais pas seulement. Il me faudrait plus d'une soirée pour rattraper trente années d'informations absentes. D'amour absent.

Quand je rentrai à l'hôtel, tous les nouveaux sentiments déroutants que j'avais éprouvés à l'égard de ma mère depuis son accident s'étaient réduits au nœud de colère familier qui m'avait accompagné la plus grande partie de ma vie. Il ne me suffisait pas de savoir qu'elle avait autrefois été une femme capable d'une grande passion. Oui, bien sûr, elle avait souffert. Elle avait perdu l'amour de sa vie, et se sentait terriblement responsable de ce drame. Certes, je n'avais pas été parfaite, loin de là. J'avais été une adolescente ingrate, réclamant de l'attention, un vrai cauchemar. Mais ça ne suffisait toujours pas. Parce qu'à la fin elle avait pris toutes les décisions, et je les avais payées cher.

J'allai dans la salle de bains et je vomis, ce qui ne m'était pas arrivé, du moins pour avoir trop bu, depuis mes années d'étudiante. Je m'allongeai sur le lit avec un gant mouillé sur le visage et j'essayai de ne pas prêter attention aux murs qui tournaient. Quand je sentis venir la migraine, je décidai de ne pas annuler ma conférence à la Tate. Après tout, les collègues de maman n'avaient qu'à s'occuper d'elle. Je savais qu'ils s'en chargeraient. Elle avait toujours fait passer son métier avant le reste…

Et lui aussi. J'entendais la voix de ma mère dans ma tête. *C'était lui qui avait préféré la peinture à l'amour.* Il n'avait pas besoin de risquer sa vie pour cette opération. Il avait tant de choses. Une amante, une famille. Un enfant à naître. Mais rien de tout cela ne comptait autant que son art.

Alors, qu'ils aillent se faire foutre tous les deux. Il valait mieux me remettre au travail. C'était ce qu'ils auraient fait.

J'avais une méchante gueule de bois, exactement ce dont on n'a pas envie pendant un vol de sept heures. Du moins, j'étais placée à l'avant, grâce au milliardaire. J'acceptai la tranche de saumon grillé que m'offrit le steward, songeant à tous les malheureux assis à l'arrière, se débattant avec leur poulet en carton et leurs pâtes en caoutchouc. Mais même en première classe, la nourriture est infecte. Le poisson était cuit à la perfection, mais ensuite, on l'avait laissé sur le gril pendant une heure et demie. De toute manière je ne voulais que de l'eau. Pendant que j'attendais qu'on emportât le plateau, je secouai la petite salière en plastique, déposant quelques grains dans ma main. Après l'accident de maman, je n'avais plus pensé à retourner dans le labo de Raz. Ne me voyant pas apparaître, il avait supposé que j'étais encore fâchée contre lui, et avait fait l'analyse sans moi, un geste de bonne volonté. Il avait laissé un message griffonné à la main à la réception de mon hôtel. Il était déplié devant moi, sur la table-plateau garnie de lin.

Tu avais raison : NaCl. Mais du sel marin, pas du sel gemme. 100 milligrammes. Vérifie comment ils fabriquaient du sel kasher au xv*e siècle ?* xvi*e siècle ? Peut-être pas du sel de table ? Aventures maritimes ? Ça colle avec les endroits que tu as repérés, l'Espagne et Venise ??? Désolé de m'être conduit comme un mufle hier soir. Raconte-moi comment ça s'est passé à Londres. Ton vieux pote,*
Rattus Raz

Je souris. C'était typique de Raz. Il cherchait de nouveau les zèbres. Et bien sûr, son obsession des épaves de bateaux le mettait sur la voie des mésaventures maritimes. Mais j'allais tenir compte de son conseil et mener l'enquête. Qui fabriquait du sel kasher, de toute manière ? Je n'en avais aucune idée. C'était une nouvelle piste, un autre fil à suivre. Peut-être le djinn du livre me révélerait-il quelque chose.

Je fis glisser les grains blancs sur une feuille de laitue fripée, aux bords marron. Des milliers de mètres plus bas, les vagues salées d'un océan invisible se soulevaient et se fracassaient dans la nuit.

L'eau salée

Tarragone, 1492

La parole de YHVH [1] est affinée
Comme l'or et l'argent.
Quand ces lettres ont jailli,
Ciselées, étincelantes, lumineuses.
Tout Israël les a vues
Voler à travers l'espace,
Se graver sur les tables en pierre.

Le Zohar

---

1. Yahvé. *(N.d.T.)*

DAVID BEN SHOUSHAN N'ÉTAIT PAS UN HOMME IMPOLI, seulement son esprit était absorbé par des sujets plus élevés. Son épouse Miriam lui reprochait souvent d'être passé à quelques mètres de sa sœur sur la place du marché sans la saluer d'un signe de tête, ou de n'avoir pas entendu les marchands de maquereaux brader leur poisson pour la moitié du prix habituel.

Il ne fut donc jamais capable d'expliquer par quel miracle il avait remarqué le garçon. Au contraire des autres mendiants et colporteurs, celui-ci ne criait pas, il restait assis sans rien dire, scrutant les visages de la foule qui se pressait devant lui. Peut-être l'attention de Ben Shoushan fut-elle retenue par son mutisme. Au milieu de toute cette clameur et de cette agitation, c'était le seul élément silencieux, concentré. Sans doute la raison était-elle autre. Un rayon du pâle soleil d'hiver qui avait fait briller l'or.

Le jeune homme avait pris un petit espace à la lisière du marché, contre le mur de la ville. C'était un endroit humide et venteux à cette époque de l'année ; un lieu mal placé pour attirer les clients, ce qui expliquait pourquoi les marchands locaux l'abandonnaient aux colporteurs itinérants ou à la masse des Andalous fuyant le Sud qui se déversait en ville. Les guerres avaient jeté tant de gens sur les routes. Quand ils arrivaient jusqu'ici, le peu d'objets précieux qu'ils possédaient était déjà vendu. La plupart des réfugiés qui trouvaient un emplacement aux extrémités du marché essayaient de vendre des choses sans valeur ; des surcots élimés ou quelques ustensiles de ménage très usés. Mais le garçon avait devant lui un morceau de cuir déroulé, et posée dessus, saisissante et colorée, une collection de petits parchemins peints.

Ben Shoushan s'arrêta et se fraya un chemin dans la cohue pour les examiner de plus près. Il s'accroupit, posant les doigts sur la boue glacée pour garder son équilibre. C'était ce qu'il avait pensé ; et les miniatures étaient éblouissantes. Il avait vu les enluminures des livres de prières chrétiens, mais jamais rien de tel. Il se pencha pour examiner les miniatures, n'en croyant pas ses yeux. Une personne qui connaissait bien le Midrash [1] les avait peintes, ou du moins avait dirigé l'artiste. Une idée vint à Ben Shoushan, une idée qui lui plut immédiatement.

« Qui les a faites ? » demanda-t-il. Les yeux marron du garçon le fixaient d'un air interrogateur. Supposant qu'il ne comprenait pas le dialecte local, Ben Shoushan passa à l'arabe, puis à l'hébreu. Mais le regard sans expression resta inchangé.

« Il est sourd-muet, dit un paysan manchot qui vendait un pétrin très rafistolé et deux cuillères en bois. Je l'ai rencontré sur la route avec son esclave noire. » Ben Shoushan considéra le garçon plus attentivement. Ses vêtements, quoique tachés par le voyage, étaient raffinés.

« Qui est-ce ? »

L'homme haussa les épaules. « L'esclave a raconté une histoire sans queue ni tête, elle a prétendu que c'était le fils d'un médecin qui avait servi le dernier émir. Mais vous savez comment sont les esclaves, ils aiment inventer n'importe quoi, hein ?

— Le garçon est juif ?

— Il est circoncis, donc il n'est pas chrétien, et il ne ressemble pas à un Maure.

— Où est cette fille ? J'aimerais en savoir plus sur ces images.

— Elle a filé une nuit, peu après que nous ayons atteint la côte à Alicante. Elle essayait sûrement de rentrer chez elle, en Ifriqiya. Ma femme s'est prise d'affection pour le garçon ; il est plein de bonne volonté et ne se montre pas impertinent. Mais quand nous sommes arrivés ici, je lui ai

---

1. Enseignement oral de la Torah. *(N.d.T.)*

fait comprendre qu'il devrait vendre quelque chose pour payer sa part. Il n'avait rien d'autre que ces peintures avec lui. C'est de l'or véritable, vous savez. Vous en voulez une ?

— Je les veux toutes. »

Miriam posa si violemment la viande sur la planche que le morceau de pain de David se rompit, laissant un filet de jus couler sur la table.

« Regarde ce que tu as fait, espèce de dégoûtant !

— Miriam… » Il savait que la raison de sa colère était ailleurs. Sa fille Ruti s'était levée d'un bond et essuyait déjà la table. David vit ses épaules se voûter tandis que sa femme continuait de lui faire des reproches. Ruti détestait qu'on élevât la voix. David lui avait donné le surnom de Moineau, car elle lui faisait penser à un petit oiseau agité. De la même couleur marron terne, avec des yeux grisâtres et un teint terreux, elle sentait souvent mauvais, car elle surveillait les récipients où bouillaient les noix de galle, les résines et le vitriol de cuivre qui composaient ses encres. Pauvre Moineau, songea-t-il. Douce, travailleuse, elle aurait pu, à l'âge de quinze ans, être mariée avec un gentil garçon et échapper à la langue acerbe de sa mère. Mais Ruti n'avait pas de fortune et n'était pas jolie. Et si les familles respectueuses de la Torah n'attachaient guère de prix à ces défauts, la mauvaise conduite de son frère l'excluait à jamais.

Miriam, aussi rigide qu'une selle racornie, ne supportait pas la timidité de sa fille. Elle repoussa brutalement Ruti et lui arracha le chiffon de la main, frottant la table avec une vigueur exagérée. « Tu sais mieux que moi que tu as très peu de commandes, et pourtant tu dépenses deux mois de revenus pour des images ! Et Rachela dit que tu n'as même pas marchandé avec le garçon. »

David essaya de réprimer ses pensées peu amicales à l'égard de leur voisine, qui semblait toujours connaître les affaires de tout le Kahal dans ses moindres détails.

« Miriam…

— Comme si nous n'avions pas assez de dépenses sur les bras, avec le mariage de ton neveu !

— Miriam, reprit David, élevant la voix d'une manière très inhabituelle chez lui. Les peintures sont *destinées* aux mariés. Tu sais que je suis en train de faire une *haggada chel pessah* pour le fils de Joseph et sa fiancée. Tu ne vois pas ? Je vais relier les miniatures avec les cahiers du livre, et alors nous pourrons offrir un cadeau de valeur. »

Miriam fit la moue. Elle glissa une boucle de cheveux sous sa coiffe en lin. « Ah, bien, dans ce cas... » Elle eût préféré sucer une noix de galle plutôt que de céder dans une discussion, mais cette information lui apporta le même soulagement que si elle avait retiré des bottes trop serrées. Ce cadeau de mariage la préoccupait. On pouvait difficilement arriver avec une babiole aux noces du fils aîné de don Joseph avec la fille de la famille Sanz. Elle avait craint qu'une simple haggada fabriquée par David apparût comme un présent dérisoire à ces grandes familles. Or, ces miniatures ornées d'or, de lapis et de malachite étaient de qualité, elle devait le reconnaître.

David Ben Shoushan se moquait de l'argent et plus encore du rang social. Le fait qu'il fût l'homme le plus pauvre de toute la famille Ben Shoushan ne le dérangeait pas. Mais il tenait à la tranquillité de son ménage. Il se sentit apaisé en constatant qu'il avait fait plaisir à son épouse réfractaire. L'idée de ce projet le satisfaisait lui aussi. Dix ans plus tôt, le recours aux images l'eût fait hésiter, même si elles avaient été de caractère religieux comme ces miniatures. Mais son frère était un courtisan : il organisait des banquets, appréciait la musique, et – même si David ne le lui dirait jamais en face – il se distinguait à peine d'un Gentil. Pourquoi son fils ne posséderait-il pas un livre rivalisant avec le plus beau psautier chrétien ? Après tout, le grand rabbi Duran avait insisté pour se servir des ouvrages les plus magnifiques dans le cadre de son enseignement. Ces livres, disait le rabbi, renforçaient l'âme. « L'une des vertus de notre nation a été que dans chaque génération les gens riches et influents ont tenté de produire de beaux manuscrits », avait-il déclaré.

Eh bien, il n'était ni riche, ni influent, mais avec l'aide du Tout-Puissant, ces superbes miniatures avaient été mises entre ses mains, des mains déjà dotées du talent de former des caractères d'écriture harmonieux. Il voulait que le livre fabriqué de ses mains fût un chef-d'œuvre. La plupart du temps, il avait du mal à expliquer à sa femme que son travail de *sofer* – de scribe des langues sacrées de Dieu – l'enrichissait, malgré les très rares maravédis qu'il lui rapportait. Mais quand il la regarda, souriant légèrement tandis qu'elle débarrassait la table, il fut heureux que pour une fois elle parût le comprendre.

Il travaillait dans la clarté grise du petit matin, et écarta d'un geste Miriam quand elle vint lui offrir son petit déjeuner. Leur maison, comme la plupart des habitations du Kahal, était une minuscule construction inclinée, faite de deux pièces superposées, aussi Ben Shoushan devait-il travailler à l'extérieur, même dans le froid hivernal. Dix pas seulement séparaient la porte de la rue de la maison, et l'espace était encombré de cuves de peaux trempant dans la chaux, d'autres tendues sur des cadres, guettant les rares rayons de soleil pâles pour sécher peu à peu. Il y avait des peaux encore épaissies par leur graisse et leurs vaisseaux sanguins, attendant d'être nettoyées grâce aux coups minutieux de sa lame arrondie. Il avait déjà un petit tas de peaux grattées, et il les tria avec soin, cherchant les dépouilles de moutons de montagne assorties aux parchemins des enluminures. Quand il eut choisi celles qui étaient parfaites, il mit Ruti au travail, et elle les lissa avec une pierre ponce et de la craie. Il se lava les mains dans l'eau glacée de la fontaine de la cour et s'assit pesamment à son *scriptionale*, réglant soigneusement les pages préparées avec son style en os. Quand il eut terminé, il appliqua ses mains froides sur son visage.

« *Lechem ketiva haggada chel Pessah* », chuchota-t-il. Puis il prit sa plume de dinde et la trempa dans l'encre.

הא לחמא עניא

Ha Lachma an'ya… Voici le pain de misère…

Les lettres fougueuses semblaient brûler le parchemin.

... que nos pères ont mangé en terre d'Égypte. Quiconque a faim, vienne et mange...

L'estomac de Ben Shoushan gronda, contrarié d'avoir été privé de petit déjeuner.

Quiconque est dans le besoin, vienne et célèbre Pessah avec nous.

Beaucoup de gens étaient dans le besoin cette année, en raison des impôts prélevés par le roi et la reine pour leurs interminables guerres dans le Sud. Ben Shoushan tenta de contenir le flot de ses pensées. Un *sofer* doit emplir son esprit uniquement avec les lettres sacrées. Il ne pouvait pas se laisser distraire par les choses quotidiennes. « *Lechem ketiva haggada chel Pessah* », se chuchota-t-il encore à lui-même, s'efforçant d'apaiser son esprit. Sa main forma la lettre *shin* – la lettre de la raison. Quelle raison pouvait justifier ces combats constants contre les Maures ? Les musulmans, les juifs et les chrétiens n'avaient-ils pas partagé ces terres de façon satisfaisante – en *convivance* – pendant des siècles ? Que disait le proverbe ? Les chrétiens soulèvent les armées, les musulmans construisent les maisons, les juifs réunissent l'argent.

Cette année ici, l'an prochain dans le pays d'Israël.

Cette année ici, grâce à don Seneor et à don Abravanel, que leurs noms soient inscrits dans le Livre de la Vie, car ils ont ébloui Ferdinand avec de l'or et empêché les oreilles royales d'entendre les murmures de haine des citoyens jaloux.

Cette année esclaves...

Ben Shoushan songea à l'esclave qui avait servi le garçon muet. Il regrettait tant de n'avoir pas pu lui parler, pour découvrir une partie de l'histoire de ces merveilleuses peintures. La main du *sofer* allait de l'encrier au parchemin tandis qu'apparaissait dans son imagination une silhouette mince et noire, marchant avec un bâton le long d'une route jaune poussiéreuse, en direction d'un village de huttes en briques de terre où l'attendait une famille qui l'avait crue morte. Eh bien, peut-être qu'elle était morte à présent, ou enchaînée à une rame de galère, le dos en sang.

Il continua de la sorte jusqu'au déclin du jour, luttant contre les distractions de son esprit agité pour tracer soigneusement une lettre après l'autre. Au crépuscule, il demanda à son Moineau de lui apporter une robe propre, et il se rendit au *mikvé*, espérant que par une immersion rituelle il se purifierait de la clameur de la journée et ouvrirait pleinement son esprit à son œuvre sacrée. Il revint rasséréné, et ordonna à Moineau de remplir une lampe afin qu'il pût continuer son travail dans la soirée. Lorsque Miriam sentit l'odeur puissante de la mèche allumée, elle se rua hors de la maison, volant telle une guêpe, protestant à cause du prix de l'huile. Mais David lui parla avec une sévérité inaccoutumée, et elle battit en retraite en maugréant.

Ce fut dans le silence des heures du petit matin, quand les étoiles illuminèrent le ciel obscur, que cela se produisit. Son jeûne, le froid, la clarté brillante de la lampe : brusquement les lettres s'élevèrent et tournoyèrent en une roue magnifique. Sa main volait sur le parchemin. Chaque lettre était en feu. Chaque caractère s'envolait et dansait en tourbillonnant dans le vide. Et ensuite les lettres se fondirent dans des flammes gigantesques d'où quatre d'entre elles émergèrent, resplendissant de la gloire du nom sacré du Tout-Puissant. La force et la douceur de cette vision étaient plus que Ben Shoushan ne pouvait en supporter, et il s'évanouit.

Quand Ruti le trouva le matin, il était affalé sur le *scriptionale*, inconscient. Une fine couche de givre blanchissait sa barbe. Mais son écriture, dont chaque lettre, chaque mot étaient parfaits, couvrait plus de pages qu'un *sofer* ne pouvait en achever en une semaine de labeur constant.

Ruti le mit au lit, mais l'après-midi il insista pour se

lever et se remettre au travail. Sa main était redevenue celle d'un *sofer* ordinaire, son esprit, un fouillis incontrôlé de pensées terre-à-terre, comme d'habitude, mais son cœur était encore ému par le bonheur mystique de la nuit précédente. Ce sentiment demeura en lui le lendemain, et le texte progressa régulièrement et de façon satisfaisante.

Le quatrième jour, alors que le travail qui aurait dû lui prendre des semaines était sur le point d'être achevé, on frappa un coup léger à la porte extérieure. Ben Shoushan eut un sifflement d'exaspération. Ruti, sautillant tel un oiseau, traversa en silence la cour encombrée, tira la barre et ouvrit la porte. Quand elle vit qui se tenait là, elle se raidit, et ses mains voltigèrent pour ajuster son fichu. Quand elle se tourna vers son père, ses yeux écarquillés étaient remplis de terreur.

La visiteuse s'avança pour franchir le seuil, Ben Shoushan jeta sa plume, scandalisé. Comment la femme dont il ne prononçait pas le nom osait-elle venir à sa porte ? Sa colère agit sur son estomac vide comme de l'acide, déclenchant une douleur fulgurante dans ses entrailles. Ruti, alarmée par son expression, virevolta aussitôt et repartit en direction de la maison.

La femme parlait de sa voix suave de putain.

Déterminé à ne pas l'entendre, Ben Shoushan marmonna en hébreu : « Le miel coule des lèvres de la femme étrangère, mais son derrière est amer comme l'armoise. » C'étaient les derniers mots qu'il avait adressés à son fils – son fils ! son Kaddish, prunelle de ses yeux et racine de son cœur ! – avant qu'il n'eût franchi cette même porte pour se rendre aux fonts baptismaux et ensuite à l'autel. Ce jour-là, David Ben Shoushan avait lacéré son manteau. Deux années avaient passé et pourtant, où qu'il se tournât, le souvenir de son garçon était là, vivace et déchirant. Et maintenant la femme qui avait causé sa douleur se tenait devant lui, et elle prononçait ce nom que plus personne ne mentionnait sous son toit.

« Je n'ai pas de fils ! » cria-t-il, tournant le dos et suivant Ruti vers la porte intérieure.

Deux pas, et il s'arrêta. Qu'avait-elle dit ?

« *L'alguazil* est venu dans la nuit avec le bailli. Il s'est débattu, alors ils l'ont frappé, et quand il a crié, ils ont introduit de force un bâillon en métal dans sa bouche. L'un d'eux le maintenait pendant que l'autre tournait les vis pour l'élargir, au point que j'ai cru qu'ils allaient lui briser la mâchoire. » Elle pleurait maintenant. Il s'en rendit compte parce que sa voix n'était plus suave mais saccadée. Il ne s'était pas encore résolu à la regarder. « Ils l'ont enfermé à la Casa Santa, je les ai suivis là-bas, je les ai suppliés pour savoir quelles étaient les charges contre lui et qui l'avait accusé, mais ils s'en sont pris à moi, et ils ont dit que j'étais coupable de polluer le sang chrétien en portant l'enfant d'un hérétique marrane. Je suis lâche, aussi je me suis enfuie. Je ne supporte pas la pensée que mon enfant puisse naître dans les donjons de l'Inquisition. Je viens vers vous parce que je ne sais pas vers qui d'autre me tourner. Mon père n'a pas d'argent pour payer une rançon. » Sa voix de miel, quand elle énonça ce mensonge, était aussi ténue et aiguë que celle d'un enfant.

Ben Shoushan la regarda alors, il vit son ventre gonflé. Elle était très proche du terme. Le sentiment de perte mêlé d'amour qu'il éprouva à ce moment-là parut déliter ses os jusqu'à la moelle. Son petit-enfant, qui ne serait pas juif. Titubant, comme s'il avait bu trop de vin, il traversa la petite cour et referma la lourde porte en bois sur le visage sillonné de larmes.

Le jeune homme parlait avec difficulté. Lorsqu'ils avaient dévissé le bâillon et extrait le bulbe en métal de sa bouche, quatre dents brisées étaient parties avec. Les commissures de ses lèvres étaient déchirées, et quand il voulut parler, un filet de sang gicla sur son menton et dégoulina sur sa blouse tachée. Il essaya de lever la main pour s'essuyer, mais les menottes l'en empêchèrent.

« Comment puis-je me confesser, mon père, si vous ne me dites pas de quoi je suis accusé ? »

Ils l'avaient amené ici en chemise de nuit, et il frissonnait. La pièce à l'intérieur de la Casa Santa n'avait pas de fenêtre et les murs étaient tendus de tissu noir. La seule lumière venait de six bougies posées de part et d'autre d'une image du Christ crucifié. La table était elle aussi drapée de noir.

Le visage de l'Inquisiteur était caché dans l'ombre de son capuchon. Seules ses mains pâles, dont les bouts des doigts se rejoignaient sous un menton invisible, se détachaient à la lueur des bougies.

« Reuben Ben Shoushan...

— Renato, mon père. J'ai été baptisé Renato. Je m'appelle Renato del Salvador.

— Reuben Ben Shoushan, répéta le prêtre, comme s'il n'avait pas entendu. Vous feriez bien de vous confesser maintenant, par égard pour votre âme immortelle, et... » Il s'interrompit un long moment, tandis que dansaient légèrement les bouts de ses doigts. « Et pour votre corps mortel. Car si vous ne me déclarez pas librement vos péchés, vous le ferez certainement dans la salle de repos. »

Renato sentit se liquéfier le contenu de ses intestins. Il appuya fort ses mains menottées contre son ventre. Il déglutit, mais il n'avait plus de salive. Sa voix était rauque.

« Je ne sais pas ce que vous croyez que j'ai fait ! »

Dans l'angle, un scribe faisait crisser sa plume, notant chaque mot prononcé par Renato. Le son ramena le prisonnier chez lui, dans la cour du Kahal où courait sur le parchemin le style de son propre père. Mais David Ben Shoushan n'écrivait que des mots à la gloire de Dieu. pas comme cet homme, dont le travail était de consigner chaque supplication désespérée, chaque cri, chaque gémissement émis par l'accusé.

Un soupir exagéré se fit entendre à l'intérieur du capuchon. « Pourquoi vous infligez-vous cela ? Reconnaissez votre faute, et résignez-vous. Beaucoup l'ont fait, et sont repartis d'ici. Ne vaut-il pas mieux porter le san-benito une saison ou deux que de sacrifier votre vie au bûcher ? »

Un grognement s'échappa de la bouche de Renato. Il sentait encore l'odeur âcre de la fumée du dernier auto-dafé. La journée était humide, et la puanteur de la chair brûlée avait flotté sur la ville. Six condamnés avaient fini dans les flammes. Trois d'entre eux, confessant leur hérésie à la dernière minute, avaient été étranglés avant que le feu fût allumé. Les autres, brûlés vifs, avaient poussé des hurlements qui hantaient ses rêves.

Un autre soupir exagéré retentit à l'intérieur du capuchon. Les mains blanches voltigèrent. Un troisième homme, de haute taille, la tête recouverte par un masque en cuir, sortit de l'ombre.

« L'eau », dit le prêtre, et la tête masquée fit un signe affirmatif. Le prêtre se leva alors et quitta la pièce. L'énorme personnage attrapa Renato et lui arracha sa blouse. Reuben Ben Shoushan avait passé son enfance à étudier, penché sur le *scriptionale*, se préparant à embrasser le métier de son père. Mais ces deux dernières années, depuis qu'il était devenu Renato, il avait passé toutes ses journées en plein air, accomplissant un travail physique pénible dans les oliveraies du père de Rosa ou au pressoir à huile. Il ne serait jamais imposant, mais ses bras étaient forts à présent, musclés et brunis par le soleil. Pourtant, nu, dominé par l'homme masqué, il semblait vulnérable. Des meurtrissures se déployaient sur ses épaules, là où l'*alguazil* l'avait frappé.

Le garde le poussa brutalement en avant, et ils passèrent de la pièce noire à la salle de repos, au bas de l'escalier. Quand Renato vit l'échelle penchée au-dessus du large bassin de pierre dont les lanières étaient encore ensanglantées par les contorsions du prisonnier précédent, et les chevilles en bois qu'on enfoncerait dans ses narines, il ne put plus contrôler son sphincter. Une terrible puanteur emplit la pièce.

David Ben Shoushan s'habilla avec soin. Il mit sa tunique la moins râpée et arrangea le garde-corps de façon à ce que la longue capuche retombât gracieusement sur chaque épaule. Ruti essuya des larmes tout en s'efforçant de repriser un petit trou sur la seule paire de bas de son père.

« Donne-moi ça, malheureuse », dit Miriam, le lui prenant des mains. Les doigts de Ruti, épaissis par le nettoyage des peaux, n'étaient pas aussi habiles que ceux de sa mère pour les travaux minutieux. Rapidement, Miriam raccommoda le tissu avec des points si fins qu'on les voyait à peine. « Nous devons nous dépêcher, dit-elle, lançant le bas à son mari. Qui sait ce qu'ils sont en train de faire à mon garçon !

— Tu n'as pas de garçon, répliqua David d'un ton brusque. Ne l'oublie pas. Nous avons observé la shiva pour notre fils. Je vais faire ce que je peux pour un étranger à qui un terrible malheur est arrivé.

— Vois les choses de cette façon si ça peut t'apaiser, pauvre idiot, s'exclama Miriam. Mais arrête de te pomponner et vas-y, je t'en conjure ! »

David longea les étroites ruelles jusqu'à la maison de son frère, sentant la bile remonter dans sa gorge. Jamais le poids de sa pauvreté n'avait autant pesé sur lui. Chaque Juif, et chaque *converso*, savait que l'Inquisition se préoccupait autant de remplir les caisses royales que de purifier l'Église d'Espagne. En échange du paiement d'une amende conséquente, la plupart des prisonniers pouvaient quitter la Casa Santa sur leurs deux jambes, ou en boitillant, ou sur une civière, selon la durée de leur détention. Mais Joseph accepterait-il de dépenser une pareille somme pour un neveu apostat, que son propre père avait déclaré mort ?

David était si absorbé par sa propre honte et son chagrin qu'il arriva devant les portes de la belle maison de son frère sans avoir remarqué l'agitation qui régnait à l'intérieur. Joseph, qui s'enorgueillissait de son raffinement, avait habituellement une demeure paisible, et des domestiques discrets et réservés. Mais aujourd'hui la cour résonnait de voix soucieuses. David se remémora la date – le mariage n'était pas prévu avant le mois suivant. Ce remue-ménage ne faisait donc pas partie des préparatifs de cet événement. Le portier de son frère le reconnut et le fit entrer. Il vit qu'on amenait de l'écurie le meilleur hongre de Joseph, et qu'on chargeait les chevaux des gardes et des domestiques.

À cet instant, Joseph en personne sortit de la maison, habillé pour partir, en grande discussion avec un homme à l'air las et aux vêtements poussiéreux. David mit un moment à reconnaître, dans cette tenue, le secrétaire de don Isaac Abravanel. Au début, Joseph était si attentif à ce qu'il disait que son regard glissa sur son frère sans le voir, debout au milieu du tourbillon de domestiques affairés. Mais ensuite, ses yeux se posèrent à nouveau sur la silhouette voûtée, immobile, et son visage s'adoucit. Joseph Ben Shoushan aimait et vénérait son jeune frère pieux, bien que leur importance respective dans le monde eût dressé une barrière entre eux. L'homme plus âgé tendit la main à son cadet, et l'attira pour le serrer dans ses bras.

« Frère ! Qu'est-ce qui t'amène avec cette tête d'enterrement ? »

David Ben Shoushan, ayant préparé sa requête pendant tout son trajet jusqu'à la villa, fut alors soudain paralysé par la timidité. Son frère était manifestement occupé par une affaire d'une grande importance, et son front était lui aussi plissé d'inquiétude.

« C'est mon… c'est une personne qui a souffert… c'est-à-dire, à qui un grand malheur est arrivé », bégaya-t-il.

Une lueur d'impatience, rapidement étouffée, passa sur le visage de Joseph.

« Les malheurs nous assaillent de toutes parts ! s'exclama-t-il. Mais viens, je vais me restaurer avant mon voyage. Viens prendre une collation avec moi et dis-moi ce que je peux faire. »

David songea que la collation de son frère eût été considérée comme un banquet à sa propre table. La viande était fraîche, non salée, servie avec des fruits, difficiles à trouver en hiver, et des pâtisseries des plus légères. Il ne put se résoudre à goûter une seule miette de ce festin.

Quand son frère se fut épanché, Joseph secoua la tête et soupira. « À tout autre moment, je rachèterais ce jeune homme Mais son destin s'abat sur lui un mauvais jour. Pardonne-moi, frère, mais je crains que nous ne devions penser d'abord aux Juifs, et laisser ceux qui ont abandonné notre foi affronter les conséquences que leur propre choix leur fait encourir. Je pars à présent pour Grenade, dans la plus grande hâte, avec chaque *crusata* que j'ai pu amasser. Le secrétaire de don Abravanel que voici – il indiqua de la tête le gentilhomme qui, épuisé, s'était affalé contre les coussins – est venu m'apporter de très graves nouvelles. Le roi et la reine préparent un ordre d'expulsion… »

David retint son souffle.

« Oui, ainsi que nous l'avons craint. Ils ont interprété la capitulation de Grenade comme un signe de la volonté divine que l'Espagne devienne un pays chrétien. Leur intention est donc de remercier Dieu de leur victoire en proclamant que l'Espagne est un pays où aucun Juif ne peut demeurer. Le choix est de se convertir ou de partir. Ils ont ourdi ce projet en secret, mais finalement la reine l'a confié à son vieil ami don Seneor.

— Mais comment le roi et la reine ont-ils pu faire une chose pareille ? C'est l'argent des Juifs, ou du moins l'argent collecté par les Juifs, qui leur a assuré la victoire sur les Maures !

— Nous avons été dépouillés, mon frère. Et maintenant, comme une vache qui ne donne plus de lait, on nous envoie à l'abattoir. Don Seneor et don Abravanel préparent une dernière proposition, un pot-de-vin, soyons francs, pour découvrir si cette décision est irrécusable. Mais ils n'ont pas beaucoup d'espoir. » Joseph agita son jarret d'agneau en direction de l'homme exténué. « Racontez à mon frère ce que la reine a répondu à don Isaac. »

Le voyageur passa la main sur son visage. « L'histoire de notre peuple montre que Dieu détruit ceux qui veulent détruire les Juifs. C'est ce que mon maître a dit à la reine. Elle a répondu que la décision ne venait ni d'elle ni de son mari. "C'est le Seigneur qui l'a inspirée au roi, a-t-elle déclaré. Comme les fleuves, le cœur du roi est dans Ses mains. Il en fait ce que bon lui semble "

— Le roi, pour sa part, l'interrompit Joseph, impute à la reine toute la responsabilité de ce décret. Mais les personnes les plus proches du couple royal savent que le timbre même des paroles de la reine est l'écho de la voix de son confesseur, puisse son nom être effacé.

— Que peux-tu offrir de plus que ce que nous leur avons déjà donné dans le passé ?

— Trois cent mille ducats. »

David enfouit son visage dans ses mains.

« Oui, je sais, c'est un montant ahurissant. Pas seulement une somme fabuleuse, la rançon d'un peuple. Mais quel choix avons-nous ? » Joseph Ben Shoushan se leva alors et tendit la main à son frère. « Tu vois pourquoi il ne me reste rien pour toi aujourd'hui ? »

David acquiesça. Ensemble, ils retraversèrent la cour animée. Les cavaliers en armes et les domestiques étaient déjà en selle. David accompagna son frère jusqu'à son cheval. Joseph enfourcha sa monture, puis se pencha pour parler à l'oreille de David. « Inutile de te recommander de ne rien répéter de notre conversation. Dès que cette nouvelle sera connue, ce sera la panique. Si nous parvenons à regagner la faveur de Leurs Majestés, à quoi bon gémir et se lamenter ? » Le cheval, frais et dispos, piaffait d'impatience, rongeant son mors. Joseph tira fermement sur les rênes et saisit la main de son frère. « Je suis désolé pour ton fils.

— Je n'ai pas de fils », répliqua David, mais ses mots se perdirent en un chuchotement éraillé dans le vacarme des sabots sur la pierre, alors que l'équipage franchissait le portail au galop.

Pendant quatre jours, Renato sombra dans l'inconscience par intervalles. Il se réveillait la joue appuyée contre la paille imbibée d'urine et de crottes de rats qui jonchait le sol de pierre. Quand il toussait, il crachait des caillots de sang, et aussi de longs rubans d'une matière transparente qui se désagrégeait dans ses doigts. C'était comme s'il se vidait de ses entrailles ; comme si son corps se détruisait de l'intérieur. Il avait soif, mais au début il ne parvint pas à atteindre la cruche. Plus tard, quand il parvint à la saisir entre ses mains tremblantes et à verser un peu d'eau dans sa bouche, la douleur qu'il ressentit en avalant le fit s'évanouir à nouveau. Dans ses rêves, il se retrouvait attaché à l'échelle inclinée, l'eau se déversant en cascade dans sa bouche, ses mouvements involontaires de déglutition entraînant l'étroite bande de tissu plus profondément dans son œsophage.

Renato n'avait pas imaginé qu'une telle souffrance fût possible. En silence, puisqu'il lui était impossible de parler, il pria Dieu de le laisser mourir. Mais il ne fut pas exaucé, car lorsqu'il se réveilla, il était toujours allongé là, les yeux rouges des rats brillant dans le noir. Le cinquième jour, il resta plus souvent éveillé qu'inconscient, et le sixième, il parvint à se hisser contre le mur, en position assise. Il ne lui restait qu'à attendre, et à se souvenir.

Après la cinquième aiguière, le linge était largement enfoncé dans son gosier, et l'Inquisiteur était venu dans la salle de repos. Ils avaient alors redressé l'échelle, tandis qu'il s'étouffait et avait des haut-le-cœur, et se contorsionnait, pris de panique. Renato avait alors enfin vu la preuve contre lui, et il avait su ce qu'il devait confesser. Le prêtre tenait entre deux doigts, comme si c'était un déchet, une longue lanière de cuir marron avec au bout une petite boîte carrée. À l'intérieur se trouvait la parole de Dieu, calligraphiée de la main impeccable de son père.

« Vous autres faux *conversos* êtes une pourriture sèche, dévorant le cœur de l'Église, dit le prêtre. Vous faites vos prières répugnantes en secret et ensuite vous corrompez notre Église par votre présence mensongère en notre sein. » Renato ne pouvait pas répondre, ni pour se confesser ni pour rejeter les accusations. Il lui était impossible de parler avec ce tampon de tissu au fond du gosier. Le prêtre resta là pendant qu'ils retournaient l'échelle, versaient une autre aiguière d'eau et soudain, avec une force atroce, tirèrent sur le linge, qui avait pénétré dans son œsophage. Renato eut l'impression que ses entrailles remontaient dans sa gorge. Il s'évanouit, et quand il revint à lui, il était de nouveau seul dans sa cellule.

Shin. Fe. Kaf.
Répands ta colère sur les peuples qui ne Te connaissent point...

Parce qu'il n'avait pas su que faire d'autre, David Ben Shoushan était retourné à son *scriptionale* et s'était remis à travailler au Shefoch Hamatcha, peu avant la conclusion de la haggada. Mais de son esprit en ébullition, comme de ses cuves d'encre, émanaient des vapeurs empoisonnées. Sa main tremblait et ses lettres étaient disgracieuses. Il entendait, à l'intérieur de la maison, Miriam, partagée entre le chagrin et la rage, agonir son frère d'un flot d'insultes et crier après la pauvre Moineau qui, supposait-il, tentait en vain de la réconforter. Il n'avait rien dit de la grande mission de son frère ni du sort qui les guettait tous à présent. Ses pensées tourbillonnaient entre Reuben *dans la maison de l'oppression*, la situation critique des Juifs *assaillis par des ennemis*, et la pauvre petite Moineau, *Lève-toi, mon amour, et va-t'en*. Il devait lui trouver un mari, et vite. S'ils étaient contraints de prendre la route incertaine de l'exil, elle aurait besoin de plus de protection que ce qu'il pouvait lui offrir. Il passa en revue la liste des candidats potentiels. Avram, le *mohel*, avait un fils de l'âge qui convenait. Le garçon bégayait et louchait, mais avait un assez bon caractère. Pourtant Avram ne pourrait peut-être pas fermer les yeux sur le fait que la jeune fille était la sœur d'un *converso*, ce qui constituait une tare. Moïse, le *chohet*, était un homme solide avec des fils solides, qui seraient de meilleurs protecteurs, mais les garçons étaient tous têtus et coléreux, et en outre, Moïse aimait l'argent, ce que David ne serait pas en mesure de lui procurer.

Il ne lui vint pas à l'esprit de consulter Ruti elle-même à ce sujet. S'il l'avait fait, il eût été très surpris par le résultat. Il ne se rendait pas compte que son amour pour sa fille s'accompagnait d'une sorte de mépris à son égard. Il la voyait comme un être généreux, dévoué, mais vaguement pitoyable. David, comme la plupart des gens, avait commis l'erreur de confondre douceur avec faiblesse.

Car Ruti avait une vie secrète que son père ne pouvait pas imaginer. Depuis plus de trois ans, elle s'était plongée dans l'étude du Zohar, le Livre de la splendeur. Seule, en secret, elle était devenue une experte de la kabbale. Ces études lui étaient interdites, en raison de son âge et de son sexe. Les hommes juifs étaient censés n'approcher le dangereux royaume du mysticisme qu'après quarante ans. Les femmes n'avaient jamais été considérées comme dignes de le faire. Mais la famille Ben Shoushan avait donné naissance à de célèbres kabbalistes, et depuis l'enfance Ruti avait eu conscience du pouvoir et de l'importance du Zohar dans la vie spirituelle de son père. Lorsque son petit groupe d'érudits éprouvés s'était réuni chez eux pour étudier, Ruti, feignant de dormir, s'était efforcée de les écouter discuter du texte ardu.

Si l'âme de Ruti avait une vie secrète, c'était aussi le cas de son corps rondelet. Elle ne pouvait pas disposer des livres de son père, il ne l'eût jamais permis. Mais elle avait vu les volumes dont elle avait besoin dans l'atelier de reliure où elle apportait le travail de David. Micha, le relieur, était un jeune homme vieilli prématurément, aux joues pâles et aux cheveux clairsemés qu'il tirait nerveusement chaque fois que sa femme entrait. Frêle et terne, souvent malade, usée par les grossesses, elle semblait toujours traîner derrière elle une ribambelle d'enfants en pleurs.

Ruti se souvenait du regard différent que le relieur avait porté sur elle quand elle lui avait dit ce qu'elle voulait. Elle avait d'abord prétendu que son père avait demandé à emprunter les livres, mais Micha avait décelé tout de suite sa supercherie. Dans le Kahal, tout le monde savait que David Ben Shoushan, si pauvre qu'il fût, possédait une remarquable bibliothèque. Il devina ce qu'elle cherchait, et il connaissait le poids du tabou qu'elle violait. Si elle était prête à enfreindre des règles aussi graves, raisonna-t-il, peut-être se laisserait-elle tenter par d'autres formes de transgression. En échange du prêt des livres, il l'avait allongée sur les morceaux de peau moelleux tombés de son établi. Elle avait respiré les odeurs puissantes du beau cuir pendant que les mains du relieur, habiles à manier la chair, touchaient les parties cachées de son corps. La première fois qu'elle avait accepté cette transaction, elle avait été terrifiée. Elle avait frémi lorsqu'il avait soulevé le lainage rêche de sa robe et écarté ses cuisses à fossettes. Mais son contact avait été subtil, et bientôt délicieux, lui révélant un plaisir qu'elle n'avait jamais imaginé. Quand il avait glissé sa langue entre ses jambes et l'avait léchée comme un chat, il lui avait procuré une extase physique analogue à la joie spirituelle qu'elle éprouvait lors de ses rares nuits dans la grotte, quand les lettres s'élevaient et prenaient leur envol.

Il était juste, se dit-elle, que ces deux extases interdites fussent liées, que sa féminité, qui aurait dû lui interdire cette étude, la lui rendît possible ; la soumission de sa chair désormais consentante lui procurant le moyen d'atteindre le ravissement de l'âme. C'était parce qu'elle connaissait le pouvoir de la luxure et les plaisirs du corps qu'elle avait réussi à comprendre, sinon à pardonner, la trahison de son frère à l'égard de sa famille et de sa religion. Si son père avait été moins exigeant et moins rigide, s'il avait évoqué plus tôt les mystères et les beautés du Zohar, son frère n'eût jamais cédé à l'emprise d'une autre religion.

Mais Reuben avait été élevé d'après la lettre de la Loi. Chaque jour, il s'était penché sur le *scriptionale*, accomplissant un travail des plus routiniers, tandis que son père le reprenait sans arrêt. Elle entendait encore la voix calme, posée, critiquant son fils constamment : « L'espace au milieu de la lettre *beit* doit être très exactement égal à la largeur des lignes du haut et du bas. Là, sur cette ligne, tu vois ? Tu l'as fait trop étroit. Efface-le et recommence la page. Reuben, tu dois savoir à présent que le coin gauche le plus bas du *tet* est carré, tandis que le coin droit est arrondi. Ici, tu l'as inversé, tu vois ? Recommence la page. » Recommence, encore, encore et encore.

Pas une seule fois son père n'avait laissé entrevoir à Reuben la magnificence qui tournoyait dans l'encre noire. L'esprit de Ruti, lui, en était illuminé. Chaque minuscule lettre était un poème, une prière, une porte ouverte sur la splendeur de Dieu. Et chacune était une route à part entière, un mystère particulier. Pourquoi son père n'avait-il pas partagé quelques-unes de ces choses avec son frère ?

Quand elle pensait à la lettre *beit*, ce n'étaient pas l'épaisseur des lignes ni la précision des espaces qui l'intéressaient, mais son mystère : le chiffre deux, le duel, la maison, la maison de Dieu sur terre. « Ils construiront un temple et je demeurerai en eux. » *En eux*, et non *en lui*. Il demeurerait en elle. Elle serait la maison de Dieu. La maison de la transcendance. Une lettre unique, une lettre minuscule, et en elle, un tel chemin vers la joie.

Avec le temps, le cœur de Ruti s'était ouvert au relieur, et l'affection mutuelle avait grandi. Quand il lui avait suggéré un code clandestin dont ils pourraient se servir quand l'un désirerait le contact de l'autre, elle avait proposé la lettre d'union, *beit*. Quand elle la voyait griffonnée sur l'une des factures de son père, elle savait que la femme de Micha était sortie. Elle l'ajoutait aux instructions que son père envoyait à l'atelier, pour indiquer sans mots, au cas où d'autres clients seraient là, qu'elle avait du temps et que si elle s'attardait on ne remarquerait pas son absence. Elle se demandait si Reuben avait eu aussi un signal secret avec sa bien-aimée, une encoche sur un arbre ou un linge placé d'une certaine manière. Cela avait sûrement été quelque chose de ce genre, car comme la plupart des chrétiens, Rosa ne savait pas lire.

Reuben avait vécu pour l'instant où, à la fin de chaque journée, il était enfin libéré du *scriptionale* et envoyé en course. Ruti avait observé de quelle façon il bondissait alors, brusquement plein de vie. De plus en plus souvent, lorsqu'il partait faire une course, un sourire éclairait son visage, et son pas avait un élan particulier.

Quand on l'avait chargé d'acheter des olives ou de l'huile au père de Rosa, comment aurait-il pu ne pas remarquer la jeune fille de la maison qui mûrissait elle aussi ? Ruti devinait exactement comment ça s'était passé, bien que son frère n'eût jamais pensé à souiller ses oreilles qu'il croyait innocentes par des confidences sur ses passions charnelles.

Après la conversion, le mariage et la séparation, Ruti et son frère s'étaient croisés par hasard sur la place du marché. Elle savait qu'elle était censée l'ignorer et passer devant lui en baissant les yeux, comme s'il avait été un Gentil inconnu. Mais son cœur ne l'entendait pas ainsi. Elle se laissa entraîner vers lui par la foule et, protégée par la masse des gens qui se pressaient autour d'elle, elle lui saisit la main. Une main si différente, si calleuse, maintenant qu'elle s'était libérée de la plume pour manier l'émondoir. Elle l'étreignit, mettant toute l'affection qu'elle pouvait dans ce geste, avant de repartir à la hâte.

La fois suivante, deux semaines plus tard, il s'était préparé à la rencontrer. Il lui glissa un mot dans la paume, l'implorant de le retrouver. Il avait indiqué le nom de l'endroit, Esplugües, au sud de la ville. *Esplugües* signifiait « grottes » et ce flanc de colline blanc, desséché, en était criblé. L'une d'elles en particulier, profonde et à l'abri des regards, avait été une cachette favorite de leur enfance. Plus tard, il y avait amené Rosa, pendant l'époque où ils s'étaient fréquentés en secret. Il ignorait que Ruti utilisait cette même grotte pour ses études clandestines. Leur première rencontre fut tendue : malgré tout son amour pour lui, elle ne put s'empêcher de lui reprocher la souffrance et la disgrâce qu'il avait apportées à sa famille. Mais son frère était un homme bon, elle le savait au fond de son cœur, et l'affection qui l'avait entourée autrefois était venue de lui, non de sa mère grincheuse ou de son père distrait. Bientôt, ils se retrouvèrent là chaque semaine. Le jour où il lui annonça qu'un bébé allait naître au printemps, il pleura.

« C'est seulement quand on se prépare soi-même à la paternité qu'on sait ce qu'éprouve son propre père pour soi », chuchota-t-il. Ruti attira sa tête contre sa poitrine et lui caressa les cheveux. Sa voix était étouffée. « Il parle de moi quelquefois ? demanda-t-il.

— Jamais, répondit-elle, le plus gentiment possible. Mais je crois que pas une heure ne s'écoule sans qu'il pense à toi. » Elle glissa la main sur la pierre piquetée, blanchie. L'endroit lui évoquait des os, un ossuaire forgé à partir des restes des morts mal aimés. La chair enflammée de sa paume rougeâtre était si éphémère, après tout. Bientôt ils seraient tous morts, et leurs os, poreux comme la dentelle. Et qui se soucierait alors que son frère ait laissé un prêtre asperger son front d'un peu d'eau et dire quelques prières en latin ? Dans cette grotte, Ruti avait senti la présence de Dieu. Elle avait tremblé devant l'immanence qui assécherait cette eau et retirerait l'air même de la bouche du prêtre.

À cet instant lui vint une idée. Il lui parut si inoffensif de confier à son frère ce souvenir des heures partagées entre un père et son fils, debout devant Dieu.

« Je pourrais t'apporter quelque chose », dit-elle. Et la semaine suivante, elle le fit.

David Ben Shoushan se tourna avec impatience vers sa fille. « Moineau ! appela-t-il. J'ai besoin de toi, petite. Dépêche-toi, pour une fois, et arrête de traînasser. »

Ruti, à genoux par terre, jeta la brosse à récurer dans le seau et se releva, frottant les endroits où sa chair était meurtrie par les carreaux. « Mais je n'ai pas fini le sol, père, dit-elle avec douceur.

— Peu importe, j'ai une course qui ne peut pas attendre.

— Mais mère va être...

— Je m'arrangerai avec elle. » Il y avait dans son attitude quelque chose de furtif que Ruti n'avait jamais connu auparavant. Il ne quittait pas des yeux la porte extérieure. « J'ai besoin que tu apportes ce paquet au relieur. Il a déjà mes instructions détaillées. Il sait ce qu'il a à faire. Le livre doit être présenté à don Joseph dès son retour. On l'attend avant le début du Shabbat. Va maintenant, ma fille, et dépêche-toi. Je ne veux pas donner à ce chenapan une raison de manquer de ponctualité. »

Ruti alla au puits. Rapidement, mais avec soin, elle se lava les mains et les essuya avant de prendre le paquet enveloppé dans un morceau de tissu. La main de son père, d'habitude si assurée, tremblait. Quand elle sentit la forme du métal enveloppé d'étoffe, elle la reconnut aussitôt. Elle l'avait polie assez souvent, redoutant de la lâcher ou d'abîmer le filigrane en argent. C'était le seul objet précieux de la maison. Ses yeux s'ouvrirent tout grands.

« Qu'est-ce que tu regardes ? Ce travail ne te concerne pas.

— Mais c'est l'étui de la *kétouba* de mère ! » s'exclamat-elle. La *kétouba* était la plus belle que Ruti eût jamais vue. David l'avait faite lui-même, jeune *sofer* transporté par la pensée de sa fiancée qu'il connaissait à peine, inscrivant chaque lettre de chaque mot du contrat de mariage comme un hommage parfait à la femme qui, croyait-il alors, serait son âme sœur. Quand son propre père avait vu son travail, il avait été si fier de son fils qu'il avait dépensé plus que prévu pour lui offrir un bel étui.

« Père, glapit Ruti, tu n'as pas l'intention de la donner au relieur en guise de paiement ?

— Ce n'est pas un paiement ! » Le sentiment de culpabilité et le doute de David le rendaient brusque. « La haggada doit avoir une couverture digne d'elle. Où veux-tu que je trouve de l'argent pour l'embellir ? Le relieur connaît un orfèvre qui vit en dehors de Tarragone, et qui fera le travail pour rien parce qu'il veut se recommander à la famille Sanz. Il attend à l'atelier, alors vas-y, maintenant. Sors d'ici ! »

Il avait d'abord songé à vendre l'étui de la *kétouba* pour payer une partie de la rançon de son fils. Mais la parole de Dieu y était gravée, et le vendre à un chrétien qui la fondrait pour en faire de la monnaie serait une honte, et sans doute un péché. Pourtant, au cœur de sa foi résidait un enseignement fondamental, à savoir que le sauvetage d'une vie humaine devait passer avant toutes les autres *mitzvot*, ou bonnes actions. Puis il découvrit le moyen. Il pouvait utiliser l'argent pour embellir la haggada, de telle sorte que le sacré resterait sacré. Un aussi beau cadeau ouvrirait sûrement la main de son frère. Comment pourrait-il en être autrement ? David s'en était convaincu. C'était l'unique mince espoir auquel il se raccrochait. Avec une irritation extrême, il remarqua que Ruti était encore devant lui, tendant le paquet comme pour le lui rendre.

« Mais mère n'a sûrement pas donné son accord pour ce... Je... Je... j'ai peur qu'elle ne se mette en colère contre moi.

— Mon Moineau, elle sera certainement en colère. Mais pas contre toi. Comme je l'ai dit, la raison de ce geste ne te concerne pas. Maintenant, dépêche-toi avant que ce chenapan ne profite de ton retard pour reporter le travail. »

En réalité, son père n'aurait pas dû s'inquiéter à ce propos. Malgré sa roublardise, Micha était un artisan orgueilleux, et il savait que les enluminures et le texte apportés par Ben Shoushan promettaient de devenir un livre d'une beauté exceptionnelle, qui pouvait établir sa réputation parmi les Juifs les plus fortunés de la communauté. De telles occasions ne s'offraient pas à lui tous les jours, et il avait mis de côté toutes ses autres commandes afin d'honorer celle-ci.

La haggada était posée sur l'établi, garnie de la reliure qu'il avait fabriquée avec le chevreau le plus souple, estampée par un repoussage élaboré. Il y avait un espace vide au milieu.

L'orfèvre était un jeune homme qui venait juste de terminer son apprentissage, mais était doué pour le dessin. Il s'empressa de prendre son paquet à Ruti, le déballa, et examina l'étui de la *kétouba*. « Il est très beau. C'est dommage de défaire un pareil ouvrage. Mais je promets à votre mère que je fabriquerai quelque chose qui sera digne de son sacrifice. » Il déroula sur l'établi un petit parchemin où il avait dessiné un motif pour le médaillon central de la couverture, qui représentait l'aile de l'emblème de la famille Sanz entremêlé de roses, le symbole de la famille Ben Shoushan. Et une paire de splendides fermoirs, ingénieusement composés, eux aussi, d'ailes et de roses.

« Je vais travailler toute la nuit s'il le faut, afin que le livre soit prêt pour Erev Shabbat, selon le souhait de votre père. » Il enveloppa soigneusement le livre et l'étui et prit alors congé, désireux de faire de jour le long trajet depuis Tarragone, avant que les brigands n'entament leur travail nocturne.

Ruti glissa le doigt sur une section de cahiers cousus, feignant d'examiner les points, gagnant du temps jusqu'au départ de l'orfèvre. Elle avait vu la lettre de l'union, leur *beit* secret, griffonné sur un bout de parchemin.

Le relieur se détourna de la porte. Il se lécha les lèvres. Elle sentit sa main dans ses reins, tandis qu'il la poussait dans l'alcôve. À l'intérieur, l'odeur familière et puissante du cuir l'excita, et elle se tourna vers lui, entourant ses maigres hanches de ses bras potelés, détachant son tablier, puis desserrant son vêtement. Elle savoura le goût âcre et salé de sa chair dans sa bouche.

Arrivée devant la porte extérieure de sa maison, elle sentait encore ce goût sur sa langue. Elle était en retard pour le repas du soir, mais elle redoutait d'entrer. Elle pensait que ses parents seraient en train de se disputer à cause de l'étui disparu. Mais quand elle s'arma enfin de courage et franchit le seuil, puisqu'elle le devait, elle trouva sa mère en train de récriminer, selon son habitude, contre les carences quotidiennes de son père. Il n'y avait pas de tempête, juste la marée d'acrimonie de tous les jours. Ruti garda les yeux fixés sur son pain et ne regarda pas son père, comme elle aurait voulu le faire. Elle se demanda quel mensonge il avait inventé et eut très envie de lui poser la question. Mais certaines choses étaient possibles sur terre, et d'autres pas, et Ruti connaissait la différence.

Quand Renato fut soumis à la question pour la troisième fois, il était trop faible pour se tenir debout. Deux *alguaziles* durent le traîner. Il s'assit dans la pièce drapée de noir, sentant l'odeur de la cire de la bougie et la puanteur âcre de sa propre peur.

« Reuben Ben Shoushan, avouez-vous avoir eu en votre possession ces choses dont un homme juif a besoin pour prier ? »

Il essaya de parler, mais le son qui sortit de sa gorge à vif ne fut qu'un chuchotement. Il voulut répondre qu'il n'avait pas prié comme juif, contrairement à ce que laissaient croire les phylactères. Il avait tourné le dos à ces rites quand il avait quitté la maison de son père. Certes, il avait aimé Rosa avant d'aimer son Église. Mais le prêtre qui l'avait baptisé avait expliqué que Jésus accomplissait souvent sa volonté de cette manière, que son amour pour Rosa n'était qu'une parcelle de l'amour du Seigneur, et qu'il lui était accordé comme un avant-goût de la douceur du salut. Il avait lutté intérieurement pour se convaincre que Jésus était le Messie tant attendu par les Juifs. La description pleine d'espoir que le prêtre avait faite du paradis lui avait plu. Plus que tout peut-être, il avait aimé l'idée d'une épouse dont le corps lui serait accessible presque tout le temps, au lieu de la sévère discipline de l'abstinence qui le guettait pendant la moitié de chaque mois avec une femme juive.

Il avait gardé les phylactères non par nostalgie de la prière juive, mais parce que son père, qu'il aimait de tout son cœur, lui manquait. Quand il se levait, et avant de dormir, il serrait contre lui les lanières en cuir, non pas pour prier, mais juste pour penser un moment à son père, et à l'amour avec lequel il avait transcrit les mots sur le parchemin à l'intérieur des étuis. Or, aimer un Juif et son travail était en soi un péché pour ces prêtres de l'Inquisition.

Il acquiesça donc.

« Notez dans le rapport que le Juif Reuben Ben Shoushan a avoué avoir judaïsé. Maintenant, reconnaissez que vous avez corrompu votre femme avec ces choses. Un informateur dit qu'on vous a vus prier ensemble. »

Reuben sentit à nouveau la peur monter en lui. Sa femme. Son innocente et ignorante épouse. Il se refusait absolument à être la cause de ses souffrances. Il secoua la tête avec toute la vigueur que lui permettait son état affaibli.

« Reconnaissez-le. Vous lui avez enseigné vos infâmes prières et vous l'avez forcée à prier avec vous. Il y avait un témoin.

— Non ! cria Renato d'une voix râpeuse, retrouvant sa voix. Ils mentent ! » Il arracha les mots à sa gorge déchiquetée. « Nous avons dit le Pater Noster et l'Ave Maria. Rien d'autre. Ma femme ignorait totalement que j'avais apporté des objets juifs dans notre maison.

— Les aviez-vous avec vous quand vous avez contracté le sacrement du mariage ? »

Renato secoua la tête.

« Dans ce cas, depuis combien de temps êtes-vous un judaïsant ? »

Il ouvrit ses lèvres fendillées et chuchota : « Juste un mois.

— Vous prétendez n'avoir été un judaïsant que depuis un mois ? »

Il hocha la tête.

« Alors qui vous a fourni ces objets ? »

Renato tressaillit. Il n'avait pas prévu cela.

« Qui vous les a fournis ? Dites son nom ! »

Renato sentit que la pièce commençait à tourner et se cramponna à sa chaise.

Le prêtre fit un signe, et le colosse masqué s'approcha de lui. Les *alguaziles* agrippèrent Renato et le soulevèrent de son siège. Il garda le silence tandis qu'ils le traînaient hors de la pièce, et au bas de l'escalier faiblement éclairé. Il garda le silence quand ils l'attachèrent à l'échelle et retournèrent celle-ci au-dessus du bassin. Des sanglots secs secouèrent son corps quand il entendit l'eau du puits couler dans les aiguières. Il gardait toujours le silence. Mais lorsqu'ils prirent le morceau de tissu et ouvrirent de force ses mâchoires, il hurla. La douleur de ce mot unique lui déchira la gorge.

« Moineau ! »

Quand un *alguazil* procédait à une arrestation dans le quartier chrétien, il prenait soin de le faire au milieu de la nuit. De cette façon, la victime était sans défense, désorientée, et ne risquait pas de se débattre ni d'ameuter des voisins qui pourraient compliquer la situation. Mais le Saint-Office de l'Inquisition n'envoyait pas ses propres soldats dans le Kahal. Il se préoccupait d'extirper l'hérésie chez ceux qui prétendaient avoir accepté le Christ, mais ne se souciait pas de ceux qui persistaient dans leur foi erronée. Les crimes des juifs qui se mêlaient aux chrétiens et tentaient de les éloigner de la vraie religion étaient l'affaire des autorités civiles qui envoyaient leurs soldats quand bon leur semblait.

C'était donc l'après-midi, et il faisait encore jour, quand des coups péremptoires à la porte troublèrent la paix de la maison Ben Shoushan. David y était seul ; Miriam était allée au *mikvé*, et Ruti à l'atelier de reliure pour demander si son père pouvait venir chercher l'ouvrage terminé le soir même, à temps pour l'offrir à son frère, dont le retour était attendu. David avait remarqué, fort mécontent, qu'elle tardait à revenir de sa course, comme d'habitude.

Il s'approcha de la porte en traînant les pieds, criant contre le grossier personnage qui avait l'effronterie de cogner chez lui de cette manière. Quand il tira la barre et vit qui était là, ses imprécations se figèrent sur ses lèvres. Il recula d'un pas.

Les hommes pénétrèrent dans la cour. L'un d'eux cracha dans le puits. Un autre se tourna lentement, l'air déterminé, accrochant de la pointe du fourreau de son épée le bord du banc où était rangé le délicat matériel d'écriture de David. Les bouteilles d'encre dégringolèrent sur le sol.

« Ruth Ben Shoushan », ordonna le plus grand des hommes armés.

« Ruti ? » répéta David d'une petite voix, ouvrant des yeux surpris. Il avait été persuadé que les hommes étaient venus pour lui. « Il doit y avoir une erreur. Il ne peut pas s'agir de Ruti.

— Ruth Ben Shoushan. Tout de suite ! » L'homme leva son pied botté d'un geste presque langoureux et renversa le *scriptionale* de David.

« Elle... elle n'est pas ici ! » s'écria David, sentant la peur lui picoter le crâne. « Je l'ai envoyée faire une course. Mais que voulez-vous donc à la petite Ruti ? »

Pour toute réponse, le soldat brandit son poing et frappa le *sofer* en plein visage. David chancela, perdit l'équilibre et tomba à la renverse, atterrissant brutalement sur les fesses. Il voulut hurler de douleur, mais le choc lui avait coupé le souffle, et quand il ouvrit la bouche, aucun son n'en sortit.

Le soldat se baissa et lui arracha son chapeau, puis attrapa le nœud de cheveux argentés et le souleva du sol.

« Elle est allée où ? »

David, grimaçant de douleur, cria qu'il n'en savait rien. « Ma femme l'a envoyée et je... »

Avant qu'il eût terminé sa phrase, le soldat tira violemment sur ses cheveux, le projetant par terre. Une botte lui heurta violemment la tempe.

Son oreille gronda et bourdonna. Il sentit une brûlure sur un côté du visage, puis quelque chose d'humide.

Un autre coup de pied lui enfonça la mâchoire, broyant les os.

« Où est ta fille ? »

Même s'il avait voulu répondre, sa mâchoire brisée n'aurait pas pu s'ouvrir pour articuler les mots. Il essaya de lever un bras pour protéger son crâne fracturé, mais il eut l'impression qu'un poids de plomb le maintenait au sol. Son flanc gauche refusait de bouger. Il resta allongé là, impuissant sous les coups, tandis que le sang qui s'infiltrait dans son cerveau gagnait du terrain, éteignant totalement la lumière.

Rosa del Salvador n'avait pas dormi convenablement depuis des jours. Son énorme ventre ne lui permettait pas de trouver une position confortable. Son visage l'élançait à cause des coups que son père, dans sa rage, lui avait portés plus tôt dans la soirée. Même quand l'épuisement avait raison d'elle et qu'elle s'assoupissait, un terrible rêve survenait toujours. Cette fois elle avait rêvé d'un vieux cheval de son enfance, un hongre noir avec une étoile blanche sur le front. C'était le cheval aux yeux bandés qui actionnait la presse à huile, décrivant des cercles patients. Un jour il s'était mis à boiter, et son père avait envoyé chercher l'équarrisseur. Rosa se souvenait comment l'homme avait fixé la tige métallique sur la tête de son ami, juste sur l'étoile, et donné un grand coup de marteau. Petite fille, elle avait pleuré à cause de la mort du cheval. Mais dans son rêve, il ne mourait pas, il se cabrait en hurlant, la barre en fer incrustée dans sa tête, et le sang giclait de sa crinière flottante.

Rosa se réveilla en sueur. Elle s'assit dans le noir et écouta les bruits nocturnes de la *masia* de sa famille. La ferme n'était jamais vraiment silencieuse. Il y avait toujours le craquement des vieilles poutres, les ronflements saccadés de son père dans son sommeil imbibé d'alcool, le grattement des souris au milieu des amphores où le blé était conservé. D'habitude, ces bruits l'apaisaient, mais pas ce soir. Elle se frictionna le corps. Ces cauchemars figeaient sûrement le sang qui devait nourrir son bébé. Elle craignait que l'enfant qu'elle portait ne se transformât en monstre.

Pourquoi s'était-elle laissée aller à aimer un Juif ? Son père l'avait prévenue. « Ne lui accorde pas ta confiance. Il dit qu'il va renoncer à sa foi pour toi, mais ils ne le font jamais. À la fin il te le reprochera, et l'amertume empoisonnera vos dernières années. »

Ça n'aurait pas été un malheur bien grave. Un mariage tournant mal sur le tard, ça arrivait souvent. Il était fort probable qu'ils ne connaîtraient jamais la vieillesse. Sans

273

la rançon que son père refusait de payer, son mari s'exposait au bûcher. Elle l'avait supplié d'acheter la vie de son époux, et avait reçu des coups en échange. Le mariage qu'elle s'était entêtée à choisir les mettait tous en danger, avait-il dit. Tous les membres de la famille étaient maintenant suspectés d'être des Juifs cachés. N'importe qui pouvait les accuser, un voisin jaloux désireux de se débarrasser d'un concurrent dans le marché de l'huile, un homme cupide lorgnant leurs belles oliveraies. Il suffisait d'un détail futile : sa mère s'était étouffée avec un morceau de jambon, son père avait changé de chemise un vendredi, ou bien Rosa avait allumé les bougies trop tôt dans la soirée. Son père avait peur, c'était clair. Chaque soir il se tourmentait, passant en revue la liste de ses concurrents, des clients qui pouvaient avoir un grief, des parents avec qui il ne s'était pas montré assez généreux lorsqu'ils étaient dans le besoin. Il réprimandait sa mère pour avoir une fois acheté de la viande kasher au marché parce qu'elle était moins chère que les morceaux vendus par le boucher chrétien. À ces moments-là, Rosa essayait de se réfugier n'importe où dans la *masia*, pourvu qu'elle échappât à ses regards. Il souhaitait qu'elle fît une fausse couche et que son enfant au sang souillé par un Juif mourût à la naissance, avait-il crié une fois où il l'avait battue. La culpabilité tourmentait Rosa, car sous les coups, elle s'était prise elle aussi à le souhaiter.

Agitée, elle se leva doucement de sa paillasse et prit sa mante. Elle avait besoin d'air, voilà tout. La lourde porte de ferme grinça quand elle la poussa. La nuit était douce ; le parfum de la terre riche en humus était le premier signe annonciateur du printemps. Elle jeta une couverture sur ses épaules mais ne prit pas de torche. Elle connaissait par cœur le chemin de l'oliveraie qu'elle avait traversée toute sa vie. Elle aimait les arbres, leur force noueuse. Parfois ils étaient frappés par la foudre, ou carbonisés par un feu de broussaille, et semblaient morts, puis une nouvelle pousse verte jaillissait du vieux tronc et parvenait à subsister. Elle devrait imiter l'olivier, décida-t-elle. Elle passa la main sur l'écorce rugueuse.

Elle se trouvait là quand l'*alguazil* et le bailli gravirent à cheval le chemin qui venait de la ville. Cachée dans l'ombre des branches, elle vit les lampes s'allumer dans la maison. Elle entendit les cris de terreur de sa mère, les protestations de son père, tandis que le bailli dressait l'inventaire des biens de la ferme. Tout ce qu'ils possédaient serait confisqué par la Couronne si les charges contre eux étaient confirmées. Elle se recroquevilla sur le sol, tirant bien fort sur la couverture marron pour cacher la blancheur de sa chemise de nuit, se recouvrant de terre et de feuilles mortes, de peur que les torches ne viennent dans sa direction. Mais son père avait dû orienter l'*alguazil* sur une fausse piste, car il ne fit même pas mine de la chercher. Elle vit, impuissante, qu'on emmenait ses parents. Elle se mit alors à courir, avec son étrange et lente démarche de femme enceinte, à travers les oliveraies et les champs des voisins. Elle ne pouvait pas leur demander de l'aide, elle ne savait pas s'ils étaient les informateurs de l'Inquisition. Au-delà, les terres montaient abruptement vers Esplugües. Elle se cacherait dans la grotte où Renato et elle s'étaient retrouvés pendant leurs fiançailles secrètes. Pourquoi était-elle allée vers lui ? Pourquoi avait-elle attiré ce malheur sur leurs têtes ? La masse du bébé comprimait ses poumons, de sorte qu'elle avait de la peine à respirer en montant. Les pierres tranchantes égratignaient ses pieds nus. Elle avait froid. Mais la peur la poussait à continuer.

Quand elle atteignit l'entrée de la grotte, elle s'effondra, haletante. Lorsqu'elle sentit la première douleur, elle crut que c'était un point de côté. Mais ensuite la sensation revint, pas très forte, mais bien réelle ; une pression qui rappelait un corset trop serré. Elle cria, non parce que la contraction lui faisait mal, mais parce que son enfant, qu'elle ne voulait pas, ce bébé, qui était peut-être devenu un monstre, était sur le point de naître, et qu'elle se retrouvait seule et très effrayée.

Ruti et Micha étaient ensemble dans la réserve quand ils entendirent s'ouvrir la porte de l'atelier. Le relieur jura. « Reste ici et pas un mot, par pitié. » Il referma derrière lui et s'avança, rajustant son tablier de cuir, s'efforçant en vain de cacher la bosse au-dessous. Réprimant son irritation, il se donna une contenance pour accueillir le visiteur.

Son expression changea quand il vit que c'était un soldat, et non un client, qui avait pénétré dans son atelier. La haggada, achevée, splendide, avec ses fermoirs étincelants et son médaillon poli, était posée sur le comptoir, où lui et la jeune fille l'avaient admirée, jusqu'au moment où le désir les avait submergés. Micha, saluant poliment le visiteur, se glissa entre le soldat et l'établi, et dissimula habilement au passage le livre sous une pile de parchemins.

Mais l'homme ne se souciait pas des livres et ne prêta guère d'attention au décor qui l'entourait. Il avait pris une grosse aiguille sur la table et se curait les ongles, se débarrassant d'une petite cascade de particules graisseuses qui tombèrent, vit Micha avec consternation, sur un feuillet de parchemin tout prêt.

« Ruth Ben Shoushan », annonça le soldat sans préambule.

Micha avala sa salive et ne répondit pas. Sa panique intérieure se traduisit par une expression ahurie que le soldat prit pour de la stupidité.

« Parle, imbécile ! Ton voisin, le marchand de vin, raconte qu'elle est entrée ici. »

Inutile de nier. « La fille du *sofer*, vous voulez dire ? Ah oui, maintenant que vous me le dites. Elle est venue, en effet, faire une course pour son père. Mais est repartie avec... ah... un orfèvre... de Perello, je crois. Sa famille l'a chargé d'un travail, je crois.

— Perello ? Elle est là-bas, alors ? »

Le relieur hésita. Il ne voulait pas trahir Ruti, mais il n'était pas courageux. S'il donnait de fausses informations aux autorités, et était découvert... Mais en même temps, si on trouvait la jeune fille dans le placard de sa réserve, cela suffirait à l'accuser.

« Elle... elle ne m'a pas confié ses projets. Vous devez savoir, monsieur, que les femmes juives non mariées ne parlent pas aux hommes en dehors de leur famille, sinon brièvement, pour régler les affaires nécessaires.

— Comment saurais-je ce que font les putes juives ? répliqua le soldat en partant vers la porte.

— Puis-je demander... c'est-à-dire, Sa Seigneurie pourrait-elle me dire pourquoi un officier aussi important se soucie de l'humble fille du *sofer* ? »

Le jeune homme, comme la plupart des brutes, ne put résister à l'occasion d'inspirer la peur. Il se retourna sur le seuil avec un rire déplaisant. « Elle est peut-être humble, mais elle n'est plus la fille du *sofer*. Il est déjà en route pour l'enfer avec le reste de votre race maudite, et elle ne va pas tarder à le rejoindre. Son frère est condamné au bûcher, et elle ira avec lui. Il a avoué qu'elle l'avait poussé à judaïser. »

Miriam revint du *mikvé*, prête à accueillir son époux comme une jeune mariée. L'année précédente, des signes lui avaient indiqué qu'il ne lui restait plus beaucoup de mois à se soumettre au rituel de purification. Elle savait que cela lui manquerait : la contrainte de l'abstinence, l'attente de l'union renouvelée.

Les dix jours précédents, depuis le début de ses menstrues, David et Miriam ne s'étaient même pas touché les mains, conformément aux lois anciennes de la pureté familiale. Ce soir ils feraient l'amour. Autant leurs personnalités avaient été en désaccord, autant leur union physique avait toujours été un plaisir mutuel, qui n'avait pas diminué avec l'âge.

Le spectacle de son époux gisant dans son sang sur les dalles de la cour fut épargné à Miriam. Tous les habitants de la ruelle avaient entendu les voix brutales et les cris, et n'avaient que trop bien compris ce qu'ils signifiaient. Dès que les soldats en armes avaient quitté le Kahal, ils étaient venus accomplir ce qui était juste et nécessaire pour leur voisine.

Quand Miriam vit sa maison déjà prête pour la shiva, elle pensa aussitôt à Reuben. Ils avaient observé la shiva pour Reuben pendant sept jours après son baptême de chrétien, pour signifier qu'il était mort à leurs yeux. Mais elle eut alors la conviction que son fils était vraiment mort. Son père s'était radouci et avait décidé de lui accorder les rites juifs. Elle se cramponna au montant de la porte.

Les voisins la soutinrent, la conduisirent à l'intérieur, et peu à peu lui révélèrent la vérité. Le corps de David avait été lavé et vêtu de blanc. Les voisins l'enveloppèrent dans un drap de lin et le transportèrent au cimetière. Le shabbat approchait, et la loi juive exigeait qu'on l'ensevelît sans délai.

Dès que son mari fut enterré, Miriam alluma une bougie. Elle voulait s'abandonner au chagrin. Son mari mort, son fils déclaré coupable et condamné à mort dans la Casa Santa, sa fille... où était-elle ? Les soldats, dans leur inhumanité, avaient envahi le cimetière, interrogeant cruellement les personnes endeuillées pour savoir où avait fui la fille du défunt. Miriam s'efforça de mettre de l'ordre dans ses pensées. Pour la mort de David, la première des trois tragédies, il ne lui restait que les yeux pour pleurer. Pour l'incarcération de son fils, que pouvait-elle faire, sinon prier ? Mais en ce qui concernait sa fille, c'était différent. Dans son cas, il n'était peut-être pas trop tard. S'il était possible de la retrouver, de la prévenir, de la cacher ou de la faire sortir de la ville comme par enchantement...

À l'instant même où elle pensait à ces choses, les voisins s'écartèrent, se bousculant pour libérer l'espace, tandis que Joseph Ben Shoushan, encore vêtu de sa tenue de voyage, traversait la pièce pour présenter ses condoléances à sa belle-sœur. Ses yeux étaient rougis par la fatigue du trajet et le chagrin.

« Les domestiques m'ont appris la nouvelle dès mon arrivée. Je suis venu directement ici. Un malheur ne vient jamais seul. David ! Mon frère... si seulement j'avais payé la rançon de votre fils quand il me l'a demandé, cela ne serait peut-être pas... » Sa voix se brisa.

Miriam se mit à parler d'une voix dure et pressante qui prit de court l'homme affligé. « Vous ne l'avez pas payée, ce qui est fait est fait et Dieu vous jugera. Mais à présent vous devez sauver notre Ruti...

— Chère sœur, l'interrompit Joseph, venez maintenant avec moi. Je vous prends sous ma protection. »

Miriam, déconcertée, le regard plein d'incompréhension, ne parvint pas à se concentrer sur ses paroles. Elle ne pouvait pas quitter sa maison pendant shiva, il le savait certainement. Et si pauvre qu'elle fût, elle n'avait pas l'intention de quitter sa propre demeure pour devenir une mendiante chez son beau-frère. Comment avait-il pu imaginer qu'elle abandonnerait son petit logis et tous ses souvenirs ? La voix grincheuse de Miriam paraissait presque normale quand elle commença à énumérer ses objections à Joseph.

« Chère sœur, répondit-il calmement, bientôt, très bientôt, nous serons tous forcés d'abandonner nos maisons et nos souvenirs, et nous serons tous des mendiants. J'aimerais beaucoup vous offrir une place sous mon toit. Tout ce que je peux vous proposer, c'est une place à mes côtés sur la route incertaine qui s'ouvre aujourd'hui devant nous. »

Lentement, péniblement, Joseph expliqua aux gens qui se pressaient dans la pièce les événements des semaines précédentes. Les maris et les femmes, qui d'habitude ne se touchaient pas en public, tombèrent dans les bras les uns des autres en pleurant. Toute personne s'approchant de la petite maison eût pensé, en entendant ces lamentations : Certes, David Ben Shoushan était un homme bon et pieux, mais qui eût cru que sa mort causerait tant de chagrin ?

Joseph ne parla pas aux voisins de Miriam, des gens simples comme le poissonnier ou le peigneur de laine, de tous les arguments et stratagèmes qui avaient été déployés durant ce mois de lutte pour gagner le cœur et l'âme des monarques. Il leur dit simplement que leurs dirigeants avaient fait tout leur possible. Rabbi Abraham Seneor, l'ami de la reine, âgé de quatre-vingts ans, qui avait aidé à négocier son mariage secret avec Ferdinand, avait plaidé en faveur des Juifs. Il avait été le trésorier de sa propre force de police *hermandad* et le percepteur de la Castille. Seneor était un homme si riche et si important que lorsqu'il voyageait, il fallait trente mulets pour transporter son escorte. Avec lui se trouvait Isaac Abravanel, sage de la Torah réputé, et conseiller financier de la Cour. Il avait obtenu son poste en 1483, l'année même où le confesseur de la reine, Tomás de Torquemada, avait été nommé Grand Inquisiteur de la Sainte Inquisition contre l'hérésie pervertie.

C'était Torquemada qui avait fait campagne pour l'expulsion des Juifs. Il avait été dans l'impossibilité de mener à bien ses idées haineuses pendant la Reconquête, car les monarques dépendaient de l'argent juif et de la perception des impôts pour financer la guerre contre les Maures ; des marchands juifs pour approvisionner les troupes sur des kilomètres de terrain montagneux et difficile ; des interprètes juifs parlant l'arabe couramment, pour faciliter les négociations entre les royaumes chrétien et musulman. Mais avec la conquête de Grenade, la guerre était terminée ; il n'y avait plus de dirigeants arabes avec qui traiter ; et les *conversos* possédaient les compétences des Juifs en matière de traduction, d'artisanat et de médecine, ainsi que leurs connaissances scientifiques.

Quatre semaines s'écoulèrent entre le jour où les monarques signèrent le décret d'expulsion et celui où ils ordonnèrent finalement sa proclamation. Pendant cette période, ils exigèrent le plus grand secret sur cette question, et Seneor et Abravanel se prirent à espérer, se disant que leur décision n'était peut-être pas encore arrêtée, et que les bons arguments pourraient être efficaces. Chaque jour de ce mois, les deux hommes œuvrèrent pour collecter plus d'argent, pour rassembler plus de sympathisants. Enfin, ils s'agenouillèrent devant le roi et la reine dans la salle du trône du palais de l'Alhambra. Une douce lumière filtrant à travers une haute fenêtre treillissée d'albâtre, derrière les monarques, éclairait leurs visages las et inquiets. Ils plaidèrent leur cause, chacun à son tour. « Ô roi, regarde-nous, s'écria Abravanel. Ne traite pas tes sujets aussi cruellement. Pourquoi faire une pareille chose à tes serviteurs ? Exige plutôt notre or et notre argent, et même tout ce que possède la maison d'Israël, si nous pouvons demeurer dans ce pays. » Abravanel fit alors son offre ; trois cent mille ducats. Ferdinand et Isabelle se regardèrent et parurent hésiter.

Une porte cachée donnant sur une antichambre s'ouvrit brusquement. Torquemada, qui avait écouté, révulsé, chaque parole faisant l'éloge de la loyauté et des contributions juives au royaume, s'engouffra dans la salle du trône.

La lumière des hautes fenêtres ricocha sur le crucifix en or qu'il brandissait devant lui.

« Voici le Christ crucifié que Judas Iscariote a vendu pour trente pièces d'argent ! tonna-t-il. Vos Majestés vont-Elles le vendre à nouveau ? Le voilà, prenez-le. » Il posa le crucifix sur une table, devant les deux trônes. « Prenez-Le, et vendez-Le. » Il se détourna dans un tourbillon de soutane noire, et sortit de la pièce à grands pas, sans même demander aux monarques la permission de partir.

Abravanel regarda son vieil ami, rabbi Seneor, et lut la défaite sur ses traits. Plus tard, hors de la présence du roi et de la reine, il donna libre cours à sa colère. « De même que la vipère colle son oreille dans la poussière pour ne pas entendre la voix du charmeur de serpents, de même le roi a endurci son cœur contre nous avec le fiel de l'Inquisiteur. »

Le relieur fut le tout dernier parmi les relations proches de David Ben Shoushan à se présenter au shiva. Il avait attendu que l'approche du shabbat eût renvoyé chez elles les autres personnes endeuillées. Il tenait à parler à Miriam en tête à tête.

Sa stratégie était la bonne. Miriam, qui avait refusé de partir avec don Joseph malgré les instances sincères de son beau-frère, était seule, à l'exception du domestique que celui-ci avait prié de rester auprès d'elle. Elle fut irritée quand le serviteur annonça Micha. Elle avait besoin de temps pour penser. Comment pouvait-elle quitter le Kahal, le seul monde qu'elle eût jamais connu ? Elle était née ici. Ses parents y avaient vécu et y étaient morts. Leurs ossements, et maintenant le corps de son mari, étaient enterrés dans le cimetière juif. Comment un peuple pouvait-il laisser ses morts à l'abandon ? Et parmi des chrétiens ! Quand les Juifs seraient partis, ils laboureraient la terre pour l'exploiter, dérangeant les restes de tous les morts bien-aimés. Et que deviendraient les vieillards, les malades, ceux qui ne pouvaient pas voyager, les femmes proches de leur terme ? L'épouse de son fils condamné surgit dans son esprit. Elle, du moins, serait en sécurité. Elle pourrait accoucher sous son propre toit, entourée de sa famille. Elle mettrait au monde le petit-enfant que Miriam ne verrait jamais. Elle se remit à pleurer, et maintenant elle devait recevoir cet imbécile de relieur, et essayer de se ressaisir.

Micha présenta les condoléances habituelles, puis s'approcha d'elle plus près que la bienséance ne le permettait, et colla son visage contre son oreille. « Votre fille », dit-il, et elle se raidit, prête à recevoir le choc d'une nouvelle encore pire. Rapidement, Micha raconta la visite du soldat. À tout autre moment, la perspicacité de Miriam l'eût conduite à se demander pourquoi Ruti s'était autant attardée dans l'atelier, puisque sa seule raison d'y aller avait été de s'enquérir du moment où son père pourrait venir chercher la haggada. Elle eût exigé de savoir ce que sa fille faisait dans la réserve du relieur. Mais le chagrin et l'inquiétude avaient engourdi son esprit, et elle se concentra uniquement sur ce que Micha dit ensuite.

« Comment, elle est "partie" ? Comment une jeune fille peut-elle partir sur la route du sud, seule, le soir, au début du shabbat ? C'est absurde !

— Votre fille m'a dit qu'elle connaissait une cachette sûre qu'elle pouvait gagner avant le shabbat. Elle a l'intention de s'y réfugier et de vous envoyer des nouvelles dès qu'elle le pourra. Je lui ai donné du pain et une outre d'eau. Elle a dit qu'il y avait des provisions dans cet endroit. »

Micha prit alors congé, et se hâta dans les ruelles du Kahal pour rentrer chez lui. Miriam était si perdue dans ses préoccupations – quelle cachette pouvait bien connaître Ruti ? – qu'elle avait oublié de lui parler de la haggada.

Mais le relieur l'avait confiée à Ruti, sur son insistance. Tandis qu'il se dirigeait vers sa maison, il se demanda s'il avait eu raison. Il atteignit sa porte à l'instant où retentirent les notes du *shofar* marquant le début du shabbat. Quand il franchit le seuil, le son ténu de la corne de bélier se mêla aux plaintes de ses jeunes enfants, et il chassa de son esprit la pensée de la fille et ses soucis. Il avait suffisamment de problèmes de son côté.

Quand Ruti aborda la montée familière vers sa grotte, elle entendit elle aussi une légère plainte. Ruti avait un pied sûr dans le noir. Elle avait fait de nombreuses fois ce trajet illicite de nuit, se glissant hors de la chambre où dormaient ses parents pour voler quelques heures d'étude secrète. Mais à ce son inattendu, elle s'immobilisa brusquement sur le chemin escarpé, ébranlant quelques pierres éparses qui dégringolèrent du sentier et heurtèrent la roche sèche au-dessous.

Le gémissement s'interrompit net. « Qui est là ? demanda une voix faible. Pour l'amour du Christ, aidez-moi ! »

Ruti reconnut à peine la voix de Rosa. La déshydratation avait fait gonfler sa langue, la terreur et les souffrances l'avaient épuisée. Pendant vingt heures elle s'était tordue de douleur, seule, tandis que s'intensifiaient les contractions. Ruti entra dans la grotte à quatre pattes, criant des paroles de réconfort et cherchant à tâtons la lampe et les silex qu'elle avait dissimulés à cet endroit.

La lumière éclaira une forme meurtrie, délaissée. Rosa avait le dos appuyé contre la paroi du rocher, les genoux remontés contre sa poitrine. Sa chemise de nuit était souillée de sang et d'autres fluides. Ses lèvres fendillées articulèrent en silence le mot *eau*, et Ruti porta aussitôt l'outre à sa bouche. Rosa but trop goulûment, et une seconde plus tard elle se plia en deux, prise de nausée. Au milieu de ses vomissements, elle eut une nouvelle contraction.

Ruti essaya de contrôler sa propre peur. Elle n'avait qu'une très vague idée de la façon dont les enfants venaient au monde. Sa mère s'était montrée réticente sur ce qui touchait au corps, considérant qu'elle n'avait pas besoin de savoir ces choses avant d'être fiancée. Le Kahal était surpeuplé, ses maisons accolées les unes aux autres, aussi avait-elle entendu les cris des femmes en travail et savait-elle que c'était un processus douloureux, et parfois dangereux. Mais elle n'avait pas imaginé autant de sang et d'excréments.

Elle chercha autour d'elle quelque chose pour essuyer le

vomi sur le visage de Rosa. Elle ne trouva que les tissus odorants dans lesquels elle avait enveloppé les fromages secs dont elle se nourrissait durant ses longues nuits d'étude. Quand elle les approcha du nez de la jeune femme, celle-ci eut encore un haut-le-cœur. Mais cette fois elle n'avait plus rien à rendre.

La nuit s'éternisa. À la fin, les douleurs se succédèrent sans répit. Rosa hurla jusqu'à ce que sa gorge fût trop irritée pour émettre autre chose qu'un cri rocailleux. Ruth pouvait seulement baigner son front et lui tenir les épaules pendant les spasmes. Ce bébé naîtrait-il jamais ? Elle redoutait de savoir ce qui se passait entre les jambes de Rosa, mais quand la malheureuse se remit à crier et à s'agiter, en proie à d'atroces douleurs, Ruti quitta sa place à contrecœur et s'agenouilla devant cette femme que son frère avait tant aimée. La pensée de Reuben et des souffrances qu'il endurait probablement au même instant lui donna une sorte de courage. Elle écarta doucement les genoux de Rosa et eut le souffle coupé, saisie de terreur et de panique à la fois. Le sommet sombre de la tête du bébé se frayait un chemin dans la chair tendue, mise à rude épreuve. À la contraction suivante, Ruti surmonta sa peur et toucha la tête, essayant de placer ses doigts de façon à attraper le petit crâne et à faciliter son passage, mais Rosa était trop faible pour pousser. Les minutes s'écoulèrent, une heure passa, et il n'y avait aucun progrès. Ils étaient tous les trois pris au piège. Le nouveau-né dans la filière génitale, Rosa en proie à la douleur, et Ruti à la terreur.

Toujours à quatre pattes, elle s'approcha du visage ravagé de la jeune femme. « Je sais que tu es fatiguée. Je sais que tu souffres », chuchota-t-elle. Rosa gémit. « Mais il n'y a que deux solutions. Soit tu trouves la force de pousser, soit tu meurs ici. »

Rosa hurla et leva la main, tentant faiblement de frapper Ruti. Mais ces paroles produisirent leur effet. Quand le spasme suivant la terrassa, elle rassembla le peu d'énergie qui lui restait. Ruti vit la petite tête peiner, la chair se déchirer. Elle mit sa main autour du crâne et le fit doucement sortir. Puis ce fut le tour des épaules. Très vite, le bébé fut dans ses mains.

C'était un garçon. Mais son long combat pour naître avait été trop pour lui. Ses bras et ses jambes minuscules reposaient mollement dans les mains de Ruti, et aucun cri ne jaillit de son visage figé. Avec dégoût, la jeune fille trancha le cordon au moyen de son petit couteau et enveloppa le nourrisson dans un bout de tissu arraché à sa propre mante.

« Il est... il est mort ? chuchota Rosa.

— Je crois que oui, répondit sombrement Ruti.

— Bien », haleta Rosa.

Ruti se releva et emporta le bébé au fond de la grotte. Ses genoux la brûlaient à cause du contact prolongé de la pierre, mais si ses yeux se remplirent de larmes, c'était pour une autre raison. Comment une mère osait-elle se réjouir de la mort de son enfant ?

« Aide-moi ! cria Rosa. Il y a quelque chose... » Elle hurla. « C'est le monstre ! Le voilà ! »

Ruti se retourna. La jeune femme se contorsionnait, essayant de se cramponner au mur pour échapper à la masse luisante qui sortait de son corps – Ruti frissonna. Puis elle se souvint de la chatte qui avait eu ses petits dans un coin de la cour et du placenta dégoûtant qu'elle avait expulsé ensuite. Stupide putain chrétienne superstitieuse, songea-t-elle, donnant libre cours à toute la colère et la jalousie qu'elle ressentait. Elle posa son petit fardeau, fit un pas vers Rosa, et l'eût frappée si les meurtrissures de son visage, visibles même à la faible lueur de la lampe, n'avaient éveillé sa pitié.

« Tu as grandi dans une ferme... tu n'as jamais vu de placenta avant ? »

La colère et le chagrin de Ruti rendirent impossible toute autre conversation avec Rosa. Sans parler, elle partagea les quelques provisions de la grotte – le fromage, le pain et l'eau que Micha lui avait procurés. Elle en déposa la moitié près de la femme.

« Puisque tu te soucies aussi peu de ton fils, je suppose que tu te moques que je l'enterre selon le rite juif. Je vais emporter le corps et le mettre en terre dès le coucher de soleil qui marquera la fin du shabbat. »

Rosa poussa un grand soupir. « Puisqu'il n'est pas baptisé, ça ne fait aucune différence. »

Ruti noua son ballot de provisions dans le reste de sa mante. Elle le mit en bandoulière sur une épaule. Sur l'autre, elle accrocha un sac qui contenait un petit paquet, soigneusement enveloppé dans des épaisseurs de peaux, et attaché avec des lanières. Puis elle ramassa le corps du bébé mort-né. Il bougea dans ses mains. Elle se pencha et vit les yeux chaleureux et confiants de son frère qui la regardaient en battant des paupières. Elle ne dit rien à Rosa, qui s'était recroquevillée en boule et sombrait déjà dans un sommeil épuisé, mais elle s'empressa de quitter la grotte. Dès qu'elle fut sur le chemin, elle descendit aussi vite que le lui permettaient ses précieux fardeaux, craignant que l'enfant ne se mît à pleurer, révélant qu'il avait survécu.

Le dimanche, juste après le dernier coup de midi, dans toute l'Espagne, les hérauts royaux sonnèrent une fanfare, et les habitants se réunirent sur les places des villes pour écouter une proclamation du roi d'Aragon et de la reine de Castille.

Ruti, habillée comme une chrétienne, dans des vêtements mal ajustés qu'elle avait chapardés dans le coffre de la chambre de Rosa, se fraya un chemin dans la foule qui se rassemblait sur la place principale du village de pêcheurs, jusqu'à ce qu'elle fût assez près pour entendre le héraut. C'était un long texte, exposant les perfidies des Juifs et l'insuffisance des mesures prises pour faire cesser leur corruption de la croyance chrétienne.

« Et nous ordonnons en outre en cet édit... que tous les Juifs et Juives de tout âge, résidant en nos domaines et territoires... partent d'ici à la fin juillet de cette année, et qu'ils n'osent pas revenir sur nos terres, ni s'y introduire sans permission, car ils encourront la peine de mort. » Les Juifs ne devaient emporter ni or, ni argent ni pierres précieuses, ils devaient rembourser toutes leurs dettes impayées, mais n'étaient pas en position de percevoir les sommes qui leur étaient dues. Ruti resta figée là, tandis que le chaud soleil printanier tapait à travers le foulard qu'elle n'était pas habituée à porter, et elle eut l'impression que le monde s'était écroulé. Tout autour d'elle, les gens applaudissaient, louant les noms de Ferdinand et d'Isabella. Elle ne s'était jamais sentie aussi seule.

Il n'y avait pas de Juifs dans ce village, et c'était pourquoi Ruti avait choisi d'y venir après avoir pris ce qu'elle pouvait dans la *masia* des Salvador. Elle n'avait pas considéré cela comme du vol, puisque ce qu'elle avait pris était destiné à leur petit-fils. Dans le village, elle avait cherché une nourrice, concoctant une histoire peu plausible sur une sœur perdue en mer. Heureusement, la femme était ignorante et stupide, et ne mit pas en doute le récit de la jeune fille, ni le fait qu'une accouchée se fût trouvée en mer.

Quand la foule se dispersa, chantant et criant des calomnies sur les Juifs, Ruti traversa la place jusqu'à une fontaine, et s'assit pesamment sur la margelle. Devant elle, tous les chemins s'enfonçaient dans l'obscurité. Si elle rentrait chez sa mère, elle serait à la merci des inquisiteurs. Continuer à faire semblant d'être chrétienne était impossible. Elle avait trompé une stupide paysanne, mais quand elle devrait trouver un logement ou de la nourriture, la nature peu convaincante de son histoire apparaîtrait au grand jour. Devenir chrétienne – se convertir, ainsi que les monarques exhortaient tous les Juifs à le faire – était impensable.

Ruti resta assise là tandis que l'après-midi déclinait. Si quelqu'un avait examiné avec attention la demoiselle rondelette, il eût remarqué qu'elle se balançait doucement d'avant en arrière, priant Dieu de la guider. Mais Ruti n'avait jamais été le genre de fille que les gens remarquaient.

Enfin, quand la lumière frisante teinta d'orange les pierres blanches, elle se leva de la margelle. Elle retira le fichu et le jeta près de la fontaine. Elle prit dans le sac posé près d'elle son propre foulard et son surcot, marqué du bouton jaune distinguant les Juifs. Pour une fois, elle ne baissa pas les yeux quand elle traversa la place devant les chrétiens qui la fixaient, elle soutint leur regard et les dévisagea avec colère et détermination. Elle marcha ainsi jusqu'à la cabane sur les docks, où l'attendait la nourrice avec le bébé.

Quand le soleil se fut couché et que la nuit la protégea des regards curieux, Ruth Ben Shoushan s'avança dans la mer, l'enfant sans nom pressé contre sa poitrine, et s'arrêta quand elle eut de l'eau jusqu'à la taille. Elle le démaillota, lançant le lange sur sa tête. Ses yeux marron clignèrent, et ses petits poings, libérés de leur étau, se mirent à frapper l'air. « Désolée, mon bébé », dit-elle avec douceur, et elle le plongea sous la surface obscure.

L'eau se referma sur lui, touchant chaque pouce de sa chair. Elle tenait fermement son bras. Elle le lâcha. L'eau devait l'accueillir.

Le visage déterminé, mais secouée de sanglots, elle regarda la minuscule forme qui se débattait. La houle monta et vint la frapper. La force de la vague déferlante allait emporter le nourrisson. Ruti se pencha et le saisit fermement des deux mains. Quand elle le sortit de la mer, l'eau ruissela sur sa peau nue et luisante en une pluie de lumière. Elle l'éleva vers les étoiles. Le vacarme dans sa tête couvrait le bruit du ressac. Elle cria dans le vent, prononçant ces mots pour l'enfant qu'elle tenait. « *Shema Israel, Adonai elohenu, Adonai ehad* [1]. »

Puis elle attrapa le lange posé sur ses cheveux et emmaillota le bébé. Cette nuit-là, dans tout l'Aragon, contraints à la conversion par la peur de l'exil, les Juifs se rendirent aux fonts baptismaux. Triomphante, pleine de défi, Ruti avait changé un Gentil en Juif. Parce que sa mère n'était pas juive, l'immersion rituelle avait été nécessaire. Et maintenant c'était fait. Alors même que l'émotion du moment la submergeait, Ruti compta les jours. Il ne lui restait pas beaucoup de temps. D'ici à une semaine, elle devrait trouver un *mohel* pour le *brith*. Si tout se passait bien, ce serait dans leur nouveau pays. Et ce jour-là, elle donnerait son nom à l'enfant.

---

1. « Écoute Israël, l'Éternel est notre Dieu, l'Éternel est Un. » *(N.d.T.)*

Elle retourna en direction de la plage, serrant fort le bébé contre elle. Elle se souvint que le livre, enveloppé dans des peaux, se trouvait au fond du sac accroché à son épaule. Elle tira sur les lanières pour le maintenir hors de portée des vagues. Mais quelques gouttes d'eau de mer réussirent à pénétrer à l'intérieur du paquet soigneusement emballé. Quand l'eau sécherait sur la page, il resterait une tache, et un résidu de cristaux, qui subsisterait durant cinq siècles.

Le lendemain matin, Ruti se mettrait à chercher un bateau. Elle paierait son voyage et celui du bébé avec le médaillon en argent qu'elle avait détaché de la reliure en cuir, et laisserait Dieu décider de leur destination – s'ils en avaient une.

Mais ce soir elle irait sur la tombe de son père. Elle dirait le kaddish et lui présenterait son petit-fils juif, qui emporterait son nom au-delà des mers, vers l'avenir que Dieu jugerait bon de leur octroyer.

Hanna

Londres, printemps 1996

J'ADORE LA TATE. VRAIMENT. MALGRÉ LE FAIT QUE SA COLLECTION d'art australien soit un peu sommaire. D'abord, elle ne comporte pas un seul tableau d'Arthur Boyd, ce qui m'a toujours un peu énervée. Bien sûr, je suis allée tout droit vers le Sharansky. Je ressentais la nécessité de voir toutes ses œuvres. Je savais que la Tate avait un tableau de lui, et que je devais l'avoir vu, mais je n'en avais gardé aucun souvenir. Quand je le trouvai enfin, je compris pourquoi. Il n'est pas très mémorable. Petit, peint au début de sa carrière, il ne laisse guère transparaître la puissance des œuvres à venir. Typique de la Tate, pensai-je. Acheter les Australiens à bas prix. Mais il était de lui. Je le regardai, pensant : c'est l'œuvre de mon père.

Pourquoi ne m'avait-elle rien dit ? Au moins, j'aurais grandi avec ça, et c'était quelque chose : la possibilité de contempler la beauté qu'il avait créée. Éprouver de la fierté pour mon père, plutôt que le fond de honte qui avait toujours entaché l'image que j'avais de lui. Tandis que je considérais le tableau, je me tamponnai les yeux de ma manche, mais en vain. De grosses larmes se mirent à ruisseler sur mes joues. Une classe d'écoliers écossais en kilt et blazer vint s'agglutiner autour de moi, et je lâchai prise. J'éclatai en sanglots. C'était la première fois de ma vie que ça m'arrivait. Je perdis pied. Je me mis à paniquer, mais ça ne fit qu'aggraver les choses. J'étais secouée de gros sanglots irrépressibles, embarrassants. Je reculai jusqu'au mur pour y prendre appui, m'efforçant de retrouver mon sang-froid. En vain. Je me sentis glisser lentement sur le sol, où je me liquéfiai. Je restai recroquevillée là, les épaules parcourues de soubresauts. Les visiteurs m'évitèrent avec soin, comme si j'avais été radioactive. Au bout de quelques minutes, l'un des gardiens s'approcha de moi et demanda si j'étais malade, si j'avais besoin d'aide. Je levai les yeux vers lui, secouai la tête, et j'aspirai une bouffée d'air, essayant d'interrompre mes sanglots. Mais je ne parvins pas à me ressaisir. Il s'accroupit près de moi et me tapota le dos. « Quelqu'un est mort ? » chuchota-t-il. Sa voix était pleine de gentillesse. Un fort accent régional. Du Yorkshire, peut-être. J'acquiesçai d'un signe de tête. « Mon père.

— Ah, bien. C'est dur, mon petit », dit-il.

Au bout d'un moment, il tendit une main, je m'agrippai à lui, et nous nous relevâmes ensemble tant bien que mal. Je balbutiai des remerciements, puis je lâchai son bras et traversai la galerie d'un pas incertain, cherchant la sortie.

Au lieu de cela, je me retrouvai dans la salle avec tous les tableaux de Francis Bacon. Je m'arrêtai devant celui que j'avais toujours préféré. Il n'est pas vraiment très connu et il n'est pas souvent exposé. Un homme s'éloigne, penché contre le vent, tandis qu'en arrière-plan un chien noir court après sa queue. Une scène inquiétante et innocente à la fois. Bacon avait saisi le chien à merveille. C'était exactement ça. Mais ce qui me frappa cette fois, alors que je le regardais de mes yeux pleins de larmes, ce ne fut pas du tout le chien. Mais le type. Qui s'éloignait. Je le fixai un long moment.

Le lendemain, je me réveillai dans mon hôtel de Bloomsbury légère et purifiée. Je me suis toujours méfiée des gens qui recommandent une bonne crise de larmes comme une panacée. Mais je me sentais vraiment mieux. Je décidai de me concentrer sur le colloque. En fait, il y eut deux communications utiles, si on parvenait à oublier les accents bébêtes de ceux qui les prononcèrent. En Angleterre, le monde de l'art est un aimant absolu pour les fils cadets de lords appauvris, ou pour des femmes du nom d'Annabelle Quelque-chose-tiret-Quelque-chose qui s'habillent en caleçons noirs et cachemires orange foncé et sentent vaguement le labrador mouillé. Je me surprends toujours à reparler un argot australien rustique quand je suis parmi ces gens, utilisant des mots que je n'imaginerais jamais employer au quotidien, tels que *cobber* (pote) et *bonza* (excellent). Aux États-Unis, c'est le contraire. En dépit de tous mes efforts, je dois vraiment me surveiller pour ne pas tomber dans ce qu'on appelle « le compromis linguistique ». Je perds le *t* de *water* et je le remplace par un *d* appuyé, ou bien je dis *sidewalk* (trottoir) et *flashlight* (torche) au lieu de *footpath* et *torch*, comme en Grande-Bretagne. Je suppose que j'y résiste avec plus de zèle en Angleterre parce que maman a toujours affecté un accent anglais hyperbritish que j'associe à son snobisme. Autrefois, elle faisait la grimace quand je lui parlais. « Vraiment, Hanna, tes voyelles ! On a l'impression qu'un camion est passé dessus. On pourrait croire que je t'ai envoyée tous les matins dans une maternelle des *banlieues* ouest, au lieu de la garderie la plus chère de Double Bay. »

Pour me sortir de la déprime, je décidai de me concentrer sur mon texte pour le catalogue sur la haggada. Avec tous les événements dramatiques de Boston, j'avais pris du retard dans sa rédaction, et la date de remise à l'imprimeur approchait. Maryanne, une amie journaliste, partie voir sa famille en Australie, m'avait proposé sa maison de Hampstead, et dès la fin du colloque je m'y terrai pendant deux jours. C'était une fantastique petite maison en bois à côté d'un cimetière bosselé, avec des lilas de Californie bleu profond et des roses grimpantes qui retombaient en cascade sur des murs de jardin moussus. Une vieille demeure décrépite aux proportions minuscules, avec des portes basses et des poutres de plafonds ondulées qui manquaient d'assommer les imprudents. Au contraire de moi, Maryanne était petite. Malheur à toute personne de plus d'un mètre soixante-quinze, c'était la hauteur du plafond de la cuisine. J'avais assisté à des fêtes où les invités passaient la soirée à se courber tels des gnomes furtifs.

Je pensai que je ferais bien de téléphoner à Ozren pour lui dire où j'en étais, mais quand j'appelai le musée, la bibliothécaire adjointe me répondit par un « Il n'est pas là » laconique.

« Il sera là quand ?

— Je ne sais pas exactement. Peut-être après-demain. Peut-être pas. » J'essayai son appartement, mais le téléphone sonna dans le vide. Je poursuivis donc mon travail. J'avais du plaisir à écrire dans le bureau de Maryanne, une pièce exiguë sous les combles, en haut de la maison. Il était très lumineux, avec une vue sur tout Londres. Les rares journées sans pluie ni bruine, et sans trop de pollution, on apercevait les contours des South Downs.

J'étais assez confiante pour le texte. Je n'avais pas fait la découverte spectaculaire que j'espérais toujours, mais je sentais que les idées inspirées par le *Parnassius* et les fermoirs disparus ouvraient de nouvelles perspectives. Pour la touche finale, j'attendais d'avoir examiné l'échantillon de poil blanc que j'avais prélevé sur la reliure. J'avais interrogé Amalie Sutter à ce propos. Elle avait répondu qu'au musée je pouvais consulter tous les zoologistes que je voulais. « Mais les gens qui s'y connaissent vraiment en poils d'animaux et en cheveux, ce sont les policiers. » Elle pensait qu'un labo de médecine légale serait le mieux approprié. Ayant lu trop de romans de P.D. James, j'avais décidé de ne pas m'en occuper avant Londres. J'avais envie de voir comment la réalité cadrait avec la fiction.

Heureusement pour moi, Maryanne avait de très bons contacts dans la police métropolitaine. Elle collaborait à la *London Review of Books*, et avait beaucoup écrit sur Salman Rushdie, juste après la fatwa lancée contre lui par les Iraniens. Elle avait été une des rares personnes en qui l'écrivain avait eu assez confiance pour la voir régulièrement pendant les pires années, et elle avait fini par avoir une liaison suivie avec l'un des types de son détachement de Scotland Yard. Je l'avais rencontré une fois chez elle, à une fête, plié en deux dans la cuisine, car il mesurait un mètre quatre-vingt-cinq et était un superbe spécimen, même tassé sous le plafond. Il m'avait obtenu un rendez-vous au labo cheveux-et-fibres de la police métropolitaine. « C'est contraire au règlement, m'avait prévenu Maryanne, alors garde ça pour toi. Mais apparemment la responsable du labo a été très intriguée par l'histoire du livre et elle a accepté de faire l'analyse pendant ses heures de liberté. »

J'étais aussi impatiente de savoir si Ozren avait pu suivre la piste du *Parnassius*, et vérifier dans quel village de montagne la haggada avait été cachée pendant la Seconde Guerre mondiale. S'il avait des informations supplémentaires, je voulais les inclure dans l'essai. En général, ce genre de texte est aussi aride que le lac Eyre. Très technique, comme le rapport du Français à Vienne, Martell. Rempli de matériau fascinant : le nombre de cahiers et de feuillets par cahier, l'état des nerfs de la reliure, le nombre de trous d'aiguille, et bla-bla-bla. Je voulais autre chose. Faire revivre le peuple du livre, et les différentes personnes qui avaient fabriqué, utilisé, protégé la haggada. Rendre ce récit poignant, haletant, même. J'écrivis et remaniai donc certaines parties historiques pour les intercaler, en guise de piment, dans la discussion des problèmes techniques. J'essayai de ressusciter la *Convivance*, les soirées poétiques d'été dans de beaux jardins à la française où les Juifs parlant l'arabe se mêlaient librement à leurs voisins musulmans et chrétiens. Je ne connaissais pas l'histoire du scribe ni celle de l'enlumineur, mais j'essayai de leur donner de l'épaisseur en décrivant leur travail en détail, je dépeignis les pavillons médiévaux du livre, j'expliquai de quelle façon ces artisans s'intégraient dans le milieu social. Ensuite, je voulais créer une certaine tension autour des revirements terribles et dramatiques de l'Inquisition et de l'expulsion. Évoquer le feu, les naufrages et la peur.

Je me retrouvai alors dans une impasse, et je téléphonai au rabbin de Hampstead pour le questionner à propos du sel – Comment le rendait-on kasher ? « Vous seriez surprise de savoir combien de fois on me l'a demandé, répliqua-t-il d'un ton las. Il n'y a pas de sel kasher à proprement parler, mais il existe une qualité de sel qui convient à la kashérisation de la viande ; les Juifs qui respectent la kashrout ne consomment pas de sang, et pour en éliminer les traces, on doit la faire tremper dans de l'eau salée.

— En conclusion, n'importe quel sel en gros cristaux

peut être du sel kasher ? Peu importe que ce soit du sel gemme ou du sel marin obtenu par évaporation ou je ne sais quoi ?

— Et les additifs sont interdits. S'il contient par exemple de la dextrose, qu'on ajoute à certains sels avec de l'iode, c'est un problème au moment de Pessah, parce que la dextrose provient du blé. »

Je ne pris pas la peine de lui demander de m'expliquer pourquoi le blé n'était pas kasher pour Pessah, car j'étais tout à fait certaine que personne n'avait ajouté de dextrose au sel utilisé pendant la lecture de la haggada. Mais le fait que les taches de sel étaient dues à de l'eau de mer me permit de décrire la traversée maritime du manuscrit, probablement à l'époque de l'expulsion, et je m'inspirai de certains récits contemporains de ces terribles voyages forcés.

J'en étais arrivée à Venise, à la communauté juive dans son ghetto d'origine, aux pressions exercées par la censure sur la population, et en particulier sur les livres juifs, aux liens du commerce et de la culture qui rapprochaient les communautés juives d'Italie de celles vivant de l'autre côté de l'Adriatique, à l'idée que le livre avait pu être apporté en Bosnie par un cantor du nom de Kohen, formé en Italie. J'étais si absorbée par mon travail – ça se passe ainsi, les jours fastes, quand on tombe dans un terrier de lapin et que le reste du monde disparaît – que je fis un bond quand la sonnette retentit.

Je vis une camionnette de coursier garée dans l'allée et je descendis ouvrir la porte, furieuse qu'un paquet destiné à Maryanne eût troublé ma concentration. Mais l'homme me présenta un pli à mon nom, venant de la Tate. Je signai et l'ouvris, me demandant ce que ça pouvait bien être. À l'intérieur se trouvait une lettre express qui avait déjà été réexpédiée une fois depuis Boston. Ce fichu courrier m'avait poursuivie à travers le monde.

Je déchirai l'enveloppe avec curiosité. Elle contenait la copie d'un ambrotype et une missive de Frau Zweig, rédigée d'une écriture flamboyante. La photographie représentait un homme et une femme posant cérémonieusement – elle assise, lui debout derrière elle, une main sur son épaule.

Quelqu'un, Frau Zweig je suppose, avait entouré d'un cercle la tête de la femme, tournée de trois quarts. Une flèche indiquait une boucle d'oreille. La lettre de Frau Zweig ne s'embarrassait ni de préambule ni de salutations. C'était la transcription d'un cri.

« Jetez-y un œil !!!

« Cette Frau porte-t-elle un fragment du fermoir disparu ? Vous vous souvenez de la description que Martell a faite de l'aile ??? Il se trouve que Mittl est mort d'un empoisonnement à l'arsenic juste après avoir travaillé à la haggada. Il avait la chtouille (comme au moins la moitié des habitants de Vienne !) et le mari de cette Frau, le Dr Franz Hirschfeldt, était son docteur de chtouille. Je n'ai réussi à découvrir tout ça que parce que Hirschfeldt a été JUGÉ pour le meurtre de Mittl. Il s'en est tiré – il essayait seulement d'aider le type –, mais ces derniers temps ce procès a été l'objet de beaucoup d'articles dans le cadre de notre examen de conscience longtemps retardé sur l'antisémitisme autrichien.

« Appelez-moi quand vous aurez reçu ça ! »

Bien entendu, je me précipitai sur le téléphone.

« J'ai cru que vous n'appelleriez jamais ! Je me suis dit : Je sais que les Australiens sont relax, mais elle est si blasée que ça ? »

J'expliquai que la lettre m'avait été réexpédié, et que je venais de la recevoir à l'instant. « Maintenant, si nous pouvions seulement retrouver l'autre partie – les roses. Je poursuis mes recherches, croyez-moi. C'est BEAUCOUP plus amusant que tout ce que je dois faire ici... »

Je jetai un coup d'œil à ma montre et je me rendis compte que si je ne me pressais pas, j'allais manquer mon rendez-vous à Scotland Yard. Après avoir remercié Frau Zweig chaleureusement, j'enfilai une veste en essayant de trouver le numéro d'un taxi. J'étais beaucoup trop en retard pour y aller en métro. Pendant que j'attendais une voiture, j'essayai encore d'appeler Ozren. Je voulais lui parler de notre découverte sur les fermoirs, et peut-être me vanter un peu des progrès de mon travail. L'assistante du musée fut aussi brusque que la veille. « Il n'est pas là. Rappelez. »

J'avais commandé un taxi pirate parce que les taxis londoniens étaient devenus ridiculement chers. J'avais failli avoir une attaque en venant de Heathrow, quand le compteur avait atteint une somme équivalant à cent dollars australiens alors que nous n'avions même pas quitté Hammersmith. Ce fut une camionnette grise miteuse qui arriva, mais le chauffeur était un bel Antillais, avec de magnifiques dreadlocks. Le véhicule sentait légèrement la marijuana. Il faillit se trouver mal quand je dis où je voulais aller.

« T'es de Babylone, mec ?

— Hein ?

— T'es de la flicaille ?

— Oh. Vous voulez dire un poulet ? Sûrement pas, mon pote, je rends juste visite aux poulets. »

Il s'arrêta à deux pâtés de maisons de l'adresse indiquée. « Ils ont des chiens renifleurs là-bas », expliqua-t-il. Il me fit payer seulement dix livres pour un trajet qui m'en aurait coûté soixante avec un taxi régulier, aussi je ne me plaignis pas, malgré le temps. Le crachin de Londres n'a rien à voir avec les intempéries de Sydney. Là-bas, il ne pleut pas beaucoup, mais quand ça commence on s'en rend compte : d'énormes pluies torrentielles s'abattent sur les routes et les transforment en cataractes. À Londres, la bruine est plus ou moins constante, mais elle est si fine que ce n'est guère la peine d'ouvrir son parapluie. En fait, j'ai gagné quelques verres en pariant sur celle des deux villes qui avait le taux de précipitations le plus élevé.

Une femme tournait dans le hall. Elle sortit dès que je commençai à gravir les marches.

« Docteur Heath ? »

J'acquiesçai. C'était une dame d'une soixantaine d'années, du style bourgeoise campagnarde, bâtie comme des chiottes en brique. Elle ressemblait plus au stéréotype d'une gardienne de prison qu'à une scientifique. Elle me serra énergiquement la main et m'entraîna dans la rue.

« Je suis Clarissa Montague-Morgan. » Encore une Quelque-chose-tiret-Quelque-chose, pourtant celle-ci n'avait pas le style BCBG, et une légère odeur de produits chimiques flottait autour d'elle, au lieu de celle du labrador. « Je suis vraiment désolée de ne pas pouvoir vous faire entrer, dit-elle comme si j'étais arrivée chez elle pour la collation du soir, ou quelque chose dans ce genre. Mais il y a des règles très strictes ici, pour protéger la continuité de la possession des pièces à conviction et ainsi de suite. Il est extrêmement difficile d'obtenir une autorisation pour un visiteur qui ne fait pas partie du personnel, en particulier s'il ne s'agit pas d'un membre de la police. »

J'étais déçue. J'aurais voulu voir comment elle procédait pour analyser le poil, et je le lui dis.

« Eh bien, je peux vous l'expliquer en détail, répondit-elle. Mais entrons nous abriter de la pluie. C'est ma pause, je dispose d'un quart d'heure environ. »

Nous étions devant une sinistre petite sandwicherie avec des tables en Formica. Il n'y avait pas d'autres clients. Nous commandâmes deux thés. À Londres, même dans un établissement minable, on peut généralement obtenir un thé correct, dans une théière, rien à voir avec le sachet posé à côté d'une tasse d'eau tiède qu'on vous sert souvent aux États-Unis, même dans les endroits chic.

Dès que le thé fut servi, bouillant et très fort, Clarissa aborda le sujet de l'analyse des poils et des cheveux. Elle s'exprimait avec des phrases claires, sèches, très précises. Je n'aurais pas voulu l'avoir comme témoin à charge contre moi au tribunal.

« La première question que nous nous poserions dans le cadre d'un crime, c'est la suivante : cheveu humain ou poil d'animal ? C'est très facile à déterminer. On regarde d'abord la cuticule. Les écailles des cheveux sont aisément identifiables et assez lisses, mais celles des poils d'animaux sont variées, en forme de pétale ou épineuses selon l'espèce. On prend une empreinte de l'écaille pour voir le dessin plus nettement. Dans les rares cas où les écailles ne sont pas concluantes, il reste toujours la moelle du poil ou du cheveu – sa partie centrale. Les cellules sont très régulières chez les animaux mais amorphes chez les humains. Et ensuite, il y a le pigment. Chez les animaux, les granules de pigment sont distribués vers la moelle, et chez les humains, vers la cuticule. Vous avez l'échantillon ? »

Je le lui tendis. Elle chaussa ses lunettes, leva l'enveloppe à la lumière du néon, et l'examina par transparence.

« Dommage, dit-elle.

— Pardon ?

— Pas de racine. Au microscope, la racine peut révéler une foule d'informations. Dans les cheveux tombés naturellement on trouve toujours le tissu de la racine – les mammifères perdent environ un tiers de leurs cheveux ou de leurs poils à un moment donné, vous savez... Mais je dirais que ce cheveu a été coupé. Il n'est pas tombé, il n'a pas été arraché. Je vérifierai tout cela quand je rentrerai au labo.

— Vous avez déjà résolu un crime avec un échantillon de cheveu ?

— Oh, plus d'un. Les moins difficiles sont les cas où on a trouvé sur le cadavre de la victime un cheveu dont l'ADN correspond à celle du suspect. Ça permet de situer le suspect sur la scène du crime. Mes affaires préférées sont un peu plus complexes. Il y a eu un type qui avait étranglé son ex-femme. Il avait déménagé en Écosse après la rupture, elle vivait encore à Londres, et il avait pris soin de se fabriquer un bon alibi. Il a dit qu'il était resté toute la journée chez ses parents, dans le Kent. Eh bien, il y avait en effet passé une partie de son temps. L'enquêteur de police a remarqué que les parents avaient un petit pékinois qui n'arrêtait pas de japper. Les poils du chien correspondaient à ceux trouvés sur les vêtements de la victime. Ce n'était pas suffisant pour prouver sa culpabilité, mais l'enquêteur n'a pas manqué d'en prendre note. Une fouille de la maison du suspect à Glasgow a révélé qu'une plate-bande avait été piochée récemment. Nous l'avons creusée, et nous avons découvert les vêtements qu'il portait pour commettre le meurtre... ils étaient couverts de poils de pékinois. »

Clarissa jeta alors un coup d'œil à sa montre, et dit qu'elle devait retourner au labo. « Je vais examiner ce spécimen ce soir. Appelez-moi vers neuf heures, voici le numéro, et je vous dirai ce que j'ai trouvé. »

Je pris le métro pour rentrer à Hampstead puisque je n'étais pas pressée, et fis une jolie promenade sur la lande détrempée. De retour chez Maryanne, je réchauffai un bol de soupe et je l'emportai dans le bureau, où je voulais peaufiner mon texte. Je décidai de voir si je pouvais joindre Ozren chez lui.

Quelqu'un décrocha dès la première sonnerie. Une voix d'homme, qui n'était pas celle d'Ozren, répondit par un « *Molim ?* » assourdi.

« Excusez-moi, je ne parle pas le bosniaque. Est-ce que... est-ce que Ozren est là ? »

L'homme passa à l'anglais sans difficulté, mais il continua de chuchoter, au point que je comprenais à peine ce qu'il disait. « Ozren est là, mais il ne prend aucun appel pour l'instant. Qui est à l'appareil, je vous prie ?

— Je m'appelle Hanna Heath. Je suis une collègue... Je veux dire, j'ai travaillé quelques jours avec lui le mois dernier. Je...

— Miss Heath ? » Il m'interrompit. « Puis-je vous suggérer de vous faire aider par un autre employé de la bibliothèque ? Ce n'est pas le bon moment. Pour l'instant, mon ami ne pense pas à son travail. »

J'eus ce sentiment qui vous traverse quand vous êtes sur le point de poser une question et que vous connaissez déjà la réponse, mais que vous ne voulez pas l'entendre.

« Que s'est-il passé ? C'est Alia ? »

À l'autre bout de la ligne, la voix poussa un long soupir. « Oui, je regrette. Mon ami a reçu un appel de l'hôpital avant-hier soir, disant que l'enfant avait une forte fièvre. C'était une infection massive. Il est mort ce matin. Nous l'enterrons bientôt. »

J'avalai ma salive. Je ne savais pas que répondre. En arabe, la formule traditionnelle est « Puissent tous tes malheurs être derrière toi ». Mais je n'avais aucune idée de la manière dont les musulmans bosniaques exprimaient leurs condoléances.

« Ozren va bien ? Je veux dire... »

Il m'interrompit de nouveau. Apparemment, les Sarajevois n'avaient pas de temps à perdre avec les bons sentiments des étrangers. « C'est un père qui a perdu son fils unique. Non, il ne va pas "bien". Mais si vous voulez savoir s'il va se jeter dans la Miljacka, la réponse est non, je ne pense pas. »

Je me sentais abattue, j'avais la nausée, mais ce sarcasme injustifié cristallisa toutes ces émotions en une boule de colère. « Ce n'est pas la peine de prendre ce ton, j'essayais juste...

— Miss Heath, je veux dire, docteur Heath. L'autre expert a précisé que vous étiez le Dr Heath, j'aurais dû m'en souvenir. Je regrette d'avoir été impoli. Mais nous sommes tous très fatigués ici, et assez occupés par l'organisation des funérailles, et votre collègue est resté si longtemps...

— Quel collègue ? » C'était mon tour d'être abrupte.

« L'Israélien, le Dr Yomtov.

— Il est venu ?

— Je pensais que vous le saviez. Il a dit que vous travailliez ensemble sur la haggada.

— Oh, euh, en quelque sorte. » Amitai avait peut-être bien laissé un message à mon labo de Sydney pour annoncer qu'il partait pour Sarajevo, et on avait oublié de m'en informer. Mais j'en doutais. Sa présence dans la ville était déconcertante. Et je ne parvenais pas à comprendre pour quelle raison il avait bien pu se rendre dans l'appartement d'Ozren qui pleurait son fils mort. Ça dépassait l'entendement. De toute façon, je ne tirerais rien de ce type, c'était clair. Je le priai de dire à Ozren combien j'étais désolée, mais il avait déjà raccroché.

J'avais hésité à faire le voyage à Sarajevo depuis Londres. Mais brusquement, j'appelai la compagnie aérienne pour réserver un billet. Je me dis que c'était pour découvrir ce que manigançait Amitai. Comme je l'ai précisé, je ne suis pas du genre à me morfondre. Un père en deuil n'est pas vraiment ma tasse de thé, aussi la perspective de revoir Ozren dans ces circonstances ne pouvait pas jouer dans ma décision.

Je passai un bon moment au téléphone avec la compagnie aérienne, pour trouver les correspondances, et dès que je reposai le combiné, il se mit à sonner.

« Docteur Heath ? C'est Clarissa Montague-Morgan, du département médico-légal de la police métropolitaine.

— Oh, bonjour, j'allais vous appeler à neuf heures, je... » Je me demandai comment elle avait obtenu mon numéro chez Maryanne, puisque je ne le lui avais pas donné. Mais je suppose que si on travaille à Scotland Yard, on est bien placé pour savoir ce genre de chose.

« Ça ne fait rien, docteur Heath. J'ai juste pensé que mes conclusions étaient plutôt intéressantes, et je souhaitais vous en faire part. C'est un poil de chat, aucun doute là-dessus. Mais votre échantillon a quelque chose de vraiment curieux.

— Quoi donc ?

— C'est la cuticule, voyez-vous. Elle contient des oligo-éléments de très puissantes teintures du spectre jaune qu'on ne voit pas chez les animaux. On peut trouver ces particules dans des cheveux humains, si une femme a teint ou éclairci ses cheveux, par exemple. Mais je n'ai jamais vu cela sur un spécimen animal. Je pense que vous conviendrez avec moi que les chats, en général, ne teignent pas leur fourrure. »

Un poil blanc

Séville, 1480

Mes yeux suintent le chagrin comme une outre percée.

Abid bin al-Abras

ICI ON NE SENT PAS LE SOLEIL. Même après ces années, c'est encore ce que j'ai le plus de mal à supporter. Dans mon pays, j'étais environnée de clarté. La chaleur brûlait la terre jaune et desséchait le chaume du toit qui finissait par se fendiller.

La pierre et le dallage sont toujours frais, même à midi. Le soleil se faufile parmi nous comme un ennemi, s'infiltrant à travers les treillis ou projetant des reflets émeraude et rubis par les rares fenêtres du haut.

Ce n'est pas facile d'accomplir mon travail dans cette pénombre. Je dois toujours déplacer la page pour trouver un petit carré de lumière correcte, et ce mouvement constant nuit à ma concentration. Je pose mon pinceau et j'étire mes doigts. Le garçon à côté de moi se lève de lui-même et va chercher la préposée aux jus de fruits. Elle est nouvelle dans la maison de Netanel ha-Levi, et je me demande comment il l'a trouvée. Peut-être lui a-t-elle été offerte, elle aussi, par un patient reconnaissant. Un cadeau généreux. C'est une domestique compétente, elle glisse sur le sol, silencieuse telle la soie. J'incline la tête, et elle s'agenouille, versant un liquide rouille que je ne reconnais pas. « Du jus de grenade », dit-elle avec un accent tribal. Elle a des yeux verts, comme la mer, mais sa peau a les tons chatoyants d'une terre du Sud. Quand elle se penche sur la coupe, le tissu drapé sur sa gorge s'écarte et je remarque que son cou a la couleur brun doré d'une pêche écrasée. Je me demande quelles teintes je pourrais associer pour obtenir cette nuance. Le jus est délicieux, elle l'a mélangé de telle sorte qu'on sent l'acidité du fruit dans le sirop.

« Dieu te bénisse, dis-je quand elle se relève.

— Puissent les bénédictions se répandre sur tes mains avec l'abondance de la pluie », murmure-t-elle. Puis elle découvre mon travail, et son expression se fige. Quand elle se détourne, je vois ses lèvres remuer, et même si son accent m'empêche d'en être certaine, la prière qu'elle chuchote a sans doute une teneur très différente. Je regarde alors ma tablette et j'essaie de voir mon œuvre par ses yeux. La tête inclinée et la main levée, le médecin me fixe, caressant une boucle de sa barbe, signe qu'il réfléchit à un sujet qui l'intéresse. J'ai capté son expression à merveille. La ressemblance est admirable. On croirait qu'il est vivant.

Rien d'étonnant à ce que la fille ait eu l'air saisie. Ça me rappelle ma propre stupéfaction, la première fois que Hooman m'a montré les portraits qui avaient mis les iconoclastes en fureur. Il serait très surpris s'il me voyait à présent : moi, une musulmane, au service d'un Juif. Il n'a pas pensé qu'il me formait pour un pareil destin. Mais je m'y suis habituée. Au début, j'avais honte d'être l'esclave d'un Juif. Aujourd'hui, j'ai seulement honte d'être une esclave. Et c'est le médecin lui-même qui m'a appris à le comprendre.

J'avais quatorze ans quand mon univers fut bouleversé. Précieuse fille d'un homme important, je n'avais jamais imaginé être vendue comme esclave. Le jour où les marchands m'amenèrent à Hooman, nous traversâmes, sembla-t-il, les ateliers de tous les artisans du monde connu. Ils m'avaient mis un sac de jute sur la tête pour que je ne tente pas de m'échapper, mais même ainsi, je reconnus les corps de métier grâce aux odeurs et aux bruits. Je me souviens de la puanteur qui montait de la tannerie, de la soudaine odeur douceâtre de l'*esparto* [1] dans la rue des fabricants d'espadrilles, du fracas métallique chez les armuriers, du rythme sourd des métiers des

---

1. Alfa. *(N.d.T.)*

carpettiers, des notes discordantes et isolées des fabricants d'instruments testant leur marchandise.

Enfin, nous arrivâmes au pavillon du livre. Le gardien enleva alors mon bandeau et je vis que l'atelier des calligraphes occupait l'étage le plus haut et était orienté au sud, bénéficiant de la meilleure lumière. L'atelier des peintres se trouvait au-dessous. Quand le marchand me conduisit à travers les rangées de silhouettes assises, personne ne leva la tête de son travail pour me lancer un coup d'œil furtif. Dans l'atelier de Hooman, les assistants savaient qu'il exigeait une totale concentration et que le moindre manquement était sévèrement puni.

Deux chats dormaient, pelotonnés ensemble à l'angle de son tapis de soie. D'un geste de la main, il les chassa, et me fit signe de m'agenouiller à leur place. Il parla à mon gardien avec froideur et l'homme se pencha pour trancher la corde crasseuse qui maintenait mes poignets. Hooman souleva mes mains et les retourna, examinant les endroits où le lien avait entamé la chair. Il réprimanda violemment le gardien avant de le congédier. Puis il se tourna vers moi.

« Alors, tu prétends être un *mussawir.* » Quand il prononça ce mot, sa voix était un chuchotement, le bruissement du pinceau sur le papier lustré.

« Je peins depuis l'enfance, répondis-je.

— Depuis si longtemps que ça ? » demanda-t-il. Ses yeux se plissèrent, amusés.

« J'aurai quinze ans avant la fin du ramadan.

— Vraiment ? » Il glissa une main aux longs doigts sur mon menton imberbe. Je me dérobai, et il leva vivement le bras, comme pour me frapper. Mais il le laissa retomber contre son flanc et fouilla dans la poche de sa robe. Il ne dit rien, se contentant de me regarder, et au bout d'un moment je sentis mon visage s'enflammer et je baissai la tête. Pour combler le silence, je laissai échapper : « Je suis particulièrement doué pour les plantes. »

Il retira alors sa main, et je vis qu'il tenait entre le pouce et l'index un petit sac de soie brodée. Il en sortit un grain de riz long tel que l'appréciait les Perses. « Dis-moi, *mussawir,* que vois-tu ? »

Je regardai le grain, et je suppose que je restai bouche bée, comme un simple d'esprit. Un match de polo y était peint : un joueur galopait, la queue de son cheval s'envolant tandis qu'il fonçait sur des montants de but finement travaillés, un autre enfourchait sa monture tandis que son domestique lui tendait un maillet. On pouvait compter les tresses de la crinière du cheval et sentir la texture de la veste en brocart du cavalier. Comme si ce n'était pas assez extraordinaire, il y avait aussi une inscription :

Un seul grain donne cent moissons,
Un seul cœur englobe le monde entier.

Il reprit le grain, et en posa un deuxième dans ma main. Celui-ci était ordinaire, un grain de riz comme tant d'autres. « Puisque tu es "spécialement doué" pour les plantes, tu vas me faire un jardin. Je veux que tu y peignes les feuillages et les fleurs qui, selon toi, révèlent le mieux tes talents. Tu as deux jours. Installe-toi là-bas, avec les autres. »

Alors il se détourna de moi et reprit son pinceau. Il lui suffit de jeter un coup d'œil dans la salle pour qu'un garçon se levât d'un bond, l'écarlate qu'il avait préparé, aussi brillant que le feu, léchant les parois du bol qu'il tenait délicatement entre ses mains.

J'échouai au test et je suppose que ça n'a rien de surprenant. Avant d'avoir été capturée, je passais mes journées à faire des dessins de plantes connues de mon père pour leurs vertus médicinales. Ainsi, des guérisseurs vivant à des kilomètres, et parlant d'autres langues que lui, pouvaient déterminer avec précision de quelle plante il s'agissait, même s'ils lui avaient donné un autre nom. C'était un travail rigoureux, et j'étais fière que mon père me jugeât apte à le réaliser.

À ma naissance, mon père, Ibrahim al-Tarek, était déjà vieux. J'étais arrivée dans une maison si peuplée d'enfants que jamais je n'avais espéré retenir son attention. Muhammad, l'aîné de mes six frères, avait l'âge d'être mon père ; en fait, il avait un fils de deux ans mon aîné qui, pendant quelque temps, fut mon principal persécuteur.

Mon père était grand, malgré son dos légèrement voûté ; il était beau, bien que la chair de son visage fût affaissée et sillonnée de rides. Après les prières du soir, il venait dans la cour et s'asseyait sur les nattes tressées disposées sous le tamaris, écoutant les femmes faire le récit de leur journée, admirant leur tissage, et posant des questions discrètes sur nous, les plus jeunes, et nos progrès. Quand ma mère était en vie, il restait avec elle plus longtemps qu'avec les autres, et l'idée confuse qu'elle occupait une place spéciale auprès de lui m'inspirait un plaisir secret. Nous baissions la voix quand il venait, et si nos jeux ne s'interrompaient pas, ils perdaient de leur intensité. Nous nous surprenions à nous rapprocher peu à peu de lui, ignorant les froncements de sourcils éloquents de nos mères et leurs efforts pour nous chasser. Enfin, il tendait son long bras et attrapait l'un de nous, installant l'heureux élu à côté de lui, sur la natte, pour lui dire un mot gentil. D'autres fois, si nous jouions à cache-cache, il permettait à l'un ou l'autre de se dissi-muler dans les longs plis de sa robe, et il riait de nos cris quand nous étions découverts.

Il nous était formellement interdit de pénétrer dans ses appartements – la simple cellule où il dormait, la biblio-thèque pleine à craquer de livres et de parchemins, et la salle de travail encombrée de bocaux et de délicats vases à bec. Et je n'aurais pas osé y pénétrer si le lézard qui était devenu mon compagnon secret ne s'était échappé de ma poche un après-midi pour filer le long du sol en terre battue, réussissant à rester hors de ma portée. J'avais sept ans à l'époque, et ma mère était morte depuis près d'un an. Les autres femmes avaient été bonnes pour moi, surtout l'épouse de Muhammad, dont l'âge était le plus proche de celui de ma mère. Mais malgré leur affection, celle-ci me manquait terriblement, et je suppose que le petit lézard était l'un des nombreux substituts que j'avais trouvés pour combler le vide qui me rongeait.

J'étais juste devant la bibliothèque quand je le rattrapai enfin. Ma main planait au-dessus de sa peau laquée. Son minuscule cœur battait fort. J'abaissai la main, mais en

313

une seconde il glissa entre mes doigts comme de l'eau et, s'aplatissant au point de devenir aussi mince qu'un riyal, il disparut sous la porte. Mon père était sorti, du moins je le crus, aussi je n'hésitai qu'un instant avant de pousser le battant et d'entrer.

En général, c'était un homme ordonné, mais cet ordre ne s'appliquait pas à ses livres. Plus tard, quand je travaillai à son côté, je découvris la cause du chaos qui m'avait accueillie dans sa bibliothèque cet après-midi-là. Ses rouleaux de parchemin tapissaient un mur de la pièce, serrés les uns contre les autres, de telle sorte que leur extrémité circulaire était un peu aplatie, comme les alvéoles d'un rayon de miel. Ils étaient rangés dans un certain ordre, qu'il était seul à connaître, car il en prenait un sans hésitation, l'ouvrait sur son établi, puis se penchait en posant ses avant-bras dessus. Il restait ainsi de longues minutes, ou très peu de temps, puis se redressait brusquement, de telle sorte que le rouleau se refermait d'un coup sec. Il le mettait alors de côté et se dirigeait vers l'autre mur, où s'alignaient des vingtaines de livres reliés. Il en choisissait un, le feuilletait, grognait, faisait encore deux ou trois pas, le repoussait, cherchait à tâtons son matériel d'écriture, griffonnait quelques lignes sur un parchemin, jetait son pinceau, puis répétait tout le processus. À la fin, il y avait autant d'objets sur le sol que sur l'établi.

Mon lézard avait choisi un excellent endroit pour m'échapper, pensai-je, tout en rampant sous la table, écartant papiers et volumes tombés au sol. J'étais là-dessous quand apparurent les pieds chaussés de sandales de mon père. J'abandonnai alors ma poursuite, et restai le plus immobile possible, espérant qu'il était venu chercher un rouleau de parchemin et ressortirait ensuite, ce qui me permettrait de me glisser au-dehors sans être découverte.

Mais il ne repartit pas. Il avait dans la main une branche d'une plante verte brillante. Il la posa et se lança dans le rituel agité que j'ai décrit. Une demi-heure s'écoula ainsi, puis une heure. Je m'ankylosais. Mon pied, sur lequel reposait mon poids, me cuisait et me picotait. Je n'osais pas bouger. Tandis que mon père travaillait, des pages commencées puis écartées se mirent à tomber du bureau, ainsi que la branche qu'il avait apportée. Quand l'une de ses plumes atterrit près de moi, je m'ennuyais tant que j'eus l'audace de m'en emparer. J'étudiai une feuille de la branche. J'aimais la façon dont elle était divisée par des nervures, selon un motif qui semblait aussi régulier et intentionnel que les mosaïques qui bordaient les murs de la pièce où mon père et mes frères plus âgés recevaient leurs invités. Dans l'angle d'une page froissée, je commençai à dessiner cette feuille. Le pinceau était une vraie merveille, quelques poils fins plantés dans le tuyau d'une plume. Si j'arrivais à stabiliser ma main et à me concentrer, je pourrais, grâce à cet instrument, saisir exactement la délicatesse de l'objet que je dessinais. Quand l'encre séchait, j'en puisais à nouveau dans les taches que les traits de la plume impatiente de mon père projetaient généreusement sur le sol.

Ce fut peut-être mon mouvement qui attira son attention. Sa grande main descendit et saisit mon poignet. Mon cœur chavira. Il me tira au-dehors et me releva. Je gardai les yeux fixés sur le sol, tant je redoutais de lire la colère sur son visage bien-aimé. Il prononça alors mon nom avec douceur, et sans animosité.

« Tu sais que tu n'as pas la permission d'être ici. »

D'une voix tremblante, je lui parlai de mon lézard, et je le suppliai de me pardonner, « mais j'ai pensé que l'un des chats risquait de le manger ».

Son étreinte se relâcha tandis que je parlais. Il enferma ma menotte dans sa large paume, et la tapota gentiment. « Eh bien, le lézard a son propre destin, comme nous tous, dit-il. Mais qu'est-ce que tu tiens là ? » Il souleva alors mon autre main, encore cramponnée à la page où j'avais fait mon croquis. Il l'examina un moment mais ne dit rien. Puis il me chassa de la pièce.

Dans la cour, ce soir-là, je me tins en retrait et ne cherchai pas à attirer son attention, espérant qu'il ne penserait pas à mentionner ma faute. Plus tard, quand j'allai me coucher sur ma natte avec les autres, sans avoir été punie, je me félicitai du succès de mon plan.

Le lendemain matin, après avoir dirigé la prière familiale, mon père m'appela auprès de lui. Mon estomac se souleva. Je crus que j'allais être punie, après tout. Mais au lieu de cela, il avait apporté une plume fine, de l'encre, et un vieux parchemin en partie recouvert de ses griffonnages. « Je veux que tu t'exerces, dit-il. Si tu développes ton talent, il peut m'être d'un grand secours. »

Je travaillai dur à ces dessins. Chaque matin, après avoir mis de côté la planche en bois sur laquelle j'apprenais à écrire les versets du Saint Coran – mon père tenait à ce que chacun de ses enfants assistent à ces leçons –, je ne participais pas aux jeux ou aux tâches des autres, mais je prenais mon parchemin et je dessinais jusqu'à ce que ma main s'engourdît. J'étais enchantée de l'attention de mon père et je souhaitais par-dessus tout lui être utile. À l'âge de douze ans, j'avais acquis un savoir-faire. Après cela, presque chaque jour, je passai une partie de mon temps en sa compagnie, l'aidant à fabriquer les livres qui amélioraient la santé d'inconnus dans une vingtaine de pays.

À la fin de ce premier après-midi dans l'atelier de Hooman, j'eus l'impression que ces douces années et tout ce qu'elles m'avaient appris m'avaient totalement abandonnée. Quand la lumière du jour déclina, ma main tremblait à cause de l'effort exigé par des traits si minuscules qu'un observateur n'eût pas même vu qu'un mouvement avait été accompli. Je m'allongeai sur ma natte dans un coin de l'atelier, et je me sentis inutile et effrayée. Des larmes piquaient mes yeux fatigués, et un sanglot dut m'échapper, car l'homme qui s'installait sur une natte voisine chuchota d'un ton bourru que je ne devais pas m'inquiéter. « Réjouis-toi de ne pas avoir été envoyé à la place à l'atelier de reliure. Là-bas, les apprentis doivent apprendre à étirer un fil d'or si fin qu'il doit pouvoir passer dans un trou de graine de pavot.

— Mais Hooman ne me gardera pas si je ne peux pas faire ce travail, et je n'ai pas d'autre talent. » Après mon enlèvement, au cours du voyage qui m'avait conduite jusqu'ici, j'avais vu de jeunes étrangers de mon âge agrippant, terrifiés, le garde-corps du bateau sur les flots déchaînés, cassant des pierres à la clarté incandescente des carrières, ou remontant, sales et voûtés, de la bouche obscure des mines.

« Tu ne seras pas le premier à échouer, crois-moi. Il va te trouver quelque chose à faire. »

Ce fut le cas. Il regarda à peine mon grain de riz avant de le jeter. Il m'envoya travailler avec les « préparateurs de terrain », les peintres et les calligraphes dont la vue avait baissé ou dont les mains avaient perdu leur dextérité. Je restais tout le jour avec ces hommes aigris, polissant chaque parchemin avec de la nacre, peut-être un millier de fois, jusqu'à ce que la page soit tout à fait lisse. Au bout de quelques jours de ce travail, la chair de mes doigts se rida et partit en lambeaux. Bientôt, je ne pus plus tenir un pinceau. Alors je donnai libre cours au désespoir que j'avais réprimé depuis mon enlèvement.

Je ne m'étais pas autorisée à penser à la maison ni à la façon dont nous l'avions quittée, au milieu des festivités, les épouses de mon père ululant de joie quand la caravane du hajj était partie au son des tambours et des cymbales. Je ne m'étais pas autorisée à penser à mon père tel que je l'avais vu au moment de sa mort. Mais à présent je ne parvenais plus à repousser ces images : sa chevelure argentée souillée de sang et de matière gris pâle, une bulle de bave cramoisie se formant sur ses lèvres alors qu'il tentait d'articuler sa dernière prière. Ses yeux désespérés scrutant mon visage tandis que le Berbère me maintenait, plaquant sur ma gorge un bras dur et massif comme une branche d'arbre. J'étais parvenue à me dégager de son emprise juste assez longtemps pour crier à la place de mon père les mots qu'il n'avait plus la force de prononcer : « Dieu est le plus grand ! Il n'y a pas d'autre Dieu que Dieu ! » Un coup s'était abattu sur moi et j'étais tombée à genoux, criant encore pour lui : « Je me repose sur Dieu ! »

Il y avait eu un autre coup, plus fort cette fois. Quand j'étais revenue à moi, j'avais un goût de fer dans la bouche. J'étais couchée à plat ventre dans une charrette, au milieu de nos biens pillés, et nous nous dirigions vers le nord. J'avais soulevé ma tête douloureuse pour glisser un regard entre les planches du rebord. Au loin, la forme de mon père était tassée sur la route, réduite à un amas de chiffons indigo que soulevait le vent chaud du désert ; et dessus, les plumes noires brillantes du premier vautour.

Je vécus trois mois avec les préparateurs de terrain. Et maintenant, quand je repense à cette période sans la peur qui l'accompagnait – la peur de passer ma vie entière dans cet ennui –, à marteler et frotter le parchemin, la tête pleine d'amères réminiscences, je peux reconnaître que j'ai beaucoup appris dans cet atelier, surtout avec Faris. Comme moi, il était né de l'autre côté de la mer, en Ifriqiya. Au contraire de moi, il était venu de son plein gré pour pratiquer son art dans ce qui restait de la nation d'al-Andalus, autrefois si puissante. À la différence des autres, il ne se vantait pas tout le temps du grand talent qui avait été le sien. Il ne mêlait pas non plus sa voix aux récriminations et aux chamailleries continuelles, aussi incessantes que le bourdonnement des mouches à viande.

Les yeux de Faris étaient aussi embrumés qu'un ciel d'hiver. La maladie avait altéré sa vision quand il était encore très jeune. Lorsque j'arrivai à le connaître, je finis par lui demander pourquoi il n'avait pas consulté un des grands médecins de la ville. Je savais qu'il existait une opération qui rendait quelquefois la vue à des yeux atteints. Moi-même, je ne connaissais aucun cas de ce genre. Mon père soignait avec des plantes, plutôt qu'avec des sondes, mais il m'avait montré une fois une excellente série de dessins sur la manière dont cette opération pouvait être réalisée par un praticien compétent : une entaille délicate dans le globe oculaire permettait d'ouvrir la paroi obscurcie, puis de la repousser dans l'espace situé à l'arrière.

« J'ai subi cette intervention, dit Faris. Le chirurgien personnel de l'émir l'a tentée sur moi à deux reprises. Mais comme tu vois, le résultat n'a pas été concluant. »

« Dieu l'a plongé dans le brouillard et l'y laisse en guise de pénitence, à cause des dessins qu'il a faits. » C'était la voix chevrotante du vieil Hakim, qui avait été calligraphe. Il se vantait d'avoir recopié vingt corans dans sa carrière, et de ce que les mots sacrés fussent gravés dans son cœur. Dans ce cas, ils ne l'avaient pas adouci. Les seuls mots cléments qui sortaient de sa bouche pincée étaient ceux de ses prières. Le reste de son discours était un flot de bile incessant. Il se leva de sa natte où il était en train de sommeiller, s'arrangeant pour ne pas faire sa part de labeur. Il s'approcha en boitillant de l'endroit où nous étions en train de travailler. Il leva sa canne pour frapper Faris. « Tu as voulu créer comme Dieu et Dieu t'a puni pour cela. »

Je touchai légèrement le bras de mon ami, mais il secoua la tête. « C'est de l'ignorance et de la superstition, marmonna-t-il. Célébrer la création de Dieu n'est pas rivaliser avec le Créateur. »

Le vieil homme éleva la voix. « Les auteurs d'images figuratives sont les plus mauvais des hommes, entonna-t-il, choisissant l'arabe très orné de la prière. Tu as l'arrogance de douter de la parole du Prophète ?

— Que la paix soit sur lui, jamais je ne douterais de sa parole », soupira Faris. Il avait visiblement eu trop souvent cette discussion. « Je doute de ceux qui prétendent que cette citation est authentique. En tout cas, le Coran garde le silence sur ces sujets.

— C'est faux ! » Le vieillard hurlait à présent, courbé en avant, sa barbe jaunie touchant presque la tête inclinée de Faris. « Le Coran utilise le mot *sawwara* pour décrire comment l'homme a créé l'homme à partir de l'argile, n'est-ce pas ? Dieu est donc un *mussawir*. Si tu prétends en être un, tu usurpes celui qui nous a tous faits !

— Assez ! » Faris avait élevé la voix. « Pourquoi ne dis-tu pas à ce garçon la vérité sur la raison de ta présence ici ? Sa main ne tremble pas et il voit aussi bien qu'un faucon. Hakim a été renvoyé pour avoir dégradé l'art des peintres.

— Renvoyé pour avoir accompli l'œuvre de Dieu ! cria le vieil homme. Je leur ai coupé la gorge ! Je les ai tous décapités ! Je les ai assassinés pour sauver l'âme de l'émir ! » Il gloussait, comme s'il s'agissait d'une bonne plaisanterie.

J'étais troublée. Je regardai Faris, mais il tremblait de tous ses membres. Son front était couvert de sueur. Une goutte coula sur le papier poli, gâchant les durs efforts d'une matinée. Quand je posai la main sur son bras, il se dégagea. Jetant son morceau de nacre, il se leva et repoussa brutalement le vieillard pour passer.

Deux jours plus tard, Hooman m'envoya chercher. Je traversai l'atelier, remarquant des choses que ma peur avait brouillées la première fois : les tessons brillants de lapis-lazuli destinés à être broyés pour fabriquer du pigment bleu, le reflet de la lumière sur les feuilles d'argent et le vieil homme dans l'alcôve fermée par un paravent, à l'abri du moindre souffle de vent, tandis qu'il prélevait les taches de couleur chatoyantes sur une pile d'ailes de papillons. Hooman me fit signe de m'agenouiller au même endroit qu'avant, sur un coin de son tapis. L'un des chats était couché dans ses bras. Il le souleva jusqu'à son menton et enfouit un moment son visage dans sa fourrure, puis, de façon inattendue, il me le tendit.

« Prends-le ! dit-il. Tu n'as pas peur des chats, n'est-ce pas ? » Je secouai la tête et j'ouvris les bras. Mes mains, détruites par le travail et endurcies par des cals, plongèrent dans sa douceur. Le chat paraissait gros, mais en fait, c'était un minuscule animal enfermé dans un nuage de fourrure. Il poussa une plainte, comme un nourrisson, puis se blottit sur mes genoux. Hooman brandit un grand couteau, me présentant le manche. Je tressaillis. Il n'attendait quand même pas que je tue son chat ? La consternation dut se lire sur mon visage. Ses yeux se plissèrent un instant.

« Et où crois-tu que nous trouvions les poils fins de nos pinceaux ? » Les chats ont la gentillesse de nous les fournir. » Il prit l'autre chat sur ses genoux et le caressa sous le menton tandis que l'animal roulait sur le dos et étirait son cou. Il pinça juste cinq ou six longs poils sur la gorge et les trancha avec la lame.

Quand il me regarda de nouveau, le chat que je tenais s'était allongé lui aussi, repoussant ma manche pour poser sa patte blanche sur mon avant-bras.

« Ta peau », dit doucement Hooman. Il me dévisagea. J'essayai de tirer le tissu sur mes poignets, mais il tendit la main et m'arrêta. Il continua de regarder ma peau sans me voir. Je connaissais cette expression. C'était la manière dont mon père examinait une tumeur, oubliant, alors qu'il l'inspectait, que le corps auquel elle se rattachait était celui d'un être humain. Quand Hooman se remit à parler, il s'adressait à lui-même, et non à moi. « C'est la couleur de la fumée bleue… non, c'est comme une prune qui mûrit, encore saupoudrée de duvet pâle. » Je m'agitai, incommodée par cette attention excessive. « Ne bouge pas, ordonna-t-il. Je dois peindre cette couleur. »

Je restai donc assise là jusqu'à la tombée du jour. Puis il me renvoya brusquement, et j'allai m'installer sur une paillasse vide dans un coin de l'atelier, sans savoir pourquoi j'avais été convoquée.

Le lendemain, Hooman me tendit l'un des nouveaux pinceaux qu'il avait fait fabriquer avec les poils du chat et un tuyau de plume. Il y en avait de différentes tailles. Quelques-uns avaient un poil unique, pour tracer une ligne d'une extrême finesse. Il me donna aussi un morceau de parchemin. « Je veux que tu peignes un portrait, ordonna-t-il. Tu peux choisir n'importe qui dans l'atelier comme sujet. »

Je choisis le garçon qui assistait les batteurs d'or, pensant que son visage lisse aux yeux en amande était le plus proche des jeunes gens à la beauté idéale qu'on voyait dans la plupart des livres. Lorsque je lui montrai le résultat, Hooman repoussa la page après y avoir jeté un vague coup d'œil. Il se leva brusquement, et me fit signe de le suivre.

Ses appartements privés se trouvaient au bout d'un haut couloir voûté, à quelque distance de l'atelier. La pièce était vaste, le divan couvert de brocart et garni de piles de coussins. Dans un coin, il y avait une série de petits coffres où il rangeait ses livres. Il s'agenouilla devant le plus somptueux, et ouvrit son couvercle sculpté. Il prit le petit ouvrage posé à l'intérieur avec un grand respect, et le plaça sur le pupitre. « C'est l'œuvre de mon maître, la perle du monde, Maulana du pinceau délicat. » Il l'ouvrit.

L'image scintillait. Je n'avais jamais vu une peinture

321

comme celle-ci. À l'intérieur d'une page, le peintre avait créé un monde de vie et de mouvement. Je ne pus pas déchiffrer les mots en persan, mais l'enluminure était assez éloquente : la scène dépeignait un mariage princier. Il y avait des centaines de personnages et pourtant je n'en vis pas deux semblables : chaque turban, noué d'une manière originale, était fait d'un matériau différent. Chaque robe, brodée ou décorée d'une centaine de sortes d'arabesques, avait un style particulier. En regardant la miniature, on entendait le bruissement de la soie et le friselis du damas tandis que la foule tourbillonnait autour du jeune marié royal. J'avais été habituée à voir des gens peints de face ou de profil sur les tableaux, mais ce peintre ne s'était pas imposé cette restriction. Les têtes qu'il avait dessinées étaient représentées sous tous les aspects – certaines de trois quarts, d'autres inclinées vers le bas, d'autres levant le menton. Un homme tournait carrément le dos à l'artiste, de telle sorte qu'on ne voyait que le bout de son oreille. Mais plus saisissant encore : chaque visage était unique, comme dans la vie. Les yeux étaient si expressifs que j'avais l'impression de pouvoir lire dans les pensées des personnages. L'un d'eux rayonnait, enchanté d'être inclus dans la fête. Un autre avait un petit sourire suffisant, peut-être par mépris de cet étalage ostentatoire. Un troisième fixait son prince d'un air stupéfait. Un quatrième grimaçait légèrement, comme si sa nouvelle ceinture à nœud le pinçait.

« Tu vois maintenant ce qui fait un maître ? » dit enfin Hooman.

J'acquiesçai, incapable de quitter l'image des yeux. « Je sens… c'est-à-dire, il semble… » Nerveuse, j'aspirai une bouffée d'air et j'essayai de rassembler mes pensées. « Ce qu'il peint a de la densité, comme dans la vie. On a l'impression que n'importe lequel des personnages va sortir de la page et nous parler. »

Hooman inspira brusquement. « C'est tout à fait ça, répliqua-t-il. Et maintenant je vais te montrer pourquoi j'ai ce livre et pourquoi ce bien précieux n'est plus entre les mains du prince auquel il était destiné. »

Il se pencha alors et tourna la page. L'image suivante

était aussi éblouissante, aussi vivante. Elle dépeignait le cortège qui accompagnait le fiancé jusqu'à la demeure de sa future. Mais cette fois mon exclamation admirative se transforma en un cri de stupeur. La différence entre cette image et la précédente était que chacun des invités avait le cou barré par un trait rouge grossier.

« Ceux qui ont fait ça portent le nom d'iconoclastes, de briseurs d'idoles, et ils croient accomplir l'œuvre de Dieu. » Il referma l'ouvrage, incapable de supporter la vue de cette profanation. « Ils peignent ce trait rouge pour symboliser la gorge tranchée, tu vois. Privées de vie, ces images ne rivalisent plus avec la création de Dieu. Il y a cinq ans, une bande de ces fanatiques a mis à sac le pavillon du livre et détruit plusieurs œuvres remarquables. C'est pour cette raison que tu ne vois personne y faire de portraits. Mais aujourd'hui, une requête que nous ne pouvons refuser nous a été présentée. Je veux que tu fasses un nouvel essai. » Il baissa alors la voix. « Je recherche une *ressemblance*. Tu comprends ? »

Déterminée à ne pas échouer à ce second test, je passai en revue les visages dans l'atelier. À la fin, je choisis le vieil homme qui travaillait sur les ailes de papillons. Il y avait dans son expression une intensité que je pensai être en mesure de saisir. En outre, son calme et l'économie de ses mouvements me seraient d'un grand secours.

Cela me prit trois jours. J'avais étudié le vieil homme, essayant de l'appréhender comme j'avais appris à le faire avec une plante inconnue, vidant mon esprit, non seulement de toutes les autres plantes que j'avais peintes auparavant, mais aussi de toutes les idées préconçues sur ce qu'était une plante – à savoir, qu'elle possédait une tige, que les feuilles se déployaient sous tel ou tel angle, qu'elles étaient vertes. De la même manière, j'examinai le visage de l'homme aux papillons. J'essayai de le voir comme un jeu d'ombre et de lumière, de vide et de matière solide. Je traçai mentalement une grille sur la page et je divisai son visage comme si chaque carré de cette grille avait été distinct du reste, contenant une information unique.

Je dus demander plusieurs pages supplémentaires avant

d'arriver à reproduire quelque chose qui ait l'air vivant. Ma main tremblait quand je passai mon travail à Hooman. Il ne dit rien, et son expression ne changea pas, mais il ne jeta pas la feuille. Quand il leva les yeux vers moi, il scruta mes traits, puis fit glisser sa main sur mon menton, comme il l'avait fait lors de notre première rencontre.

« Une opportunité inattendue s'est présentée, et je pense que tu es celui qu'il nous faut. L'émir souhaite engager un *mussawir* pour le harem. Étant donné que la personne en question doit être châtrée, il vaut mieux prendre un garçon encore impubère, comme toi. »

Je sentis le sang se retirer de mon visage. Depuis mon retour au pavillon, j'avais été trop nerveuse pour avaler plus d'une ou deux bouchées. Ma tête s'emplit alors d'un vacarme qui ressemblait au bruit de la mer. J'entendis, très loin, la voix de Hooman : « ... une vie d'un confort extrême et qui sait quelle influence ultime... un prix peu élevé à long terme... l'avenir incertain autrement... beaucoup d'autres ici qui peignent au moins aussi bien que toi ne feront jamais... »

Je dus essayer de me lever ; je parvins peut-être à me mettre debout. En tout cas, juste avant de tomber, je vis mon propre bras balayer la table de Hooman, les bols basculer, et un flot de bleu de lapis se déverser sur le sol.

Quand je me réveillai, on m'avait allongée sur le divan recouvert de brocart des appartements privés de Hooman. Il se tenait au-dessus de moi, les yeux plissés comme une feuille de vélin froissée. « Il semble que nous n'aurons pas besoin de déranger le faiseur d'eunuques, après tout, dit-il. Quelle chance, quelle grande chance est la nôtre, d'avoir été ainsi trompés par toi. »

J'avais la bouche sèche. Quand j'essayai de parler, aucun mot ne sortit. Hooman me tendit une coupe. Elle était pleine de vin. Je la vidai d'un trait.

« Du calme, petite. Les filles musulmanes d'Ifriqiya n'avalent pas leur vin avec cette avidité. Ou bien nous as-tu aussi trompés sur ta religion ?

— Il n'y a pas d'autre Dieu que Dieu et Mahomet est son messager, chuchotai-je. Je n'ai jamais goûté de vin avant ce jour. Je le bois maintenant parce que j'ai lu que ça donnait du courage.

— Je ne crois pas que tu en manques. Il en a sûrement fallu beaucoup pour perpétuer ce mensonge parmi nous comme tu l'as fait. Comment es-tu arrivée ici, dans la djellaba d'un garçon ? »

Hooman savait parfaitement que je lui avais été vendue comme esclave par le Banu Marin qui m'avait kidnappée dans la caravane du hajj. « C'est mon père qui a voulu que je me déguise quand nous avons quitté notre ville, répondis-je. Il pensait que la traversée du désert serait plus confortable pour moi si je voyageais à son côté, plutôt que de rester confinée toute la journée dans un palanquin sans air. Il a dit aussi que je serais plus en sécurité sous l'apparence d'un garçon, et les événements ont prouvé qu'il avait raison... » À ces mots, les souvenirs se bousculèrent dans ma tête, et le vin, dans mon estomac vide, me fit tourner la tête. Hooman posa une main sur mon épaule et me renversa doucement dans les coussins de son divan. Il me regarda et hocha la tête. « J'ai toujours cru être le plus observateur des hommes. Maintenant que je connais la vérité, il me semble impossible de ne pas l'avoir devinée. Je dois vraiment vieillir. »

Il glissa de nouveau la main sur mon visage, mais cette fois ses doigts étaient légers comme la brume. Il se coula sur le divan près de moi. Mes vêtements avaient déjà été desserrés, et sa main trouva mon sein sans peine.

Beaucoup plus tard, quand je pus y réfléchir à tête reposée, je me consolai en me disant que j'aurais pu être violée de beaucoup d'autres façons, et bien pires encore. En réalité, je m'étais attendue à cela depuis le moment où les pilleurs berbères avaient surgi en haut des dunes. Les célèbres mains de Hooman ne laissèrent pas de marque sur moi. Quand je me débattis, m'agitant dans tous les sens pour me dégager, il me maîtrisa d'une poigne habile qui me cloua sur place sans me faire mal. Même quand il me pénétra, ce fut sans brutalité. Le choc subi fut plus grand que la souffrance physique. Je pense qu'en réalité je fus moins malmenée que beaucoup de jeunes mariées sur leur lit nuptial. Et pourtant, lorsqu'il me laissa enfin me relever, et que je sentis quelque chose de mouillé couler sur ma cuisse, mes jambes se dérobèrent, je m'agenouillai près de son divan et je vomis le vin âcre sur son beau tapis jusqu'à ce qu'il ne me restât plus rien dans l'estomac. Il poussa alors un grand soupir, rajusta ses robes, et sortit

Seule dans la pièce, je pleurai longtemps, composant la liste de ce que j'avais perdu dans ma vie, de la mort de ma mère à mon asservissement, sans oublier le meurtre de mon père. Et maintenant, l'endroit nouveau et obscur où je me trouvais, dépouillée de mon corps de la manière la plus fondamentale. Un instant, une pensée consolante me traversa l'esprit : mon père, mort, n'apprendrait pas ce déshonneur. Mais alors je me rendis compte qu'il avait dû mourir en imaginant ce drame. J'eus encore un haut-le-cœur, mais je n'avais plus rien à vomir.

L'eunuque que Hooman m'envoya était très jeune. En le voyant je me rappelai que d'autres êtres avaient subi un sort bien pire que le mien. Peu à peu, je cessai de m'apitoyer sur moi-même. C'était un Perse qui ne parlait pas l'arabe. Je suppose que Hooman y avait pensé en le choisissant. Le garçon retira le tapis souillé avec une discrétion efficace, puis revint avec une aiguière d'argent et une bassine d'eau de rose tiédie. Il indiqua par gestes qu'il allait m'aider à me baigner, mais je le congédiai. L'idée du contact de quelqu'un d'autre me répugnait. Il m'avait apporté une robe, et il emporta mes vieux vêtements, les tenant loin de lui comme s'ils empestaient. Ce qui devait sans doute être le cas.

Cette nuit-là, je ne dormis presque pas. Mais quand le ciel s'éclaira avant l'aube, je compris, soulagée, que Hooman ne reviendrait pas, et je sombrai dans un sommeil épuisé et tourmenté, rêvant que j'étais de nouveau assise sur les nattes en paille, écoutant ma mère fredonner devant son métier à tisser. Pourtant, lorsque j'attrapais sa jupe pour attirer son attention, ce n'était pas son visage souriant et patient qui se tournait vers moi, mais la face ravagée d'un cadavre dont le regard impitoyable me transperçait sans me voir.

Le garçon me réveilla, arrivant avec une nouvelle série

de vêtements. Je ne savais pas à quoi m'attendre. Puisque j'étais destinée au harem, allait-on me déguiser en odalisque ? Mais les habits qu'il m'apportait étaient ceux d'une aristocrate : une simple robe de soie rosée, très bien assortie à mon teint. Il y avait plusieurs morceaux de mousseline tunisienne, d'un rose plus foncé, un tissu si fin que je dus le doubler pour enrouler un voile sur mes cheveux. Enfin, je me couvris la tête d'un haïk bleu-noir de mérinos très léger qui tombait jusqu'à mes pieds.

Une fois habillée, je m'assis sur le divan, sentant le désespoir m'envahir à nouveau. La voix de Hooman interrompit mes larmes. Il resta dehors, demandant la permission d'entrer. Stupéfiée par sa requête, je ne répondis pas. Il reposa la question plus fort. Je ne parvins pas à contrôler ma voix, aussi je me tus.

« Prépare-toi », ordonna-t-il, et il écarta le rideau. Je sentis la panique me gagner, et je reculai.

« Sois en paix. Après cette rencontre, il est peu probable que nous nous revoyions jamais. Si tu as des questions concernant ton travail, des problèmes de matériel ou de technique, tu devras me les exposer par écrit. Si je me souviens bien, tu es instruite ? C'est très curieux, pour une fille, une autre raison pour laquelle nous nous sommes laissé tromper, et tu devras m'envoyer de temps en temps des échantillons de ton travail pour que je les inspecte. Je te répondrai du mieux que je pourrai, je te donnerai des instructions, et si je vois des détails qui doivent être améliorés, je t'écrirai à ce propos. Bien que tu sois loin d'atteindre le rang de maître, tu devras occuper une position qui incombe normalement à une personne jouissant de ce statut. Quels que soient tes sentiments à mon égard, ne discrédite pas mes talents ni les tiens. Le travail que nous accomplissons nous survivra à tous. Souviens-t'en. C'est infiniment plus important que... des sentiments personnels. »

Un sanglot m'échappa. Il fit la grimace, et me parla avec froideur.

« Tu crois être la seule à avoir été conduite ici attachée et humiliée ? L'émira elle-même a franchi les portes de cette ville enchaînée, poussée par un fer de lance devant le cheval de bataille de l'homme qui est devenu son époux. »

Il n'avait pas besoin de me le raconter : le scandale de la belle captive de l'émir avait été le sujet de ragots salaces chez les préparateurs de terrain. J'avais beau avoir été distraite durant ces mois, cette histoire avait capté mon intérêt, car elle touchait certains aspects de la mienne. Tout le monde, semblait-il, avait un avis sur la question.

Au début de son règne, l'émir avait, chacun le savait, refusé de payer le tribut habituel de la ville aux Castillans. Désormais, avait-il dit, « la Monnaie royale ne ferait plus que des lames d'épée ». Des escarmouches incessantes en avaient résulté. Lors de l'un de ces combats, l'émir avait pénétré dans un hameau chrétien et enlevé la fille de son percepteur. Personne n'avait prêté attention à ces trophées de guerre ; le prophète Mahomet lui-même avait pris des femmes chez les juifs et les chrétiens quand ses forces les avaient vaincus. On savait que les captives rejoignaient le harem de temps à autre, et le viol était temporairement légalisé par un mariage. Mais la ville avait été choquée de ce que l'émir eût élevé cette captive au-dessus de l'émira, une aristocrate sévillane, cousine de l'émir et mère de son héritier. Elle avait été bannie du palais et renvoyée dans sa propre maison, en dehors des murs, où, disait-on, elle intriguait constamment, s'assurant le soutien de l'Abu Siraj, dont la férocité en matière de religion était notoire. Le conflit avait largement dépassé les murs du harem, et même de la ville, et d'après la rumeur, la Couronne de Castille cherchait à présent un moyen de l'exploiter.

L'eunuque perse entra alors, avec des coupes de jus de fruits glacés. Hooman me fit signe d'en prendre une. « L'émir m'a fait connaître ses ordres à ce sujet, et je te les transmets afin qu'il n'y ait pas de malentendu. Il est, comme tu le sais, très souvent absent de la ville pour ses campagnes. Il a confié qu'à ces moments-là l'émira lui manque, et qu'il souhaite avoir des portraits d'elle à contempler.

« Tu peindras donc pour un spectateur unique. L'émir sera le seul à voir ces images et cela dans le plus grand secret. Ton travail sera donc à l'abri des iconoclastes, et tu n'as pas à craindre d'être accusée d'hérésie. »

Pendant la plus grande partie de son discours, incapable de supporter la vue de son visage, j'avais fixé mes mains nouées autour de la coupe. Mais à ce moment, je levai vivement les yeux vers lui. Il me rendit mon regard, comme pour me mettre au défi de lui répondre. Je restai silencieuse, il prit le haïk et me le tendit.

« Mets-le maintenant. Il est temps que je te conduise au palais. »

Ma mère m'avait appris à marcher voilée comme si je n'avais pas de pieds, glissant sur le sol aussi gracieusement qu'un oiseau aquatique sur l'eau. Mais après avoir vécu comme un garçon pendant tant de mois, j'avais perdu cet art. Je trébuchai plusieurs fois tandis que nous nous frayions un chemin dans les allées bondées de la médina. Avec leur tenue estivale, les marchands du caravansérail étaient aussi colorés qu'un champ de fleurs : il y avait des hommes drapés dans des tissus persans rayés, des Ifriqiyans en djellabas safran ou indigo, et ici et là, se déplaçant avec circonspection, des Juifs en culotte jaune, sans turban, ainsi que la loi l'exigeait, tête nue même sous le soleil cruel de midi.

La lumière était aveuglante quand nous approchâmes enfin du palais. Les murs avaient été blancs un siècle plus tôt, mais la terre riche en fer avait imprégné le stuc et les avait teintés de garance rosé. Je levai mon œil découvert et je vis, au-dessus de la large porte voûtée, les innombrables inscriptions gravées, comme si les voix d'un millier de croyants avaient été enfermées dans les volutes de la maçonnerie, prises au piège alors qu'elles s'élevaient vers le ciel. *Il n'y a pas d'autre vainqueur que Dieu.*

Je franchis les énormes portes en bois, sachant que je ne ressortirais peut-être jamais de ce lieu. Une vieille au visage craquelé comme un wadi desséché m'accueillit dans les appartements des femmes.

« Voici donc al-Mora », dit la sorcière.

La Mauresque. Dans cette nouvelle vie, je n'aurais même pas de nom.

« Oui, répondit Hooman. Puisse-t-elle se montrer utile. »

Je passai donc d'une main à l'autre sans plus de considération que si j'avais été un outil. Je quittai Hooman sans répondre à ses adieux. Pourtant, quand la vieille femme referma la porte à côté de moi, je fus brusquement tentée de faire demi-tour et de la franchir à nouveau, de me cramponner au bras de cet homme que je méprisais et de le supplier de me délivrer de ce palais dont les murs se dressaient soudain comme une prison.

Depuis mon enlèvement, mon esprit avait nourri toutes sortes de peurs. Je m'étais imaginée battue, épuisée, violée, en train d'exécuter des tâches accablantes dans les endroits les plus immondes. La vieille tendit la main pour prendre le haïk, et le remit à un beau petit garçon qui traînait derrière elle, et qui, à mon avis, n'avait pas plus de sept ou huit ans. Elle me fit signe de retirer mes sandales. Une paire de pantoufles brodées m'attendait derrière la porte. Elle m'indiqua que je devais la suivre, et nous quittâmes le portique pour pénétrer dans des pièces dont la magnificence eût laissé les poètes sans voix.

Au début, j'eus l'impression que les murs mêmes étaient en mouvement, que le plafond descendait vers moi. Je levai la main comme pour garder l'équilibre, et je fermai les yeux à cause de l'éblouissante clarté. Quand je les rouvris, je me forçai à regarder seulement une petite partie de la pièce – les carreaux vernis et colorés en bleu-vert et marron, noir et lilas, si habilement posés qu'ils paraissaient tournoyer comme des soleils sur le tiers inférieur du mur. Quand je réussis à lever le regard, je vis que le plafond était une haute coupole ornée d'un foisonnement d'arabesques créant une subtile harmonie.

Nous marchâmes, me sembla-t-il, à travers une suite infinie de salles aussi ravissantes que variées. Une ou deux fois, une servante se glissa dans la pièce, saluant la vieille femme d'un hochement de tête respectueux et me lançant un coup d'œil rapide et intrigué. Chaussées de nos mules souples, nous franchîmes silencieusement des labyrinthes de piliers graciles, longeant de longues piscines immobiles où se reflétaient les innombrables inscriptions entrelacées au plafond.

Enfin, nous commençâmes à gravir des marches

conduisant à une partie du palais qui allait en rétrécissant à mesure qu'elle s'élevait. Quand nous parvînmes au sommet, la vieille femme, respirant avec difficulté, s'appuya contre le mur et chercha une énorme clé de cuivre dans les plis de ses vêtements. Elle l'introduisit dans la serrure et ouvrit la porte. La pièce était ronde, ses murs blancs dénués de toute décoration, excepté de remarquables tympans de pierre sculptés et peints, encadrant deux fenêtres cintrées, situées en haut de l'épaisse paroi. Il y avait peu de meubles : un petit tapis de prière persan en soie, très beau ; un divan étroit garni de coussins aux couleurs vives ; une table basse incrustée de nacre ; un lutrin ; et une commode sculptée en santal. Je m'approchai des fenêtres et, posant les mains sur le rebord, je me dressai sur la pointe des pieds pour entrevoir l'extérieur. J'aperçus des vergers remplis d'arbres couverts de fruits. Je reconnus des figues, des pêches, des amandes, des coings et des griottes ; les rameaux étaient si chargés qu'ils cachaient le sol.

« Ça vous ira ? » La vieille parla pour la première fois, d'une voix fêlée par l'âge, mais cultivée. Je lâchai le rebord de la fenêtre et me retournai, embarrassée. « Ils m'ont parlé de votre tâche, et il a paru juste de vous trouver une pièce isolée pour que vous puissiez y travailler en toute tranquillité, et à l'abri des regards. Celle-ci n'a pas servi depuis que la dernière émira a quitté le palais.

— C'est parfait.

— Une fille vous apportera des rafraîchissements. Si vous souhaitez quelque chose en particulier, vous devrez le lui dire. Vous verrez que la plupart des besoins peuvent être satisfaits ici. »

Elle se tourna pour partir, faisant signe au page de la suivre. « S'il vous plaît, demandai-je aussitôt, la tête pleine de questions. S'il vous plaît, si je peux me permettre de vous le demander, pourquoi y a-t-il si peu de monde dans le quartier des femmes ? »

La vieille soupira et appuya sa paume contre sa tempe. « Je peux m'asseoir ? dit-elle, laissant glisser son corps frêle sur le divan. Je pense que vous n'êtes pas dans la ville depuis très longtemps. »

C'était plus une affirmation qu'une question.

« Vous arrivez ici à une époque troublée. À l'heure actuelle, l'émir n'a que deux idées en tête : la guerre avec la Castille et son appétit pour la fille qu'il appelle maintenant Nura. » Ses yeux, enfouis dans le visage ridé comme deux cailloux brillants, me scrutèrent attentivement. « Dans sa folie, il a renvoyé sa cousine Sahar et toute sa suite. L'émir n'a confiance en personne. Il connaît sa cousine et son goût pour le complot. Il a aussi congédié les concubines, il s'est hâté de les remettre aux mains de ses officiers favoris, de peur que l'une d'elles ne devienne un instrument de vengeance pour Sahar et son fils, Abu Abd Allah, qui est très affecté par l'insulte faite à sa mère.

« Nura, bien sûr, est arrivée sans rien d'autre que la robe déchirée qu'elle portait. Elle a une petite escorte pour la servir ; moi-même et une poignée de filles peu stylées venant de tribus, qui n'ont pas d'allégeances dans la ville. »

J'étais trop stupéfiée par sa franchise pour répondre. Je lançai un regard préoccupé au garçon enturbanné debout près du mur. « Ne vous inquiétez pas, dit-elle. C'est le frère de Nura. On devait l'offrir à un mignon mais, par égard pour sa sœur, l'émir s'abstient pour l'instant de l'utiliser de cette façon. Je dois le former comme page. » Elle soupira de nouveau, mais une lueur rieuse brilla dans ses yeux.

« Vous me jugez irrévérencieuse ? Il est naturel de perdre le respect des princes quand on les a vus la queue pendante, haletant comme des chiens. J'ai été la concubine du grand-père de l'émir. La chair du vieux bouc puait déjà la mort quand il m'a mise dans son lit. Celui-ci, dit-elle, inclinant la tête en direction de la salle du trône, je lui ai donné le sein et depuis, je le surveille. Petit, c'était un sale gosse, et adulte, c'est un tyran sanguinaire. Il a fait couper la tête de tous les jeunes gens bien nés de la ville qui auraient pu lui disputer le trône. Et maintenant qu'il règne il gâche tout et met la ville même en danger, simplement parce que ses couilles le démangent. »

Elle hocha la tête en gloussant. « Je vous ai choquée ! Ne prêtez pas attention à ma langue grossière. Je suis devenue

trop courbée avec l'âge pour faire encore des courbettes. »
Elle se mit debout, se relevant avec une aisance qui démentait tous ses discours sur son infirmité. « Vous verrez ce qu'il en est bien assez tôt. Vous devez vous rendre demain chez l'émira. J'enverrai une fille vous chercher. »

Je voulais la remercier pour sa franchise, mais quand je commençai à parler, je me rendis compte que je ne savais pas comment m'adresser à elle. « S'il vous plaît, quel est votre nom ? »

Elle sourit alors, et émit un autre gloussement. « Mon nom ? J'en ai eu tant que je sais à peine lequel vous proposer. On m'a appelée Muna quand le vieux espérait que sa queue desséchée était assez raide pour me sauter toutes les nuits. "Si la mer bouillait, il y aurait bien des poissons de cuits", hein ? » Son petit rire cessa, et son visage se ferma. « À cette époque, on me nommait Umm Harb à cause du fils robuste que j'ai enfanté, encore un courageux garçon qui est mort sous les coups d'épée de son demi-frère. Il semble que ce nom a du mal à passer aujourd'hui. Alors on m'appelle juste Kebira. »

La vieille. Elle était donc la vieille, et moi la Mauresque, et aucune de nous deux n'était une personne, en dehors de sa chair desséchée ou de sa peau noire. J'eus soudain un aperçu de mon avenir ici, dans cette magnifique prison : je me vis amère, privée de nom et usée au service de ces gens méprisables. L'angoisse que m'inspira cette pensée dut se lire sur mon visage, car elle s'avança brusquement vers moi et m'étreignit brièvement dans ses bras osseux. « Fais attention à toi, ma fille », murmura-t-elle, avant de s'éclipser avec l'enfant dans son sillage.

Je me réveillai le lendemain matin dans une senteur de roses qui s'intensifia tandis qu'un soleil dont je ne percevais pas la chaleur tapait sur les murs épais. C'est un parfum qui aujourd'hui encore m'évoque un souvenir de désespoir. Je m'arrachai au divan, me lavai, m'habillai, fis mes prières, et attendis. Une fille vint avec de l'eau chaude pour ma toilette, et une autre avec un plateau contenant du jus d'abricot, des petits pains fumants, ronds et plats, une assiette de yaourt crémeux, et une demi-douzaine de figues mûres. Je mangeai ce que je pouvais, puis j'attendis encore. Je craignais de quitter la pièce, de peur d'être appelée chez l'émira pendant mon absence.

Mais la prière de midi passa, puis celles du soir, et je me relevai de mes prosternations pour me mettre au lit. Je ne fus pas convoquée ce jour-là ni le lendemain. Enfin, l'après-midi du troisième jour, Kebira et le page vinrent me chercher, et le visage fripé de la vieille femme était tendu et grave. Elle referma la porte et s'y appuya. « L'émir a perdu la raison », dit-elle, parlant vite, en un chuchotement heurté, bien qu'il fût difficile de savoir, dans ce palais désert, par qui elle craignait d'être entendue. « Il est rentré tard hier soir, et il n'a quitté l'émira qu'après les prières de l'aube, pour une réunion avec les nobles. Il a réglé les affaires en cours, et ensuite il a exigé qu'ils le rejoignent dans la cour pour un divertissement. Il s'agissait, articula-t-elle d'une voix sifflante, et ses lèvres se pincèrent tandis qu'elle disait ces mots, d'assister au bain de sa femme.

— Implorez le pardon de Dieu ! » Je ne pouvais pas croire à ses paroles. Si un homme apercevait la femme d'un autre sans voiles, des coups ne manqueraient pas d'être échangés. Exposer délibérément le corps d'une épouse aux regards des autres était un déshonneur impensable. « Quel genre de musulman est-il pour commettre un pareil acte ?

— Quel genre d'homme est-il, vous voulez dire. Un grossier personnage, plein d'arrogance, répliqua Kebira. Les nobles sont épouvantés, la plupart ont soupçonné que c'était un prétexte pour les faire exécuter ; ils sont repartis en se palpant le cou. Quant à l'émira, eh bien… Vous verrez par vous-même dans quel état elle est. L'émir a appris que vous étiez ici, il exige d'avoir une image à emporter quand il repartira demain, après les prières de l'aube.

— Mais c'est impossible ! m'exclamai-je.

— Impossible ou pas, vous devez vous exécuter. Il était furieux qu'aucune n'ait encore été peinte. Alors venez vite avec moi. » Le beau page attendait devant la porte, tenant la boîte de pigments que Hooman m'avait envoyée.

Quand nous atteignîmes le salon, Kebira frappa et dit :
« Je l'ai amenée. »

Une servante ouvrit et se glissa au-dehors, si vite qu'elle faillit me renverser. Une de ses joues était rouge, comme si elle venait d'être giflée. Kebira me poussa en avant, appuyant la main dans mes reins. Le garçon s'engouffra derrière moi, posa la boîte, et ressortit aussitôt. Je me rendis compte que Kebira n'était pas entrée dans la pièce, et j'eus un instant de panique quand je me rendis compte qu'elle n'avait pas l'intention de me présenter ni de faciliter cette première rencontre. J'entendis la porte se refermer doucement derrière moi.

L'émira me tournait le dos. C'était une grande femme vêtue d'une robe brodée qui tombait lourdement de ses épaules et se déployait sur les dalles. Ses cheveux, encore un peu humides, flottaient dans son dos. Leur couleur était remarquable, elle se composait de nuances multiples : l'or sourd se mêlait à la terre de Sienne chaude et brillante, éclairée de l'intérieur par des stries aussi rouges que des langues de feu. Malgré ma nervosité, je réfléchissais déjà à la façon de la rendre. Puis elle se tourna vers moi, et l'expression de son visage chassa ces idées de mon esprit.

Ses yeux aussi étaient extraordinaires : d'un or foncé comme le miel. Elle avait pleuré, la rougeur de ses paupières et les marbrures irrégulières de son teint pâle en témoignaient. Pourtant, ses larmes avaient séché. L'expression de son visage n'était pas le chagrin, mais la rage. Elle se tenait très raide, comme si elle avait été soutenue par un mât. Même ainsi, ou peut-être à cause de l'effort que lui coûtait sa posture royale, son corps frémissait de manière imperceptible.

Je fis mon salaam, me demandant si elle s'attendait à un genre de révérence ou de prosternation. Elle ne répondit rien, mais me dévisagea, puis leva une longue main en un geste dédaigneux. « Vous avez des ordres. Mettez-vous au travail.

— Mais peut-être désirez-vous vous asseoir, *ya emira* ? Car cela va durer un certain temps…

— Je resterai debout ! » Ses yeux se remplirent soudain

de larmes. Et elle tint parole, pendant le reste de cet interminable après-midi. Mes mains tremblaient sous son regard farouche et blessé, tandis que j'ouvrais ma boîte et disposais mon matériel. Je dus faire appel à toute ma volonté pour vider mon esprit de ses pensées tumultueuses, et plus encore pour lever les yeux vers elle, et l'étudier comme je devais le faire.

Je n'ai pas besoin de parler de sa beauté, car elle a été célébrée dans de nombreux poèmes et chansons. Je travaillai sans une seule pause, et elle ne bougea ni ne me quitta des yeux. Quand l'appel du muezzin pour le *salat* retentit, faible et plaintif, assourdi par les murs épais, je lui demandai si elle voulait s'interrompre et prier, mais elle se contenta de secouer sa lourde crinière et de me fixer d'un air furieux. Enfin, à l'instant où il devint nécessaire de demander des lampes, je me rendis compte que j'avais saisi la ressemblance. Je pourrais compléter les détails dans ma propre chambre. Ils seraient nécessairement simples, mais si ce que voulait l'émir à tout prix, c'était une image de sa femme – de son beau visage et de son maintien de reine –, il l'avait là.

Je me levai pour lui montrer mon travail, et elle le considéra avec ce même regard stoïque, plein de colère. Son expression fut à peine traversée par une lueur fugace de triomphe. Elle ne bougea pas, même alors que j'emballais mon matériel. Elle ne remua que lorsque le jeune page entra. « Pedro », dit-elle, l'appelant auprès d'elle. Elle se pencha vers lui, déposant un baiser tendre et rapide sur son front. Puis elle nous tourna le dos, ignorant notre départ.

Après avoir fait mes prières en retard, bu et mangé, j'examinai le parchemin avec un œil et un esprit neufs. Je vis alors clairement ce qu'elle avait accompli. Elle était restée debout pour montrer qu'elle demeurait invaincue par les actes de violation insensés que l'émir avait commis. L'image qu'il emporterait avec lui était celle d'une reine indomptée, d'un roc qu'il ne pouvait briser. Et je me rendis compte de quelque chose d'autre, en étudiant le portrait. On n'y voyait pas trace des larmes ni du tremblement qui révélaient son combat sous cette apparence de force. Je savais qu'elle ne voulait pas les lui montrer et, en les dissimulant, j'étais devenue sa complice.

Je travaillai toute la nuit afin d'achever cette première œuvre pour mon nouveau maître. Juste avant la prière de l'aube, Kebira frappa légèrement à ma porte, et je lui tendis le portrait, trop épuisée pour me soucier de son éventuelle réaction. Mais j'aurais dû me douter que, sollicitée ou non, elle me donnerait son avis.

« "Les anges n'entrent pas dans une maison où il y a un chien ou un portrait", n'est-ce pas ce qu'a dit le Prophète ? Si l'émir cherche à déplaire à Dieu, il a trouvé en vous le bon instrument. Mais je me demande si lui-même souhaitait un portrait aussi fidèle. » Elle eut un petit sourire amer de satisfaction et me laissa. Trop fatiguée pour me demander si j'avais été insultée ou complimentée, je fis mes prières sans attendre l'appel, puis je m'effondrai sur mon divan et sombrai dans un sommeil long et profond.

Les semaines qui suivirent, j'eus parfois l'impression de ne jamais me réveiller complètement. Je m'étais attendue à être convoquée de nouveau dans les appartements de l'émira, espérant avoir l'occasion d'exécuter des portraits composés avec plus de soin et réalisés grâce à un travail plus approfondi que dans la fièvre de ce premier effort. Mais personne ne vint me chercher, et les jours passèrent.

L'émir n'était pas parti pour une simple escarmouche, mais à l'assaut d'une ville perchée sur une colline qui contrôlait plusieurs routes essentielles à son approvisionnement. Pendant les premières semaines de son absence, je m'appliquai à découvrir mon nouvel univers, explorant l'enceinte du palais des femmes et dessinant ses carreaux, ses fontaines, et ses inscriptions gravées. Mais même avec cette plaisante distraction, je passais beaucoup d'heures privée d'occupation et de compagnie.

Tout en errant sans but d'une belle pièce silencieuse à une autre, je regrettais les tâches importantes que j'avais accomplies pour mon père, et l'agitation de notre maison aux murs de terre. Certaines fois, je soupirais même après les plaisanteries caustiques des préparateurs de terrain. Pendant ces mois, au moins, j'avais eu trop de travail pour goûter au poison de l'oisiveté. Parfois, je passais toute la journée enfermée dans ma chambre, respirant le parfum enivrant des roses jusqu'au crépuscule, et je m'effondrais sur mon divan dans un épuisement que je n'avais pas même mérité.

Après de nombreuses semaines ainsi, j'envoyai une préposée aux jus de fruits chercher Kebira. Je la suppliai de demander à l'émira de m'autoriser à la peindre, mais ma requête fut sèchement rejetée.

« Est-ce que je ne pourrais pas faire votre portrait, ou celui du jeune page ? » demandai-je à la vieille femme. Le garçon, Pedro, m'avait suivie un jour et était resté derrière moi tandis que je dessinais un tympan sculpté, observant ma main pendant des heures, avec son étrange immobilité, si peu enfantine. Mais Kebira refusa de poser pour moi ou de permettre au petit de le faire.

« Si l'émir ferme les yeux sur le péché de la fabrication de l'image, c'est une chose, mais je n'encouragerai pas ce travail de mon plein gré », dit-elle. Son ton n'était pas désagréable, simplement déterminé. Je m'interrogeai sur la force de sa foi, qui avait résisté à tant d'années de mauvais traitements. Je me demandai comment elle se sentait à présent, au service d'une *rayah*.

Elle se moqua gentiment de moi quand je lui posai cette question. « Aux yeux du monde, ce n'est plus une *rayah*. L'émir a annoncé qu'elle avait embrassé l'islam, Dieu soit loué. Mais je sais que ce n'est pas vrai. Je l'entends faire des prières infidèles, invoquer son Jésus et son Santiago... Pourtant aucun d'eux ne semble l'entendre... » Elle se remit à glousser et me laissa.

Cette nuit-là, je restai allongée sur ma paillasse, me disant que je savais bien peu de chose sur les religions des infidèles et me demandant pourquoi les chrétiens et les juifs avaient la nuque trop dure pour reconnaître le sceau des prophètes. Je me demandai dans quelle sorte de maison l'émira avait été enlevée, et si les rites familiers de son enfance lui manquaient.

Le parfum des roses s'était dissipé et leurs pétales étaient tombés quand l'émir rentra au palais, arrivant la nuit devant ses portes, afin que le peuple ne le vît pas ensanglanté par une blessure reçue au combat. Quand Kebira vint me chercher le lendemain, elle me raconta qu'il avait été touché au front par une flèche qu'on avait dû tremper dans du poison, car la plaie entaillant sa paupière empestait et suppurait. Cependant, il était allé directement chez Nura sans prendre la peine de se faire soigner ni même de retirer sa tenue de campagne nauséabonde. Le visage ridé de Kebira se plissa quand elle me le dit, comme si la puanteur avait subsisté dans ses narines.

Comme une idiote, je me réjouis d'être convoquée chez l'émira, tant j'étais désireuse d'avoir une occupation. Je me hâtai de traverser les salons et de gravir les marches de pierre, impatiente de relever ce défi. Dès la minute où je la vis, je compris ma sottise. La femme qui se trouvait devant moi semblait brûler d'une rage qui la dévorait comme une torche. Sa chevelure était coiffée dans un style élaboré, avec des rangs de perles et des pierreries étincelantes qui captaient le reflet de ses mèches rouges, mais elle ne portait qu'un simple haïk drapé négligemment sur son corps. La servante qui avait apporté ma boîte s'éclipsa en silence, et je baissai les yeux, essayant d'échapper à la terrible fureur de son regard. Elle se débarrassa du haïk d'un haussement d'épaules. Il tomba à ses pieds, et quand je levai de nouveau les yeux, elle se tenait nue devant moi.

Je détournai la tête, profondément honteuse.

« Voici – le mot ressemblait au sifflement d'un serpent – voici ce que mon seigneur et maître veut que vous peigniez aujourd'hui. Mettez-vous au travail ! »

Je m'agenouillai et cherchai ma plume. Mais c'était inutile. Le tremblement de ma main et le chagrin dans mon cœur m'empêchèrent de la saisir. Les mots du Coran étaient marqués au fer rouge dans mon esprit. *Dis aux croyantes de baisser leurs regards, d'être chastes, de ne montrer que l'extérieur de leur atours, de rabattre leurs voiles sur leurs poitrines.* Comment pourrais-je alors reproduire l'image d'une femme nue ? Le faire serait la souiller.

« Je t'ai dit de te mettre au travail ! » Sa voix était plus forte cette fois-ci.

« Non, murmurai-je.

— Non ? siffla-t-elle.

« — Non.

— Qu'est-ce que tu dis, insolente pute noire ? » Sa voix était un gémissement, aigu et ténu comme le cri d'un renard acculé.

« Non, répétai-je, et ma propre voix se brisa. Je ne peux pas faire ça. Je sais ce que c'est que d'être violée. Vous ne pouvez pas me demander d'assister votre violeur. »

Elle s'avança sur moi, ramassant le lourd couvercle de ma boîte. Je sentis un souffle d'air passer sur mon oreille quand elle le souleva. Je ne levai même pas la main pour me défendre, attendant qu'il s'écrasât sur mon crâne. Elle le lança, et il vola en éclats sur les dalles de pierre. Puis elle prit un bocal de pigment et le jeta avec violence. Le vermillon éclaboussa les carreaux et dégoulina le long du mur. Elle était comme folle, cherchant le prochain objet à lancer. Je me levai et je lui attrapai les poignets. Elle était beaucoup plus grande que moi et plus forte, mais quand je la touchai, elle s'affaissa. Je me baissai pour reprendre son haïk et la couvris. Je l'entourai de mes bras, et nous tombâmes ensemble sur son divan, restant couchées là, inondant les coussins de notre chagrin.

À partir de ce jour-là, nous passâmes ensemble nos nuits et nos jours, et je fis d'elle nombre de beaux portraits. Je les peignis pour le plaisir, pour elle et pour moi. Oh, bien sûr, je réalisai pour l'émir un tableau qu'il emporta sur les lieux du siège qu'il allait perdre, mais il ne représentait pas sa femme. Je peignis une forme penchée de telle sorte que le visage n'était pas reconnaissable ; un arrangement obscène de cuisses et de seins qui ne ressemblait en rien à Nura. On raconte que l'imbécile en fut enchanté.

Sa voix, dans l'obscurité. « Tu as crié dans ton sommeil. » Elle posa sa main gracile sur mon sein. « Ton cœur bat si fort.

— Je rêvais à mon père... au vautour en train de déchirer... Non, je ne peux pas en parler... »

Elle me serra contre elle et fredonna tout bas une chanson qui me rappela la douce voix de ma mère.

Une autre nuit, je me réveillai et me tournai vers elle. La

lune éclairait son regard perdu dans l'obscurité. J'effleurai sa main et elle se tourna vers moi. Un rayon illumina ses yeux baignés de larmes. Lentement, elle se mit à parler. Ils avaient empalé son père sur le montant en fer de sa porte. Ils avaient tué sa mère devant lui alors qu'il se contorsionnait dans son agonie impuissante. Elle avait dû écouter ses hurlements de douleur et de chagrin tandis qu'elle se cachait avec sa sœur et son frère dans un espace situé sous le plancher. Ensuite ils avaient mis le feu à la maison. Elle s'était enfuie, tirant son frère par la main, et elle avait glissé dans le sang de sa mère. Sa sœur avait continué de courir ; son frère était resté pour la relever. Elle avait vu un chevalier attraper sa sœur et la hisser sur sa monture. Ce qu'elle était devenue, elle n'avait jamais réussi à le découvrir.

Elle avait essayé de s'enfuir avec son frère, mais dans son trouble, ils s'étaient retrouvés sur la trajectoire d'un grand étalon de guerre. « J'ai cru que ses sabots allaient nous broyer. » Mais le cavalier avait maîtrisé son cheval. « J'ai levé la tête et j'ai vu ses yeux qui me fixaient derrière les fentes de sa visière. Il a détaché sa cape et l'a jetée sur moi. »

Les autres chevaliers comprirent que leur seigneur avait jeté son dévolu sur elle. Quand quelqu'un avait voulu s'emparer de son frère, elle s'était cramponnée à lui, et avait supplié l'émir de le sauver.

« Il me l'a accordé, et en échange, que Dieu me pardonne, j'ai feint d'avoir du désir pour lui. Jusqu'à ce jour, il ignore que mon cœur se soulève et que mes parties intimes se flétrissent quand il m'approche. Quand il me pénètre, je ne ressens que l'agonie de mon père, embroché comme une bête… »

Je posai ma main sur ses lèvres. « Tais-toi », murmurai-je. Je la caressai le plus doucement possible. Dans la nuit, je ne voyais pas ma main noire, mais seulement son ombre qui glissait sur sa chair pâle. J'essayai de rendre ma caresse aussi légère. Au bout d'un très long moment, elle prit ma paume et la baisa. « Après qu'il… après que j'eus couché avec lui, j'ai cru que je n'aurais jamais de plaisir à être touchée par un autre être humain. »

Elle se tourna et se hissa sur un coude, me regardant. Je pense qu'à ce moment, je m'autorisai à oublier que j'étais une esclave. Ce fut une erreur de ma part, je le reconnais maintenant.

Au cours de ce même mois, des rumeurs de réunions urgentes et de débats violents commencèrent à nous parvenir d'autres endroits du palais. L'ennemi avait brisé le siège de l'émir et repris la colline. Nos forces avaient été repoussées dans la plaine environnante, où elles peinaient à garder le contrôle de la principale route d'approvisionnement. Il était crucial qu'elles ne reculent pas plus, surtout à ce moment, car si elles perdaient cet accès avant que soient engrangés les fruits de la récolte, la ville connaîtrait un hiver de famine.

Les cynorrhodons mûrs et gonflés encadraient la haute fenêtre, au-dessus du canapé où reposait l'émira pendant que je la peignais, essayant d'assortir l'éclat des fruits rougissants aux reflets de sa chevelure. Son visage était serein, mais encore empreint de tristesse. Elle toucha la perle sur son cou.

« Tu as de la chance d'avoir ton art, je trouve. Toi, au moins, tu auras quelque chose à offrir à un conquérant si la ville doit se rendre. »

Je lâchai mon pinceau. Il tomba sur les carreaux, souillant le pâle vernis d'une balafre safran.

« Ne prends pas un air aussi stupéfait. Ces murs sont épais, mais la trahison peut ouvrir une brèche dans les murs les plus épais.

— Tu as une raison de le redouter ? » Je pouvais à peine parler.

Elle rejeta la tête en arrière et eut un petit rire. « Oh oui, j'ai des raisons. Le fils de l'émir, Abu Abd Allah, va et vient dans le palais, et sa faction grossit avec la mauvaise fortune de son père.

Elle était grande, je l'ai déjà dit, et elle atteignait sans peine le rebord de la fenêtre. Elle se leva alors et saisit la branche de cynorrhodons qui y reposait. Quand elle tendit le bras, son geste souligna la rondeur de son ventre. Elle aussi s'épanouissait. Mais elle n'en avait rien dit. Et je m'étais gardée de le mentionner. L'enfant lui répugnait-il autant que l'acte par lequel elle l'avait conçu ? Tant que je n'avais pas sondé ses sentiments à ce sujet, je jugeais plus sage de me taire.

Elle tourna les fruits dans ses mains. « Je ne compte pas revoir ces roses en bouton au printemps », dit-elle. Ni triste ni effrayée, sa voix était neutre. La terreur dut se lire sur mon visage, car elle vint me prendre dans ses bras. « Nous ne pouvons connaître l'avenir, ni le changer, murmura-t-elle doucement. Il vaut mieux se montrer réaliste. Mais nous disposons du temps qui nous a été accordé. Alors profitons-en, tant que nous le pouvons. »

Je m'y efforçai donc. Et il y eut des heures, et même des jours, où je repoussai ma peur. J'avais redouté de vieillir dans ce palais. Maintenant, je ne souhaitais pas autre chose.

Les nuits devinrent froides. Je me réveillai à l'aube, frissonnante. J'étais seule dans le lit. Elle était agenouillée près de la fenêtre, priant dans une langue qui n'était pas l'arabe. Elle avait un petit livre dans les mains.

« Nura ? »

Surprise, elle sursauta, et fit mine de cacher le livre. Le visage qu'elle tourna vers moi était empreint de sévérité.

« Ne m'appelle pas ainsi ! » Son ton était dur. Je tressaillis. Elle se radoucit. « Il m'évoque la puanteur de l'émir.

— Comment faut-il que je t'appelle ?

— Avant, j'étais Isabella. C'est mon nom chrétien.

— Isabella… », dis-je, goûtant les sons inconnus sur ma langue. Je tendis mes bras. Elle s'approcha. Je demandai si je pouvais voir le livre, ayant entraperçu une tache de couleur quand elle avait refermé les pages. Ensemble, nous regardâmes ce petit volume magnifique, rempli d'illustrations lumineuses. Les peintures ne cherchaient pas exactement à copier la nature ni à la représenter d'une manière formelle, idéalisée, mais étaient un intéressant mélange de ces deux options. Le saint ou l'ange d'une image pouvait être indiscernable de celui de la miniature suivante, mais il y avait des détails, un petit chien, une table en bois, une gerbe de blé, que l'artiste avait reproduits fidèlement.

« Cela s'appelle un livre d'heures, dit-elle. Vous avez des prières comme le *fajr* à l'aube et le *mahgrib* au coucher du soleil, et ainsi de suite, et de la même façon, les chrétiens ont des prières pour le matin, les matines, et pour le soir, les vêpres, et encore d'autres, de telle sorte que la journée est rythmée par les dévotions.

— L'artiste est très talentueux, dis-je. Tu peux lire les mots ?

— Non, répondit-elle. Je ne lis pas le latin. Mais je sais par cœur la plupart des prières, et les images m'aident. C'est le médecin qui m'a apporté ce livre. C'était très gentil de sa part.

— Ce docteur... il n'est pas juif ?

— Si, bien sûr. Netanel ha-Levi est un Juif pieux. Mais il respecte toutes les religions, et des gens de toutes les religions demandent à être soignés par lui. Autrement, comment travaillerait-il pour l'émir ? Ce livre lui a été offert par la famille d'un patient chrétien qui était mort.

— Mais n'est-ce pas dangereux qu'il sache que tu pries le Dieu des chrétiens ?

— J'ai confiance en lui, répondit-elle. C'est le seul en qui je puisse vraiment avoir confiance. En dehors de toi. »

Les yeux dorés plongèrent dans les miens. Sa main effleura ma joue. Elle m'adressa l'un de ses rares sourires lumineux. Je tournai la tête contre son épaule, espérant absorber un peu de sa chaleur, tant qu'elle durait.

Il y eut des cavaliers. Ils avaient ouvert une brèche dans les murs extérieurs et maintenant ils piétinaient la cour des myrtes. Les sabots résonnaient sur la pierre. On entendit un cliquetis métallique et des cris.

Sa main fraîche était posée sur mon épaule brûlante. « Tu as crié dans ton sommeil. Tu rêvais encore de ton père ?

— Non, répondis-je. Pas cette fois. »

Nous restâmes un moment allongées en silence dans le noir.

« Je pense que je sais ce qu'il y avait dans ton rêve,

dit-elle enfin. Moi aussi, je suis rongée par l'inquiétude. Le temps du silence est passé. Nous devons faire des plans. J'ai réfléchi à ce qui serait le mieux.

— *Allahu Akhbar*, murmurai-je. "Le présent demeure. Ce que sera mon destin, l'avenir le dira." »

Elle se tourna alors vers moi et prit mes mains dans les siennes.

« Non ! répliqua-t-elle d'un ton ferme, insistant. Je ne peux pas m'en remettre à la volonté divine comme tu le fais. Je dois prendre des dispositions pour ma survie, pour celle de mon frère, et de l'enfant que je porte. » Elle posa une main sur son ventre gonflé. Elle l'avait enfin admis. « J'ai besoin de protection. S'il apparaît que nous devons perdre la ville, Abu Abd Allah me fera tuer, j'en suis certaine. Il profitera du chaos d'une bataille pour couvrir son acte. Il ne veut pas voir naître ce bébé. »

Elle se leva, agitée, et arpenta la pièce. « S'il n'y avait pas Pedro… Il existe un couvent près de notre maison. Les nonnes ont été très bonnes pour moi. Je me disais que ces femmes avaient tant de chance d'être enfermées toutes ensemble. En sécurité. On ne les mariait pas dès leur plus jeune âge, elles n'avaient pas à endurer des couches successives, jusqu'au jour où une fièvre ou une hémorragie les emportait. J'ai toujours voulu les rejoindre. » Sa jolie tête s'affaissa. « Je devais être une fiancée du Christ, et au lieu de cela… » Elle posa les mains sur son ventre d'un geste protecteur. « Je pense que les nonnes nous prendraient encore, malgré tout. Nous serions en sécurité chez elles ; les sœurs ont l'oreille des monarques castillans. »

Je me rassis et la regardai, incrédule. Je ne supporterais pas de passer ma vie enfermée dans la prison d'un couvent infidèle. Comment pouvait-elle le proposer ?

« Ils ne nous laisseraient pas ensemble. Pas comme maintenant, dis-je.

— Non. Je le sais, répondit-elle. Mais nous nous verrions. Et nous serions en vie. »

Mais quel genre de vie ? Mentir à propos d'une religion que je ne pratiquais pas. Forcée d'adorer des idoles. Vivre sans véritable prière, sans mon art, sans contact humain.

J'observai seulement : « Ton frère n'aurait pas le droit de venir.

— Non, reconnut-elle. Pedro ne pourrait pas nous accompagner. »

Lorsque l'émir fut informé de la grossesse de son épouse, il lui envoya directement le médecin. Même en Ifriqiya, j'avais entendu parler de Netanel ha-Levi. Ses talents de guérisseur étaient aussi célèbres que sa poésie, qu'il écrivait dans un très bel arabe. Je n'avais pas cru qu'un Juif pouvait maîtriser notre art poétique, et la langue du saint Coran. Mais il semblait qu'en al-Andalus, où Juifs et Arabes travaillaient côte à côte, une pareille chose n'était pas incroyable. J'avais trouvé quelques-uns de ses vers et je les avais parcourus d'un œil sceptique, mais à la fin, la beauté de son texte et l'émotion qu'il faisait passer à travers les mots m'avaient arraché des larmes. Les conseils de ha-Levi à la Cour dépassaient largement les problèmes médicaux, et Kebira m'avait confié que, sans la sagesse du docteur et sa capacité à modérer parfois les impulsions les plus cruelles de l'émir, notre souverain eût depuis longtemps perdu son trône.

Je mettais la dernière touche à un portrait de Pedro quand vint le médecin. L'émira m'avait récemment priée de lui accorder un répit dans les séances de pose. J'avais cru que c'était parce qu'elle était gênée par le changement de son apparence, alors que l'enfant grandissait en elle. Pour moi, son visage arrondi, ses seins lourds étaient magnifiques. Mais elle insista. Un jour, elle enleva les dattes d'un grand plat en argent poli qu'elle posa contre le mur. « Fais un portrait de toi. Je veux que tu saches combien il est contraignant d'être observée en permanence. » Elle éclata de rire. Mais elle parlait sérieusement, et malgré mon hésitation, elle tint bon. Ma première tentative lui déplut. « Tu dois te regarder avec plus d'indulgence. Avec tendresse, expliqua-t-elle. Je veux le portrait que je ferais de toi si j'avais ton talent. » J'étudiai donc mon visage et je m'efforçai de ne pas voir les rides qu'y avaient creusées la perte et l'anxiété. Je peignis la fille que j'avais été en Ifriqiya, l'enfant protégée et chérie qui ne connaissait pas la peur ni l'exil, qui n'était pas une esclave. Elle approuva ce portrait. « Cette fille me plaît. Je vais l'appeler Muna al-Emira, le désir de l'émira. Qu'en penses-tu ? »

J'eus un sourire crispé et j'essayai de paraître flattée. À cet instant, un vol d'hirondelles passa devant la haute fenêtre, cachant le soleil. Je ressentis un froid soudain. Sur le moment, je ne compris pas pourquoi. Plus tard, j'en saisis la raison. Ce premier jour, qui paraissait si lointain mais ne l'était pas en réalité, Kebira m'avait dit que Muna avait été son nom, autrefois. Les souhaits et les désirs des puissants peuvent être capricieux. Je le savais. Je le savais au tréfonds de mon être, là où l'on cache les vérités qui dérangent, ou qui sont trop pénibles à admettre, même à part soi.

D'habitude, je me retirais quand le médecin venait, mais ce jour-là il me fit signe de rester alors que je m'apprêtais à emporter mon travail. Il s'approcha pour regarder le portrait de Pedro et me complimenta, puis posa une question sur l'endroit où j'avais été formée. Je répondis que j'avais été au service de Hooman, et cette nouvelle parut l'étonner, étant donné mon sexe. Sans entrer dans les détails, j'expliquai que je m'étais fait passer quelque temps pour un garçon, parce que cela m'avait semblé plus sûr. Il n'insista pas, mais ne me laissa pas tranquille pour autant « Non, dit-il, ce n'est pas de la peinture de cour. Je vois quelque chose d'autre dans votre travail. Quelque chose de… moins exercé. De moins sophistiqué, peut-être. Ou peut-être, devrais-je préciser, de plus honnête ? » Je lui parlai alors de mon père et je lui dis combien j'avais été fière d'apprendre à illustrer ses textes médicaux.

« Alors je connais votre travail, s'exclama-t-il, la voix pleine de surprise. Je l'admire. Les herbiers d'Ibrahim al-Tarek n'ont pas leur pareil. » Je rougis de plaisir. « Mais qu'est devenu votre père ? Comment êtes-vous arrivée ici ? »

Je lui racontai brièvement l'histoire. Il courba la tête quand je lui décrivis sa fin ignominieuse, sans sépulture, abandonné. « C'était un très grand homme. Son travail a sauvé beaucoup de vies. Je regrette sa mort prématurée. »

Il me considéra alors, d'un regard appréciateur de médecin. Je lus une grande compassion dans ses yeux, et je compris pourquoi ses patients l'admiraient tant. « Il a eu de la chance d'élever une fille telle que vous, qui a pu l'assister aussi habilement. Je n'ai qu'un enfant, et il... » Il n'acheva pas sa phrase. « Eh bien, j'aimerais avoir quelqu'un d'aussi doué que vous pour travailler avec moi. »

L'émira parla alors, et je sentis mon sang se glacer dans mes veines.

« Alors vous devez la prendre, *ya doctur*. Al-Mora sera mon cadeau pour vous, en témoignage de reconnaissance pour les soins merveilleux que vous m'avez prodigués. Kebira va s'en occuper. Vous pouvez l'emmener aujourd'hui, si vous le désirez. »

Je regardai Nura, l'implorant du regard, mais son visage était très calme. Seule une légère pulsation de la veine sur sa tempe indiquait l'émotion qu'elle pouvait ressentir, alors même qu'elle se débarrassait de moi comme d'une robe usagée.

« Va rassembler tes affaires, dit-elle. Tu peux emporter ta boîte de pigments et les livres de feuilles d'or et d'argent. Je veux que le docteur ait ce qu'il y a de mieux. » Puis, comme si l'idée lui venait après coup : « *Ya doctur*, si vous le voulez bien, je vous enverrai mon frère Pedro avec al-Mora. Il peut lui servir d'apprenti, car elle est, comme vous l'avez dit, très douée. » Elle se tourna alors vers moi, et sa voix s'entrecoupa de manière imperceptible. « Enseigne-lui ton art, pour moi. »

Ce fut tout. Une fois de plus, je n'étais qu'un outil, un objet qu'on utilisait pour le passer ensuite à quelqu'un d'autre. Aujourd'hui, semblait-il, je servais de bouclier à son frère. Elle s'était détournée, écoutant le médecin, qui se confondait en remerciements. J'étais, selon ses termes, « un cadeau très généreux ». Le grand docteur, si connu pour sa compassion. Où était donc sa compassion pour les sentiments d'une esclave ?

Je restai debout, frissonnante, pendant qu'ils discutaient de mon sort. L'émira ne se tourna même pas pour me regarder. Elle agita la main dans ma direction, comme si j'avais été une mouche à viande qu'elle voulait chasser. « Va, dit-elle. Va maintenant, je t'ai renvoyée. »

Je ne bougeais pas.

« Va à présent. Si tu veux vivre. »

Elle pensait qu'elle me sauvait la vie. La mienne, et celle de son frère bien-aimé. Elle avait calculé tout cela, allongée dans le noir. Elle avait mis son plan au point sans me consulter. Quand ? Depuis combien de temps ? Elle savait que chez le Juif nous survivrions, même si la ville changeait de maître, car Abd Allah et sa faction se reposaient aussi beaucoup sur les talents de ha-Levi, et rechercheraient ses conseils. Mes mains tremblaient quand je rassemblai mes affaires. Je tenais le portrait auquel j'étais en train de travailler quand elle traversa la pièce à grands pas et me l'arracha. « Celui-là, je le garde. Et n'oublie pas de laisser aussi l'autre tableau, le portrait de Muna. » Ses yeux brillèrent quand elle prononça ces mots.

Je voulus dire : Pas comme ça. Je voulus dire : Accorde-moi d'autres jours, d'autres nuits avec toi. Mais elle s'était détournée de moi, et je connaissais la force de sa volonté. Elle ne reviendrait pas en arrière.

C'est ainsi que je suis venue ici, et que je vis et travaille dans cette maison depuis près de deux ans. Elle a peut-être eu raison de me congédier de cette façon, mais au fond de mon cœur, je ne l'admettrai jamais. Ce qu'elle redoutait est arrivé : quand la blessure de l'émir s'est envenimée, Abd Allah a profité de l'occasion pour le renverser. Nura avait déjà pris ses dispositions, et elle est allée directement se mettre sous la protection des sœurs. Le moment venu, le docteur l'a accouchée d'une belle petite fille, dont l'existence ne cause aucun souci à Abd Allah. Certes, il est peu probable qu'il règne assez longtemps pour avoir besoin d'un successeur : le souffle des Castillans est plus brûlant que jamais. Qu'adviendra-t-il de nous ensuite, nul ne le sait. Le docteur n'en parle pas, et je ne vois aucun signe de préparatifs pour le cas où nous devrions quitter cet endroit. Je pense qu'il a fini par se croire indispensable, quel que soit le souverain au pouvoir. Mais je ne suis pas certaine que les Castillans aient l'intelligence d'apprécier ses talents.

Quant à moi, pour l'instant, je n'ai guère de raisons de me plaindre. Ici, on ne m'appelle plus al-Mora. Quand je suis venue vivre dans le palais du médecin, il m'a demandé mon nom, afin de me présenter à sa femme. Quand j'ai dit al-Mora, il a secoué la tête. « Non. Le nom que vous a donné votre père.

— Zahra », ai-je répondu, et je me suis rendu compte que la dernière fois qu'il avait été prononcé, c'était par mon père, quand il avait crié pour m'avertir que les pilleurs nous attaquaient. « Zahra bint Ibrahim al-Tarek. »

Le docteur m'a rendu beaucoup de choses, en plus de mon nom. Le travail que j'accomplis pour lui est important et me rapproche de mon père. J'offre à la gloire d'Allah chaque dessin de plante, chaque diagramme, en mémoire de lui. Le docteur est un Juif très pieux, mais il respecte ma religion et autorise les prières et les jeûnes. Quand il m'a vu me prosterner sur le sol nu de sa bibliothèque, il m'a fait porter un tapis de prière plus fin encore que celui que j'ai laissé au palais de l'émir. Sa femme est très généreuse elle aussi, et commande son nombreux personnel avec une discipline de velours qui génère le calme et la paix dans la maison.

Au printemps, à la pleine lune, elle m'a invitée à la table familiale pour l'une de leurs fêtes. L'invitation m'a surprise, mais j'ai accepté par respect, m'abstenant cependant de boire le vin qui joue un rôle très important dans le rituel. La cérémonie s'est déroulée en hébreu, une langue que, bien sûr, je ne comprends pas. Mais le docteur s'est donné beaucoup de peine pour m'expliquer ce que signifiaient les divers gestes et paroles. Cette fête très émouvante célèbre la libération des Hébreux qui étaient esclaves dans un pays nommé Mitzraïm.

Il m'a confié, à un moment donné, qu'il ressentait une grande tristesse parce que la tradition ordonne à un père d'enseigner à son fils ce rituel, avec tout ce qu'il comporte, et que Benjamin, son fils unique, est sourd-muet et ne peut pas comprendre. C'est un garçon charmant, pas du tout simple d'esprit. Il aime passer du temps avec Pedro, qui est devenu son domestique personnel, et n'est mon apprenti que de nom. Prendre soin de cet enfant en difficulté lui a fait du bien. Il a ainsi trouvé le but que son travail avec moi, pour lequel il n'a guère d'aptitude, ne lui avait pas procuré. Je pense qu'il s'est pris d'affection pour le petit, et que ça l'aide à supporter l'absence de sa sœur. J'essaie de la remplacer de mon mieux, mais comme nous le savons tous, rien ne peut compenser les pertes subies.

J'ai pris sur moi de faire en secret pour Benjamin une série de dessins qui, réunis, raconteront l'histoire du monde vue par les yeux des Juifs. Le docteur possède beaucoup de livres sur sa religion, mais ils ne contiennent que des mots, et non des images comme celles qu'utilisent les chrétiens afin de mieux comprendre leurs prières. Les Juifs, semble-t-il, répugnent autant que les musulmans à fabriquer des images. Mais quand j'ai réfléchi au sort de Benjamin emmuré dans son silence, exclu des belles et émouvantes cérémonies de sa religion, je me suis souvenue du livre d'Isabella, de ses personnages, et de l'aide qu'il lui apportait dans ses prières. Je me suis dit que ces dessins offriraient un soutien analogue à Benjamin. Je ne pense pas que le docteur ou son Dieu puissent être offensés par mes images.

De temps à autre, je pose une question au médecin ou à sa femme, et ils sont toujours heureux de m'expliquer comment les Juifs conçoivent telle ou telle chose. Je réfléchis à ce qu'ils m'ont appris, et j'essaie de trouver une façon de l'illustrer de sorte qu'un jeune garçon le comprenne. J'ai été frappée de découvrir que j'en savais déjà beaucoup à ce sujet, car la création de Dieu vue par les Juifs diffère très peu de la version qu'en donne notre Saint Coran.

J'ai peint des images qui montrent la séparation de la lumière et des ténèbres, la fabrication de la terre et de l'eau. J'ai dessiné la terre comme une sphère. Mon père la voyait ainsi, et j'ai eu récemment une conversation avec le docteur à ce sujet. C'est une notion difficile à saisir, a-t-il dit, mais en effet, les calculs de nos astronomes musulmans sont beaucoup plus avancés que tous les autres. Il a précisé que s'il avait à choisir entre l'opinion d'un astronome musulman et le dogme d'un prêtre catholique, il se tournerait vers le premier. Et de toute manière, je préfère les compositions avec des cercles et des courbes. Elles sont harmonieuses, et intéressantes à dessiner. Je veux que ces images soient agréables, pour que le garçon ait envie de les regarder. Dans ce but, j'ai rempli le jardin du paradis des animaux de mon enfance, des léopards tachetés et des lions à la mâchoire féroce. J'espère qu'ils lui plairont.

J'utilise le reste des beaux pigments de Hooman pour faire ce cadeau au Juif, et je me demande ce qu'il va en penser. Bientôt, je devrai envoyer chercher d'autres pigments au marché, mais les images dont le docteur a besoin pour ses textes nécessitent seulement des encres simples, pas du lapis ni du safran, et sûrement pas de l'or. Je prends donc du plaisir à me servir de ceux-là, sans doute pour la dernière fois de ma vie. J'ai encore un ou deux des pinceaux fabriqués avec les fins poils blancs du chat de Hooman, mais ils s'usent eux aussi.

Quelquefois, quand j'interroge le docteur sur sa religion, je me laisse captiver par le récit de son peuple à la nuque dure, si souvent puni par son Dieu déçu. J'ai peint l'histoire du déluge de Nuh, la ville en feu de Lut, et sa femme transformée en colline de sel. Je me suis donné du mal pour inventer des images qui exposent clairement tous les éléments de l'histoire de la fête du Printemps, qui est par moments vraiment terrible. Comment montrer, par exemple, pourquoi le roi de Mitzraïm a fini par céder à Musa ? Comment montrer l'horreur de la légende, la terreur des plaies, ou la mort des premiers-nés ? Je veux que Benjamin comprenne que les enfants de mon image sont tous morts, mais dans ma première ébauche ils avaient tous l'air endormis. Hier, j'ai eu une idée. J'ai pensé aux iconoclastes et à la façon dont ils avaient barré d'un trait rouge le cou des personnages dans les livres qu'ils avaient dégradés. Alors j'ai peint des formes noires au-dessus de la bouche de chaque enfant endormi, pour représenter la force obscure de l'ange de la mort emportant le souffle de la vie. L'image que j'ai créée est extrêmement perturbante. Je me demande si Benjamin va la comprendre.

J'ai le projet de présenter ces miniatures au docteur la prochaine fois que cette fête aura lieu, c'est-à-dire bientôt. Je travaille à présent à un tableau de la cérémonie elle-même. J'ai mis le médecin en tête de table, avec Benjamin à côté de lui, et sa femme, magnifiquement habillée, et ses sœurs, qui partagent cette maison. L'idée m'est alors venue de m'ajouter à cette assemblée. Je me suis dessinée dans une robe safran, ma couleur préférée depuis toujours, et de cette façon, j'ai utilisé le fond de pigment qui me restait. Cette image me plaît, beaucoup plus que toutes celles que j'ai peintes. J'ai jugé bon de la signer de mon nom que le docteur m'a rendu. Je me suis servi de mon dernier pinceau fin pour le faire, le seul pinceau à un poil que j'avais encore.

Ma tête est penchée, et je m'imagine en train d'écouter avec attention le docteur alors qu'il parle de Musa, qui a défié le roi de Mitzraïm, et s'est servi de son bâton enchanté pour libérer son peuple de l'esclavage.

Si seulement il pouvait exister un autre bâton de ce genre, pour me délivrer de ma servitude. Car la liberté est l'essentiel de ce qui me manque aujourd'hui, en ce lieu où j'ai un travail honorable et un confort suffisant. Mais ce n'est pas mon pays. La liberté et un pays : les deux choses que les Juifs désiraient tant et que le bâton de Musa leur a accordées.

Je repose mon pinceau en poil de chat et j'imagine ce que ce serait de posséder un tel bâton. Je me vois marchant vers la côte. La vaste mer s'ouvrirait, et je la franchirais, et je m'avancerais lentement, étape par étape, sur les routes poussiéreuses qui me ramèneraient chez moi.

Hanna

Sarajevo, printemps 1996

AUCUNE ESCORTE DE L'ONU NE M'ATTENDAIT à l'aéroport de Sarajevo, pour la simple raison que je n'avais averti personne de ma venue.

Il était tard quand j'arrivai : à Vienne, la correspondance avait été retardée de deux heures et demie. En quittant l'aéroport, cet immense centre commercial brillant de tous ses feux, pour atterrir moins d'une demi-heure après dans le terminal désert, austère et encore militarisé de Sarajevo, j'eus l'impression de passer d'un extrême à l'autre. Le taxi s'éloigna de l'aérodrome pour s'enfoncer dans des rues encore étrangement obscures – de rares réverbères avaient été réparés, une chance, je suppose, compte tenu de l'apparence dévastée et dépeuplée des quartiers environnants. Je n'étais pas dans le même état de terreur que lors de ma première visite, mais je fus malgré tout très soulagée quand je parvins dans ma chambre d'hôtel et verrouillai ma porte.

Le matin, je téléphonai à Hamish Sajjan au bureau de l'ONU et je lui demandai si je pouvais jeter un coup d'œil à la nouvelle salle d'exposition du musée. La cérémonie officielle était prévue pour le lendemain, mais le directeur du musée, me répondit-il, ne verrait sûrement pas d'inconvénient à ce que je vienne faire un tour avant l'arrivée des nombreux dignitaires invités.

Le large boulevard, autrefois baptisé Sniper Alley, où était situé le musée, avait été astiqué comme un village Potemkine pendant les deux semaines de mon absence. Les tas de décombres avaient été enlevés, et sur la chaussée, quelques-uns des cratères d'obus les plus larges avaient été rebouchés. Un tram circulait de nouveau, ce qui donnait à la rue un air de normalité. Je gravis les marches familières du musée et fus escortée jusqu'au bureau du directeur pour le café turc de rigueur. Hamish Sajjan était là, radieux. Pour une fois, on reconnaissait que l'ONU avait fait quelque chose de bien en Bosnie. Après les plaisanteries de circonstance, il m'accompagna avec le directeur dans le couloir conduisant à la nouvelle salle, gardée par deux hommes chargés de la sécurité. Le directeur composa le code. On entendit les verrous neufs et lisses se rétracter.

La pièce était ravissante et la lumière parfaite, constante et pas trop vive. Les capteurs ultra-modernes traçaient des lignes suivant les variations de température et d'humidité. Je contrôlai les courbes : 18° Celsius, impeccable, avec un degré de plus ou de moins. Humidité : 53 %. Exactement ce qu'il fallait. Les murs dégageaient une odeur piquante de plâtre frais. Je pensai que le seul fait de se trouver dans cet espace remonterait le moral de la plupart des Sarajevois, tant le contraste était grand avec leur ville détruite.

Un coffret fabriqué spécialement occupait le centre de la pièce. La haggada reposait à l'intérieur sous une pyramide en verre qui la protégerait de la poussière et de la pollution autant que des gens. Sur les murs étaient exposées les pièces apparentées : icônes orthodoxes, calligraphie islamique, pages de psautier catholique. Je passai lentement devant chacune d'elles. La sélection était excellente, réfléchie. Je reconnus là l'intelligence d'Ozren. Chaque objet avait quelque chose de commun avec la haggada, un matériau similaire ou un style artistique approchant. L'idée que diverses cultures s'influencent et s'enrichissent était exprimée avec une éloquence discrète.

Enfin, je m'approchai de la haggada. Le coffret avait été fabriqué par un maître ébéniste dans une belle ronce de noyer. Le livre était ouvert à la page des enluminures de la Création. Les feuillets seraient tournés selon un calendrier précis, afin de n'exposer aucun d'eux à trop de lumière.

Je regardai à travers la vitre, songeant à l'artiste, au pinceau trempé dans le pigment safran. Au poil de chat que Clarissa Montague-Morgan avait identifié – coupé nettement aux deux extrémités, taché de pigment jaune. Les pinceaux espagnols se composaient plus couramment de poils d'écureuils ou de petits-gris. La fourrure prélevée sur la gorge des chats persans à longs poils de deux mois, élevés spécialement dans ce but, était un matériau de choix pour les miniaturistes iraniens. *Irani qalam*. La plume iranienne. C'était le nom du style plutôt que de l'instrument. Et pourtant ces enluminures n'étaient absolument pas iraniennes, ni par leur style ni par leur technique. Alors, pourquoi un artiste travaillant en Espagne, pour un client juif, à la manière d'un chrétien européen, avait-il utilisé un pinceau iranien ? L'identification de cette anomalie par Clarissa m'avait été d'un grand secours pour mon texte de présentation. Elle m'avait fourni un prétexte pour évoquer la manière dont le savoir-faire avait franchi des distances stupéfiantes pendant la *Convivance*, empruntant des voies bien établies qui reliaient les artistes et les esprits cultivés d'Espagne à leurs homologues de Bagdad, du Caire et d'Ispahan.

Je restai là à contempler la haggada, me demandant qui avait accompli ce voyage : le pinceau ou l'artisan qui en avait assemblé les poils ? J'imaginai l'agitation dans l'atelier espagnol la première fois que quelqu'un avait utilisé l'un de ces pinceaux de haute qualité, sentant le doux bruissement des fins poils blancs sur le parchemin préparé avec soin.

Le parchemin.

Je clignai des paupières, puis me penchai plus près de la vitrine, n'en croyant pas mes yeux. Je sentis le sol se dérober.

Je me redressai et me tournai vers Sajjan. Son large sourire s'évanouit quand il vit mon visage, qui devait être aussi blanc que le plâtre frais. Je m'efforçai de contrôler ma voix.

« Où est le Dr Karaman ? Je dois lui parler.

— Quelque chose ne va pas ? La vitrine, la température ?

— Non, non. Il n'y a rien à redire… rien à redire à la salle. » Je ne voulais pas provoquer d'histoires en public. Il serait plus facile de régler ce problème si nous agissions discrètement. « Je dois voir le Dr Karaman... à propos de mon texte. Je viens juste de me rendre compte que j'ai oublié de faire une correction nécessaire.

— Cher docteur Heath, les catalogues sont déjà imprimés. Toute correction...

— Ça ne fait rien. Il faut juste que je lui dise...

— Je crois qu'il est dans la bibliothèque ; voulez-vous que je l'envoie chercher ?

— Non. Je connais le chemin. »

Nous sortîmes, et la nouvelle porte se referma derrière nous avec un léger déclic. Sajjan commença à traduire les adieux très formels du directeur, que j'abrégeai grossièrement en m'éloignant d'eux à reculons dans le couloir. C'était tout ce que je pouvais faire pour éviter de me mettre à courir. Je franchis précipitamment les larges portes en chêne de la bibliothèque et me hâtai dans l'étroite allée entre les rayonnages, manquant de renverser une bibliothécaire adjointe occupée à remettre des livres en place. Ozren était assis à son bureau, en train de parler à quelqu'un qui me tournait le dos.

Je m'engouffrai à l'intérieur sans frapper. Ozren se leva, surpris de l'intrusion. Il avait le visage gris, hagard. Des cernes bleuâtres marquaient ses yeux. J'avais oublié un moment que son fils était en terre depuis à peine plus de quarante-huit heures. Mon anxiété fut balayée un instant par une vague de compassion pour lui. Je m'avançai et le pris dans mes bras.

Son corps resta absolument rigide. Il recula d'un pas, se dégageant de mon étreinte.

« Ozren, je suis si désolée pour Alia, et je regrette vraiment de te tomber dessus comme ça, mais je...

— Bonjour, docteur Heath », m'interrompit-il d'une voix cassante.

« Salut, Hanna ! » L'homme assis sur la chaise se levait lentement quand je me retournai.

« Werner ! Je ne savais pas... Dieu merci vous êtes là. » Werner Heinrich, mon professeur, qui savait repérer les faux mieux que quiconque dans la profession, s'en rendrait compte instantanément ; il pourrait me soutenir.

« Bien sûr que je suis là, Hanna, *Liebchen*. Je ne

manquerais pour rien au monde la cérémonie de demain. Mais tu ne m'as pas dit que tu venais. Je croyais que tu étais rentrée en Australie. C'est merveilleux que tu sois présente pour l'inauguration.

— Eh bien, si nous n'intervenons pas rapidement, il n'y aura pas de cérémonie demain. Quelqu'un a volé la haggada. Je pense que ce doit être Amitai, il est le seul qui...

— Hanna, mon petit, calme-toi...» Werner s'empara de mes mains qui gesticulaient. «Dis-nous tranquillement...

— C'est absurde.» La voix d'Ozren couvrit celle de Werner. «La haggada est enfermée à clé dans la vitrine. Je m'en suis moi-même assuré.

— Ozren, le livre de la vitrine est un faux. Un faux fabuleux avec l'argent oxydé, les taches, les éclaboussures de pigments. Je veux dire, nous avons tous vu des faux, mais celui-ci est une merveille. Une réplique parfaite. À une exception près. À l'exception de la seule chose qui ne peut pas être reproduite parce qu'elle n'existe plus depuis trois siècles.» Je dus m'interrompre. J'avais de la peine à respirer. Werner me tapotait les doigts comme si j'étais un enfant hystérique. Ses mains durcies d'artisan avaient des ongles parfaitement manucurés, comme toujours. Je me dégageai.

Ozren avait pâli. Il se leva.

«De quoi parlez-vous?

— Du parchemin. Le mouton avec lequel ils l'ont fabriqué, cette race de mouton, *Ovis aries Aragonesa ornata*, n'existe plus en Espagne depuis le XVe siècle. La peau qu'ils ont utilisée, la taille des pores, rien n'est pareil... ni la grosseur, ni l'espacement... ce parchemin est fait avec une autre espèce...

— Vous n'avez sûrement pas pu tirer une telle conclusion en inspectant une seule page.» Les lèvres pincées, Ozren parlait d'une voix tendue.

«Si, je le peux.» J'inspirai profondément, essayant de ne pas suffoquer. «C'est très subtil, à moins d'avoir passé des heures à comparer d'anciens parchemins. Je veux dire que pour moi, c'est foutrement évident. Werner, vous le verrez immédiatement, j'en mets ma main au feu.» Le visage de mon professeur était à présent plissé d'inquiétude. « Où est Amitai ? demandai-je. Il a déjà quitté le pays ? Dans ce cas, on est dans la merde jusqu'au cou...

— Hanna. Ça suffit. » La voix de Werner avait un accent sévère. Je me rendis compte que ce que j'avais pris pour de l'inquiétude était en réalité de l'irritation. Il ne me prenait pas au sérieux. Pour lui, j'étais encore l'élève venue des antipodes, la fille qui avait tant à apprendre. Je me tournai vers Ozren. Lui, il m'écouterait sûrement.

« Le Dr Yomtov est ici même, à Sarajevo, déclara-t-il. Il est l'invité de la communauté juive pour la cérémonie de demain. Il ne s'est pas approché de la haggada. Le livre est resté enfermé à clé dans la chambre forte de la banque centrale depuis le jour où vous l'y avez déposé le mois dernier, jusqu'au moment où nous l'avons déplacé hier, sous bonne garde. Il se trouvait dans la boîte élaborée selon vos instructions, que vous m'avez vu sceller de vos yeux, jusqu'à l'instant où j'ai personnellement brisé le sceau de cire et coupé les ficelles pour le déposer dans la vitrine. Il n'a pas quitté mes mains une seule seconde. La vitrine est protégée par un équipement ultra-moderne et la salle fourmille de détecteurs. Vous vous ridiculisez avec ces affirmations.

— Moi ? Ozren, mon ami. Vous ne voyez pas ? Les Israéliens, ça fait sûrement une éternité qu'ils veulent ce livre... Vous avez dû entendre toutes ces rumeurs, pendant la guerre... Et Amitai est un ancien commando, vous le saviez ? »

Werner secoua sa crinière argentée. « Je n'en avais aucune idée. » Ozren se contenta de me fixer d'un air absent. Je ne comprenais pas pourquoi il était si passif. J'eus envie de le secouer. Peut-être était-il encore en état de choc à cause d'Alia. Puis je repensai au curieux coup de téléphone que j'avais passé chez lui.

« Que faisait donc Amitai chez vous, l'autre soir ?

— Hanna. » Sa voix était devenue glaciale. « J'ai risqué ma vie pour sauver ce livre. Si vous suggérez... »

Werner leva la main. « Je suis sûr que le Dr Heath ne suggère rien du tout. Mais je pense que nous ferions mieux de procéder à une inspection. » Son front était plissé. Ses mains tremblaient. Ce que j'avais dit à propos d'Amitai le préoccupait visiblement. « Venez, mon petit, et montrez-nous ce qui vous trouble à ce point. »

Werner, chancelant, me prit le bras. Je m'inquiétai brusquement pour lui : il aurait un tel choc en voyant le faux.

Ozren se leva de son bureau et nous le suivîmes dans l'interminable couloir à travers les salles d'exposition où les vitriers étaient au travail, remplaçant les panneaux en plastique qui recouvraient encore beaucoup des fenêtres brisées du musée. Il salua les gardes d'un hochement de tête et composa le code sur le clavier.

« On peut la sortir ?

— Pas sans désactiver tout le système, répondit Ozren. Montrez-nous ce que vous croyez avoir vu. »

Je l'indiquai.

Werner se pencha et regarda à l'intérieur de la vitrine. Il étudia pendant plusieurs minutes l'endroit que j'avais indiqué. Puis il se redressa.

« Je suis soulagé de dire que je ne suis pas d'accord avec toi, mon petit. La disposition des pores correspond parfaitement aux nombreux échantillons de ce type de parchemin que j'ai eu l'occasion d'examiner. Nous pouvons en tous les cas comparer la page avec les photographies documentaires que tu as prises au moment de la stabilisation, pour te rassurer.

— Mais j'ai envoyé ces négatifs à Amitai ! Il s'en est servi pour fabriquer ce faux, vous ne voyez pas ? Et ensuite il aura remplacé mes clichés par des photos de cette… chose. Vous devez appeler tout de suite la police, alerter les autorités frontalières et l'ONU…

— Hanna, ma chère, je suis sûr que tu fais erreur. Et je pense que tu devrais te montrer un peu plus circonspecte en lançant des accusations aussi insensées contre un estimé collègue. »

La voix de Werner était sourde et apaisante, il me traitait encore comme une fillette surexcitée. Il posa la main sur mon bras. « Je connais Amitai Yomtov et je travaille avec lui depuis plus de trente ans. Sa réputation est irréprochable. Tu le sais. » Il se tourna ensuite vers Ozren. « Docteur Karaman, afin de tranquilliser le Dr Heath, nous ferions peut-être mieux de débrancher le système et de procéder à une inspection de tout le manuscrit ? »

Ozren acquiesça. « Oui, bien sûr. Nous pouvons le faire. Nous le devons. Mais il faut que j'en informe le directeur. Le système est conçu de telle manière que nous devons être deux pour rentrer les codes qui autorisent sa fermeture. »

L'heure suivante fut la plus étrange et la plus déplaisante de ma vie professionnelle. Werner, Ozren et moi étudiâmes le manuscrit page après page. Chaque fois que je signalais une anomalie, ils prétendaient l'un et l'autre ne rien voir de bizarre. Bien entendu, ils envoyèrent chercher les fac-similés des photos, qui étaient parfaitement conformes au livre, comme je l'avais prévu. Mais la conviction de Werner était inébranlable et mon opinion ne valait pas grand-chose, en comparaison de la sienne. Ozren qui, comme il l'avait dit, avait risqué sa vie pour sauver le livre, maintenait dur comme fer qu'un manquement aux règles de sécurité n'avait pu se produire. À la fin, un doute infime commença à s'insinuer en moi. Je ruisselais de petites gouttes de sueur brûlante. C'était peut-être le stress des derniers jours : l'accident de maman, le choc de ce que j'avais découvert sur mon père, la nouvelle de la mort d'Alia. Et autre chose. Quand j'avais vu Ozren, ses yeux malheureux, son visage épuisé, j'avais éprouvé un sentiment qui m'était inconnu. Je savais ce que c'était. J'avais compris alors que j'étais revenue à Sarajevo à cause de lui, pas seulement pour le livre. Il m'avait manqué, désespérément. On dit que l'amour est aveugle. Je commençais à avoir la berlue.

À la fin de l'inspection, Ozren et Werner se tournèrent vers moi.

« Alors, que voulez-vous faire ? demanda Ozren.

— Moi ? Je veux que vous obteniez un mandat de perquisition et que vous fouilliez tous les slips et tous les mouchoirs de la valise d'Amitai, jusqu'au dernier. Je veux que vous fermiez les frontières au cas où il aurait déjà donné le manuscrit à un complice.

— Hanna. » Ozren parlait à voix basse. « Si nous

364

agissons ainsi, nous allons créer un incident international à partir d'une allégation que le Dr Heinrich, dont l'expertise est inattaquable, et moi-même, jugeons fausse et injustifiée. À cause des tensions particulières ici, une fois qu'une telle allégation sera faite, certaines personnes choisiront d'y croire, même si elle s'avère dénuée de fondement. Vous sèmerez la zizanie entre les communautés à propos de l'objet même qui était destiné à représenter la survie de notre idéal multiethnique. Et vous vous ridiculiserez, détruisant votre réputation professionnelle. Si vous êtes absolument convaincue d'être plus compétente que Werner Heinrich, alors allez-y, informez l'ONU. Mais le musée ne vous soutiendra pas. » Il marqua un temps, puis porta le dernier coup. « Et moi non plus. »

Je restai sans voix. Je les regardai tour à tour, puis je fixai le livre. Je posai la main sur la reliure. Du bout des doigts, je cherchai la petite partie où j'avais réparé le cuir usé. Je sentis la minuscule arête, là où les fibres neuves se mêlaient aux anciennes.

Je me détournai alors et je quittai la pièce.

Lola

Jérusalem, 2002

Je leur donne en ma maison, en mes remparts
main et nom [1].

Isaïe

---

1. Traduction d'André Chouraqui, Desclée de Brouwer, 1995. *(N.d.T.)*

JE SUIS UNE VIEILLE FEMME À PRÉSENT, et les matins sont difficiles pour moi. Je me réveille tôt ces jours-ci. Je pense que c'est à cause du froid qui ravive la douleur dans mes os. Les gens ne se rendent pas compte à quel point il fait froid ici en hiver. Pas comme dans les montagnes de Sarajevo, mais quand même. Cet appartement faisait partie d'une maison arabe, avant 48, et les vieilles pierres retiennent le froid dans leurs fissures. Je ne peux pas me permettre de beaucoup chauffer. Mais peut-être que je me réveille tôt juste parce que j'ai peur de dormir trop longtemps. Je sais que, un jour maintenant assez proche, la froidure quittera les pierres pour venir s'insinuer dans mon corps couché sur ce lit étroit. Alors, je ne me relèverai plus.

Quelle importance ? J'ai assez vécu. Plus que mon temps. Toute personne née à la même époque que moi, dans le même pays, avec les mêmes origines, ne peut se plaindre d'une mort qui viendra, comme la mienne, au moment opportun.

Je touche une retraite, mais elle est petite, aussi je fais encore quelques heures de ménage par semaine, surtout pendant le shabbat. C'est le jour le plus facile où trouver du travail quand on n'est pas religieux. Les orthodoxes n'exercent aucune activité le samedi, et les gens qui ont une famille veulent profiter de ce moment de liberté. Autrefois, je devais disputer aux Arabes les heures du shabbat, mais depuis l'intifada, il y a trop de couvre-feux, trop de checkpoints, alors ils sont en retard ou absents la moitié du temps, et personne ne veut plus les engager.

Je suis désolée pour eux, vraiment. Je regrette qu'ils souffrent autant.

En tout cas, l'emploi que j'ai aujourd'hui, ils n'en voudraient pas. Peu de gens l'accepteraient. Mais moi, j'ai fait la paix avec les morts. Les photographies des femmes debout au bord de la fosse qui va être leur tombeau, l'abat-jour en peau humaine, ces choses-là ne me dérangent plus.

Je nettoie les vitrines d'exposition, j'époussette les cadres et je pense aux femmes. C'est bien de penser à elles. De se souvenir d'elles. Non pas nues et terrifiées, comme sur les photos, mais telles qu'elles avaient été : à la maison, entourées d'affection, accomplissant les tâches ordinaires de vies ordinaires.

Je pense aussi à la personne dont la peau est tendue sur l'abat-jour. C'est ce qu'on voit en premier lorsqu'on pénètre dans le musée. J'a vu des visiteurs qui font demi-tour et s'en vont quand ils se rendent compte de ce que c'est. Ils sont trop perturbés pour continuer. Moi, quand je le regarde, j'éprouve presque une sorte de tendresse. Ce pourrait être la peau de ma mère, pour autant que je sache. Si les événements avaient été différents, cela aurait pu être la mienne.

Nettoyer ces salles est pour moi un privilège. Je peux affirmer que je le fais à la perfection, malgré mon âge et ma lenteur. Quand j'ai terminé, il ne reste pas un grain de poussière, pas une marque de pas sur le sol, pas une trace de doigts sur les vitres. C'est ce que je peux faire pour elles.

J'avais l'habitude de venir ici avant d'obtenir ce travail. Pas au musée, mais à l'extérieur, dans le jardin des Justes, parce que Serif et Stela Kemal y ont une plaque, parmi les autres non-Juifs qui ont tant risqué pour sauver des gens comme moi.

Je ne les ai jamais revus après ce soir de fin d'été dans les montagnes des environs de Sarajevo. J'avais si peur ce jour-là que je ne les ai même pas salués convenablement. Je ne les ai pas même remerciés.

L'homme chez qui ils m'ont déposée à la nuit était un officier oustacha. Il était marié en secret à une femme juive, aussi aidait-il des gens comme moi quand il le pouvait. C'était simple pour lui de tout organiser. Je suis partie dans le Sud avec des papiers corrects et j'ai passé le reste de la guerre en sécurité, dans la zone italienne. Après, quand Tito est arrivé au pouvoir, j'ai été quelqu'un d'important pour la première et la dernière fois de ma vie. Pendant quelques mois, nous avons été de grands héros socialistes – les jeunes gens qui avaient été des partisans avec lui dans les montagnes. Le fait qu'il nous avait trahis, nous laissant mourir là-bas, tout cela était oublié et ne fut pas mentionné, même par nous. J'obtins un emploi dans la nouvelle armée comme auxiliaire dans un foyer de partisans blessés, dans un vieil immeuble en bord de mer à Split. C'est là que je retrouvai Branko, qui avait été notre chef et nous avait ensuite abandonnés. Il avait reçu une balle dans la hanche et une dans le ventre. Dans un état pitoyable, il pouvait à peine marcher et il avait tout le temps des infections.

Je l'ai épousé. Ne me demandez pas pourquoi. J'étais une fille stupide. Mais quand il ne vous reste plus personne, absolument plus personne qui se souvienne de vous, tout être qui a partagé un morceau de votre passé devient spécial. Même quelqu'un comme Branko.

J'ai su que j'avais commis une erreur bien avant notre premier anniversaire de mariage. Sa blessure avait porté atteinte à sa virilité, et il avait l'air de m'en rendre responsable. Il voulait que je fasse toutes sortes de choses bizarres pour le satisfaire. Je ne suis pas prude. J'ai vraiment essayé, mais j'étais si jeune et innocente, du moins sur ce plan… Eh bien, ça m'était pénible de lui obéir quelquefois. S'il avait été un tant soit peu tendre, cela aurait pu être différent. Mais c'était une brute, même sur son lit de douleur, et la plupart du temps j'avais seulement l'impression d'être utilisée.

Quand j'ai lu dans le journal que Serif Kamal devait passer en jugement comme collaborateur des nazis, j'ai dit à Branko que j'allais à Sarajevo pour témoigner en sa faveur. Je me souviens de quelle façon il m'a regardée. Il était dans un fauteuil près de la fenêtre. Grâce à mon travail et à son statut de héros blessé nous avions une pièce à nous dans le quartier des gens mariés. Il s'est penché en avant, et il a tapé sur le plancher avec sa canne. C'était l'été, il faisait très chaud. La lumière entrait à flots par l'étroite fenêtre qui donnait sur le port.

« Non », dit-il. J'étais éblouie par l'éclat de l'eau bleu-noir, et je dus m'abriter les yeux de la main.

« Comment, non ?

— Tu n'iras pas à Sarajevo. Tu es un soldat de l'armée yougoslave, et moi aussi. Tu ne compromettras pas notre situation en te dressant contre la volonté du parti. S'ils ont estimé nécessaire de porter des accusations contre lui, ils doivent avoir leurs raisons. Une femme comme toi n'a pas à les contester.

— Mais effendi Kamal n'était pas un collaborateur ! Il détestait les nazis ! Il m'a sauvée, Branko, après que tu m'as eu tourné le dos. Je ne serais pas en vie aujourd'hui s'il n'avait pas pris un tel risque… »

Il m'interrompit. Il avait une voix sonore et il s'en servait chaque fois que j'étais en désaccord avec lui, même à propos d'un détail aussi futile que la nécessité de cirer ses bottes ou non. Les murs de la caserne étaient minces, et il savait à quel point je détestais que nos voisins entendent ses insultes.

Il avait l'habitude de me voir céder dès l'instant où il élevait le ton. Mais cette fois là, je tins bon. Je dis qu'il pouvait me crier après tant qu'il voulait, mais que je ferais ce qui était juste. Il jura et jura encore, et comme je ne cédais toujours pas, il lança sa canne sur moi. Il visait bien, malgré son état de faiblesse, et l'embout en métal m'égratigna sous le menton.

À la fin, il réussit à me faire surveiller pendant tout le déroulement du procès. J'allais à mon travail et rentrais chez moi, toujours sous bonne garde. C'était humiliant. Je n'avais aucune idée de ce qu'il leur avait raconté ni du prétexte qu'il avait fourni. Mais il réussit à me retenir à Split. Je n'eus aucun moyen de parvenir à Sarajevo.

À cette époque, je pensais qu'il ne me restait plus de larmes. J'en avais tant versé pendant la guerre et juste après, quand j'avais appris le sort de mon père et du reste de ma famille. Le cœur malade de ma tante avait lâché dans le camion qui les conduisait au camp de transit de Kruscia. Deux mois plus tard, Dora y était morte, faible et affamée. Ma mère était restée en vie presque jusqu'à la fin de la guerre, au milieu de tous ces malheurs. On l'avait alors envoyée à Auschwitz. Je croyais avoir répandu toutes les larmes de mon corps. Mais cette semaine-là j'ai pleuré pour Serif, qui serait sûrement pendu ou fusillé par un peloton d'exécution. Pour Stela, restée seule avec son beau petit garçon. Et pour moi. Pour mon humiliation, aux mains de la brute que j'avais épousée et qui m'avait forcée à trahir.

En 1951, Branko est mort des complications d'une infection gastrique. Je ne l'ai pas regretté. J'avais entendu dire que Tito autorisait les Juifs à partir en Israël, aussi j'ai décidé de quitter mon pays – plus rien ne m'y retenait – et de recommencer de zéro ici. Je suppose qu'au fond de moi-même je pensais revoir Mordechai, mon ancien professeur de l'Hashomer. J'étais encore jeune, vous voyez. Encore stupide.

J'ai fini par le trouver – dans le cimetière militaire du mont Herzl. Il était tombé pendant la guerre de 48. Il dirigeait une unité du Nahal avec les autres garçons et filles des kibboutzim, et il est mort sur la route de Jérusalem.

J'ai donc été obligée de faire ma propre vie ici. Elle n'a pas été désagréable. Dure, oui. Beaucoup de travail, peu d'argent. Mais pas désagréable. Je ne me suis jamais remariée, mais j'ai eu un amant quelque temps. Un grand chauffeur de camion rieur qui était venu de Pologne et vivait dans un kibboutz du Néguev. Ça a commencé parce qu'il se moquait de moi quand je venais acheter des fruits à son étal. J'étais timide à cause de mon mauvais hébreu, alors il me taquinait et finissait par me dérider. Ensuite, chaque fois qu'il apportait les produits du kibboutz en ville, il venait me voir. Il me donnait les dattes qu'il cultivait et des oranges, et nous restions couchés ensemble l'après-midi, avec le soleil qui pénétrait à flots par la fenêtre. Notre peau sentait l'essence de citrus et nos baisers avaient le goût sucré des dattes charnues et collantes.

Je l'aurais épousé s'il l'avait proposé. Mais en Pologne, sa femme avait été prise dans le ghetto de Varsovie. Il disait qu'il n'avait jamais pu découvrir ce qui lui était arrivé. Il ne savait pas si elle était vivante ou morte. Peut-être que c'était juste une attitude, une manière de garder ses distances. Mais je n'en suis pas certaine. Je crois qu'il se sentait coupable d'avoir survécu. Je l'aimais encore plus parce qu'il honorait sa mémoire par cet espoir. Et puis un autre kibboutznik a été chargé de conduire le camion, il est venu de moins en moins souvent, et finalement plus du tout. Je l'ai regretté. Je pense encore à ces après-midi.

Je n'ai pas beaucoup d'amis. Mon hébreu n'est pas formidable, même aujourd'hui. Oh, je me débrouille : les gens sont habitués à comprendre les accents étrangers et les fautes de grammaire parce qu'ici presque tout le monde vient d'ailleurs. Mais pour dire à quelqu'un ce que j'ai dans le cœur, les mots me manquent.

Avec le temps, je me suis faite aux étés chauds et secs, aux champs de coton mûr, à la clarté éblouissante, aux escarpements nus et rocheux où aucun arbre ne pousse. Et bien que les collines de Jérusalem ne soient pas mes montagnes, il neige quelquefois en hiver, et si je ferme les yeux très fort, je peux imaginer que je suis à Sarajevo. Beaucoup de mes amis me prennent pour une vieille folle, mais je vais encore dans le quartier arabe de la Vieille Ville m'asseoir à une terrasse où l'odeur du café me rappelle mon pays.

Pendant la guerre de Yougoslavie, des Bosniaques sont venus ici. Israël a accueilli pas mal de réfugiés. Des juifs, mais surtout des musulmans. J'ai donc pu parler ma propre langue quelque temps, et c'était merveilleux, un vrai soulagement. Je me suis proposée comme volontaire au centre de relocalisation, pour les aider à remplir de simples formulaires – Israël adore la paperasse – ou à lire l'horaire du bus, ou à prendre des rendez-vous chez le dentiste pour leurs enfants. C'est tout à fait par hasard, en feuilletant un vieux magazine oublié par quelqu'un, que j'ai vu la notice nécrologique d'effendi Kamal et appris sa disparition récente.

Je me suis sentie allégée d'un énorme poids. J'avais cru pendant des années qu'on l'avait exécuté, car c'était la sentence prononcée contre tous les collaborateurs des nazis. Mais d'après le journal, il était mort des suites d'une longue maladie et avait repris le poste de *kustos* au Musée national qu'il occupait à l'époque où je l'avais connu. J'ai eu l'impression qu'on m'avait rendu la liberté, comme à lui. On m'accordait une nouvelle chance pour bien agir, pour témoigner en sa faveur. Il m'a fallu deux nuits pour écrire en détail l'histoire de ce qu'il avait fait pour moi. Je l'ai envoyée au musée de l'Holocauste, à Yad Vashem. Très peu de temps après, j'ai reçu une lettre de Stela, qui était partie s'installer à Paris avec son fils quand son appartement de Sarajevo avait été détruit par un mortier serbe. Elle disait qu'il y avait eu une très belle cérémonie en leur honneur à l'ambassade israélienne à Paris. Elle comprenait pourquoi je n'avais pas pu les aider après la guerre, et elle était très heureuse de savoir que j'étais vivante et que j'allais bien. Merci d'avoir dit au monde que mon mari était un grand ami des Juifs à une époque où ils en avaient si peu, écrivait-elle.

Une fois la plaque pour les Kamal posée dans le jardin du musée, j'ai commencé à m'y rendre très souvent. Ça me faisait du bien. J'arrachais des mauvaises herbes sous les cyprès et j'enlevais les fleurs séchées des tiges. Un jour, un gardien du musée m'a vue et m'a demandé si j'accepterais de travailler là.

C'est très calme le samedi. Un calme fantomatique, diraient certains. Ça ne me dérange pas. En fait, je déteste le bruit que produit ma cireuse quand j'astique les sols. Je préfère les heures où je vais d'une salle à l'autre avec mes chiffons à poussière, œuvrant en silence. C'est la bibliothèque qui me prend le plus de temps. J'ai posé la question une fois, et le bibliothécaire adjoint m'a répondu qu'elle contenait plus de cent mille livres, et plus de soixante millions de pages de documents. C'est un nombre approprié, selon moi : dix pages pour chaque personne morte. Une sorte de monument en papier pour les gens qui n'ont pas de pierre tombale.

Un petit livre parmi tant d'autres. Quand on y pense, ce qui est arrivé ressemble à un miracle. C'en était peut-être un. Je le crois. Bien sûr, cela faisait plus d'un an que j'époussetais ces rayonnages. Chaque semaine, j'avais l'habitude d'enlever tous les ouvrages d'une section d'étagère, pour essuyer dessous et derrière, puis je nettoyais le haut des pages. Stela m'avait appris à le faire quand je m'occupais de l'importante bibliothèque de l'appartement des Kamal. Je suppose que le souvenir de cette famille et de cette période était toujours présent au fond de mon esprit lorsque j'accomplissais cette tâche. C'est peut-être ce qui m'a permis de le repérer.

Ce jour-là dans la bibliothèque, mes pas m'ont conduite dans la section où j'avais travaillé la semaine précédente, et j'ai commencé à enlever les livres des rayonnages suivants. Il y avait surtout des ouvrages plus anciens, aussi j'ai pris des précautions particulières en les déplaçant sur le côté. Et puis je l'ai vu dans mes mains. Je l'ai regardé. Je l'ai ouvert. Et je me suis retrouvée à Sarajevo, dans le bureau d'Effendi Kamal, à côté de Stela qui tremblait, comprenant, sans saisir alors toute la portée de l'événement, que son mari avait dû commettre un acte qui la terrifiait. Et j'ai cru entendre la voix d'Effendi Kamal : « Le meilleur endroit où cacher un livre, c'est une bibliothèque. »

Je me suis demandé ce que je devais faire. À ma connaissance, le livre avait sa place ici. Mais il était curieux qu'un manuscrit aussi célèbre soit ainsi relégué sur une étagère.

C'est ce que je leur ai dit, quand ils m'ont interrogée, le bibliothécaire en chef, le directeur du musée, et un autre homme, qui ressemblait à un soldat, mais qui paraissait tout savoir sur le livre et sur Serif Kamal. J'étais nerveuse, parce qu'ils n'avaient pas l'air de me croire, ni de croire qu'une pareille coïncidence soit possible, et quand je suis inquiète, les mots hébreux m'échappent. Je ne trouvais pas le terme *peleh* pour « miracle », et j'ai dit *siman*, qui a plutôt le sens de signe.

Mais à la fin, celui qui avait l'allure d'un militaire m'a comprise. Il m'a souri avec beaucoup de gentillesse. Puis il s'est tourné vers les autres et il a dit : « Eh bien, pourquoi pas, *kinderlech* ? Toute l'histoire du manuscrit, sa survie jusqu'à ce jour, n'a été qu'une succession de miracles. Alors, pourquoi pas un de plus ? »

Hanna

Terre d'Arnhem, Gunumeleng, 2002

QUAND ILS ME JOIGNIRENT ENFIN, j'étais au fond d'une grotte, perchée à six cents mètres d'altitude sur un escarpement rocheux, et à cent bornes du téléphone le plus proche.

Le message transmis par un des gamins aborigènes était curieux, et je ne sus comment l'interpréter. C'était un garçon brillant, un peu farceur, et je crus d'abord qu'il s'agissait d'une blague.

« Non, mam'zelle. On joue pas, cette fois. Le type de la bande de Canberra, l'a appelé toute la journée. On y a dit qu'vot bande l'est dans l'bush toute la semaine, mais l'a appelé et encore appelé, même après que Butcher a gueulé dessus. »

Butcher était son oncle et le gérant de Jabiru Station, le ranch où nous habitions quand nous ne partions pas sur le terrain.

« Il a dit ce qu'il voulait ? »

Le garçon inclina la tête sur le côté, un geste ambigu qui signifiait « non » ou « je ne sais pas » ou peut-être « je n'ai pas le droit de te le dire ».

« Tu ferais mieux de venir, mam'zelle, ou Butcher va me gueuler dessus à moi aussi. »

Je sortis de la grotte et clignai des yeux dans l'éblouissante clarté. Le soleil était un énorme disque de garance brillante, rougissant les bandes de minerai de fer qui striaient la falaise abrupte noir et ocre. Tout en bas, les premiers brins de chiendent printanier coloraient la plaine en vert vif. La lumière teintait d'argent les nappes d'eau laissées par la pluie torrentielle de la veille.

Le Gunumeleng avait commencé – selon le calendrier des Aborigènes, c'était l'une des six saisons de l'année que les Blancs divisaient simplement en saison des pluies et saison sèche. Avec le Gunumeleng arrivaient les premiers orages. Dans un mois, la plaine tout entière serait inondée. La prétendue route, qui était en réalité une piste en terre très secondaire, serait infranchissable. J'espérais réunir des documents sur cet ensemble de grottes et y réaliser au moins un travail minimal de conservation avant le début des pluies. La dernière chose dont j'avais besoin, c'était de me farcir deux heures et demie de tape-cul jusqu'au ranch pour parler à un abruti de Canberra. Mais au loin, là où finissait la piste, je distinguais le scintillement du pare-brise de la Toyota chérie de Butcher. Il ne l'aurait pas confiée au gamin si le message n'avait pas été vraiment important.

« OK, Lofty. Va dire à ton oncle que Jim et moi, on sera là à l'heure du thé. Je termine juste quelques lignes de silicone et ensuite on y va. »

Le garçon fit demi-tour et dégringola la falaise. Il était maigre et petit pour un adolescent de seize ans (c'est pourquoi tout le monde l'appelait Lofty). Mais il était capable d'escalader et de descendre une face rocheuse cent fois plus vite que moi. Je retournai dans la grotte où m'attendait Jim Bardayal, l'archéologue avec qui je travaillais.

« Au moins, on dormira dans un lit ce soir, s'exclama-t-il, me tendant la cartouche de silicone.

— Ah, voyez-vous ça. Quelle mauviette ! À Sydney, tu étais toujours en train de nous casser les oreilles avec ton pays et ta nostalgie. Et à la première petite averse, il suffit qu'un lit bien chaud se profile à l'horizon pour que plus rien d'autre ne compte. »

Il rit. « Putain de *balanda* », dit-il. L'orage de la nuit précédente avait fait des ravages. Des éclairs avaient illuminé les gommiers blancs tordus et des rafales de vent avaient failli emporter les bâches de notre abri.

« C'est pas la pluie qui me gêne, continua-t-il, mais ces putains de moustiques. »

Je ne pouvais pas le contredire sur ce point. Dans cette région, il était impossible de contempler en paix les superbes couchers de soleil. Le crépuscule sonnait l'heure du dîner pour des millions de moustiques et nous étions des proies de choix. Le seul fait d'y penser me donnait des démangeaisons sur tout le corps. Je projetai une ligne de silicone, tel un filet de chewing-gum, sur la paroi où, d'après nous, l'eau de pluie risquait de s'infiltrer. L'idée était de détourner le ruissellement des ocres solubles des peintures. Cette partie de la falaise était riche en œuvres d'art : les peintures mimi, merveilleuses et puissantes représentations de chasseurs élancés. Le peuple des Mirarr dont Jim faisait partie croyait qu'elles étaient l'œuvre des esprits. La communauté archéologique avait établi que les premières fresques avaient été exécutées trente mille ans auparavant. Au cours de ces ères successives, les anciens cultivés avaient été chargés de les restaurer selon le cérémonial d'usage quand c'était nécessaire. Mais après l'arrivée des Européens, les Mirarr avaient peu à peu cessé d'habiter les grottes du pays de pierre. Ils étaient partis travailler pour les *balanda* – les colons blancs – dans les ranches, ou vivre en ville. Notre tâche consistait à protéger ce qu'ils avaient laissé derrière eux.

Je n'aurais jamais imaginé faire ce genre de travail. Mais Sarajevo avait détruit ma confiance. À part moi, je continuais de croire que Ozren et Heinrich avaient tort, mais la lâche que j'étais avait noyé cette certitude sous un océan de doute délétère. J'étais rentrée chez moi humiliée, avilie, remettant brusquement en cause ma propre expertise. Pendant un mois, je m'étais morfondue dans mon labo de Sydney, refusant toute mission qui paraissait un tant soit peu délicate. Si j'avais commis une erreur aussi embarrassante à Sarajevo, qui étais-je pour émettre un jugement sur un quelconque manuscrit ?

Puis j'avais reçu un appel de Jonah Sharansky. Il avait deux choses à me dire. D'abord, Delilah m'avait légué un héritage substantiel. Ensuite, la famille voulait que je reprenne le rôle de ma mère dans la fondation d'Aaron. Apparemment, les membres du conseil d'administration avaient déjà voté dans ce sens. Je sentis que j'avais besoin de m'éloigner du labo, aussi je décidai d'utiliser l'argent de l'héritage et de consacrer un certain temps à découvrir en quoi consistait le travail de la fondation, et si je pouvais y contribuer.

Ma mère devint dingue quand elle s'aperçut qu'on l'avait virée. Au début, je me sentis coupable. Je supposai que la fondation représentait pour elle un dernier lien avec Aaron et j'imaginai à quel point il devait être douloureux d'être rejetée ainsi par sa famille.

Elle était revenue à Sydney quelques semaines après moi. À sa sortie de l'hôpital, elle était partie récupérer en Californie dans un spa luxueux. « Il faut que je sois en forme quand je rentrerai, m'avait-elle annoncé au téléphone. À l'hôpital, les vautours sont déjà en train de tourner. » Quand je vins la chercher à l'aéroport, elle avait une mine éblouissante et semblait parée contre toute éventualité. Mais quand je la ramenai chez elle, je remarquai les plis de fatigue autour de sa bouche et ses yeux cernés, et je vis qu'elle tenait uniquement par un effort de volonté.

« Tu pourrais prendre encore un peu de repos, maman. T'assurer que tu es vraiment en état de reprendre le travail. »

Elle était assise sur le lit, me laissant défaire ses bagages. Elle envoya promener ses Manolo, ses Jimmy Choo ou je ne sais quoi d'autre – pourquoi s'infligeait-elle une pareille torture, je n'en ai aucune idée – et elle s'adossa aux oreillers. « J'ai une tumeur du huitième nerf sur mon planning d'après-demain. Tu sais ce que c'est ? Non, comment le saurais-tu ? Eh bien, c'est comme ramasser des bouts de Kleenex mouillés dans un bol de tofu...

— Maman, s'il te plaît... » J'avais la nausée. « Je ne pourrai plus jamais manger de tofu.

— Oh, pour l'amour de Dieu, Hanna. Tu ne peux pas arrêter cinq minutes d'être solipsiste ? J'essaie juste de te l'expliquer d'une manière que tu peux comprendre. » (Chère vieille maman. Elle ne laissait jamais passer l'occasion de me donner l'impression d'être l'ampoule la plus faible du lustre.) « C'est une chirurgie délicate, ça prend des heures. Et je l'ai programmée exprès pour montrer à ces vautours que je ne suis pas encore dans la tombe. » Elle ferma les yeux. « Je vais faire une sieste maintenant ;

passe-moi ce plaid, veux-tu ? Laisse le reste des bagages. Et tu n'as pas besoin de rester... Je me débrouillerai très bien avec la femme de ménage. »

À peine quelques jours plus tard, les Sharansky lui apprirent qu'ils souhaitaient la remplacer par sa fille au conseil d'administration. Elle me convoqua à Bellevue Hill. Je la trouvai assise dans la véranda avec, posée sur la table, une bouteille de Hill of Grace ouverte. Chez elle, la qualité du vin était un indicateur de la gravité de la conversation. Celle-ci, je le voyais, allait être mégagéniale.

De son lit d'hôpital à Boston, elle m'avait déjà dit qu'elle voulait que je garde le secret sur l'identité de mon père. Je l'avais jugée idiote. Je veux dire, qui se souciait de savoir avec qui elle avait couché tant d'années auparavant. Mais elle m'avait priée de penser à sa situation, et j'avais obéi. J'avais considéré sa situation. Vraiment. J'y songeais encore quand vint sur le tapis le problème de la fondation.

« Si tu entres dans ce conseil d'administration, Hanna, ça va soulever un tas de questions. » Le soleil filtrait à travers les tibouchinas en fleur et emplissait la pièce d'un chatoiement violet. Des fleurs de frangipanier jonchaient la pelouse impeccable, dégageant un parfum épicé. Je sirotai le vin merveilleux et me tus. « Des questions embarrassantes. Pour moi. L'accident m'a déjà mise dans une position précaire à l'hôpital. Davis et Harrington se sont empressés de soulever le problème de l'infection, et il y en a d'autres qui n'ont jamais accepté ma nomination comme chef de service. J'ai dû travailler deux fois plus dur que d'habitude pour leur faire comprendre que je ne partais nulle part. Ça tomberait très mal que l'autre question... » Elle laissa sa phrase en suspens.

« Oui, mais j'ai peut-être certains talents qui seraient utiles, tu sais, à la fondation Sharansky.

— Des talents ? Lesquels pourrais-tu bien avoir, ma chérie ? Je veux dire, tu ne connais rien de la gestion d'une ONG, et je n'ai jamais remarqué que tu aies été particulièrement compétente en matière d'investissements. »

J'agrippai le pied de mon verre et je fixai le shiraz. J'en

pris une gorgée et laissai son parfum se développer dans ma bouche. J'étais déterminée à ne pas céder.

« Des talents artistiques, maman. J'ai pensé que je pourrais peut-être apporter mon aide dans le cadre du programme de conservation. »

Elle reposa son verre si violemment sur la table en marbre que je fus surprise de ne pas le voir voler en éclats.

« C'est déjà assez désastreux, Hanna, que tu aies passé toutes ces années à t'amuser avec de la colle et des bouts de papier. Mais au moins les livres ont quelque chose à voir avec la culture. Maintenant, tu te proposes d'aller au milieu de nulle part, pour sauver des barbouillages de primitifs boueux et insignifiants ? »

Je la regardai. J'imagine que j'avais la bouche ouverte de stupeur.

« Comment se fait-il, laissai-je échapper, qu'un homme comme Aaron Sharansky ait pu aimer une femme comme toi ? »

Tout partit de là. Une dernière bagarre vraiment affreuse où tous les coups les plus sordides sont permis ; une de ces querelles où vous remplissez la coupe de toutes les pensées empoisonnées que vous avez jamais eues, de la lie de chaque grief, pour la poser ensuite devant l'autre personne, et la forcer à la boire. Je dus entendre de nouveau quelle déception j'avais toujours été ; une personnalité de pygmée, s'apitoyant sur elle-même, persuadée que ses genoux écorchés étaient plus dignes d'attention que ses patients gravement malades. Enfant, j'avais été une gosse insupportable, et adolescente, une pute délinquante. Je m'étais raccrochée aux Sharansky par désespoir, car j'étais si occupée à nourrir des rancunes puériles que je n'étais même pas capable de créer des liens adultes. Et la rengaine habituelle : j'avais laissé passer la chance d'avoir un vrai métier et gâché ma vie en devenant une « ouvrière qualifiée ».

Quand vous avez combattu quelqu'un toute votre vie, vous connaissez ses faiblesses. J'avais atteint le point de non-retour, et je l'attaquai là où j'étais sûre de la blesser.

« Alors, à quoi t'a servi toute ta précieuse compétence

médicale, quand tu n'as même pas été capable de sauver le type que tu aimais ? »

Elle parut brusquement touchée. Je triomphai et poussai mon avantage. « C'est de ça qu'il s'agit, non ? Je dois payer toute ma vie. Pas de père, pas même de nom, tout ça parce que tu as l'impression d'avoir foutu en l'air ton cas le plus important.

— Hanna, tu ne sais pas de quoi tu parles.

— C'est bien ça, non ? Tu l'as adressé au grand Andersen tout-puissant, et Andersen l'a loupé. Tu aurais mieux réussi. C'est ce que tu penses, non ? Tu es si arrogante, et la seule fois où tu aurais dû faire confiance à tes propres compétences...

— Hanna. Tais-toi. Tu n'as aucune idée...

— Tu aurais pu le sauver, c'est ce que tu penses, hein ? Tu aurais détecté l'hémorragie s'il avait été ton patient.

— Je l'ai détectée. »

J'étais encore en train de fulminer contre elle, je ne la lâchais plus, et il me fallut quelques secondes pour enregistrer ce qu'elle venait de dire.

« Tu... quoi ?

— Bien sûr que je l'ai détectée. Je l'ai surveillé toute la nuit. Je savais qu'il faisait une hémorragie. Je ne suis pas intervenue. Je savais qu'il ne voudrait pas se réveiller aveugle. »

Pendant plusieurs minutes, je fus trop abasourdie pour prononcer un seul mot. Un vol de loriquets arc-en-ciel traversa alors le jardin en poussant des cris perçants, filant vers leur perchoir nocturne. Je les suivis des yeux, jusqu'au moment où leurs couleurs – bleu roi, vert émeraude, écarlate – furent brusquement brouillées par mes larmes. Je ne vais pas entrer dans les détails de ce que je lui ai dit. Je ne suis pas sûre de m'en souvenir très exactement. Mais à la fin, je lui ai annoncé que j'allais prendre le nom de Sharansky.

Je ne la vois plus. Nous ne faisons même plus semblant. Ozren avait eu raison sur un point : certaines histoires n'ont pas une fin heureuse.

En me retrouvant tout à fait seule, je m'attendais à me sentir plus perdue que je ne le fus. Mais s'il y avait un vide dans ma vie, il n'était guère plus grand que par le passé. Elle ne m'avait jamais comprise, elle n'avait pas saisi en quoi ce que je faisais était important ni pourquoi j'aimais mon métier. Et c'était ce qui comptait pour moi. Sans cette connivence, nos conversations n'avaient été que du vent.

Quitter Sydney m'aida. Une cassure nette, et tout le bataclan. Les missions lancées par la fondation Sharansky se déroulaient dans des régions dont j'avais à peine entendu parler, comme Œnepelli et Burrup, où des compagnies minières voulaient transformer de magnifiques zones naturelles et d'anciens sites culturels en trous géants dans le sol. La fondation finançait des recherches et ensuite, si elle disposait d'assez d'éléments pour engager un procès, elle aidait les propriétaires aborigènes des terres à poursuivre en justice les compagnies.

Il ne me fallut pas longtemps pour me rendre compte, en vivant dans les paysages que mon père avait peints, que même si j'aimais énormément mon pays, je ne le connaissais guère. J'avais passé des années à étudier l'art de nos cultures immigrées, mais je ne m'étais pas attardée un seul instant sur celui qui existait ici depuis toujours. Je m'étais arraché les yeux à force de bûcher l'arabe classique et l'hébreu biblique, mais je ne pouvais pas nommer une seule des cinq cents langues aborigènes parlées ici. Je me fixai donc un programme accéléré et je devins la pionnière d'un nouveau domaine : la conservation du désespoir. Je me consacrai à la documentation et à la préservation de l'ancien art aborigène sur roche avant que les compagnies d'uranium et de bauxite ne l'eussent réduit à un tas de décombres.

C'était pénible physiquement. Il fallait se rendre sur des sites éloignés, en général à pied, le plus souvent par une chaleur torride, avec des kilos d'équipement sur le dos. Parfois, on ne pouvait rien faire de mieux, pour conserver un morceau d'art sur roche, que de prendre une pioche et de couper les racines envahissantes. Pas exactement un exercice de motricité globale. À ma surprise, je m'aperçus que j'adorais ça. Pour la première fois de ma vie, j'étais bronzée et musclée. J'échangeai mes cachemires et mes soies contre des tenues kaki fonctionnelles, et un jour, parce que j'avais chaud et que j'étais en sueur, et que mon chignon banane ne cessait de s'écrouler, je taillai mes longs cheveux. Un nouveau nom, un nouveau style, une nouvelle vie. Très loin de tout ce qui pouvait me rappeler une race de mouton espagnol disparue et la disposition des pores sur un parchemin.

Vraiment épuisée, je m'endormis dans le camion. Et pourtant ce n'est pas ce qu'on pourrait appeler un trajet reposant. Cent kilomètres de planches, quand ce n'est pas un énorme bac à sable. En plus, il y a de gros troupeaux de kangourous qui surgissent de nulle part au crépuscule, et si vous faites une embardée pour les éviter, vous risquez de vous retrouver enlisé jusqu'au collecteur d'échappement.

Mais Jim conduisait sur des pistes comme celle-ci depuis le jour où il avait pu atteindre le haut du volant, aussi nous arrivâmes à bon port. Butcher avait fait griller un barramunda entier qu'il avait pêché ce jour-là, et l'avait parfumé avec des *jupies* séchés, de petite baies aigres-douces qui étaient l'aliment de base des Mirarr. Le téléphone du ranch sonna à l'instant précis où je dégustais le dernier morceau de ce succulent poisson.

« Ouais, elle est là, dit Butcher, me tendant l'appareil.

— Docteur Sharansky ? C'est Keith Lowery qui vous appelle du DFAT.

— Pardon ?

— Du ministère des Affaires étrangères et du Commerce extérieur. Vous n'êtes pas facile à joindre.

— Ouais. Je sais.

— Docteur Sharansky, nous avions l'espoir de vous faire revenir ici, à Canberra, ou à Sydney, si c'est plus facile. Nous avons un petit problème, et nous avons pensé à vous, car vous pourriez être la personne de la situation.

— Eh bien, je serai de retour à Sydney dans deux ou trois semaines, quand Gudjewg, je veux dire quand la saison des pluies aura vraiment commencé.

— Ah, bon. Voilà : nous espérions que vous pourriez prendre l'avion demain pour venir ici.

— Monsieur Lowery, je suis au milieu d'un projet. La compagnie minière talonne les gens du coin et l'escarpement va être inaccessible dans deux semaines environ. Alors je ne suis pas vraiment impatiente de faire un voyage aux frais de la princesse à l'instant présent. Pourriez-vous me dire de quoi il s'agit ?

— Je ne peux pas en parler au téléphone, désolé.

— C'est quelque chose que ces putains de compagnies minières ont inventé ? Je veux dire, ça serait vraiment épouvantable. Je sais que certains de ces personnages sont de vraies ordures... mais mettre votre clique dans le coup pour faire leur sale boulot...

— Il ne s'agit de rien de la sorte. Bien que mes collègues du Commerce extérieur regrettent l'impact parfois négatif de la fondation Sharansky sur les revenus miniers d'exportation, ce n'est pas ce qui nous préoccupe à la Direction des Affaires du Proche-Orient. Je n'appelle pas au sujet de votre travail actuel. Il s'agit d'une mission plutôt, euh, délicate, que vous avez effectuée il y a six ans. En Europe. »

Brusquement le barramunda ne passait pas si bien que ça.

« Vous parlez de la hag...

— Il vaudrait mieux en discuter de vive voix. »

La Direction des affaires du Proche-Orient. Je commençais à ressentir des brûlures d'estomac. « Vous traitez avec Israël, c'est ça ?

— Comme je l'ai dit, docteur Sharansky, il vaut mieux en parler de vive voix. Maintenant, désirez-vous que je vous prenne une place pour demain sur le vol de Darwin à Canberra ou de Darwin à Sydney ? »

La vue qu'offrent les bureaux des Affaires étrangères à Sydney suffirait à convaincre un diplomate de refuser un poste à l'étranger. Tandis que j'attendais Keith Lowery dans l'entrée du dixième étage, je regardai les yachts glisser dans le port pailleté de soleil, s'inclinant sous la brise comme pour rendre hommage aux voiles blanches de l'Opéra qui s'élançaient vers le ciel.

Le décor intérieur était aussi très joli. Les Affaires étrangères avaient choisi leurs œuvres d'art dans la collection nationale, et l'accueil s'ornait d'un *Ned Kelly* de Sidney Nolan sur un mur et d'un fabuleux *Roads Crossing* de Rover Thomas sur le mur opposé.

J'admirais les ocres chauds du tableau de Rover quand Lowery arriva derrière moi.

« Désolé que nous n'ayons pas ici une œuvre de votre père, un grand peintre. À Canberra, nous avons un de ses tableaux qui est une splendeur absolue. »

Lowery était grand, massif, avec des cheveux blond-roux, et il avait l'allure assurée et les traits un peu écrasés d'un joueur de rugby accompli. Logique. Le rugby avait beaucoup de succès dans les écoles privées de l'élite et la plupart des diplomates australiens étaient passés par là, malgré tous nos mythes égalitaires.

« Merci d'être revenue, docteur Sharansky. Je sais que c'était beaucoup vous demander.

— Eh bien, oui. C'est curieux, n'est-ce pas, que le trajet de Sydney à Londres ou New York ne prenne que vingt-quatre heures, alors qu'il en faut presque le double pour arriver de certaines parties du Top End.

— Vraiment ? Je n'y suis jamais allé. »

Typique, me dis-je. Il a sans doute fait tous les musées de Florence et pourtant il n'a jamais vu l'Homme-Éclair à Nourlangie Rock.

« Je travaille habituellement à Canberra, aussi j'ai emprunté un bureau ici pour notre rencontre. Margaret... c'est bien votre nom ? » Il s'était tourné vers la réceptionniste. « Nous sommes dans le bureau de M. Kensington. Voulez-vous veiller à ce qu'on ne nous dérange pas ? »

Nous franchîmes un détecteur de métaux et longeâmes un couloir jusqu'à un grand bureau d'angle. Lowery composa un code qui ouvrit la porte. Mes yeux se portèrent aussitôt sur les fenêtres, qui offraient un panorama encore plus spectaculaire que celui de l'entrée, parce qu'elles englobaient tout le paysage, des jardins botaniques jusqu'au pont.

« Votre ami M. Kensington doit être un grand ponte »,
dis-je, me tournant vers Lowery. J'avais été distraite par
la vue, aussi n'avais-je pas remarqué qui se trouvait sur le
canapé. Il se leva et s'approcha de moi, la main tendue.

« Shalom, Channa. »

Ses cheveux étaient un peu plus clairsemés, mais il avait
encore ce teint bronzé et cette apparence musclée qui
l'avaient toujours distingué des autres conservateurs.

Je reculai d'un pas et mis mes mains derrière mon dos.

« Même pas un "bonjour", mon amie ? Tu m'en veux
encore ? Après six ans ? »

Je lançai un coup d'œil à Lowery, me demandant ce
qu'il savait de cette affaire.

« Six ans ? » Ma voix était aussi glaciale que possible.
« Six ans, ce n'est rien, en comparaison de cinq siècles.
Qu'est-ce que tu en as fait ?

— Rien. Rien du tout. » Il marqua un temps, puis
traversa la pièce, jusqu'à un beau bureau en pin huon. Un
conteneur d'archives y était posé. Il appuya sur les clapets.

« Vérifie toi-même. »

Je m'approchai, clignant des paupières. Mes mains
s'abaissèrent. Je soulevai le couvercle, et je la vis. J'hésitai
un instant. Je n'avais pas de gants ni de mousses de
protection. Je n'étais pas habilitée à la toucher. Mais je
voulais être sûre. Aussi délicatement que possible, je la
retirai de la caisse et la posai sur le bureau. Je tournai les
pages jusqu'aux enluminures de la Création. Et l'évidence
me sauta aux yeux. La différence entre avoir raison et avoir
tort. Entre connaître mon métier et ne pas le connaître.

Je chassai mes larmes, à la fois soulagée et m'attendris-
sant sur mon sort, à cause des six longues années de
misère où j'avais cru m'être trompée. Quand je levai les
yeux vers Amitai, toute l'incertitude et le doute se di-
luèrent pour se condenser dans la rage la plus pure que
j'eusse jamais ressentie. « Comment tu as pu ? »

À mon extrême irritation, il me sourit. « Ce n'est pas
moi. »

Je frappai si fort le bureau que ma main me fit mal.

« Ça suffit ! hurlai-je. Tu es un voleur et un escroc et un
putain de menteur ! » Il ne se départit pas de son léger

sourire, si calme, si exaspérant, si satisfait. J'eus envie de le gifler. « Tu es une disgrâce pour la profession.

— Docteur Sharansky. » C'était Lowery qui essayait, je suppose, d'être diplomate. Il fit un pas vers moi et posa la main sur mon épaule. Je me dégageai et m'éloignai de lui.

« Pourquoi cet homme est-il ici ? Il est coupable de vol qualifié. Ne me dites pas que ce putain de gouvernement est mêlé à ce... ce... hold-up... ce complot...

— Docteur Sharansky, vous feriez mieux de vous asseoir.

— Ne me dites pas de m'asseoir ! Je ne veux rien avoir à faire avec ça. Et pourquoi ce livre est-il ici ? Comment pouvez-vous justifier d'avoir apporté un manuscrit de cinq siècles à l'autre bout du monde ? Ce n'est pas seulement contraire à l'éthique, c'est criminel. Je vais de ce pas prévenir Interpol. Je suppose que vous croyez pouvoir cacher ça sous l'immunité diplomatique ou une connerie de ce genre. »

J'étais devant la porte. Il n'y avait ni bouton ni poignée. Juste un clavier dont j'ignorais la combinaison.

« Vous feriez mieux de me laisser sortir d'ici ou je...

— Docteur Sharansky ! » Lowery avait élevé la voix. Il ressemblait soudain beaucoup plus à un joueur de première ligne qu'à un diplomate policé. « Taisez-vous une seconde, voulez-vous, et laissez le Dr Yomtov placer un mot. »

Amitai ne souriait plus. Il ouvrit les mains en un geste de supplication. « Ce n'était pas moi. Si tu étais venue me voir quand tu as repéré la contrefaçon, ensemble, nous aurions pu les arrêter.

— Arrêter qui ? »

Il parlait tout bas. Chuchotant presque. « Le Dr Heinrich.

— Werner ? » Je sentis mon énergie me quitter. Je m'écroulai sur le canapé. « Werner Heinrich ? répétai-je stupidement. Et qui d'autre ? Tu viens de dire *"les"* arrêter.

— Ozren Karaman, je regrette de te l'apprendre. Autrement, ça n'aurait pas été possible. » Mon professeur et mon amant. Ils s'étaient dressés tous les deux contre moi, et m'avaient affirmé que je ne savais pas de quoi je parlais. Je me sentis trahie.

« Mais pourquoi ? Et comment se fait-il qu'il soit maintenant ici ? Entre tes mains.

— C'est une longue histoire. » Amitai s'assit à côté de moi, prit la carafe d'eau posée sur la table basse, et remplit un verre. Il me le tendit et en offrit un autre à Lowery, qui le refusa du geste. Il but une gorgée et se mit à parler.

« Une longue histoire qui débute pendant l'hiver 1944, quand Werner avait tout juste quatorze ans. Il a été enrôlé dans l'armée, comme l'étaient tous les jeunes garçons et les vieillards à cette époque. La plupart se retrouvaient à servir les canons antiaériens ; des choses de cette nature. Mais lui a été affecté à un service différent. Werner est allé travailler pour l'Einsatzstab Reichsleiter Rosenberg... Tu sais ce que c'est ? »

Bien sûr que j'étais au courant de l'existence du département tristement célèbre du Troisième Reich, qui avait compté les pilleurs les plus efficaces et les plus méthodiques de l'histoire de l'art. Il avait été dirigé par le confident de Hitler, Alfred Rosenberg, qui avait écrit avant la guerre un livre qualifiant l'expressionnisme abstrait allemand de « syphilitique ». Il avait créé la Ligue de combat pour la culture allemande, visant à éradiquer tout art « dégénéré », ce qui incluait, bien sûr, tout ce qui avait été écrit ou peint par des Juifs.

« Alors que le Reich accélérait la solution finale, l'unité de Rosenberg se dépêchait d'achever la destruction de tout le matériau confisqué dans les synagogues et dans les grandes collections d'Europe. Werner était chargé de transporter les rouleaux de la Torah et les incunables jusqu'aux incinérateurs. L'une des collections qu'il a brûlées était le *pincus* de Sarajevo... » Il leva les yeux vers Lowery. « Ce sont les archives complètes d'une communauté juive. Irremplaçables. Le *pincus* de Sarajevo était très ancien, il contenait des documents qui remontaient jusqu'à 1565.

— C'est donc pour cette raison qu'il s'est spécialisé dans les manuscrits hébraïques », dis-je.

Amitai acquiesça. « Exactement. Aucun autre livre ne devait être perdu, c'était ça son obsession. Pendant les premiers mois de la guerre en Bosnie, il est venu me voir parce que le bombardement serbe de l'Institut oriental, de la bibliothèque universitaire et du Musée national était l'écho des événements qu'il avait vécus autrefois. Il voulait en particulier que le gouvernement israélien mette sur pied une mission de sauvetage de la haggada. Je lui ai répondu que nous n'avions aucun renseignement sur l'endroit où elle se trouvait, et que nous ne savions même pas si elle existait encore. Il a cru que je lui cachais la vérité. Alors, après la guerre, quand les Nations unies ont décidé de conserver la haggada et de l'exposer, il a pensé qu'elle était toujours menacée. Il n'avait pas confiance en la paix. Il m'a dit qu'à son avis il y avait de très fortes chances qur la Bosnie soit récupérée par des fanatiques islamistes, quand l'OTAN et l'ONU ne s'y intéresseraient plus. Il redoutait l'influence des Saoudiens qui, on le sait, ont à leur compte une terrible liste de destructions de sites juifs dans la péninsule arabique. Il était tourmenté par l'idée que la haggada serait une fois de plus en danger. »

Amitai but encore une gorgée d'eau. « J'aurais dû écouter plus attentivement ce qu'il disait. J'ignorais que son passé avait fait de lui un pareil extrémiste. On aurait pu croire qu'un Israélien de mon âge s'y connaissait en extrémistes. Et pourtant ça m'a échappé.

— Mais Ozren ? Il n'a pas pu croire ces histoires sur la Bosnie ?

— Pourquoi pas ? La Bosnie n'avait pas protégé sa femme. Elle n'avait pas sauvé son petit garçon. Ozren en avait trop vu. Il avait vu des gens abattus par des snipers alors qu'ils tentaient de transporter des livres de la bibliothèque en flammes. Il avait risqué sa propre vie pour sauver la haggada, et il savait qu'il avait failli y rester. Je pense qu'à un certain moment, il a dû être facile pour Werner de le rallier à ses idées. »

Je ne pouvais me résoudre à croire qu'Ozren voyait les choses de cette manière. Il aimait sa ville. Il aimait ce qu'elle représentait. Je ne parvenais pas à croire qu'il y avait renoncé.

La lumière implacable de Sydney pénétrait par les immenses baies, éclairant les pages ouvertes de la haggada. Je m'approchai du bureau et je pris le livre. Je le replaçai avec soin à l'intérieur du conteneur d'archives, à l'abri.

393

J'allais refermer le couvercle, mais je m'interrompis. Je touchai les bords de la reliure, et je palpai la couture où les fibres de cuir – les nouvelles fibres que j'avais ajoutées – se mêlaient à l'ouvrage plus ancien de Florien Mittl. Je me tournai à nouveau vers Amitai.

« C'est toi qui avais les négatifs.

— Werner m'a persuadé qu'il pouvait convaincre le gouvernement allemand de parrainer une meilleure édition en fac-similé que celle que nous envisagions. Il s'est montré très éloquent. Ils étaient prêts à dépenser six fois notre budget, ils allaient l'imprimer sur du vélin... Ce serait un geste de bonne volonté de la part de la nouvelle Allemagne. Qu'est-ce que je peux dire ? Je l'ai cru. Je lui ai donné tes documents. Bien sûr, il s'en est servi pour imiter tous les détails possibles, même ton travail de conservation. Et puisqu'il était ton professeur, il savait très bien comment s'y prendre.

— Mais pourquoi étais-tu chez Ozren ce soir-là ? »

Amitai soupira. « J'étais là, Channa, parce que moi aussi, j'ai perdu un enfant. Ma fille. Elle avait trois ans.

— Amitai. » Je l'ignorais. Je savais qu'il était divorcé. Je ne m'étais pas rendu compte qu'il avait un enfant. « Je suis désolée. C'était un attentat-suicide ? »

Il secoua la tête et eut un léger sourire. « Tout le monde croit que les Israéliens meurent dans les guerres ou les attentats-suicides. Quelques-uns d'entre nous réussissent à mourir dans leur lit. Pour elle, c'était une malformation cardiaque. Perdre un enfant, c'est toujours le même vide, je pense, quelle qu'en soit l'origine. J'étais là pour apporter des objets donnés par Israël dans le cadre du projet de restauration de la bibliothèque, et j'ai appris ce qui était arrivé au fils d'Ozren. En tant que père, je le comprenais. »

Il y eut un silence embarrassé pendant quelques minutes. « Je ne t'en veux pas de m'avoir suspecté, Channa. Ne t'imagine pas que je te le reproche. »

Il se mit alors à me raconter de quelle façon le livre avait été retrouvé, et comment il avait immédiatement soupçonné Werner, à cause de la qualité du faux exposé à Sarajevo

« Mais pourquoi Werner a-t-il choisi Yad Vashem ?

— Il connaissait bien l'endroit. Il y avait travaillé de nombreuses fois au cours des années comme chercheur invité. Y déposer la haggada n'a été qu'un jeu d'enfant pour lui. Tu vois, peu lui importait que personne ne soit au courant, que personne ne l'étudie ni ne vante sa beauté. Il se souciait seulement de la protéger, et il m'a confié qu'il avait décidé que Yad Vashem était l'endroit le plus sûr au monde. Que même si le pire se produisait, et qu'Israël soit aux prises avec un conflit qui menaçait son existence, nous défendrions ce lieu plus que tous les autres.» Amitai baissa les yeux. « Et sur ce plan, au moins, il avait raison.

— Tu l'as vu ? Il est en état d'arrestation ?

— Oui, je l'ai vu. Et non, on ne l'a pas arrêté.

— Mais pourquoi ?

— Il est dans un hospice de Vienne. Il est vieux, Channa. Il est très frêle, pas très lucide Il m'a fallu de nombreuses heures pour apprendre ce que je viens de te raconter.

— Et Ozren, alors ? Lui au moins a été arrêté ?

— Non. En fait, il a eu une promotion. Il est maintenant directeur du Musée national.

— Mais pourquoi le laisses-tu s'en tirer comme ça ? Pourquoi n'a-t-il pas été inculpé ? »

Amitai lança un regard à Lowery.

« Les Israéliens considèrent qu'il vaut mieux que cette affaire ne soit pas révélée au public, dit-il. Le fait que le livre a été découvert en Israël suffirait à… euh… Avec Heinrich trop hors du coup pour être un témoin crédible, personne ne voit l'intérêt de susciter des sentiments négatifs. Je crois que le terme technique employé par les diplomates est "un vrai bordel".

— Je ne pige toujours pas. Vous dites que le gouvernement israélien est partisan de rendre ce livre, c'est bien ça ? Vous pourriez certainement le faire discrètement, par la valise diplomatique ou quelque chose dans le genre… »

Amitai fixa ses mains. « Tu connais le vieux dicton, Channa ? Deux Juifs, trois avis ? Il y a dans le gouvernement de mon pays certaines factions qui insisteraient pour garder ce manuscrit en Israël. Ce serait comme si tous

leurs cadeaux de Hannouka arrivaient en même temps… »
Il toussa et reprit son verre d'eau. « Quand M. Lowery a
mentionné "les Israéliens," il ne parlait pas du gouvernement actuel. »

Je me tournai vers Lowery. « Alors, pourquoi le ministère des Affaires étrangères est-il impliqué dans ce foutoir ?
Quel peut bien être l'intérêt des Australiens ? »

Lowery s'éclaircit la voix. « Le Premier ministre est un
ami personnel du président d'Israël, et le président est un
vieux copain de régiment d'Amitai ici présent. Aussi on
leur laisse tenter leur chance avec vous pour leur faire,
euh, une faveur. » Il eut un sourire penaud. « Je devine que
vous n'êtes pas une grande fan de ce Premier ministre-là,
mais nous espérions que vous pourriez trouver le moyen
de vous y coller et de nous donner un coup de main. »

Amitai enchaîna. « Je pourrais faire entrer le livre en
fraude à Sarajevo. Oui, sans aucun doute. Mais ensuite ?
Crois-moi, je n'ai pas fait ça à la légère, transporter le
manuscrit jusqu'ici. Nous avons pris la décision et le
risque d'apporter la haggada ici à cause de toi, Channa.
Parce que nous pensons que tu es la mieux placée pour
convaincre Ozren de la remettre à sa place légitime. »
Amitai marqua un temps. J'étais abasourdie, et j'essayais
d'absorber cette information. Mon ahurissement dut se lire
sur mon visage.

« À cause de la nature de votre relation passée avec lui »,
ajouta Lowery.

C'était trop. « Comment diable êtes-vous au courant de
ma "relation passée" ? Comment osez-vous mettre votre
nez dans ma vie privée ? Qu'est-il arrivé aux libertés
civiques dans ce pays ? »

Amitai leva une main. « Il ne s'agissait pas que de toi,
Channa. Tu t'es trouvée à Sarajevo à une période délicate.
La CIA, le Mossad, la DGSE…

— Et même l'ASIO [1], intervint Lowery. À cette époque,
presque chaque personne à l'écoute de ce qui se passait
dans l'ex-Yougoslavie était espionnée ou chargée

---

1. Australian Service Intelligence Organisation. *(N.d.T.)*

d'espionnner. Ou les deux. Ne le prenez pas personnellement. »

Je me levai, énervée. C'était facile à dire. Ça lui aurait plu que je me tourne vers lui pour lui rappeler avec qui il avait couché six ans plus tôt ? Eh bien, peut-être que dans son milieu professionnel on s'attendait à ce genre de chose. Moi, ça me faisait froid dans le dos. Je suis un rat de bibliothèque ; pas diplomate ou barbouze. Et certainement pas une sorte de commando Mme J'arrange-le-coup pour Israël. Ou n'importe quel autre pays, en l'occurrence. Je revins vers le bureau et je contemplai la haggada. Elle avait déjà survécu à tant de voyages risqués. Maintenant, elle était là, dans un pays que ses créateurs n'avaient même pas connu. Et elle se trouvait là à cause de moi.

Des années plus tôt, quand j'étais rentrée de Sarajevo, j'étais allée aux archives de la National Gallery australienne, et j'avais écouté des heures d'enregistrement d'interviews avec mon père. Maintenant, je connaissais le son de sa voix. C'était une voix aux inflexions multiples. Celle qui dominait était la cadence laconique et épurée du désert. La voix qu'il avait trouvée jeune homme, en découvrant ce qu'il aimait et ce qu'il était destiné à faire. Mais il y avait d'autres intonations sous-jacentes. Des traces de son enfance à Boston. Une touche infime d'accent russe. Parfois, un accent yiddish.

Je suis ce que je fais, pour cela je suis venu.

Je l'entendais dire ce vers.

Je suis ce que je fais.

Il faisait de l'art. Je le préservais. C'était le travail auquel je consacrais ma vie. *Ce que je fais.* Mais prendre un risque, un risque énorme, ce n'est absolument pas ce que je fais. Ce que je suis, ce n'est pas ça.

Je me retournai et m'appuyai contre le bureau. Je me sentais chancelante. Ils me regardaient tous les deux.

« Et si je me fais prendre ? En possession d'un ouvrage volé qui vaut, si on l'estime à la louche, cinquante, soixante millions de dollars ? Que se passe-t-il alors ? »

Soudain, Amitai parut à nouveau très intéressé par ses mains. Lowery, quant à lui, semblait fasciné par les employées en train de déjeuner qui lézardaient sur l'herbe des jardins botaniques. On aurait entendu voler une mouche.

« Je vous ai posé une question, à tous les deux. Et si je me fais pincer avec ça, et si on m'accuse alors d'avoir fauché un élément capital du patrimoine culturel mondial ? »

Amitai leva les yeux vers Lowery, qui semblait incapable de se détacher du panorama.

« Alors ? »

Ils se mirent à parler tous les deux en même temps.

« Le gouvernement australien...

— Le gouvernement israélien... »

Ils s'arrêtèrent et se regardèrent, avec un geste poli qui signifiait : « Après vous. » C'était presque comique. Lowery craqua le premier.

« Vous voyez cet endroit là-bas, sous les figuiers de la baie de Moreton ? » Il indiquait le bord de la laisse de mer qui enserrait le port. « C'est un peu une coïncidence, en réalité. C'est exactement là qu'ils ont tourné la scène finale de *Mission : Impossible 2*. »

On avait construit un nouvel aéroport à Sarajevo. Très soigné, entièrement civil, avec de jolis bars et des boutiques de cadeaux. Normal.

Moi, je ne me sentais guère normale. Dans la file, je fus très heureuse d'avoir pris les bêtabloquants donnés par Amitai une heure plus tôt avant de me quitter à Vienne. « Ça supprime les signes de nervosité, avait-il dit. Les mains moites, l'essoufflement. C'est ce que cherchent les douaniers dans quatre-vingt-dix-neuf pour cent des cas. Bien sûr, ça ne t'empêchera pas de te sentir nerveuse. Les cachets n'y pourront rien. »

Il avait raison. Je me sentais atrocement mal. J'avais dû prendre les bêtabloquants à deux reprises. J'avais vomi la première dose.

Il m'avait aussi remis le bagage dont il s'était servi pour transporter la haggada d'Israël en Australie. C'était un sac de voyage à roulettes en nylon noir qui ressemblait en tous points aux autres, le format qui entre tout juste dans les casiers au-dessus des sièges. Il comportait un double fond fabriqué avec une fibre ultra-secrète qui filtrait les rayons X. « Indétectable par les technologies de contrôle actuelles, m'avait-il assuré.

— J'en ai vraiment besoin ? Je veux dire, quelle importance si l'appareil révèle que j'ai un livre dans mon sac ? Seul un spécialiste saurait de quoi il s'agit. Mais si je me fais choper avec ce matériel...

— Pourquoi prendre ce risque ? Tu vas à Sarajevo. Dans cette ville, il y a des gens qui ne sont même pas juifs et qui ont acheté des éditions de la haggada en fac-similé alors qu'ils n'avaient pas de quoi remplir leur garde-manger. C'est un objet très prisé là-bas. N'importe qui pourrait le reconnaître, un douanier, la personne qui fait la queue derrière toi. Le sac, c'est vraiment ce que nous pouvons faire de mieux. Personne ne va t'arrêter. »

Il y avait une demi-douzaine de ressortissants iraniens dans mon avion, et ce fut un coup de chance pour moi. Ces pauvres types attirèrent toute l'attention dans le hall d'arrivée. Sarajevo était devenue une porte d'entrée favorite pour les gens qui essayaient de s'introduire en Europe, parce que les frontières de la Bosnie étaient encore assez poreuses, et l'Union européenne tannait les Bosniaques pour qu'ils tentent de limiter cet afflux. Je vis qu'on ouvrait les valises de l'Iranien devant moi et qu'on passait ses papiers au peigne fin. Manifestement, il n'avait pas pris de bêtabloquants. Il transpirait comme un fou.

Quand j'atteignis le guichet, j'eus juste droit à un sourire et à un « Bienvenue en Bosnie », et brusquement je me retrouvai à l'extérieur de l'aéroport, dans un taxi, dépassant une mosquée neuve colossale construite par les Arabes du Golfe, puis un sex-shop et un pub irlandais proposant « vingt marques de bières du monde ». Le Holiday Inn, très bombardé, avait été retapé, aussi lumineux qu'une tour de Lego avec ses cubes jaune vif. De jeunes sycomores, plantés pour remplacer les arbres coupés comme bois de chauffage pendant le siège, bordaient les rues principales. Quand nous pénétrâmes dans les étroites ruelles de la Baščaršija, une multitude de femmes en robes colorées et d'hommes en costume du dimanche bravaient le temps glacial pour se promener parmi les vendeurs de ballons et les marchands de fleurs.

Je demandai au chauffeur de taxi ce qui se passait en désignant un groupe de petites filles en robe de velours habillée.

« *Biram !* » répondit-il, avec un large sourire. C'était donc ça : le ramadan venait juste de s'achever et la ville célébrait l'une des plus grandes fêtes du calendrier musulman.

La pâtisserie du Jardin des Douceurs était pleine à craquer. J'eus de la peine à parvenir jusqu'au comptoir en tirant mon sac à roulettes. Le chef ne me reconnut pas, et pourquoi l'aurait-il fait, après six années ? J'indiquai l'escalier qui montait au grenier.

« Ozren Karaman », dis-je.

Il hocha la tête, désigna sa montre, puis la porte, et je crus comprendre qu'Ozren allait bientôt arriver. J'attendis qu'un tabouret se libère dans la boutique bruyante et animée. Puis je m'assis au chaud dans un coin, grignotant le bord croustillant d'un gâteau trop sucré tout en surveillant l'entrée.

J'attendis une heure, puis deux. Le patron commença à me regarder bizarrement, aussi je commandai encore une pâtisserie imbibée de miel, bien que je n'eusse pas mangé la première.

Enfin, vers onze heures du soir, Ozren poussa la porte embuée. Si je n'avais pas examiné intensément chaque visage, si je l'avais dépassé dans la rue, je ne suis pas sûre que je l'aurais reconnu. Ses cheveux étaient encore longs et emmêlés, mais ils avaient viré au gris argent. Son visage ne s'était pas affaissé et il n'avait pas de bajoues. Il était toujours mince, sans un brin de graisse, mais des rides profondes creusaient ses joues et son front. Quand il retira son manteau, le même pardessus élimé que je lui avais vu six ans plus tôt, je vis qu'il portait un costume. Sans doute la tenue requise par sa fonction de directeur du musée, jamais il ne se serait habillé ainsi de lui-même. C'était un joli complet bien coupé, dans un beau tissu, mais il semblait avoir dormi avec.

Quand j'eus réussi à contourner chaises et tabourets avec force excuses, il était déjà au milieu de l'escalier.

« Ozren.» Il se retourna et me regarda en clignant des paupières. Malgré mon état de tension, une bouffée de vanité me fit penser que ce devait être la lumière défectueuse ou la coupe de cheveux. Je ne voulais pas croire que j'avais autant vieilli.

« C'est moi, Hanna Shar... Hanna Heath.

— Mon Dieu.» Il ne dit rien d'autre. Il resta là à cligner des yeux.

« Euh, je peux monter ? proposai-je. J'ai besoin de te parler.

— Ah, mon appartement, c'est pas... Il est très tard. Si on se voyait demain au musée ? C'est un jour férié, mais j'y serai dans la matinée.» Il s'était remis de sa surprise et contrôlait sa voix. Son ton était très poli, calme et professionnel.

« J'ai besoin de te parler maintenant, Ozren. Je suppose que tu sais de quoi il s'agit.

— Je ne pense vraiment pas que je...

— Ozren. J'ai quelque chose. Ici. Dans ce sac.» J'indiquai mon bagage d'un mouvement de tête. « Quelque chose qui appartient à ton musée.

— Mon Dieu», répéta-t-il. Il transpirait, et pas à cause de la chaleur qui régnait dans la pâtisserie. Il tendit le bras. « Après toi, je t'en prie.» Je le bousculai en gravissant les étroites marches, me débattant avec mon sac. Il fit mine de me le prendre, mais je l'agrippai si fort que mes articulations blanchirent. Certaines personnes dans la boutique, dont le patron, s'étaient retournées pour nous regarder, sentant qu'il y avait de la dispute dans l'air. Je continuai de monter, Ozren suivait. J'entendis le niveau du vacarme s'élever de nouveau quand les clients, comprenant qu'il n'y aurait pas de spectacle, retournèrent à leur café et leurs joyeuses conversations d'un jour de fête.

Ozren me fit entrer dans le grenier. Il referma la porte, tira le vieux verrou en fer forgé, et appuya son dos contre le panneau en bois. Ses cheveux argentés, frôlant les chevrons, réveillèrent des souvenirs. Des souvenirs dérangeants.

Des brindilles attendaient, toutes prêtes, dans la petite

cheminée. Lors de mon dernier séjour le bois avait été rare à Sarajevo, et nous n'avions jamais connu le luxe d'un feu. Ozren se pencha vers le foyer. Quand la flamme jaillit, il posa une seule bûche sur le petit bois. Il prit une bouteille de *rakija* sur une étagère et remplit deux verres. Il m'en tendit un, sans sourire.

« À de joyeuses retrouvailles », dit-il d'un air renfrogné, et il vida le sien d'un trait, tandis que je sirotais mon eau-de-vie.

« J'imagine que tu es venue pour me mettre derrière les barreaux.

— Ozren ne sois pas ridicule.

— Eh bien, pourquoi pas ? Je le mérite. Je m'y attends chaque jour depuis six ans. C'est mieux que ce soit toi. Tu en as plus le droit que n'importe qui.

— Je ne sais pas de quoi tu parles.

— C'est terrible, ce que nous t'avons fait. Te faire douter de tes compétences de cette façon, te mentir. » Il se versa une autre rasade de *rakija*. « Quand tu l'as vu, ça aurait dû être suffisant. Nous aurions dû arrêter immédiatement. Mais je n'étais plus moi-même, et Werner... tu dois savoir que c'est Werner, hein ? »

J'acquiesçai.

« Werner était obsédé. » Son visage se décomposa brusquement, ses rides profondes s'adoucirent. « Hanna, depuis que ce livre a quitté le pays, il n'y a pas un jour où je ne l'ai pas regretté. J'ai essayé, quelques mois après, de convaincre Werner de le rendre. Je lui ai dit que j'allais avouer. Il a répondu que si je le faisais il nierait tout. Et qu'il emporterait la haggada dans un endroit où personne ne la trouverait jamais. À ce moment-là, j'avais repris mes esprits. J'ai compris qu'il était assez fou pour exécuter sa menace. Hanna... »

Il s'approcha alors de moi, me prit mon verre, le posa, et me saisit les mains. « Tu m'as tellement manqué. Je voulais tant te revoir, te dire... te demander pardon... »

Ma gorge se serra tandis que m'assaillaient, dans cette pièce remplie de souvenirs, tous les sentiments que j'avais éprouvés pour lui – depuis, il n'y avait eu personne d'autre. Mais la colère causée par ce qu'il m'avait fait vivre fut la plus forte. Je me dégageai.

Il leva les paumes en l'air, comme pour montrer qu'il comprenait la limite à ne pas franchir.

« Tu sais que j'ai à peine touché un livre depuis six ans, à cause de toi ? À cause de tes mensonges, j'y ai renoncé, parce que tu m'as dit que je me trompais. »

Il alla vers la lucarne qui laissait entrevoir un coin de ciel et de toits. Dehors, des lumières scintillaient. Les lumières d'une ville vivante. Six ans plus tôt, il n'y en avait eu aucune.

« Il n'y a pas d'excuse pour ce que j'ai fait. Mais quand Alia est mort, j'étais si en colère contre mon pays que j'ai cédé au désespoir. Et Werner était là, me chuchotant à l'oreille qu'il était juste de rendre ce livre aux Juifs en compensation de tout ce qu'on leur avait volé. Qu'il leur appartenait, et qu'ils avaient de bien meilleurs moyens de le protéger que cet État novice, dans cette région dont le nom même est synonyme d'hostilité meurtrière et d'inefficacité.

— Comment as-tu pu croire cela, Ozren ? Alors que toi, Sarajevois et musulman, tu l'as sauvé. Et que cet autre bibliothécaire, Serif Kamal, a risqué sa vie pour lui ? » Il se taisait. « Tu penses encore ces choses ?

— Non, répondit-il. Plus maintenant. Tu sais que je ne suis pas croyant. Mais, Hanna, j'ai passé de nombreuses nuits éveillé ici, dans cette pièce, à me dire que la haggada était venue à Sarajevo pour une raison précise. Elle était ici pour nous éprouver, pour voir s'il y avait des gens capables de comprendre que ce qui nous unissait était plus fort que ce qui nous divisait. Que le fait d'être un homme compte plus que d'être juif, musulman, catholique ou orthodoxe. »

En bas, dans la pâtisserie, un rire rauque retentit. La bûche bougea et tomba dans la cheminée.

« Bien, dis-je. On fait comment pour remettre la haggada à sa place ? »

Plus tard, quand je revis Amitai et lui racontai comment nous avions procédé, il sourit.

« Ça se passe presque toujours comme ça. Presque toutes mes missions pour le commando se sont déroulées ainsi. Les gens qui vont au cinéma ou lisent des romans d'espionnage ne veulent pas le croire. Ils préfèrent imaginer des agents secrets en costume de ninja descendant des conduits de climatisation suspendus à des filins, et des charges de plastic, maquillées en… *en ananas*, explosent de tous côtés. Mais le plus souvent, ça se déroule exactement comme ce que tu as vécu : un mélange de chance, de timing et d'un peu de bon sens. Et si nous devons ce succès à un jour de fête musulman, c'est encore mieux. »

Parce que c'était Biram, il n'y avait qu'un seul gardien de service au musée cette nuit-là. Nous attendîmes jusqu'à plus de quatre heures du matin, sachant que l'équipe de jour prenait la relève à cinq heures. Ozren dit simplement au gardien qu'il ne pouvait pas dormir après tant de festivités, et qu'il avait décidé d'avancer dans son travail. Comme c'était Biram, il renvoya l'homme prendre un peu de repos chez lui, afin de célébrer l'événement plus tard dans la journée, en compagnie de sa famille. Il lui assura qu'il effectuerait les contrôles de sécurité nécessaires.

J'attendis dehors, frissonnante, jusqu'au moment où je vis le gardien s'en aller. Ozren me fit entrer. Nous nous rendîmes d'abord dans le sous-sol où se trouvait le tableau qui assurait la régulation des capteurs de la galerie de la haggada. En tant que directeur, Ozren connaissait les codes de neutralisation, ce qui permettait de désamorcer temporairement les détecteurs de mouvement. Le moniteur de contrôle était plus problématique : il ne pouvait pas être déconnecté sans déclencher une alarme. Mais Ozren dit qu'il y avait pensé. Nous longeâmes les couloirs, dépassant le bateau préhistorique et les collections d'antiquités, pour atteindre enfin la porte de la galerie de la haggada.

La main d'Ozren tremblait un peu quand il composa le code, et il fit une erreur.

« Je ne peux faire ça qu'une seule fois. Une autre erreur et l'alarme se déclenche. » Il inspira profondément et tapota les chiffres à nouveau. Le mot « ACCEPTÉ » clignota sur l'écran lumineux. Mais la porte ne s'ouvrit pas. « Elle est réglée sur la position après-fermeture, alors on doit être deux. Le code de la bibliothécaire en chef est aussi nécessaire. Fais-le, tu veux bien ? Ma main n'arrête pas de trembler.

— Mais je ne le connais pas !

— Vingt-cinq, cinq, dix-huit, quatre-vingt douze », énonça-t-il sans hésitation. Je le regardai d'un air interrogateur, mais il me fit seulement un signe de tête pour me dire d'y aller. Je m'exécutai. La porte s'ouvrit avec un bruissement.

« Mais comment le sais-tu ? »

Il sourit. « Elle a été mon assistante pendant neuf ans. C'est une bibliothécaire formidable, mais elle n'a aucune mémoire des chiffres. Le seul dont elle soit capable de se souvenir, c'est la date de naissance de Tito. Elle s'en sert pour tout. »

Nous entrâmes dans la salle, qui était très sombre, avec juste assez de clarté pour permettre à la caméra de surveillance de fonctionner. L'objectif était orienté vers nous, enregistrant chacun de nos mouvements. Ozren avait apporté une torche pour que nous n'ayons pas besoin d'allumer. Il avait noué un torchon rouge sur le verre afin d'atténuer la luminosité. Le faisceau de la lampe dansa sur les murs l'espace d'une seconde quand il chercha dans sa poche la clé numérique qui ouvrait la vitrine.

Il introduisit la clé, puis rabattit le panneau de verre. Le faux de Werner était ouvert à la page de l'enluminure du seder espagnol, avec la famille prospère et la mystérieuse femme africaine dans sa robe juive. C'était la page où j'avais trouvé le poil blanc dans l'original. Ozren referma la copie de Werner, la retira de la vitrine, et la posa sur le sol.

Rejouant à l'envers la scène qui avait eu lieu six ans plus tôt, je lui tendis la haggada de Sarajevo.

Il la prit des deux mains, puis l'appuya un instant contre son front. « Bienvenue à l'enfant prodigue », dit-il.

Il la déposa avec soin sur les mousses et tourna rapidement les feuillets jusqu'à l'enluminure du seder.

J'avais retenu mon souffle sans même m'en rendre compte. Ozren se pencha et ferma la vitrine.

« Attends, dis-je. Laisse-moi la regarder encore une minute. » Je voulais passer un dernier instant avec le livre avant de m'en séparer pour toujours.

Ce fut seulement plus tard que je compris pourquoi j'avais pu distinguer ce détail dans la pénombre, alors que je ne l'avais jamais remarqué auparavant. C'était la température de couleur de la lumière rouge émise par la torche qui me l'avait permis. Il s'agissait de légères marques suivant l'ourlet de la robe de la femme africaine. L'artiste avait utilisé une nuance d'un ton à peine plus foncé que le safran de la robe. Les traits étaient si fins, d'une incroyable légèreté, formés par un pinceau composé d'un unique poil. Quand j'avais étudié l'image à la lumière du jour ou à la clarté froide des néons, les hachures minuscules avaient ressemblé à une simple ombre suggérant les plis.

Mais dans le faisceau plus chaud de la torche emmaillotée d'Ozren, je vis que les traits fins comme un cheveu étaient des caractères. Des caractères arabes.

« Vite ! Vite, Ozren, donne-moi une loupe.

— Quoi ? Tu es folle ? Nous n'avons pas de temps pour ça. Qu'est-ce… ? »

Je tendis la main et retirai les lunettes de son nez. J'approchai le verre gauche de la minuscule ligne écrite et je plissai les yeux. Puis je lus à voix haute :

« *"J'ai fabriqué"*, on pourrait aussi traduire ce mot par "fait" ou "peint"… » Ma voix se brisa. Je posai une main contre la vitre pour me remettre d'aplomb. « *"J'ai fait ces peintures pour Benyamin ben Netanel ha-Levi."* Et après, il y a un nom, Ozren, il y a un nom ! Zana… non, pas Zana, Zahra. *"Zahra bint Ibrahim al-Tarek, dite al-Mora à Séville."* Al-Mora – ça veut dire la Mauresque. Ozren, ça doit être elle, la femme en safran. C'est elle, l'artiste. »

Il s'empara de ses lunettes et scruta de près les mots tandis que je tenais la torche. « Une musulmane africaine. Une femme. La mystérieuse miniaturiste de la haggada de Sarajevo. Et ça fait cinq siècles que nous contemplons son autoportrait. »

J'étais si excitée par cette découverte que j'avais oublié

que nous étions en plein hold-up à rebours. Le lent ronronnement de la caméra vidéo, prenant un panoramique automatique de la salle, me rappela à l'ordre. Ozren souleva le côté de la vitrine, qu'il referma avec un déclic sans appel.

« Qu'est-ce qu'on fait de ça ? » demandai-je en indiquant la caméra vidéo.

Il me fit signe de le suivre. Dans un placard verrouillé de son bureau, il choisit une bande dans une pile de vidéocassettes classées par date. Il posa celle qu'il avait sélectionnée sur son bureau. Il avait préparé une étiquette autocollante avec la date du jour, et la plaça simplement sur la bande datée de la semaine précédente, à la même heure, qui existait déjà.

« Maintenant il faut que tu sortes d'ici avant l'arrivée de l'équipe de jour. » En partant, nous nous arrêtâmes au poste de sécurité. Ozren remplit la fiche de contrôle, certifiant que les rondes de quatre heures trente avaient été achevées sans incident. Puis il appuya sur la touche Eject du moniteur et échangea les cassettes.

À petits coups secs, il retira la bande compromettante de son étui en plastique.

« En retournant au Jardin des Douceurs, jette-la en route, veux-tu ? Dans un endroit discret, sous un gros tas d'ordures. Il faut juste que je rebranche les détecteurs de mouvements et que j'attende les gardiens du matin pour les briefer. Ensuite je te retrouve là-bas. Nous devons encore nous débarrasser de la fausse haggad… »

Nous nous en rendîmes compte au même instant. Le faux – parfait et compromettant – était là où nous l'avions laissé, sur le sol de la galerie.

Il était cinq heures moins dix. Si l'un des gardiens arrivait en avance, nous serions baisés, comme on dit dans les polars. J'aurais donné n'importe quoi pour ne pas vivre les cinq minutes qui suivirent. Dire que mon cœur battait la chamade serait une grossière litote. J'étais sûre d'avoir une attaque. Je fonçai jusqu'au bureau d'Ozren, tâtonnai pour trouver la bonne clé, ouvris le placard, m'emparai d'une autre bande de remplacement, puis fouillai rapidement le bureau de son assistante, en quête d'une étiquette autocollante. Je n'en trouvai pas.

« Merde ! Merde ! » Je ne pouvais pas croire que nous allions nous faire prendre la main dans le sac à cause d'une putain d'étiquette.

« Elles sont là », dit Ozren, ouvrant une petite boîte en bois. Il s'était rué jusqu'à la galerie de la haggada, avait de nouveau rentré les codes, et s'était emparé du faux. Ensemble, nous courûmes jusqu'au poste de sécurité. Je glissai sur le sol en marbre et me cognai violemment le genou. La cassette dérapa sur le dallage. Ozren se retourna pour la ramasser, puis il me releva si brutalement qu'il faillit me démettre l'épaule. J'en eus les larmes aux yeux. « Je suis pas taillée pour ça, dis-je d'un ton plaintif.

— On s'en fout, OK ? Vas-y, grouille. Prends ça. » Il me fourra le faux de Werner dans les mains. « On se retrouve au Jardin des Douceurs. » Puis il me poussa dehors.

J'étais à un pâté de maisons du musée quand je vis un homme en uniforme gris du musée s'avancer vers moi d'un pas tranquille, en bâillant. Lorsque je le croisai, je dus me forcer à continuer de marcher le plus normalement possible, avec mon genou en compote. Quand j'arrivai au Jardin des Douceurs, le chef pâtissier était déjà au travail, allumant ses fours. Il me lança un regard très étrange quand je gravis seule l'escalier du grenier en boitillant. À l'intérieur, je garnis le feu et pensai à Zahra al-Tarek, artiste. Comment avait-elle appris à peindre, à écrire ? Ce n'était pas un mince exploit pour une femme de son époque. Tant d'artistes anonymes de son sexe avaient été spoliées des éloges qui leur étaient dus. Maintenant, enfin, celle-ci serait reconnue. Célèbre. Je m'en chargerais pour elle.

Et ce n'était qu'un début. L'autre nom, ha-Levi. La mention de Séville ; si elle était à Séville, la famille ha-Levi y vivait aussi, ce qui signifiait que les enluminures avaient sans doute précédé le texte… Le nombre de pistes rayonnant à partir de ces quelques mots conduirait à tant d'autres découvertes, tant de connaissances. Je calai deux oreillers d'Ozren contre le mur. À Top End, la saison des pluies allait durer deux ou trois mois. Je m'adossai et commençai à envisager un voyage en Espagne.

Quelques minutes plus tard, j'entendis Ozren arriver. Il criait mon nom tout en gravissant les marches quatre à quatre. J'entendais grincer plaintivement les girons et les contremarches du vieil escalier. Il était aussi excité que moi par cette révélation. Il comprenait. Il m'aiderait. Ensemble, nous chercherions la vérité sur Zahra al-Tarek. Ensemble, nous la ramènerions à la vie.

Mais d'abord, nous devions nous acquitter d'une tâche.

Ozren se tenait devant le feu, le fac-similé de Werner à la main. Il ne bougeait pas.

« À quoi penses-tu ?

— Si je pouvais formuler un souhait, ce serait que ce livre soit le dernier à être brûlé dans cette ville. »

C'était l'heure la plus froide, juste avant le lever du soleil. Je regardai les flammes, songeant aux parchemins noircis d'un autodafé médiéval, aux visages juvéniles des nazis, éclairés par les feux de joie où brûlaient les livres ; aux ruines bombardées et pillées de la bibliothèque de Sarajevo, quelques pâtés de maisons plus loin. Les livres en feu. C'étaient toujours les signes précurseurs. Les hérauts du bûcher, des fours, des charniers.

« *"Ne brûle que ses livres"* », dis-je. Caliban, complotant contre Prospero. Je ne me souvenais pas du reste. Ozren si.

« N'oublie pas avant tout de prendre ses livres ; car sans eux
Il ne serait qu'un sot comme moi, et n'aurait pas
Un esprit à ses ordres... »

À travers les vitres givrées de la lucarne, je regardai les étoiles pâlir tandis que le ciel se teintait d'un bleu ultramarin. *Ultra*, « l'autre côté », *marin*, « de la mer ». La couleur qui portait le nom du voyage du lapis-lazuli, de l'autre côté de la mer à la palette de Zahra al-Tarek. La pierre que Werner avait broyée pour fabriquer le bleu profond qui n'allait pas tarder à être réduit en charbon.

Ozren considéra le livre dans sa main, puis le feu. « Je crois que je ne peux pas », dit-il.

Je regardai le faux. Pour un fac-similé, c'était un chef-d'œuvre. L'œuvre de mon professeur. La quintessence de tout ce que Werner avait appris durant sa longue vie, tout ce qu'il m'avait enseigné sur l'importance d'acquérir la maîtrise des arts d'autrefois, afin d'être un jour capable de reproduire ce que les artisans avaient su faire. Je pourrais peut-être le glisser dans le sac à roulettes. L'apporter à Amitai. Après un laps de temps convenable, il annoncerait que ce faux, réalisé avec amour par le grand Werner Heinrich, était son cadeau au peuple d'Israël. Après tout, il faisait maintenant partie de l'histoire de la vraie haggada. Bien sûr, c'était une page qui devrait rester secrète quelque temps. Mais un jour, peut-être, quelqu'un éluciderait le mystère. Et le siècle prochain, ou celui d'après, un conservateur trouverait la graine que j'avais glissée dans la reliure de la véritable haggada, entre le premier et le second cahier. Une graine de figuier de la baie de Moreton, extraite du fruit des gros arbres tortueux qui bordent les rives du port de Sydney. Une idée saugrenue, qui m'avait prise avant de quitter la ville. Mon empreinte. Un indice, pour un autre chercheur dans un lointain futur, qui la découvrirait, et se demanderait…

« C'est compromettant, dis-je. Dangereux pour toi.

— Je sais. Mais on a brûlé trop de livres dans cette ville.

— On a brûlé trop de livres dans le monde. »

Nous étions près du feu, pourtant je frissonnai. Ozren posa l'ouvrage sur le manteau de la cheminée, au-dessus de l'âtre. Il tendit le bras vers moi. Cette fois, je ne m'écartai pas.

Postface

Le Livre d'Hanna est une œuvre de fiction inspirée par la vraie histoire d'un manuscrit hébreu connu sous le nom de haggada de Sarajevo. Certains des faits sont conformes à ce qu'on sait du périple de cette haggada, mais la majeure partie de l'intrigue et tous les personnages sont imaginaires.

J'ai entendu parler de cette haggada pour la première fois alors que j'étais reporter et que je couvrais la guerre de Bosnie à Sarajevo pour *The Wall Street Journal*. La bibliothèque municipale ravagée par le feu empestait les pages brûlées après le déluge de bombes serbes au phosphore. L'Institut oriental et ses merveilleux manuscrits étaient en cendres, et le Musée national de Bosnie portait les traces des éclats des fréquents bombardements. On ignorait le destin de la haggada de Sarajevo, joyau inestimable des collections bosniaques, et les spéculations allaient bon train chez les journalistes.

C'est seulement après la guerre qu'on révéla qu'un bibliothécaire musulman, Enver Imamovic, avait sauvé le manuscrit pendant le bombardement et l'avait caché dans la chambre-forte d'une banque. Ce n'était pas la première fois que ce livre juif avait été sauvé par des mains musulmanes. En 1941, Dervis Korkut, un célèbre érudit islamique, avait emporté le manuscrit hors du musée à la barbe d'un général nazi, Johann Hans Fortner (pendu par la suite pour crimes de guerre), et l'avait fait disparaître comme par enchantement dans la mosquée d'un village de montagne où elle était restée cachée jusqu'à l'après-guerre. Ces sauvetages héroïques ont été mon inspiration initiale, mais les personnages auxquels j'ai attribué ces actes appartiennent à la fiction.

411

La haggada a attiré pour la première fois l'attention des érudits de Sarajevo en 1894, quand une famille juive nécessiteuse a proposé de la vendre. Cette découverte a passionné les historiens d'art parce que c'était l'un des livres hébreux médiévaux enluminés les plus anciens à être révélés au grand jour. Elle a remis en question l'opinion selon laquelle l'art figuratif avait été supprimé pour des raisons religieuses chez les Juifs du Moyen Âge. Malheureusement, les chercheurs n'ont pas pu apprendre grand-chose sur la création du livre, sinon qu'il avait été fabriqué en Espagne, sans doute au milieu du XIVe siècle, vers la fin de la période connue sous le nom de *Convivance*, où juifs, chrétiens et musulmans coexistaient dans une paix relative.

On ne sait rien de l'histoire de la haggada pendant les années tumultueuses de l'Inquisition espagnole et de l'expulsion des Juifs en 1492. Les chapitres intitulés « Un poil blanc » et « L'eau salée » sont entièrement romanesques. Cependant, une femme noire en robe safran est assise à la table du seder sur l'une des enluminures de la haggada, et le mystère de son identité a inspiré mon imagination.

En 1609, la haggada était parvenue à Venise, où l'inscription manuscrite d'un prêtre catholique du nom de Vistorini l'a apparemment sauvée des autodafés de l'Inquisition du pape. On ne sait rien de Vistorini en dehors des livres qui ont survécu grâce à sa signature. Mais beaucoup des hébraïsants catholiques de cette période étaient des Juifs convertis, et j'ai utilisé ce fait dans « Les taches de vin ». Dans ce même chapitre, le personnage de Judah Aryeh s'inspire de la vie de Leon Modena telle qu'elle est décrite dans *The Autobiography of a Seventeenth Century Rabbi*, traduite et éditée en anglais par Mark R. Cohen. Richard Zacks m'a fourni une précieuse collection de documents sur le jeu dans la Venise du XVIIe siècle.

En 1894, au moment où la haggada refit surface, la Bosnie était occupée par l'Empire austro-hongrois, aussi était-il naturel qu'elle fût envoyée à Vienne, centre de culture et d'érudition, pour y être étudiée et restaurée. En ce qui concerne l'atmosphère de la ville à cette époque, et plus particulièrement certains détails comme les manières onctueuses des opératrices téléphoniques, je suis redevable au remarquable récit de Frederic Morton, *A Nervous Splendour*. De même, *The Dreamers* et *The Impossible Country* de Brian Hall m'a ouvert des perspectives essentielles. S'il est vrai que, selon les critères actuels, la reliure de la haggada a été bâclée à Vienne, l'histoire des fermoirs manquants est une invention de romancière.

Avant d'écrire « Une aile d'insecte », j'ai eu de longues et nombreuses conversations avec la famille de Dervis Korkut, et je suis particulièrement redevable à Servet Korkut, qui était aux côtés de son mari et a soutenu ses actes héroïques de résistance pendant l'occupation fasciste de Sarajevo. J'espère que la famille Korkut jugera ma famille imaginaire, les Kamal, en accord avec ses idéaux humanistes. En ce qui concerne l'expérience des jeunes Partisans juifs, je me suis reposée sur le récit poignant de Mira Papo, qui se trouve dans la collection de Yad Vashem, dont les bibliothécaires se sont montrés très obligeants.

Les bibliothécaires de Sarajevo sont une « espèce » à part. L'une d'entre eux au moins, Aida Buturovoc, a sacrifié sa vie en sauvant des livres de la bibliothèque en flammes. D'autres, tels que Kemal Bakarsic, ont pris des risques énormes, nuit après nuit, pour évacuer des collections dans des conditions dangereuses. Enver Imamovic, comme je l'ai déjà dit, a sauvé la haggada pendant une période d'intense bombardement. Je suis reconnaissante à ces deux hommes de m'avoir parlé de leurs expériences, et aussi à Sanja Baranac, Jacob Finci, Mirsada Muskic, Denana Butirovic, Bernard Septimus, Bezalel Narkiss et B. Nezirovic pour leur aide et leurs points de vue.

Concernant l'aide dont j'ai bénéficié en matière de recherche et de traduction, je souhaite remercier Andrew Crocker, Naida Alic, Halima Korkut et Pamela J. Matz. Je suis reconnaissante à Naomi Pierce de m'avoir fait découvrir le papillon *Parnassius* au Muséum d'histoire naturelle de Harvard.

Pamela J. Spitzmueller et Thea Burns, de la bibliothèque de Harvard College, m'ont raconté dans le menu comment le conservateur se transforme parfois en détective. En décembre 2001, Andrea Pataki m'a très aimablement autorisée à me joindre à une foule déjà très nombreuse dans la salle de la Banque de l'Union européenne où elle travaillait sous bonne garde sur la vraie haggada de Sarajevo. Je n'aurais pas pu observer son travail méticuleux sans l'intervention de Fred Eckhard et de Jacques Klein des Nations unies.

Je suis reconnaissante à mon *pays*, l'Australien Narayan Khandekar, au centre Straus de conservation, de m'avoir laissé verser du vin kasher sur des bouts de vieux parchemin, de m'avoir expliqué en détail le fonctionnement des comparateurs vidéospectraux au moment où je me demandais si la carrière que j'avais inventée pour Hanna était plausible. J'ai beaucoup appris sur la profession et les aspects techniques de la conservation auprès d'Andrea Pataki et de Narayan Khandekar, mais les personnages romanesques de Hanna Heath et de Razmus Kanaha ne leur ressemblent en rien.

Je n'aurais pas eu accès à toutes les richesses des bibliothèques et des musées de Harvard sans une bourse de l'Institut Radcliffe des hautes études, dont je suis très reconnaissante à Drew Gilpin Faust. À l'Institut, Judy Vichniac a assuré la direction d'un personnel qui a fait preuve d'un soutien extraordinaire. Les chercheurs de Radclife, surtout les membres de la tablée des écrivains du mardi, m'ont aidée d'innombrables manières à écrire et à formuler ma pensée.

J'ai aussi largement tenu compte des commentaires de mes premiers lecteurs, je pense en particulier à Graham Thorburn, à l'équipe Horwitz formée par Joshua, Elinor, Norman et Tony, au rabbin Caryn Broitman du centre hébreu de Martha's Vineyard, au *sofer stam* Jay Greenspan, à Christine Farmer, Linda Funnel, Clare Reihill, Marie Anderson, et Gail Morgan.

Les mots me manquent pour remercier mon éditrice Molly Stern et mon agente Kris Dahl qui sont, comme toujours, mes soutiens indispensables et deux des plus formidables professionnels du monde de l'édition.

Enfin et surtout, je dois remercier Tony et Nathaniel, inspirations et distractions bienvenues, sans lesquels rien n'est possible.

TABLE

Collection « Littérature étrangère »

GARLAND Alex
Le Coma

GEE Maggie
Ma bonne

GEMMELL Nikki
Les Noces sauvages
Love Song

GILBERT David
Les Normaux
Les Marchands de vanité

HAGEN George
La Famille Lament
Les Grandes Espérances
du jeune Bedlam

HOMES A. M.
Mauvaise mère
Le torchon brûle

HOSSEINI Khaled
Les Cerfs-volants de Kaboul
Mille soleils splendides

JOHNSTON Jennifer
Ceci n'est pas un roman
De grâce et de vérité
Petite musique des adieux

JONES Kaylie
Céleste et la chambre close
Dépendances

KAMINER Wladimir
Musique militaire
Voyage à Trulala

KANON Joseph
L'Ultime Trahison
L'Ami allemand
Alibi

KENNEDY Douglas
La Poursuite du bonheur
Rien ne va plus
Une relation dangereuse
L'homme qui voulait
vivre sa vie
Les Désarrois de Ned Allen
Les Charmes discrets
de la vie conjugale
La Femme du Ve

KNEALE Matthew
Les Passagers anglais
Douce Tamise
Cauchemar nippon
Petits crimes
dans un âge d'abondance

KUNKEL Benjamin
Indécision

LAMB Wally
Le Chant de Dolorès
La Puissance des vaincus

LAWSON Mary
Le Choix des Morrison
L'Autre Côté du pont

LEONI Giulio
La Conjuration
du Troisième Ciel
La Conspiration
des miroirs

LISCANO Carlos
La Route d'Ithaque
Le Fourgon des fous
Souvenirs de la guerre récente

LOTT Tim
Frankie Blue
Lames de fond
Les Secrets amoureux
d'un don Juan
L'Affaire Seymour

MADDEN Deirdre
Rien n'est noir
Irlande, nuit froide
Authenticité

MARCIANO Francesca
L'Africaine
Casa Rossa

McCANN Colum
Les Saisons de la nuit
La Rivière de l'exil
Ailleurs, en ce pays
Danseur
Le Chant du coyote
Zoli

Composition et mise en pages : FACOMPO, LISIEUX

GROUPE CPI

Achevé d'imprimer en juin 2008
par **BUSSIÈRE**
à Saint-Amand-Montrond (Cher)
N° d'édition : 4468. — N° d'impression : 082111/1.
Dépôt légal : juillet 2008.
Imprimé en France